테스

테스

Tess of the d'Urbervilles

토머스 하디 장편소설　김문숙 옮김

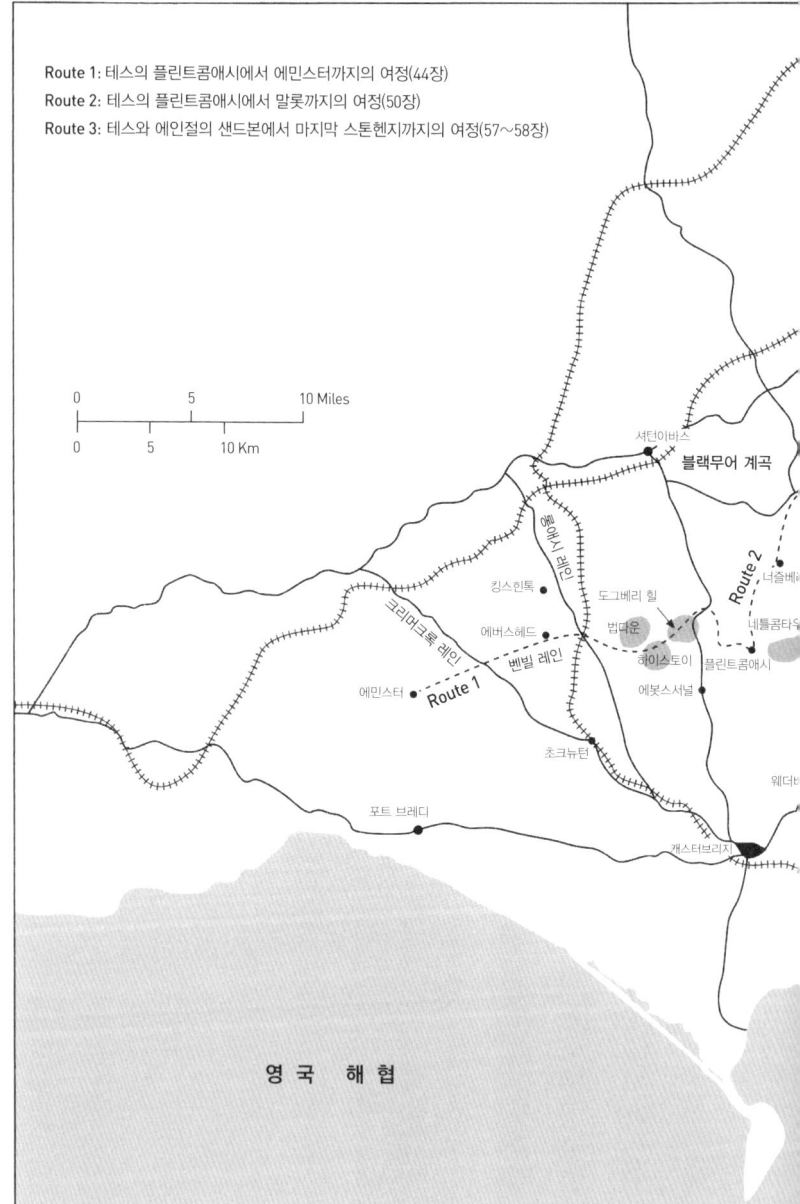

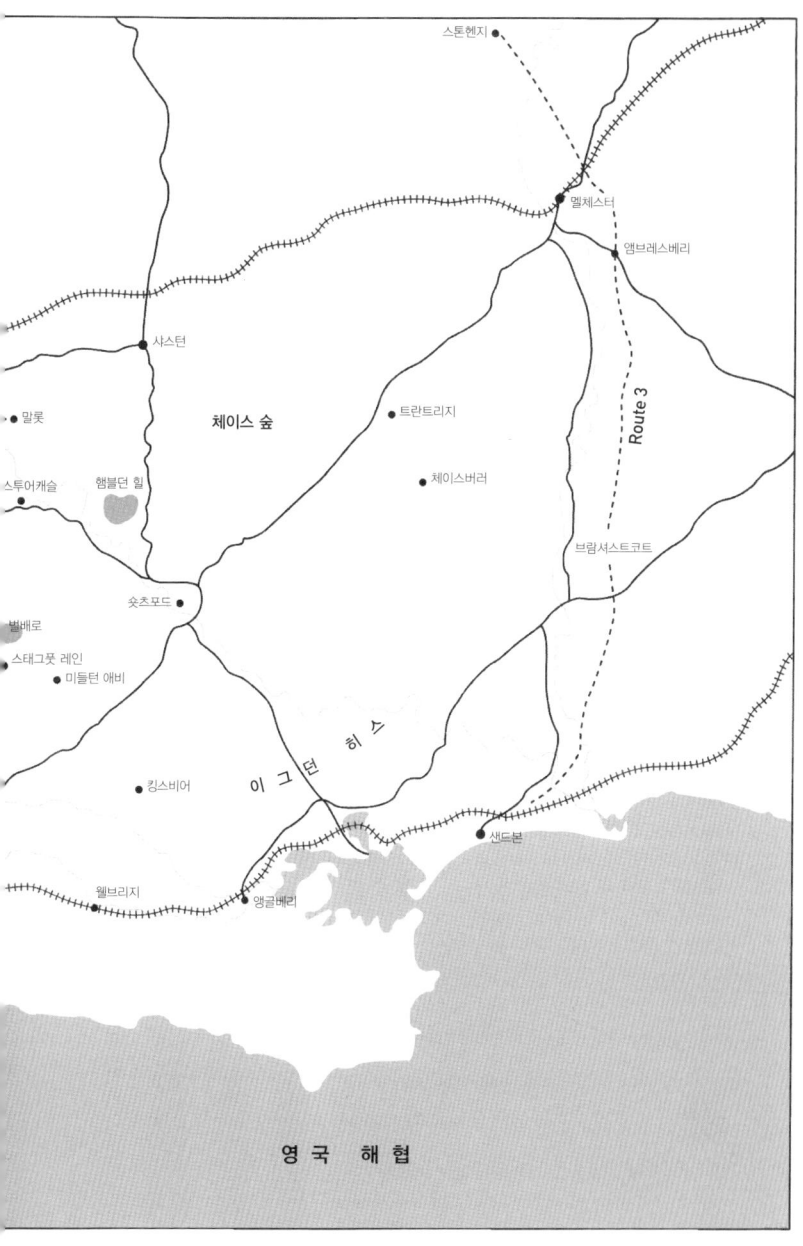

TESS OF THE D'URBERVILLES
by THOMAS HARDY (1912)

일러두기

토머스 하디가 이 소설의 집필을 시작한 것은 1888년이었고, 당시 사회적 금기였던 성 및 종교 문제 언급에 대한 내용을 일부 삭제하고 수정해서 『그래픽*Graphic*』지에 연재한 것은 1891년 7월이었다. 하디는 연재 당시 삭제했던 10장에서 남녀가 뒤엉켜 춤추는 장면과 11장에서 테스가 순결을 잃는 장면을 모아 『내셔널 옵서버*National Observer*』지에 「아르카디아의 토요일 밤Saturday Night in Arcady」이라는 제목으로, 그리고 14장에서 테스가 한밤중에 자신의 아기에게 직접 세례를 주는 장면은 『포트나이틀리 리뷰*Fortnightly Review*』지에 「한밤의 세례The Midnight Baptism」란 제목으로 발표했다. 같은 해(1891년) 11월, 하디는 어쩔 수 없이 삭제해야 했던 11장과 14장의 내용을 복원시키고 약간의 손질을 가해서 〈소설의 몸체와 사지를 제 위치에 붙여〉 〈예술적 형태〉를 갖춘 초판본을 내놓는다. 그리고 초판본에는 빠진 10장의 춤 장면이 복원되어 현재 정본으로 통하는 이른바 웨섹스판Wessex Edition이 1912년에 나오게 된다. 이 한국어판은 1912년의 웨섹스판을 원전으로 해서 1979년에 출간된 *Tess of the d'Urbervilles*(Norton Critical Edition)을 번역한 것이다.

이 책은 실로 꿰매어 제본하는 정통적인 사철 방식으로 만들어졌습니다.
사철 방식으로 제본된 책은 오랫동안 보관해도 손상되지 않습니다.

제1부
처녀
9

제2부
더 이상 처녀가 아닌
133

제3부
새 출발
179

제4부
결과
269

제1부
처녀

제1장

 5월 하순의 어느 날 저녁, 한 중년 남자가 샤스턴에서 블레이크모어 또는 블랙무어라고도 부르는 인근 계곡의 말롯[1] 마을의 집을 향해 걸음을 옮기고 있었다. 남자를 지탱하고 있는 두 다리는 비틀거렸고 걸음걸이는 일직선에서 조금씩 왼쪽으로 기울어지곤 했다. 남자는 어떤 의견에 동의라도 하듯 이따금 고개를 크게 주억거리곤 했지만, 사실 무슨 특별한 생각이 있는 것 같진 않았다. 팔에는 텅 빈 달걀 광주리가 축 늘어진 채 걸려 있고 모자에는 보풀이 엉켜 있으며 벗을 때 엄지손가락이 닿는 챙의 헝겊 부분도 너덜너덜했다. 남자는 곧 회색빛

---

[1] 영국 남부 도싯주에 있는 이 지역의 실제 명칭은 섀프츠베리와 마안헐이다. 하디는 장편소설 『광란의 무리를 떠나서 *Far from the Madding Crowd*』(1874)에서 웨섹스라는 가공의 지명을 만들어 사용하기 시작했다. 웨섹스는 앵글로·색슨 시대의 소위 7왕국 중의 한 왕국으로, 웨스트색슨(West Saxon)을 줄인 어형이며 하디의 고향 도싯주를 중심으로 하는 잉글랜드의 남서부 일대에 붙여진 옛날 지명이기도 하다. 웨섹스를 무대로 한 하디의 모든 소설에 나오는 지형은 대부분 다른 이름으로 나오지만, 대부분 현재의 도싯, 서머싯, 윌트셔 그리고 데번을 말한다. 한 예로 이 소설에서 도싯주 도체스터는 〈캐스터브리지〉로 나오고, 솔즈베리는 〈멜체스터〉로, 윈체스터는 〈윈턴세스터〉로 나온다.

당나귀에 걸터앉아 알아들을 수 없는 노래를 흥얼거리며 다가오는 나이 지긋한 목사와 마주쳤다.

「안녕히 가십시오, 목사님.」 광주리를 든 남자가 인사를 건넸다.

「안녕히 가시오, 존 경.」 목사가 인사를 받았다.

두어 발짝 걸어가던 남자가 걸음을 멈추고는 돌아섰다.

「저, 목사님, 죄송하지만요. 저번 장날에도 이맘때 여기에서 뵀는데, 제가 〈안녕히 가십시오〉 하자 목사님께선 지금처럼 〈안녕히 가시게, 존 경〉 하고 받아 주셨어요.」

「그랬지요.」

「그리고 한 달쯤 전인가, 그때도 한 번 더 그러셨고요.」

「그랬을 거요.」

「그러면 그때나 지금이나 저를 〈존 경〉이라고 부른 까닭이 있으신지요? 저야 하찮은 행상인 잭 더비필드일 뿐이구먼요.」

목사가 두어 발짝 다가섰다.

「그냥 그렇게 부른 거라오.」 목사는 잠시 뜸을 들인 뒤 대답했다. 「얼마 전 지역 역사를 새로 정리하려고 족보를 뒤적이다 뭔가 발견한 게 있기 때문이라오. 내가 바로 스태그풋 레인의 골동품 연구가 트링엄 목사이지 않소. 더비필드, 당신은 정녕 본인이 그 유서 깊은 더버빌 기사 가문의 직계 후손이라는 걸 모르고 있다는 거요? 정복왕 윌리엄과 함께 노르망디에서 건너왔던 그 유명한 페이건 더버빌 경의 후손인 더버빌 기사 가문 말이오. 배틀 수도원[2]의 기록 문서에 나와 있지 않소.」

「금시초문이구먼요, 목사님.」

[2] 정복왕 윌리엄이 헤이스팅스 근처에 세운 베네딕트 수도원이다.

「하지만, 사실이오. 옆모습이 잘 보이도록 턱을 조금만 들어 보겠소? 그래, 맞아. 품위는 조금 떨어지지만 바로 더버빌 가문의 코와 턱이요. 당신 조상은 노르망디의 에스트레마빌라 경이 글러모건셔를 정복할 때 도움을 준 열두 명의 기사 중 한 사람이라오. 그 가문은 영국의 이 지역 요소요소에 영지를 소유했었지요. 가문의 이름이 스티븐 왕 시대의 재무성 연보에도 올라와 있다오. 그중 한 사람은 존 왕 시절 구호 기사단에 영지를 기증할 만큼 재력이 상당했었다오. 그리고 에드워드 2세 시절에 그쪽 조상 브라이언은 웨스트민스터의 부름을 받아 그곳 왕정청(王政廳)에 참석하기도 했다는군요. 올리버 크롬웰[3] 시절엔 약간 위세가 기울기도 했지만 그리 심각한 정도는 아니었다지. 찰스 2세가 통치할 때는 충성심에 대한 보상으로 로열 오크 기사 작위를 받기도 했어요. 당신 집안에는 존 경으로 불리는 어른들이 대대로 있었죠. 아버지에서 아들로 기사 작위가 이어졌던 옛날처럼, 그러니까 준남작의 지위처럼 세습되는 거였다면 그쪽은 지금 존 경이 되어 있을 거요.」

「설마요!」

「요컨대……」 목사는 채찍으로 자신의 다리를 탁탁 치면서 마무리 지었다. 「이젠 영국에 그런 가문이 거의 없지요.」

「어안이 벙벙하구먼요.」 더비필드가 말했다. 「그런데도 전 이 교구에서 비천하기 이를 데 없는 사람처럼 날이 가고 달이 가고 해가 가도 이곳저곳을 떠돌아다니고 있다니……. 그런데 트링엄 목사님, 저에 대한 이런 사실은 언제 알려졌나요?」

---

3 Cromwell(1599~1658). 청교도 혁명에서 왕당파를 물리치고 공화국을 세우는 데 큰 공을 세운 영국의 정치가이자 군인이다.

목사는 자신이 알고 있기론 이 사실은 완전히 잊힌 일이라 알려지고 말고 할 것도 없다고 했다. 지난봄 더버빌 가문의 흥망성쇠를 추적하던 어느 날 목사는 남자의 마차에 새겨진 더비필드라는 이름을 보게 되었고, 그때부터 자신의 조사가 시작되었다고 했다. 결국 남자의 아버지와 할아버지에 대해 알아보게 되었고 드디어 이 의문의 여지가 사라졌다고 했다.

「처음에는 이런 부질없는 사실로 당신의 심기를 어지럽히고 싶지 않았어요.」 목사가 말했다. 「하지만 가끔 우리는 충동이 너무 강한 나머지 판단력이 흐려질 때가 있지 않소. 그쪽도 이런 사실을 어렴풋이나마 알고 있을지도 모르는 일이고.」

「사실, 우리 집안이 블랙무어로 들어오기 전에는 한가락 했었다는 말을 한두 번 들은 적이 있는 것도 같구먼요. 하지만 전 그런 소문 따위를, 지금은 고작 말 한 필밖에 없지만 그땐 두 마리쯤 있었나 보다 정도로만 받아들였구먼요. 집에 낡은 은 숟가락과 뭐가 새겨진 인장도 있긴 하지만, 맙소사, 숟가락은 뭐고 인장은 다 뭐란 말입니까?…… 이 몸이 줄곧 더버빌 귀족 가문과 같은 혈통이었다니요. 제 증조부께서 비밀이 많으셨다고 했고, 당신의 출신을 밝히시는 걸 좋아하지 않으셨다고 했지만……. 그건 그렇고 목사님, 실례가 되지 않는다면, 우리 가문은 어디에서 연기를 피워 올리고 있는지요. 그러니까 더버빌 가문은 어디에 살고 있는지요?」

「아무 데도 없다오. 그쪽 가문은 사라졌지. 지방의 명문가로서는 말이오.」

「안타까운 일이구먼요.」

「그렇소. 엉터리 족보에서 말하는 남자의 대가 끊겼다고 하는 그런 것 말이에요. 그러니까 모두 몰락했다는 말이지.

죽어 땅에 묻힌 거란 말이오.」

「우리 선조들은 어디에 묻혀 있는데요?」

「킹스비어 서브그린 힐이란 곳이오. 그쪽 조상들이 그곳 지하 납골당에 줄줄이 묻혀 있다오. 그들의 조상(彫像)들과 함께 퍼벡 지방에서 나온 대리석 덮개 아래에 있지요.」

「우리 가문의 저택이나 땅은 어디 있나요?」

「하나도 없어요.」

「그래요? 땅도 없단 말씀인가요?」

「전혀 없어요. 이미 말했지만 그쪽 가문은 수많은 가계를 이루고 있었고, 그래서 한때 엄청나게 넓은 영지를 소유했던 적도 있었지요. 가문의 영지가 여기만 해도 킹스비어에 있었고, 그 밖에 셔톤, 밀폰드, 럴스테드 그리고 웰브리지에도 있었어요.」

「그렇다면 우리가 되찾을 순 있을까요?」

「글쎄, 그건 나도 모르죠!」

「제가 할 수 있는 일은 없을까요, 목사님?」 잠깐 뜸을 들이다 더비필드가 물었다.

「애석하게도 아무것도, 정말이지 하나도 없어요. 〈아, 용사들이 싸움터에서 쓰러졌구나〉[4]라는 생각으로 조용히 살아가는 수밖에. 그쪽 집안의 역사는 지방의 사학자 또는 계보학자들에게나 구미가 당기는 일일 뿐 그 이상의 의미는 없어요. 이 근방 농가들 중에도 그쪽 가문만큼 위세가 당당했던 집안들이 좀 있지요. 그럼 이만, 안녕히 가시오.」

「저, 트링엄 목사님, 말을 돌려 저와 맥주나 한잔 하러 가시죠. 퓨어 드롭에 가면 맛 좋은 맥주가 있구먼요. 물론 롤리버

4 「사무엘 하」 1장 25절 인용.

주점의 맥주보단 못하지만요.」

「오늘 저녁은 사양하겠소, 더비필드. 이미 거나하게 취했잖소.」 그렇게 대화를 끝내고 돌아선 목사의 마음속으로 이런 얄궂은 사실을 말해 준 것이 과연 잘한 일일까 하는 의구심이 밀려들었다.

목사가 떠나자 깊은 생각에 잠겨 몇 발자국 떼어 놓던 더비필드가 길가 풀밭에 광주리를 내려놓고 털썩 주저앉았다. 잠시 후 더비필드가 왔던 방향으로 멀찌감치 한 젊은이가 걸어오고 있는 모습이 보였다. 더비필드는 젊은이를 보자 손을 들었고, 그러자 그는 빠른 걸음으로 더비필드 쪽으로 다가왔다.

「얘야, 이 광주리를 들어라. 심부름 하나만 해줘야겠구나.」

나뭇가지처럼 앙상하게 마른 젊은이가 잔뜩 인상을 찌푸렸다. 「아니, 존 더비필드 씨. 도대체 아저씨가 뭐라고 날 〈얘야〉라고 불러 대며 이래라저래라 하는 거예요? 내가 이렇게 아저씨 이름을 분명히 알고 있는 것처럼 아저씨도 내 이름을 잘 알고 있으면서 말입니다!」

「네가 안다고? 뭐 아는 게 있다고? 그건 비밀이야. 그래 비밀이고말고! 자, 군소리 말고 내가 시키는 말을 전해라……. 이봐 프레드, 그래, 자네에게는 말해도 상관없겠지. 그 비밀이 뭔고 하니 이 몸이 귀족의 혈통을 이어받았단 말이지. 나도 그런 사실을 오늘 오후에야 알게 되지 않았겠나.」 더비필드는 무슨 발표라도 하듯 그렇게 말하면서 데이지 꽃이 무더기로 피어 있는 제방 위에 느긋하게 몸을 뻗었다.

젊은이는 더비필드 앞에 서서 머리에서 발끝까지 그를 훑어 내렸다.

「존 더버빌 경. 그게 바로 이 몸이란 말이야.」 엎드려 있던 남자가 말했다. 「만일 기사가 준남작과 같은 거라면 말일세, 이 몸에 대한 모든 것이 역사에 낱낱이 기록되어 있단 말씀이야. 애야, 킹스비어 서브그린 힐이란 곳을 알고 있느냐?」

「그럼요. 그린 힐 장에 가봤거든요.」

「그래, 그 도시의 교회 아래 묻혀 있는 게…….」

「거긴 도시가 아닌데요. 적어도 내가 갔을 땐 아니었어요. 그저 초라하기 짝이 없는 아주 작은 마을이던걸요.」

「얘야, 장소는 아무래도 상관없어. 지금 중요한 건 그게 아니야. 바로 그 교회 아래에 우리 조상들이 묻혀 있단 말이다. 수백 명이나 되는 우리 선조들이 보석이 주렁주렁 달린 미늘 갑옷을 입고 엄청나게 무거운 납 관에 누워 있다는 거지. 남부 웨섹스에 나보다 더 훌륭하고 뼈대 있는 가문을 가진 사람이 있으면 나와 보라고 해라.」

「그래요?」

「그러니까 그 광주리를 들고 말롯으로 가거라. 퓨어 드롭 주점에 들러서 이 몸을 모셔 갈 말 한 필과 마차를 즉시 보내라고 일러라. 그리고 작은 병에 럼주를 조금 담아 마차에 실어 보내라고 하고 계산은 내 앞으로 달아 두라고 일러라. 그 일을 마치면 광주리를 가지고 집으로 가서 우리 마누라에게 빨래 같은 건 끝낼 필요 없으니 집어치우라고 전해라. 내가 집에 도착할 때까지 그냥 기다리라고 해. 들려줄 말이 있으니까.」

미심쩍다는 듯 젊은이가 그대로 서 있자 더비필드는 주머니에 손을 찔러 넣어 좀처럼 만져 보기 힘든 1실링을 꺼내 그에게 주었다.

「자, 여기 수고비.」

그러자 젊은이의 태도가 확 달라졌다.

「네, 존 경 나리. 감사합니다. 다른 시키실 일이라도 없으신가요, 존 경 나리?」

「집에 가거든 내가 저녁 식사를 하고 싶어 한다고 일러라. 구할 수 있으면 양고기 튀김으로 준비하고, 그렇지 못하면 돼지고기 소시지를 만들라고 전해라. 그것도 힘들면, 글쎄, 돼지 내장도 괜찮겠지.」

「네, 존 경 나리.」

젊은이가 광주리를 들고 막 자리를 뜨려 할 때 마을 쪽에서 악대 소리가 들려왔다.

「저 소리가 뭐지? 혹시 나 때문에 저러는 건 아니겠지?」 더비필드가 물었다.

「여자들의 〈단체 걷기 놀이〉랍니다, 존 경 나리. 따님도 그 모임에 나갈 텐데요.」

「아, 그렇지. 중요한 일을 생각하느라고 깜빡했구먼! 자, 빨리 말롯으로 가서 마차를 대령시켜라. 마차로 한 바퀴 돌면서 저 놀이를 둘러보게 될지도 모르니 말일세.」

젊은이는 떠났고, 더비필드는 저물어가는 햇살을 받으며 풀과 데이지 꽃이 흐드러진 곳에 누워 기다렸다. 오랜 시간이 흐르도록 지나가는 사람은 아무도 없었고, 푸르른 언덕으로 둘러싸인 그곳에 들리는 인간의 소리라곤 그저 희미한 악대의 선율뿐이었다.

제2장

 블랙무어로도 불리는 아름다운 블레이크모어 계곡이 북동쪽으로 굽이쳐 흐르는 한가운데에 자리한 말롯 마을은 사방이 산으로 둘러싸여 인적이 뜸한 곳이었다. 네 시간이면 런던에서 올 수 있었지만 관광객이나 풍경화가들의 발길이 닿지 않은 곳이 아직 태반이었다.
 이 계곡은 한여름 가뭄기만 제외한다면 계곡을 에워싸고 있는 언덕 꼭대기에서 내려다볼 때 그 실체가 가장 잘 드러났다. 궂은 날씨에 행여 안내자도 없이 마을의 후미진 곳으로 들어갔다가는 좁고 구불구불한 진창길을 만나 불쾌해지기 십상이었다.
 비옥하고 평온한 이 지역은 들판이 누렇게 마른다거나 샘이 고갈된 적이 없었고, 햄블던 힐, 벌배로, 네틀콤타우트, 도그베리, 하이스토이, 법다운 같은 봉우리들을 감싸 안고 있는 석회질의 능선이 남쪽으로 경계를 이루고 있었다. 만일 해안 쪽에서 여행을 시작한 사람이 석회질의 언덕과 옥수수 밭을 가로질러 북쪽으로 20여 마일 터덜터덜 발길을 떼어 놓다가 별안간 낭떠러지와 맞닥뜨리게 되면, 그는 지금까지 지나처 온 것과는 전혀 다른 풍경이 자신의 발아래로 지도처럼 펼쳐져 있는 것을 보고 마냥 놀라며 즐거워하리라. 그의 뒤로는 언덕들이 막힘없이 펼쳐져 있고, 이 풍경이 사유지가 아니라는 느낌이 들 정도로 드넓은 들판 위로 태양은 찬란하게 빛을 쏟아붓고 있을 것이다. 하얗게 모습을 드러내고 있는 오솔길들, 나뭇가지를 얽어 만든 나지막한 울타리들 그리고 무색투명한 대기. 이곳 골짜기 안의 세상은 좀 더 세밀하고 보다 섬세하게 만들어져 있는 것 같았다. 들판은 울타리를 쳐놓은 작은 방목장을 닮았고, 이 꼭대기에서 그것을 내려다보자니 울타리가 마치 연한 녹색의 목초지 위에 조금 진한 녹색의 실타래를 풀어 놓은 것처럼 너무 앙증맞아 보였다. 아래를 가득 메우고 있는 나른한 공기는 하늘빛으로 물들어 있어서 화가들이 말하는 중경(中景)의 색조를 띠고 있었다. 그 너머의 지평선은 진한 군청색을 띠고 있었다. 곡식을 심을 수 있는 땅은 드물었고 좁았다. 약간의 예외는 있었으나 드넓게 펼쳐진 목초지와 나무들 그리고 커다란 산과 커다란 계곡에 안겨 있는 작은 언덕과 작은 계곡들이 멋진 조망을 만들어 내고 있었다. 여기가 바로 블랙무어 계곡이었다.

 이곳은 지형적으로도 그렇지만 역사적으로도 흥미로운 곳이었다. 이 계곡은 옛날 헨리 3세가 통치하던 시절에 생긴 묘한 전설 때문에 흰 사슴의 숲으로도 알려져 있었다. 전설에 따르면 토머스 드 라 린드라는 사람이 왕이 쫓다가 살려 준 아름다운 흰 사슴을 죽이는 바람에 엄청난 벌금을 물었다는 것이다. 이곳은 그 시절에도 그랬지만 최근까지도 울창한 숲을 이루고 있었다. 지금도 옛 모습이 더러 남아 있었으니, 언덕 능선을 따라 있는 오래된 참나무 숲과 고르지 않은 띠를 이루고 있는 목재 덤불 그리고 목초지 여기저기에 그늘을 드리우는 밑동이 텅 빈 나무들에서 그런 흔적이 발견되었다.

비록 숲은 사라졌으나 숲 그늘에서 벌어졌던 옛 관습은 지금도 일부가 남아 있었다. 하지만 이렇게 남아 있는 옛 관습들도 많이 변형되었거나 원래 모습과는 다른 형태로 이어지고 있었다. 예를 들면, 그날 오후 우리의 시선을 끌었던 오월 축제는 클럽 축제나 또는 그곳에서 불리듯 〈단체 걷기 놀이〉로 형태가 바뀐 것이다.

참가자들이 축제의 참으로 흥미로운 부분까지 다 지켜 온 건 아니지만 이것은 말롯의 젊은 층들에게 재미있는 행사였다. 이 축제가 지닌 독특한 점이라면 사람들이 춤을 추며 줄지어 걸어간다는 것이라기보다 참가자들이 거의 여자라는 사실이었다. 남성들의 모임에서 이런 식의 축제들은 거의 사라지고 있는 추세였지만 아주 없지는 않았다. 그리고 여성들의 여리디 여린 수줍음 때문인지 아니면 남성들의 빈정거리는 태도가 가져온 결과인지는 몰라도 지금 남아 있는 여성들의 축제에서 영광이나 완성도는 거의 사라지고 없었다. 말롯의 이 축제만이 유일하게 지금까지 남아서 케레스[5]를 기리는 정신을 지켜가고 있었던 것이다. 이익을 도모하는 모임이 아닌 신에게 봉헌하는 일종의 여성 모임의 성격을 띤 이 클럽은 수백 년에 걸쳐 걷기 놀이를 해왔고, 아직도 그 걷기는 이어지고 있었다.

행렬에 참가한 사람들은 모두 흰옷을 입고 있었다. 이것은 구력[6] 시절, 그러니까 〈즐거움〉이 곧 오월제를 의미하던 시절,

---

5 Ceres. 그리스 여신 데메테르의 로마식 이름으로 농업의 여신이다.
6 14세기부터 1752년까지 영국에서 사용했던 율리아누스력으로 3월 25일에 새해가 시작되었다.

앞날만 생각하는 습관이 우리의 삶을 단조로운 일상으로 만들기 이전에 있었던 것으로써 지금까지 남아 있는 명랑한 풍습이었다. 그들은 제일 먼저 두 사람씩 짝을 지어 교구 안을 행진했다. 녹색 울타리와 담쟁이덩굴이 레이스처럼 꾸며진 집들을 배경으로 그들이 서 있고 그들 위로 태양이 환하게 미소를 머금을 무렵이면 이상과 현실의 부조화가 얼핏 도드라지기도 했다. 그들 모두 흰옷을 입고 있었으나, 그들의 흰색이 똑같은 경우는 하나도 없었다. 어떤 옷들은 창백함이 도는 순백색에 가까웠고 푸르스름한 빛깔이 도는 옷들도 있었으며 나이가 조금 더 든 여자들이 입고 있던 것들은 ─ 오랫동안 개어 두었던 탓일 수도 있겠지만 ─ 유령처럼 허여멀건 색조를 띠는 조지 왕조 시대[7]의 스타일이었다.

흰옷이라는 특징 이외에도 아낙네들과 처녀들은 저마다 오른손엔 껍질을 벗긴 버드나무 가지를 그리고 왼손엔 한 묶음의 하얀 꽃다발을 들고 있었다. 버드나무의 껍질을 벗기고 꽃다발을 만드는 일은 그들 각자 알아서 해야 했다.

무리 중에는 중년 아낙네들과 노인네들도 일부 섞여 있었다. 세파에 찌들어 철사처럼 엉킨 그들의 은빛 머리카락과 주름투성이의 얼굴은 이 명랑한 분위기와 대비를 이루며 스산할 정도의 연민을 자아냈다. 사실, 〈사는 재미가 하나도 없구나!〉[8]라는 말이 나올 만큼 근심과 경험이 가득한 그들이 어쩌면 젊은 처자들보다 할 말이 더 많을지도 모른다. 하지만 몸을 꼭 죄는 조끼 아래 빠르고 뜨겁게 생명이 고동치는 이들을 위해 나이 든 여자들의 이야기는 일단 건너뛰기로 하자.

---

7 이 소설의 배경은 1880년경이며, 조지 왕조는 이보다 한 세기 전이다.
8 「전도서」 12장 1절 인용.

실제로 행렬의 대부분을 차지하고 있는 사람은 젊은 처녀들이었다. 햇빛을 받은 그들의 풍성한 머리카락은 황금색과 검정색 그리고 갈색의 온갖 색조를 발산하고 있었다. 눈이 아름다운 이들이 있는가 하면 코가 예쁜 처녀들도 있었고, 또 어떤 이들은 아름다운 입매와 몸매를 지니고 있었다. 하지만 이러한 구색을 모두 갖춘 처녀를 찾기란 여간해서 쉽지 않았다. 지켜보는 여러 사람들 앞에서 입술 모양을 어떻게 해야 할지, 머리를 어떻게 하고 있어야 할지 쩔쩔매는 모습은 그들이 뭇시선에 익숙하지 못한 영락없는 시골 처녀들임을 말해 주었다.

그들 몸이 햇살을 받아 따뜻해지는 것처럼, 그들은 저마다 가슴 속에 영혼을 덥혀 줄 자기만의 작은 태양을 하나씩 품고 있었다. 그것은 꿈이기도 했고 사랑이기도 했으며 때론 취미일 수도 있었다. 희망이라는 게 모두 그러하듯 요원하고 막연하여 실현 가능성은 거의 없다고 할지언정, 적어도 희망 하나 정도는 그들의 가슴속에 여전히 살아 숨 쉬고 있었다. 그래서 그들은 모두 명랑했고 즐거워했다.

퓨어 드롭 주점 옆을 돌아선 그들이 큰길을 지나 막 목초지로 들어가는 사립문에 도달했을 때 일행 중 한 여자가 큰 소리로 외쳐 댔다.

「어머나, 세상에! 얘, 테스 더비필드, 저기 마차 타고 오는 사람이 네 아버지 아니시니?」

그 소리에 행렬에 끼어 있던 젊은 처녀 하나가 돌아보았다. 기품 있게 잘생긴 처녀였다. 몇몇 다른 처녀들과 그녀를 비교했을 때 그들보다 더 아름답다고 할 수 없을지는 모르겠으나, 그녀의 붉은 작약 빛깔의 오물거리는 입과 순수하고 커다란 눈망울은 피부색과 생김새에 매력을 더해 주었다. 그녀는 머리에 빨간색 리본을 달고 있었다. 사실, 흰옷을 입은 무리들 중에서 이처럼 강렬한 장식물을 뽐낼 수 있는 여자는 오직 그녀뿐이었다. 뒤를 돌아본 그녀의 시야에 큰길 쪽에서 소매를 걷어 올린 건장한 곱슬머리 여자가 모는 퓨어 드롭 주점 소유의 마차를 탄 아버지 더비필드의 모습이 들어왔다. 곱슬머리 여자는 온갖 허드렛일을 도맡아 하는 그 주점의 활달한 하녀로서 가끔은 이렇듯 마부의 역할을 하기도 했다. 편안하게 지그시 눈을 감고 마차에 등을 기댄 더비필드는 머리 위로 손을 흔들어 대면서 느린 곡조의 노래를 뽑아 대고 있었다.

「나는야 킹스비어에 훌륭한 가족 무덤이 있다네. 그곳 납관에는 기사였던 우리 조상들이 모셔져 있다네.」

테스라는 이름의 처녀를 제외한 일행 모두가 키득거렸다. 그녀는 자신의 아버지가 그들의 놀림감이 되고 있다는 생각에 속에서부터 뜨거운 것이 서서히 치밀어 올라오는 것 같았다.

「그냥 고단해서 그러신 거야.」 다급한 마음으로 그녀가 말했다. 「그래서 집까지 마차를 얻어 타고 가시는 거라고. 우리 집 말은 오늘 쉬어야 하거든.」

「순진하긴.」 그녀의 친구들이 말했다. 「장이 끝나고 이미 꽤나 드셨는데 뭐. 호호!」

「우리 아버지를 놓고 이러니저러니 놀려 대면 너희들이랑 더는 함께 가지 않을 테야!」 테스는 울먹거렸고 그녀의 뺨을 물들인 붉은 기운이 이내 얼굴 전체로 번져 나갔다. 눈가에 금세 이슬이 맺혔고 이내 시선은 땅을 향하고 말았다. 그러자 일행은 테스의 마음을 정말로 아프게 했다는 생각에 입을 다물어 버렸고 분위기는 다시 차분해졌다. 아버지의 행동이 무슨 의미였는지 다시 고개를 돌려 살펴본다는 것은 테스의 자존심이 허락하지 않았다. 그래서 그녀는 일행들과 함께 춤을 추기로 되어 있는 목초지 울타리를 향해 나아갔다. 목적지에 도착할 무렵쯤 돼서야 비로소 그녀의 마음은 가라앉았고, 그래서 옆 사람을 버드나무 가지로 툭툭 건드리기도 했고 먼저처럼 이야기를 섞기도 했다.

이 무렵의 테스 더비필드는 아직 세상에 물들지 않아 오직 감성만 담겨 있는 그릇과도 같았다. 마을 학교를 다니긴 했지만 말할 때 아직 사투리가 남아 있었다. 이 지방 사투리의 특색은 〈ur〉 음절을 발음할 때의 억양인데, 아마도 이것은 인간의 언어들 중에서 가장 풍부한 발성일 것이다. 이 음절을 발음할 때 삐쭉 내민 그녀의 빨간 입술은 아직 윤곽이 또렷하게 잡혀 있지 않았고, 이 발음을 하고 입을 다물 때면 아랫입술이 윗입술의 가운데를 밀어 올리는 습관이 있었다.

테스의 모습에는 아직 어린 시절의 모습이 배어 있었다. 건강하고 아름다운 여인의 자태가 완연했지만, 걸어가고 있는 그녀를 보고 있노라면 열두 살 적의 모습이 양 뺨에 언뜻언뜻 어리곤 했다. 아홉 살 먹은 테스가 두 눈에서 반짝거리기도 했고 가끔은 다섯 살배기 아이가 장난을 치고 있는 모습이 입매의 곡선 언저리를 스치고 지나가기도 했다.

하지만 이런 것들을 알고 있는 이들은 거의 없었고 더구나 이를 곱씹어 생각해 보려는 사람은 그보다도 훨씬 적었다. 혹여 우연히 지나치다가 테스를 처음 본 몇몇의 사람들이 그녀를 한참 바라보게 된다면, 잠시 그 상큼함에 매료되어 언제 그녀를 다시 볼 수 있을까 하는 기대감에 젖어 볼 수도 있으리라. 그러나 테스는 거의 모든 이들에게 착하고 예쁜 시골 처녀에 불과할 뿐 그 이상은 아니었다.

주점의 하녀가 끄는 마차에 몸을 싣고 개선장군처럼 등장했던 더비필드는 더 이상 보이지 않았고, 아무 소리도 들리지 않았다. 어느덧 행렬은 예정된 장소에 도착했고 이제 그들은 춤을 추기 시작했다. 일행 중에 남자가 없어서 여자들은 처음엔 자기들끼리 어울려 춤을 추었다. 그러나 하루의 일과가 끝나는 시간이 가까워지자 마을 남자들이 속속 주변으로 모여들었고, 여기에 할 일 없이 빈둥거리던 사람들과 지나가던 사람들까지 합세해서 춤출 상대를 고르고 싶어 하는 눈치를 보였다.

이들 구경꾼 중에는 상류층으로 보이는 젊은이들이 세 명 있었는데, 그들은 작은 배낭을 하나씩 어깨에 짊어지고 손에는 저마다 단단해 보이는 지팡이를 하나씩 들고 있었다. 엇비슷한 생김새로 보나 연이은 나이 터울로 보나 그들은 형제지간인 것 같았고, 사실이 그랬다. 맏형은 흰색 타이에 허리가 위로 올라간 조끼를 입고 있었고, 부목사용의 챙이 좁은 모자를 쓰고 있었다. 둘째는 평범한 대학생이었다. 막내는 외모로 봐서는 딱히 그를 설명해 줄 만한 특징이 충분치 않았다. 그의 눈매와 옷차림에서 세상에 매이지 않았다는 느낌이 풍겼고 그래서인지 아직은 구체적인 직업이 없는 것 같았다. 그는 무엇이든 마음 가는 대로 배우려는 견습생 같았고 그래서 그는 무슨 일이든 할 수 있을 것 같았다.

이 세 형제는 안면을 튼 주위 사람들에게 그들이 성신 강림절 휴가를 맞이하여 블랙무어 계곡을 도보로 여행하고 있으며, 북동쪽에 있는 샤스턴 마을을 출발하여 지금 남서쪽으로 가고 있다고 말했다.

그들은 큰길에서 목초지 쪽으로 난 문에 몸을 기대고 서서 왜 저들이 춤을 추고 있으며 흰옷을 입고 있는 데는 무슨 의미가 있느냐고 물어보았다. 두 형들은 여기서 오랜 시간을 끌 생각이 없는 게 분명해 보였다. 하지만 막내는 남자 파트너 없이 춤을 추고 있는 처녀들의 모습에 흥미가 동했던지 길을 재촉하고픈 마음이 사라진 것 같았다. 그는 배낭끈을 풀더니 배낭을 지팡이와 함께 울타리 위에 올려놓고 목초지로 들어가는 문을 열었다.

「에인절, 어쩌려고 그래?」 맏형이 물었다.

「저 아가씨들과 춤을 추려고요. 형들도 함께 추면 어때요? 잠깐이면 되는데요. 오래 걸리지 않을 거예요.」

「안 돼. 무슨 바보 같은 짓이냐.」 맏형이 그를 제지했다. 「사람들이 다 보는 데서 시골 여자애들이랑 춤을 추다니⋯⋯. 누가 보기라도 하면 어쩌려고! 어서 가자. 스투어캐슬에 도착하기 전에 해가 질 거야. 거기까지는 가야 우리가 잠잘 곳을 찾을 수 있단 말이다. 자기 전에 『불가지론에 대한 반론』을 한 장 더 끝내야 하기도 하고. 일부러 힘들게 여기까지 그 책을 가지고 왔지 않느냐.」

「알겠어요. 형님과 커스버트 형님을 5분 내로 따라갈 테니 먼저 가세요. 약속드릴게요, 펠릭스 형님.」

두 형들은 할 수 없이 그를 그냥 내버려 두었고 뒤따라 올 막내의 짐을 덜어 줄 요량으로 그의 배낭까지 들고 먼저 길을 나섰다. 그리고 막내는 목초지로 들어섰다.

「정말 안타까운 일이군요.」 춤이 잠깐 멈추자 그가 곁에 있던 두어 명의 처녀들에게 정중하게 말을 건넸다. 「여러분의 파트너들은 다 어디 있나요?」

「아직 일이 끝나지 않았어요.」용감한 처녀 한 명이 말을 받았다.「곧 여기로들 올 거예요. 그때까지 우리 파트너가 되어 주실래요?」

「좋습니다. 하지만 이렇게 수가 많은데 한 사람뿐이라 무슨 도움이 될까요?」

「아무도 없는 것보단 낫지요. 같은 여자들끼리 마주 보고 스텝을 맞추려니 정말 우울하거든요. 허리를 안거나 어깨에 손을 올리지도 못하고 말이죠. 어서 파트너를 고르세요.」

「쉿, 너무 앞서 가는 것 아니니!」수줍음이 많은 처녀 하나가 끼어들었다.

그렇게 초대를 받은 젊은이는 처녀들을 죽 둘러보면서 파트너를 물색했지만 그에겐 모두 낯선 얼굴들이라 쉬운 일은 아니었다. 그는 가장 가까이에 있는 처녀를 선택했는데, 그에게 맨 처음 말을 건네서 내심 그의 파트너가 될 기대에 부풀어 있던 그 처녀는 아니었다. 더비필드도 역시 그의 파트너는 되지 못했다. 혈통도, 조상의 유골도, 위풍당당한 묘비명도 그리고 더버빌 가문의 혈통마저도 아직은 테스의 삶에 아무런 보탬이 되지 못했다. 그러한 것들은 고만고만한 시골 처녀들 사이에서 함께 춤을 출 남자의 시선을 끌 정도의 도움도 주지 못했던 것이다. 빅토리아 시대에 재력이 받쳐 주지 않는 노르망디 혈통이란 고작 이런 거였다.

파트너의 행운을 거머쥔 처녀가 누구인지 전해지진 않았으나 그 처녀는 그날 저녁 처음으로 남자 파트너와 춤을 춘 호사를 누렸다는 사실로 모두의 부러움을 한 몸에 받았다. 누군가 본보기를 보인다는 것은 실로 엄청난 파장을 일으키는 것이어서 낯모르는 외부인이 끼어들기 전까지는 선뜻 문 안으로 발을 들여놓길 망설였던 마을 젊은이들이 속속 합류하기 시작했다. 그래서 어느덧 그들 중 가장 수수한 용모의 여자까지도 더 이상 남성 파트의 스텝을 밟지 않아도 되었고, 분위기는 점점 꾸밈이 없는 젊음의 열기로 무르익어 갔다.

그때 교회의 시계가 울렸다. 그러자 돌연 그 청년은 이제 그만 가야겠노라고 말했다. 형들을 뒤따라가야 한다는 사실을 까맣게 잊고 있었던 것이다. 그렇게 춤의 대열에서 빠져나오던 그의 눈길이 잠시 테스 더비필드에게서 멎었다. 그녀의 커다란 눈망울에는 그가 자신을 선택해 주지 않은 것에 대한 원망 비슷한 것이 서려 있었다. 아쉬운 마음이 들기는 그도 마찬가지였다. 그 처녀가 뒤쪽에 있어서 그의 눈에 들어오지 않았던 것이다. 그렇게 아쉬운 마음을 안고 그는 풀밭을 떠났다.

너무 시간이 지체되었기 때문에 그는 발이 땅에 닿을 새도 없이 서쪽 길로 달려 내려가기 시작했다. 그는 곧 골짜기를 지났고 다음번 언덕의 꼭대기에 이르렀다. 아직 형들을 따라 잡진 못했지만 숨을 고르느라 잠시 발길을 멈춘 그가 뒤를 돌아보았다. 그의 시선 속으로 함께 어울려 푸르른 풀밭을 빙빙 돌던 흰옷의 처녀들이 똑같은 모습으로 춤을 추고 있는 게 들어왔다. 그 처녀들은 벌써 그를 완전히 잊어버린 것 같았다.

다른 처녀들은 모두 그를 잊었는지 모르지만, 그러나 한 사람만은, 울타리 옆에 홀로 서 있는 하얀 모습의 처녀만은 그렇지 않았을 것이다. 그는 서 있는 위치로 볼 때 바로 그녀가 자신이 춤을 청하지 않았던 그 예쁜 처녀라는 사실을 알 수 있었다. 별일 아니었지만 그녀가 자신을 봐주지 않았다는 사실에 마음 아파하고 있다는 걸 직감적으로 알 수 있었다. 그녀에게 춤을 청했더라면, 그리고 그녀의 이름을 물어보았더라면 좋았을걸 하는 아쉬움이 밀려들었다. 그녀는 정말 얌전했고 표정도 풍부했다. 흰색의 얇은 옷을 입고 있던 그 모습이 너무도 여려 보여 그는 자신의 행동이 어리석었다는 느낌을 지울 수가 없었다.

    하지만 이젠 어쩔 수 없는 일이었다. 그는 돌아서서 걸음을 바삐 재촉하느라 몸을 숙이며 마음에서 그 일을 지워 내버렸다.

제3장

 테스 더비필드는 그 일을 그리 쉽게 머리에서 지울 수 없었다. 춤출 파트너는 얼마든지 있었지만 한동안 춤을 추고 싶은 마음도 없었다. 아! 마을 남자들은 왜 그 낯선 젊은이처럼 점잖게 말을 건네지 못하는 걸까. 언덕 너머로 멀어져 가는 낯선 젊은이의 모습이 이제 완전히 햇살 속으로 사라졌고 그제야 비로소 테스는 잠깐이나마 슬펐던 감정을 툭툭 털어 버리고 춤을 청하는 파트너를 받아들였다.

 테스는 어둑어둑해질 때까지 친구들과 어울리며 즐겁게 춤을 추었다. 아직 사랑이 뭔지 몰랐기에 그녀는 그저 풀밭을 밟으며 춤을 추는 그 자체가 좋았다. 그녀는 남자들의 구애를 받아들인 여자들의 〈부드러운 고통, 쓰라린 달콤함, 기분 좋은 고통, 흐뭇한 슬픔〉 등을 보더라도, 자신이라면 그런 상황에서 어떻게 할까 하는 생각조차 별로 해보지 않았다. 서로 그녀와 춤을 추려고 애쓰는 청년들의 실랑이도 그저 재밋거리에 불과할 뿐 결코 그 이상은 아니었다. 그렇게 다툼이 심해질라치면 그녀는 그들을 나무라기까지 했다.

 테스는 좀 늦게까지 머물 수도 있었다. 하지만 아버지의 이

상했던 모습과 행동이 생각나자 불현듯 마음이 불안해지기 시작했다. 그녀는 아버지에게 무슨 일이라도 생긴 건 아닌지 걱정하면서 춤추는 무리에서 빠져나와 마을 끝자락에 있는 집을 향해 발걸음을 옮겼다.

집까지는 아직 몇십 야드나 남아 있건만 방금 떠나온 곳의 리듬과는 전혀 다른, 하지만 너무도 귀에 익은 가락이 그녀의 귓가로 흘러들었다. 그 가락은 집에서 흘러나오는 소리로서 돌바닥 위에서 쿵쿵 부딪히며 세게 흔들리는 요람 소리와 함께 이어졌다. 한 여자의 목소리가 그 소리에 박자를 맞추어 짤막한 애창곡 「얼룩소」를 경쾌한 갤럽[9]으로 흥얼거리고 있었다.

> 나는 보았네 저 머언 수우풀에 누워 있는 그녀를
> 내 사랑, 이리로 와요! 어디인지 말해 주리라!

흔들리던 요람 소리와 노래가 동시에 멈칫하더니 목청껏 고음으로 질러 대는 소리가 노래 가락을 대신했다.

> 반짝이는 네 눈에 축복이 있기를! 아름다운 뺨에도! 앵두 같은 입에도! 큐피드 같은 다리에도! 그리고 축복받은 네 온몸에도 하느님의 축복이 있기를!

이러한 기도가 끝나자 요람을 흔드는 소리와 가락이 다시 이어졌고, 노래 「얼룩소」도 계속되었다. 테스는 문을 열었다. 그리고 그녀는 잠시 매트 위에 서서 집 안을 둘러보았는데 그

---

9 19세기 중엽에 유행한 빠른 템포의 2박자 선회 춤곡 또는 그 춤이다.

때도 그 풍경은 여전했다.

 노랫가락은 울리건만 이루 말로 표현할 수 없이 스산한 집안 풍경이 테스의 마음을 아프게 조여 왔다. 목초지에서 가졌던 축제의 흥거운 분위기, 흰옷과 꽃다발, 버드나무 가지, 푸른 풀밭 위를 빙글빙글 돌던 동작 그리고 잠시나마 마음을 포근하게 감싸 주었던 낯선 남자를 향한 설렘이 갑자기 한 자루의 촛불이 만들어 내는 을씨년스럽기 짝이 없는 우울한 풍경으로 변해 버린 것이다. 이 얼마나 갑작스러운 변화인가! 테스는 대조적인 모습에 따른 불쾌한 충격에 더하여 혼자만 밖에서 신나게 놀지 말고 좀 더 일찍 돌아와서 어머니를 도와드렸어야 했다는 자책감으로 마음이 아파 왔다.

 어머니는 테스가 집을 나섰던 그때 그 모습 그대로 아이들에게 둘러싸여 월요일이면 으레 매달리는 빨래 통에서 일하고 있었고, 늘 그렇듯이 빨래 통은 이 주말까지도 계속 그 자리를 차지하고 있었다. 자신이 몸에 걸치고 있는 흰옷도 바로 전날 그 빨래 통에서 건져 냈다는 사실이 날카로운 비수가 되어 테스의 마음을 콕콕 찔러 댔다. 어머니가 이 옷을 직접 짜서 다림질까지 해주었건만, 자신은 칠칠찮게 축축한 풀밭에서 치맛자락에 푸르스름한 물을 들인 것이다.

 더비필드 부인은 늘 하던 대로 빨래 통 옆에서 한쪽 발로 중심을 잡고 다른 발로는 막둥이가 누워 있는 요람을 흔들어 대고 있었다. 아기를 태운 요람은 돌바닥 위에서 오랜 세월 동안 많은 아이들의 무게에 짓눌린 채 힘겨운 의무를 해온 탓에 바닥 부분이 거의 납작하게 닳아 버렸고 그래서 흔들릴 때마다 요란하게 삐걱거렸다. 온종일 비눗물 속에 손을 담그고 있던 더비필드 부인이 남아 있는 온갖 힘을 쥐어짜서 노래에 흥을 실어 요람을 밟을라치면 아기는 직조공의 베틀처럼 양쪽 가장자리를 왔다 갔다 하며 왕복 여행을 했다.

똑딱똑딱 요람이 움직이면 높게 타오르던 촛불도 함께 위아래로 춤을 추기 시작했다. 잠시 딸을 물끄러미 바라보고 있던 어머니의 팔꿈치에서 물이 뚝뚝 떨어졌고, 노래는 한 소절이 다 끝날 때까지 끊이지 않고 빠르게 이어졌다. 갓난아기로 인해 살기가 더욱 팍팍해졌지만 조앤 더비필드는 노래를 즐겨 불렀다. 바깥세상에서 블랙무어 골짜기로 흘러들어 온 노래치고 그녀가 일주일 안에 익히지 못한 것이 없을 정도였다.

그녀의 용모에는 희미하긴 하지만 상큼함이랄까, 젊은 시절의 아름다움 같은 것이 아직 남아 있었다. 그러니까 테스에게 자랑해도 될 만한 매력이 있다면 그것은 대부분 어머니로부터 물려받은 것이지 기사 작위나 가문의 역사와는 무관한 것이었다.

「어머니, 제가 요람을 흔들게요.」 딸이 상냥하게 말했다. 「아니면 이 나들이옷을 벗고 빨래 짜는 걸 도와 드릴까요? 어머니가 진작에 일을 다 끝내신 줄 알았어요.」

어머니는 이렇게 오래 집안일을 자신에게만 맡겨 놓았다는 이유로 딸을 못마땅하게 생각하지는 않았다. 테스가 조금만 더 도와주었으면 하는 생각이 살짝 들 때에도 조앤은 본능적으로 해야 할 일을 뒤로 밀어 두고 쉴 뿐 그런 문제로 딸을 야단친 적은 거의 없었다. 그날 밤 어머니는 평소보다 기분이 더 들떠 있는 모습이었다. 어머니의 표정에는 딸이 이해할 수 없는, 뭐랄까 일종의 몽롱하고 무언가에 사로잡힌 듯한, 그리고 한껏 부풀어 오른 감정이 담겨 있었던 것이다.

「애야, 잘 왔다.」 노래의 마지막 소절이 끝나자 곧 어머니가 말문을 열었다. 「아버지를 모시고 와야 하거든. 하지만 그보다 먼저 무슨 일이 있었는지 말해 주마. 애야, 너도 이 말을 들으면 자랑스러워할 게야!」 (더비필드 부인은 습관적으로 사투리를 썼고, 런던에서 공부한 여교사에게 초등 교육[10] 6년 과정을 배운 딸은 집에서는 사투리가 약간 섞인 영어를, 밖에서나 점잖은 사람들 앞에서는 표준 영어를 썼다.)

「제가 나간 뒤에요?」

「그래!」

「오늘 오후 아버지가 우스꽝스러운 모습으로 마차를 타고 가시던데 그것과 관계가 있나요? 왜 그러셨대요? 창피해서 쥐구멍에라도 들어가 숨고 싶었다니까요!」

「다 이유가 있단다. 우리가 이 마을에서 가장 지체 높은 가문이라는 걸 알게 됐거든. 우리가 올리버 그림블[11] 시절보다 훨씬 이전, 이교도 터키인들 시대까지 거슬러 올라가는 오래된 가문이었다는구나. 비석, 지하 무덤, 문장, 문패 등 별게 다 있었대. 성 찰스 시절에는 로열 오크 기사로 책봉된 적도 있었고. 가문의 진짜 성이 더버빌이라나……. 가슴이 터질 듯이 기쁘지 않으냐? 아버지가 마차를 타고 집으로 오신 것도 다 그 때문이야. 사람들이 생각하는 것처럼 술을 드셨기 때문이 아니란다.」

「좋은 일이군요. 어머니, 그런데 그게 우리에게 무슨 도움이 될까요?」

「물론이지! 엄청난 일이 생길 거야. 이 사실이 알려지면 곧 우리와 엇비슷한 신분의 사람들이 대거 마차를 타고 이리로

---

10 가난한 아이들을 가르치기 위해 1811년 초등 교육 기관이 세워졌다.
11 올리버 크롬웰을 잘못 발음한 것이다.

몰려올 게 분명하단다. 아버지도 샤스턴에 가셨다가 돌아오시는 길에 이 사실을 아셨다는구나. 내게 가문의 족보에 대한 모든 걸 말해 주었지.」

「아버진 지금 어디 계세요?」 별안간 테스가 질문을 던졌다.

어머니는 질문과 전혀 관계없는 이야기로 대답을 대신했다. 「아버지는 오늘 의사의 진찰을 받으러 샤스턴에 갔다 오셨어. 폐결핵은 아닌 모양이더라. 그런데 심장 주변에 기름이 꼈대. 이렇게 말이야.」 조앤 더비필드는 물에 퉁퉁 분 엄지와 검지로 C 자 모양을 만들더니, 다른 쪽 검지로 그 C 자를 가리켰다. 「의사가 이렇게 말했대. 〈현재 당신의 심장은 여기 사방이 막혀 있어요. 이쪽도 마찬가지고요. 아직 뚫려 있는 곳은 여기뿐이군요.〉」 더비필드 부인이 두 손가락을 붙여 완전한 원을 만들며 계속 말했다. 「〈이것이 붙어 버리는 순간 당신은 그림자처럼 사라지게 될 거요. 더비필드 씨, 10년을 버틸 수도 있고 열 달 혹은 열흘을 살 수도 있어요.〉 이렇게 의사가 말했다는구나.」

테스는 놀란 표정이 되었다. 어쩌면 그녀의 아버지는 뜻밖에 들이닥친 이 엄청난 희소식에도 불구하고 돌연 저세상으로 가실지도 모른다.

「아버지께선 어디 계시는데요?」 그녀가 같은 질문을 반복했다.

어머니의 표정엔 언짢은 기색이 역력했다. 「그렇게 벌컥 화부터 내지 마라. 그 가엾은 양반이 목사님이 들려준 이야기에 몹시 뒤숭숭해하다가 30분 전에 롤리버 주점으로 가셨어. 가문이야 어떻든 간에 배달은 해야 하니 내일 벌통을 싣고 길을 나설 기운을 얻고 싶으셨던 게지. 갈 길이 머니까 오늘 밤 12시가 지나면 곧 떠나야 하거든.」

「기운을 얻는다고요!」 말을 툭 내뱉는 테스의 눈가에 이슬이 맺혔다. 「오, 맙소사! 기운을 얻으려고 술집에 간다니요! 어머니도 아버지 말에 동조하셨군요.」

온 방 안이 테스의 신랄한 질책과 함께 우울한 분위기로 가득 찼고 가구와 촛불, 주위에서 놀고 있던 아이들과 어머니의 얼굴에까지 겁에 질린 표정이 내려앉았다.

「아니다.」 화난 목소리로 어머니가 반박했다. 「맞장구를 친 게 아니야. 가서 아버지를 모셔 오려고 네가 들어와 집을 봐주기를 기다리고 있었어.」

「제가 갈게요.」

「아, 아니다. 테스야. 너도 알잖니, 소용없다는 걸.」

테스는 고집을 부리지 않았다. 그녀는 어머니의 반대가 의미하는 바를 익히 알고 있었다. 옆에 있는 의자에 진작부터 걸쳐 있던 부인의 웃옷과 모자는 계획된 외출을 위한 만반의 채비가 갖춰져 있음을 말해 주고 있었다. 어머니가 필요 이상으로 넋두리를 늘어놓는 이유도 바로 그 때문이었다.

「『완본 운명 통감』을 광에 갖다 놓아라.」 조앤은 부산스럽게 손을 닦고 옷을 챙겨 입으면서 말을 계속 이어 갔다.

옆 테이블 위에 있던 두껍고 낡은 『완본 운명 통감』은 하도 주머니에서 넣었다 뺐다를 반복한 탓에 거의 활자가 인쇄된 부분까지 너덜너덜했다. 테스는 그 책을 집어 들었고 어머니는 집을 나섰다.

무능하고 무기력한 남편을 찾아 이렇게 주점으로 행차하는 일은 아이들을 길러 내야 하는 힘겨운 일상에서도 더비필드 부인에게 아직 남아 있는 즐거움 중의 하나였다. 롤리버 주점에서 남편을 찾아내 옆에 앉아 한두 시간 정도 쉬면서 잠시나마 아이들 생각과 근심에서 벗어나는 그 시간이 그녀를 행복하게 했다. 그러면 뭐랄까, 저녁 노을빛 같은 후광이 그녀의 삶 위로 어른거렸고 삶의 고통 그리고 팍팍하기만 한 수많은 현실들이 형태가 사라진 추상적인 모습으로 바뀌면서 잔잔한 마음으로 평화롭게 묵상을 할 수 있는 정신적인 현상이 되어 낮게 가라앉았다. 그러면 적어도 그 순간만큼은 삶의 고통들이 딱딱한 결정체가 되어 몸과 영혼에 아프게 생채기를 내는 일은 없었다. 어린 자식들도 당장 눈앞에 보이지 않아서인지 함께 있을 때와는 달리 본인이 소망했던 상당히 똑똑한 자신의 분신과도 같게 여겨졌고, 그렇게 그곳에서 돌이켜 보니 매일 겪는 이런저런 사건에도 소소한 재미와 즐거움이 빠진 것은 아니라는 생각도 들었다. 또 옛날과 같은 장소에서 현재의 남편 옆에 이렇게 앉아 있으려니 단점엔 두 눈을 질끈 감은 채 그를 이상적인 연인으로만 바라보며 구애를 받던 옛날의 그 느낌과 조금은 비슷한 감정이 들기도 했다.

    한편 어린 동생들과 홀로 남겨진 테스는 우선 점치는 책을 광으로 내가서 짚단 밑에 쑤셔 넣었다. 어머니는 이 기분 나쁜 책에 대해 이상하리만치 미신적인 두려움을 갖고 있어서 밤에는 그 책을 집 안에 두지 못하게 했고, 그래서 책을 보고 난 다음에는 다시 광으로 내가곤 했다. 빠른 속도로 소멸되어 가는 미신, 시골 사투리 그리고 구전 가요 등 온갖 것들을 끌어안고 사는 어머니와 여러 번 바뀐 교육 개정법에 따라 초등 교육을 받고 일반 지식을 갖춘 딸 사이에는 이렇듯 족히 2백 년의 간격이 있었다. 그들이 함께 있으면 제임스 1세 시대와 빅토리아 여왕 시대가 나란히 있는 것 같았다.

테스는 뜰에 난 좁은 길을 따라 집 안으로 돌아오면서 오늘처럼 특별한 날 어머니는 과연 그 책에서 무엇을 확인하고 싶었던 걸까 하는 생각이 들었다. 방금 알게 된 조상에 대한 것이려니 하며 어느 정도 짐작은 했지만, 그녀는 그게 다름 아닌 바로 자신과 관계된 일이었다는 건 꿈에도 생각하지 못했다. 테스는 머리에 떠오르는 이러저러한 생각들을 떨쳐 버리고 낮에 말린 리넨에 물을 뿌리는 등 바쁘게 시간을 보냈다. 아홉 살 먹은 남동생 에이브러햄과 보통 리자 루라고 부르는 열두 살된 여동생 엘리자 루이자가 집안일로 바쁜 테스를 거들었고 더 어린 동생들은 꿈나라를 헤매고 있었다. 테스와 바로 아래 동생 사이에는 갓난아이일 때 저세상으로 간 두 명의 동생이 더 있어서 네 살 이상의 터울이 있었다. 그래서 혼자 동생들을 돌보는 그녀의 모습엔 자연스럽게 어머니와 같은 모습이 배어 있었다. 에이브러햄 밑으로는 호프와 모데스티라는 이름의 여동생 둘이 있었고, 그 밑으로 세 살짜리 남동생과 이제 막 첫돌이 지난 아기가 한 명 더 있었다.

 이들 어린 영혼들은 모두 더비필드 호에 탑승한 승객들이었다. 이들은 자신들의 즐거움, 필수품, 건강, 심지어 생존에 이르기까지 모든 것을 오로지 두 명의 어른 더비필드의 판단에 맡겨 놓은 상태였다. 만일 더비필드호의 수장들이 불행이나 파국으로, 또는 기아와 질병과 타락 심지어 죽음을 향해 배를 저어 간다면 한 다스의 절반이나 되는 이 어린 포로들은 꼼짝없이 감금된 채 그 수장들과 한 방향으로 나아갈 수밖에 달리 도리가 없었다. 아무 힘도 없는 속수무책의 이 여섯 생명들에게 어떤 삶을 원하는지 물어봐 준 사람도 일찍이 없었고, 아무 대책도 없는 이런 더비필드 집안에 갇혀 있는, 이처럼 고된 삶을 원하고 있는지 물어봐 준 자는 더더욱 없었다. 따뜻하고 순수한 자신의 시만큼이나 심오하고 진실한 철학을 지녔으리라 생각되는 시인이 〈자연의 성스러운 계획〉[12]을 노래했을 때, 그 시인은 과연 어떤 근거에서 그렇게 노래했을까 반문하고 싶은 사람들도 더러 있으리라.

시간이 상당히 지났건만 아버지와 어머니 두 분 모두 돌아오지 않았다. 문밖을 내다보고 있던 테스는 마음속으로 말롯 마을을 따라가는 길을 그려 보았다. 이제 마을은 눈을 감고 있는 중이었다. 사방에서 촛불과 램프가 하나씩 소등되고 있었다. 불을 끄는 사람과 불을 끄려고 쭉 내민 손이 그녀의 머릿속에서 그려졌다.

어머니가 아버지를 모시러 갔다는 것은 곧 데려올 사람만 하나 더 늘었다는 걸 의미했다. 테스는 건강까지 좋지 않은 아버지가 새벽 1시 전에 길을 나서려면 이렇게 늦게까지 술집에 앉아 조상의 혈통 타령만 늘어놓아서는 안 된다는 생각이 들었다.

「에이브러햄.」 그녀가 남동생을 불렀다. 「모자를 쓰고 롤리버 주점에 가서 아버지와 어머니에게 무슨 일이 있는지 알아볼래? 무섭지 않지?」

의자에서 벌떡 일어난 동생이 문을 열었다. 캄캄한 밤이 이내 동생의 모습을 삼켜 버렸다. 다시 30분이 흘렀다. 그러나 아버지와 어머니 그리고 동생마저도 돌아오지 않았다. 부모님과 마찬가지로 에이브러햄 역시 사람의 마음을 홀리는 술집의 올가미에 걸려 있는 것 같았다.

「아무래도 내가 가봐야겠어.」

[12] 워즈워스의 「이른 봄에 쓴 시」 22행.

리자 루는 잠이 들었다. 어린 동생들을 집 안에 두고 문을 잠근 테스는 어둠 속으로 꼬불꼬불하게 난 좁은 길로 들어섰다. 바늘이 하나뿐인 시계로도 충분히 하루가 나뉘고 몇 인치의 땅덩어리가 엄청난 가치를 갖기 이전에 만들어진 이 길은, 바삐 걸어가기에는 적합하지 않았다.

제4장

롤리버 주점은 인가가 드문드문 있는 기다란 마을 끄트머리에 있는 하나밖에 없는 술집이었다. 하지만 주점 안에서 술을 마시는 건 합법적으로 용납되지 않았으므로 그 주점의 주류 판매 허가증은 사실 전시용에 불과했다. 손님들을 위해 공개적으로 제공된 장소라고는 정원 말뚝에 몇 가닥의 철사로 얽어 선반처럼 툭 튀어나오게 만든 6인치 너비에 길이가 약 2야드인 작은 널빤지가 전부였다. 목마른 나그네들은 이 널빤지 위에 컵을 올려놓고 길가에 선 채로 술을 마셨고 술 찌꺼기를 지저분하게 땅에 쏟아 버려 바닥에 폴리네시아 군도의 모양을 그려 내기도 했다. 그래서 그들은 주점 안에 편히 앉을 수 있는 의자가 있으면 얼마나 좋을까 하는 바람들을 품고 있었다.

이것이 바로 나그네들의 처지였다. 마을 손님들 또한 똑같은 소망을 가지고 있었으니, 뜻이 있는 곳에 길은 있기 마련이었다.

술집 주인 롤리버 부인이 얼마 전에 내다 버렸던 두툼하고 큼지막한 숄을 드리운 위층 창의 커다란 침실에는 오늘 저녁에도 행복의 나락으로 빠져들고 싶은 열두어 명의 사람들이 모여 있었다. 술꾼들은 모두 인근 말롯 마을의 나이 든 주민들로서 이 주점을 제집 드나들듯 하는 사람들이었다. 온전한 주류 판매 허가가 난 퓨어 드롭 주점은 인가가 드문드문 들어선 기다란 마을의 다른 쪽 끝자락에 있었다. 이쪽 끄트머리에 사는 사람들로서는 거리가 너무 멀어서 그 술집을 이용하기란 사실 불가능했다. 그리고 이보다 훨씬 더 중요한 문제는 바로 술의 질이었다. 바로 이 집의 술맛은 넓은 집에서 그 주인과 마시는 것보다 집 꼭대기 한쪽 구석에서 롤리버와 마시는 게 더 낫다[13]는 세간의 평을 받쳐 주고 있었던 것이다.

앙상한 네 개의 기둥을 가진 방 안 침대는 삼면으로 모여든 사람들에게 앉을 자리를 제공해 주었다. 두 명의 남자들은 서랍장 위에 걸터앉아 있었고 조각이 새겨진 참나무 옷장에도 한 명 더 앉아 있었다. 두 명은 세면대 위에, 그리고 또 한 명은 앉은뱅이 의자 위에 걸터앉은 채 저마다 편안한 자세를 취하고 있었다. 이 무렵 그들이 도달한 정신적 행복의 경지라면 영혼이 피부 밖으로 흘러나와 저마다의 개성을 방 안 전체로 따스하게 뿜어내는 바로 그런 거였다. 이러한 과정을 치치면서 방과 그 방 안의 가구들에 점점 품격과 화려함이 더해졌고, 창문에 걸쳐 놓은 숄도 벽걸이용 융단의 모습으로 둔갑했다. 서랍장의 놋쇠 손잡이는 문을 두드릴 때 쓰는 황금 손잡이로 변신했고, 조각이 새겨진 침대 기둥은 솔로몬 신전의 웅장한 기둥을 방불케 했다.

테스에게 집을 맡기고 길을 나선 더비필드 부인은 이곳으로 빠른 걸음을 재촉했다. 그녀는 술집의 현관문을 열고 어두

---

13 「잠언」 21장 9절 인용.

컴컴한 아래층의 방을 지나 걸쇠의 구조에 통달한 노련한 솜씨로 계단에 달린 문을 열었다. 구불구불한 계단을 오르는 긴 과정에 이어 마지막 계단을 지나 밝은 빛 속으로 불쑥 솟은 그녀의 얼굴이 침실에 모여 있던 모두의 시선과 딱 마주쳤다.

「〈단체 걷기 놀이〉의 기분을 이어 가려고 가까운 지인들을 불러 내가 한턱내는 거라우.」 발자국 소리에 주인 여자가 계단을 기웃거리며 마치 교리 문답을 반복하는 아이처럼 기운차게 외쳐 댔다. 「오, 당신, 더비필드 부인이었군요. 맙소사, 깜짝 놀랐잖아요. 관리가 나온 줄 알았다니까.」

더비필드 부인은 은신처에 모인 사람들의 눈인사를 받으며 남편이 앉아 있는 쪽을 향해 돌아섰다. 남편은 낮은 목소리로 얼빠진 사람마냥 혼잣말로 흥얼대고 있었다. 「난 어느 누구에게도 뒤지지 않는 훌륭한 사람! 킹스비어 서브그린 힐에 훌륭한 가족묘도 있고! 나보다 뼈대 있는 조상의 유골을 가진 사람은 웨섹스에 없다네!」

「당신에게 할 말이 있다우. 언뜻 떠오른 생각인데 굉장한 계획이지요!」 부인이 명랑하게 속삭였다. 「여보, 존. 나 보여요?」 그녀가 남편을 쿡쿡 찔러 댔고 그러자 그는 마치 창 너머 바깥 풍경을 내다보려고 창유리를 바라보듯 그렇게 멀거니 아내 쪽으로 시선을 주면서 계속 노래를 흥얼거렸다.

「쉿! 그렇게 크게 노래하면 안 돼요.」 술집 주인이 말했다. 「관리가 지나가다가 내 면허증이라도 빼앗아 가면 어떡해요.」

「우리 집에 어떤 일이 있었는지 남편이 말했겠죠?」 더비필드 부인이 물었다.

「조금은요. 그래서 돈이라도 좀 생겨요?」

「아, 그건 비밀이에요.」 점잔을 빼며 조앤 더비필드가 대꾸했다. 「설령 마차를 타진 못한다고 하더라도 어쨌든 마차를 가지고 있는 사람들의 친척이 되는 건 좋은 일이잖아요.」 사람들 들으라고 목소리를 높였던 조앤이 다시 남편에게 작은 소리로 하던 말을 이어 갔다. 「그 소식을 듣고 줄곧 생각해 봤는데요. 더버빌이란 성을 가진 돈 많은 부인이 체이스 숲 끝자락에 있는 트란트리지에 살고 있다는군요.」

「뭐라고?」 존 경이 반문을 하셨다.

더비필드 부인이 재차 그 정보를 언급했다. 「부인은 틀림없이 우리 친척일 거라고요. 그러니까 테스를 보내서 우리가 친척지간임을 알리자는 게 내 계획이라고요.」

「당신이 그 말을 하니까 생각나는데, 그런 성을 가진 부인이 분명히 한 명 있긴 하지.」 더비필드가 말했다. 「트링엄 목사가 그 생각은 못 했던가 보네. 그 여자는 우리 가문과는 비교도 안 될 거야. 노르만 왕 시대가 지나고 나서도 한참 후에 우리 가문에서 떨어져 나간 대단치 않은 가문일 게 분명하다니까.」

이렇게 이야기를 주거니 받거니 하면서 이 문제에 몰두해 있던 부부는 어린 에이브러햄이 살금살금 방으로 들어와 그들에게 집으로 가자고 말할 기회를 노리고 있는 것도 눈치채지 못했다.

「그 여자가 돈이 많대요. 틀림없이 테스에게 잘해 줄 거예요. 이건 좋은 일이잖아요. 가문이 같은 두 집안이 서로 왕래하면서 지내지 못할 이유가 있나요.」

「맞아. 그리고 우리들도 모두 친척임을 알려야 해.」 침대 아래에 있던 에이브러햄이 밝은 목소리로 끼어들었다. 「테스 누나가 그 부인과 살러 가면 우리도 모두 누나를 보러 가요. 그러면 부인의 마차도 타고 까만색 나들이옷도 입게 될 거고!」

「아니, 너 어떻게 들어왔니? 무슨 얼토당토않은 말을 하는 거냐. 저리로 가. 우리 이야기가 끝날 때까지 계단에서 놀고 있어라!…… 그러니까, 테스를 친척 집에 보내야 한다니까요. 분명히 부인은 테스를 마음에 들어 할 거예요. 확실해요. 그리고 그 다음엔 어떤 귀족 양반이 테스와 결혼하게 될 거고요. 난 다 알아요.」

「어떻게?」

「『완본 운명 통감』에서 테스의 운세를 봤거든요. 거기에 바로 그렇게 나와 있었어요!…… 오늘 우리 딸이 얼마나 예뻤는지 당신이 봤어야 했는데. 살결이 마치 귀족 부인처럼 야들야들하더라니까요.」

「그 애는 뭐라고 합디까?」

「아직 물어보진 않았어요. 그런 친척 부인이 있다는 걸 테스는 아직 모르고 있어요. 그렇게 되면 걔는 분명히 근사한 결혼을 하게 될 거라고요. 싫다고 하지는 않을 거예요.」

「도무지 속을 알 수가 없는 아이라서.」

「그래도 심성은 온순한 아이죠. 내가 다 알아서 할게요.」

이것은 두 사람 사이에 오간 사적인 대화였지만 주변 사람들이 눈치챌 만큼 충분히 중요한 사안이기도 했다. 그래서 그들은 더비필드 부부가 지금 나누고 있는 이야기는 보통 사람들의 그것보다 더 중요한 문제이고 그로 인해 그 부부의 아름다운 큰딸 테스에게 밝은 미래가 예정되어 있다는 것을 어느 정도 짐작하고 있었다.

「오늘 다른 여자들과 함께 교구를 도는 테스를 보면서 나도 모르게 〈참 명랑하고 잘생긴 아이구나〉 하는 말이 툭 튀어

나오지 않았겠나.」 나이 든 술고래 한 명이 목소리를 낮춰서 자기 생각을 말했다. 「하지만 부인은 딸아이가 바닥에서 녹색 엿기름을 묻히지[14] 않도록 각별히 신경 써야 할 거야.」 이 말은 특별한 의미를 지닌 그 지방의 표현이었지만 이를 귀담아듣는 사람은 아무도 없었다.

다시 방 안의 대화는 여러 사람들의 이야기로 뒤섞여 흘러가고 있었는데, 이때 아래층 방을 지나쳐 들려오는 또 다른 발자국 소리가 있었다. 「〈단체 걷기 놀이〉의 기분을 이어 가려고 가까운 지인들을 불러 내가 한턱내는 거라우.」 갑자기 들이닥치는 외부인을 겨냥해 준비해 둔 상투적인 대사를 급하게 반복하던 주인 여자는 발소리의 정체가 테스라는 걸 알았다.

조앤의 눈에도 주름이 자글자글한 중년에게나 어울릴 알코올 냄새가 가득한 이곳에서 딸의 풋풋하고 여린 모습은 애처로운 느낌이 들 만치 겉돌아 보였다. 그래서 그들은 테스의 까만 눈동자에 미처 원망의 빛이 서리기도 전에 자리를 털고 일어나 마시던 술을 서둘러 들이켜고는 딸을 따라 계단을 내려왔다. 그들의 발자국 뒤로 술집 여주인 롤리버의 주의가 들려왔다.

「제발 소리는 내지 말아요. 허가증을 뺏기고 불려 갈지도 모른다니까. 더 심한 일이 있을지도 모른다고요. 모두 잘 가요!」

그들은 함께 집으로 향했다. 테스가 더비필드의 한쪽 팔을 부축하고 나머지 팔은 더비필드 부인이 잡았다. 사실 더비필드는 술을 많이 마신 게 아니었다. 술을 달고 사는 술고래라면 일요일 오후 교회에서 제단으로 걸어 나가 한쪽 무릎을 꿇고 예배를 드리는 것도 너끈할 양의 채 4분의 1도 마시지 않

---

[14] 이 지방 특유의 은유적인 표현으로 〈결혼 전에 임신하다〉라는 뜻이다.

았다. 하지만 존 경 나리의 몸 상태가 부실한 관계로 이런 식으로 결과가 크게 불거진 것이다. 밖으로 나와 신선한 공기를 쐬자 그의 걸음걸이는 갈지자로 마구 휘청거리기 시작했다. 어느 순간에는 세 사람이 만든 대열이 마치 런던을 향하는 것처럼 기울어지더니 또 어느 순간에는 배스를 향해 행진하고 있는 것처럼 쏠리곤 했다. 하긴 이들이 연출해 내는 이러한 우스꽝스러운 장면은 오밤중에 집을 향해 가야 할 일이 많은 가족들에게는 다반사로 일어나는 일이기도 했다. 하지만 대부분의 희극적 광경이 그러하듯 사실 이 장면은 희극과는 거리가 멀었다. 두 여자는 그들의 의지와 무관하게 강요된 외출과 자꾸 뒤로 밀리는 걸음을, 이를 제공한 더비필드에게, 에이브러햄에게 그리고 심지어 자신들에게까지 아무렇지 않다는 듯 태연하게 보이려고 무진 애를 썼다. 어렵사리 집 앞에 이르자 이 집 가장은 자신의 현 거주지가 보여 주는 궁색한 모습에 맞서 용기라도 내려는 듯 갑자기 앞서 부르던 노래의 후렴구를 목청껏 뽑아 대기 시작했다.

「난 킹스비어에 가족묘가 있다네!」

「좀, 조용히 해요. 주책 좀 떨지 말고요. 이 세상에서 당신 집안만 훌륭한 건 아니잖아요. 앤크텔 가문을 봐요. 호시 가문과 트링엄 가문도 당신네처럼 한물간 집안이잖아요. 하긴 당신 집안이 그들보다는 대단한 가문이긴 하지요. 난 그런 집안 출신은 아니지만, 그렇다고 부끄럽지는 않다고요!」

「그렇게 단정하지 말아요. 당신 집안의 몰락 정도는 우리 집안보다 더 심했을 거야. 아무렴, 난 그렇게 믿어. 당신의 품성을 보면 당신 집안에 왕이나 왕비가 나왔던 적도 분명 있을걸.」

이때 테스가 조상 타령을 늘어놓는 것보다 훨씬 더 중요해 보이는 문제를 끄집어내서 화제를 바꿔 버렸다.

「내일 아침 일찍 일어나셔서 벌통을 가지고 먼 길을 떠나시기는 힘들 것 같아요.」

「내가? 한두 시간만 지나면 끄떡없을 거야.」 더비필드가 대꾸했다.

식구들이 모두 잠자리에 든 것은 11시였다. 토요일 장이 시작되기 전에 캐스터브리지의 소매상들에게 벌통을 배달하려면 늦어도 다음 날 새벽 2시에는 벌통을 싣고 출발해야 했다. 거기까지 가는 길이 꽤 험한 데다가 거리도 20~30마일이나 되었고 더구나 마차는 가장 느린 운송 수단이기 때문이었다. 새벽 1시 30분, 더비필드 부인이 테스와 어린 동생들이 잠들어 있는 큰 방으로 들어왔다.

「저 양반이 갈 수 없을 것 같구나.」 그녀가 맏딸에게 말했다. 어머니의 손이 문고리에 닿는 순간 테스의 커다란 두 눈은 이미 떠져 있는 상태였다.

그녀는 간신히 침대에서 몸을 일으켜 앉긴 했지만 아직 어머니가 들려준 현실과 꿈 사이의 어중간한 지점을 헤매고 있었다.

「어쨌든 누구라도 가야지요.」 그녀가 대답했다. 「벌통을 옮기는 일도 벌써 늦은걸요. 올해 분봉은 곧 끝날 거예요. 만일 다음 주까지 장에 벌통을 내가지 않으면 사려는 사람도 없어질 거고 그러면 모두 우리가 처리해야 해요.」

더비필드 부인은 이 긴급한 상황에 어떻게 대처해야 할지 갈피를 잡지 못하는 것 같았다. 「혹시 갈 만한 청년이 없을까? 어제 너와 춤추고 싶어 했던 젊은이들 중에 말이다.」 뜬금없이 더비필드 부인이 이런 제안을 내놓았다.

「아, 안 돼요. 무슨 일이 있어도 그렇게는 하지 않을 거예요.」 테스가 단호하게 딱 잘라 말했다. 「그러면 사람들에게 그 이유를 알리는 꼴이잖아요. 어쩌면 이렇게 부끄러운 일을! 에이브러햄이 같이 가준다면 제가 갈게요.」

어머니도 결국 이 방안에 동의했다. 그들은 같은 방 한쪽 구석에서 곤히 잠들어 있던 에이브러햄을 깨워서 비몽사몽 꿈속을 헤매고 있는 아이에게 옷을 입혔다. 테스도 서둘러 옷을 챙겨 입었다. 그러고서 두 사람은 램프에 불을 붙여 마구간으로 나갔다. 부실하기 짝이 없이 흔들거리는 마차에는 이미 짐이 실려 있었고, 부실의 정도로 따지면 마차보다 그나마 나은 말 프린스가 테스에게 끌려 나왔다.

이 가엾은 동물은 어리둥절해하면서 캄캄한 밤과 램프 그리고 두 인간의 형체를 휘휘 둘러보았다. 살아 있는 모든 것들이 저마다 안식처에서 편한 휴식을 취해야 할 이 시각에 자신만 밖으로 끌려 나와 일을 해야 한다는 사실이 도저히 믿기지 않는다는 표정이었다. 테스와 에이브러햄은 양초 토막들을 다발로 만들어 램프 속에 넣고 그 램프를 마차의 오른쪽에 걸었다. 그리고 가뜩이나 기운 없는 말의 부담을 덜어 줄 요량으로 처음 오르막길은 옆에 나란히 서서 말을 몰았다. 그들은 되도록 기분을 명랑하게 유지하려고 애썼고 버터 바른 빵을 먹고 이야기를 나누면서 지금이 마치 아침인 양 분위기를 만들어 보려고 애썼다. 진짜 아침이 오려면 아직 멀었지만 말이다. 이제야 잠에서 완전히 깨어난 — 지금까지는 비몽사몽 걸음만 떼고 있었던 — 에이브러햄은 여러 가지 검은 형상들이 하늘을 배경으로 만들어 내는 갖가지 요상한 모양들을 보면서 이런저런 이야기를 늘어놓기 시작했다. 이 나무는 동굴에서 막 튀어나온 성난 호랑이를 닮았다느니, 저것은 또 거인의 머리를 닮았다느니 하면서 말이다.

그들은 갈색의 두툼한 초가지붕 아래 고요히 잠들어 있는 작은 도시 스투어캐슬을 지나쳐서 주변보다 조금 높은 지대에 이르렀다. 그들의 왼편으로 남부 웨섹스에서 가장 높다는 벌배로 또는 빌배로라고 부르는 고지가 진흙 협곡에 둘러싸여 하늘로 치솟아 있었다. 길은 이 지점부터 꽤 멀리까지 평평하게 이어져 있었다. 두 남매는 마차 앞에 올라탔고 에이브러햄은 골똘하게 자기만의 생각에 빠져들었다.

「테스 누나!」 잠시 조용하던 아이가 대화를 시작하려는 투로 누나를 불렀다.

「응.」

「누나는 우리가 훌륭한 가문이 되었다는 게 기쁘지 않아?」

「특별히 기쁠 건 없어.」

「하지만 누나도 신사와 결혼하게 되면 좋겠지?」

「무슨 말이니?」 얼굴을 들며 테스가 물었다.

「부자 친척이 누나가 신사랑 결혼하도록 도와줄 거라며.」

「나를? 부자 친척이? 우리에겐 그런 친척이 없어. 왜 그런 생각이 들었니?」

「아버지를 모시러 롤리버 주점에 갔을 때 아버지와 어머니가 하는 말을 들었어. 트란트리지에 우리와 친척인 돈 많은 부인이 산대. 그리고 어머니가 그러는데 누나가 그 부인을 찾아가 친척이라고 말하면 그 부인이 누나가 신사와 결혼하도록 해줄 거래.」

테스는 입을 꾹 다물었고 생각에 잠긴 듯 조용해졌다. 에이브러햄의 이야기는 계속 이어졌는데 누군가가 이야기를 들어주기를 원하기보다는 그저 말하는 것 자체를 즐기는 것 같았다. 그래서 아이는 말없이 생각에 잠긴 누나의 반응에 별로 개의치 않았다. 아이는 벌통에 몸을 기댄 채 고개를 젖히고 별들을 올려다보았다. 저 멀리 별들의 서늘한 맥박이 여기 두 명의 가냘픈 인간들과 차분하게 거리를 두고 캄캄한 허공에서 고동치고 있었다. 에이브러햄은 저 반짝거리는 별들이 얼마나 멀리 떨어져 있는지, 하느님은 별들과 반대쪽에 있는지 누나에게 물어보았다. 하지만 에이브러햄의 천진난만한 재잘거림은 천지 창조의 경이로움에서부터 그의 마음에 깊게 아로새겨진 주제로 금세 되돌아갔다. 만일 테스 누나가 신사와 결혼해서 부자가 된다면, 누나는 돈이 많아서 네틀콤타우트만큼이나 별을 가깝게 당겨 볼 수 있는 망원경을 살 수 있을까?

　온 가족의 뇌리에 단단히 박혀 있는 이야기가 또다시 거론되자 테스는 짜증이 났다.

「이제 그런 소리는 그만해!」 테스가 언성을 높였다.

「누나, 별들은 저마다 하나의 세계라고 말했지?」

「그래.」

「우리가 사는 이 세상처럼?」

「잘은 모르지만, 그럴 거야. 가끔 난 별들이 우리 집 사과나무에 달린 사과 같다는 생각이 들어. 사과들은 대부분 눈부실 정도로 싱싱하지만, 벌레 먹은 것들도 더러 있잖아.」

「우리는 어느 쪽에 살고 있을까? 싱싱한 쪽일까 아니면 벌레 먹은 쪽일까?」

「벌레 먹은 쪽이지.」

「싱싱한 쪽이 아니라는 건 우리에게 운이 없다는 거야. 저렇게 싱싱한 것들이 많은데 말이야!」

「맞아.」

「정말 그런 거야, 누나?」 이 신기한 사실을 곱씹어 보던 에이브러햄이 제 감정에 푹 빠져 누나를 쳐다보며 물었다. 「우리가 만일 싱싱한 쪽에 자리를 잡았다면 어땠을까?」

「글쎄, 아버진 지금처럼 기침을 심하게 하시면서 구부정하게 몸을 구부리고 다니시진 않겠지. 그리고 술을 너무 드셔서 장에 못 가는 일도 없었을 테고. 어머니도 끝없이 나오는 빨래를 해대느라 허구한 날 물에 손을 담그고 있어야 하는 일도 없겠지.」

「그리고 누나는 돈 많은 부인으로 태어나서 부자가 되려고 신사와 결혼해야 하는 일도 없을 거야.」

「그만. 그런 얘기는 이제 하지 마.」

홀로 생각에 빠져들고 있던 에이브러햄이 곧 졸기 시작했다. 테스는 말을 능숙하게 다루지는 못했지만 에이브러햄이 눈을 붙일 수 있도록 당분간 혼자 마차를 몰아야겠다고 생각했다. 그녀는 벌통 앞에 에이브러햄이 편안히 기댈 수 있는 자리를 만들어 떨어지지 않게 해주고 손으로 말고삐를 단단히 쥔 채 말을 몰고 나아갔다.

프린스는 무리한 동작을 할 만큼 기운이 펄펄 나는 말이 아니었으므로 크게 주의를 기울일 필요는 없었다. 벌통에 등을 기댄 테스는 마음을 산만하게 헤집어 놓던 동생이 잠들어 버리자 전보다 더 깊이 생각에 빠져들었다. 그녀의 어깨를 스치고 지나가는 나무와 울타리의 괴괴한 행렬들이 현실 너머에 존재하는 환상적인 장면들과 닿아 있었고, 이따금 불어오는 바람은 공간적으론 우주와 그리고 시간적으론 역사와 가까이 있는 어떤 거대한 슬픈 영혼이 내쉬는 한숨과도 같았다.

자신의 삶에 찾아든 얼기설기한 수많은 사건들을 찬찬히 되짚어 보던 테스의 눈에 아버지가 내세우는 자부심의 허세와 어머니의 환상 속에서 그녀를 기다리고 있다는 신사 구혼자가 보이는 것 같았다. 그녀는 그 구혼자가 우거지상으로 자신의 가난을, 그리고 수의를 둘둘 말고 누워 있는 기사 작위가 있다는 자신의 조상을 비웃는 모습이 보이는 것 같았다. 모든 게 점점 터무니없이 엉뚱한 방향으로 빠져들었고, 그래서 시간이 흘러가는 것도 느끼지 못했다. 바로 이때 난데없이 마차가 크게 뒤뚱거리더니 테스의 몸을 마구 흔들어 정신이 번쩍 들게 했다. 그녀 역시 잠이 들어 있었던 것이다.

그들은 그녀가 잠이 들기 시작했던 곳에서 꽤 멀리까지 와 있었고 마차는 이미 멈춰 있었다. 지금까지 살아오면서 한 번도 들어 본 적 없는, 텅 빈 내부로부터 낮게 울려 나오는 신음 소리가 앞쪽에서 들려왔다. 그리고 뒤이어 〈거기 누구요!〉라고 외치는 소리도 들려왔다.

마차에 걸려 있던 램프는 이미 꺼진 상태였다. 하지만 꺼진 그녀의 램프보다 훨씬 밝은 다른 램프가 그녀의 얼굴을 비추고 있었다. 무언가 끔찍한 일이 일어난 게 분명했다. 마구가 길을 막고 있는 무언가와 뒤엉켜 있었던 것이다.

테스는 혼비백산하여 마차에서 뛰어내렸고, 그리고 곧 무서운 사실과 마주하고 말았다. 신음 소리는 바로 아버지의 불쌍한 말 프린스에게서 흘러나온 거였다. 두 개의 바퀴로 조용히 굴러가는 새벽 우편 마차가 여느 때처럼 이 좁은 길을 쏜살같이 달려오다가 느릿느릿하게 굴러가던 그녀의 불 꺼진 마차와 충돌했던 것이다. 이때 뾰족하게 튀어나온 우편 마차의 막대가 불쌍한 프린스의 가슴을 창처럼 관통해 버렸고, 그 상처에서 프린스의 생명인 피가 콸콸 쏟아져 쉬잇 소리를 내며 길 위로 흘러들고 있었던 것이다.

가슴이 철렁 내려앉은 테스는 앞으로 뛰쳐나가 흐르는 피를 손으로 막아 보려 했으나, 얼굴에서 치맛자락까지 온통 선홍색으로 피범벅이 될 뿐 소용없는 짓이었다. 결국 그녀는 우두커니 선 채 속수무책으로 그 광경을 내려다볼 뿐 달리 어쩔 도리가 없었다. 프린스는 버틸 수 있는 때까지 똑바로 서서 미동도 않더니 돌연 바닥으로 풀썩 주저앉아 버리고 말았다.

그제야 우편 마차꾼이 테스가 있는 쪽으로 다가와 프린스의 뜨거운 몸통을 마차에서 끌어내서 마구를 풀어내기 시작했다. 프린스는 이미 숨을 거두었다. 마차꾼은 당장은 뾰족한 수가 없다는 생각에 다시 자신의 말에게 돌아갔다. 그의 말은 다친 데가 하나도 없었다.

「아가씨가 길을 잘못 들어섰어요.」 그가 말했다. 「난 우편물 가방을 가지고 가던 길이라 계속 가야 하거든. 아가씨는 짐을 가지고 여기서 기다리고 있어요. 그게 가장 좋은 방법일 거요. 가능한 빨리 도와줄 사람을 보내 줄게요. 날이 밝아 올 테니 무서워할 건 없어요.」

그는 마차에 올라타더니 가던 길로 속도를 내며 떠나 버렸고 테스는 가만히 서서 기다렸다. 대기는 창백한 빛을 띠기 시작했고 울타리에서 몸을 털며 일어난 새들이 울어 대기 시작했다. 좁은 오솔길이 서서히 하얗게 모습을 드러내고 있었고, 그보다 훨씬 더 하얗게 테스의 모습도 드러나기 시작했다. 그녀 앞에 고인 커다란 피 웅덩이가 응고되면서 무지개

색깔을 띠기 시작했다. 떠오르는 태양 빛을 받아 오색영롱한 빛깔을 반사하고 있었던 것이다. 프린스는 뻣뻣하게 굳어 조용히 모로 누워 있었고 눈은 반쯤 감겨 있었다. 프린스의 가슴에 난 구멍은 그를 살아 있게 했던 그 모든 것을 쏟아 낼 만큼 그렇게 커 보이지는 않았다.

「나 때문이야, 모두 내가 저지른 일이야!」 이 광경을 가만히 바라보며 어린 여자는 울부짖었다. 「어떤 변명도 있을 수 없어. 이제 부모님은 뭘 하며 사실까? 에이비, 에이비!」 그녀가 이런 재앙이 닥친 내내 곤히 자고 있던 동생을 흔들어 깨웠다. 「이제 계속 짐을 지고 갈 수 없게 되었어. 프린스가 죽었단다.」

모든 것을 파악하게 된 에이브러햄의 어린 얼굴에 갑자기 쉰 살 먹은 사람에게서나 볼 수 있는 깊은 주름이 잡혔다.

「왜 이런 일이, 바로 어제만 해도 춤추고 웃어 대고 했는데!」 그녀는 계속 혼자 중얼댔다. 「어쩜 그리 멍청했을까!」

「누나, 이게 전부 우리가 싱싱한 별이 아니고 벌레 먹은 별에 살기 때문이지? 그치, 테스 누나?」 눈물을 훔치며 에이브러햄이 중얼거렸다.

그들은 침묵 속에서 한참을 기다렸다. 그 시간이 그들에겐 마치 영원처럼 느껴졌다. 드디어 무언가가 소리를 내면서 다가오고 있었다. 우편 마차꾼이 약속대로 근처 스투어캐슬에 사는 한 농부에게 부탁을 했고, 농부는 일꾼을 시켜 다리가 짧은 땅딸막한 말 한 마리를 보내 준 것이다. 그들은 그 말을 프린스 대신 벌통이 실린 짐마차에 매고 캐스터브리지로 향했다.

그날 저녁 빈 마차는 다시 사고가 났던 곳으로 돌아왔다.

프린스는 아침부터 내내 그곳 도랑에 누워 있었다. 길 한가운데 피가 고여 생긴 웅덩이는 지나다니는 마차 바퀴에 뭉개졌지만 아직도 자국은 선명하게 남아 있었다. 남아 있는 프린스의 잔해는 예전에 그가 끌던 짐마차 위로 끌어 올려졌다. 발굽을 허공에 치켜들고 저물어 가는 햇살에 편자를 반짝이면서 프린스는 그렇게 8~9마일에 이르는 길을 따라 말롯 마을로 되돌아왔다.

테스는 일찍 집으로 돌아왔다. 그녀는 어떻게 이 사실을 알려야 할지 도무지 엄두가 나지 않았다. 하지만 부모님의 얼굴을 보니 그들은 이미 말이 죽었다는 사실을 알고 있는 듯했다. 본인이 직접 사실을 고해야 한다는 고통은 줄어들었지만, 그렇다고 자신의 나태함을 꾸짖으며 자꾸 커져만 가는 자책감까지 줄어든 건 아니었다.

하지만 이 불행한 사건은 이들의 삶이 너무도 무기력했기 때문에 열심히 살아가는 가족이 받았을 충격에 비해 오히려 강도가 덜한 편이었다. 물론 이 일이 열심히 삶을 꾸려 가는 가족에게 그저 약간의 불편을 초래한 정도였다면, 더비필드 집안에게는 곧 파멸을 의미하는 일이긴 했다. 딸의 행복을 비는 야심이 강한 부모였다면 응당 그녀에게 불같이 노여워했겠지만 더비필드 부부의 얼굴에선 노여움을 찾아볼 수 없었다. 그러니까 테스가 자책하는 것처럼 그렇게 그녀를 비난하는 사람은 아무도 없었던 것이다.

무두장이가 말이 너무 늙었다는 이유를 들어 프린스의 사체 값으로 달랑 몇 실링만 주겠다고 하자 더비필드는 즉시 반응을 보였다.

「그건 안 돼.」 그가 잘라 말했다. 「늙은 프린스의 몸뚱이를 팔아 치우진 않겠어. 우리 더버빌 가문이 이 땅의 기사였을 적엔 타고 다니던 군마를 고양이 먹이로 파는 일은 없었지. 그런 푼돈은 그냥 가지라고 해라. 프린스는 살아 있는 내내 나를 충실하게 보필했는데 이제 와서 이런 식으로 헤어지진 않으련다.」

다음 날 그는 가족을 위해 몇 달씩 곡식을 재배할 때보다 더 많은 공을 들여 마당에 프린스의 무덤 자리를 팠다. 구덩이가 마련되자 더비필드와 그의 아내는 말에 밧줄을 묶고 마당에 좁게 난 길을 따라 구덩이를 향해 프린스를 끌고 갔다. 아이들은 장례 행렬을 이루며 그 뒤를 따랐다. 에이브러햄과 리자 루가 훌쩍거렸다. 호프와 모데스티는 그들의 슬픔을 목이 터져라 쏟아 냈고 그들의 울음소리는 벽에 부딪쳐 이내 메아리가 되어 돌아왔다. 프린스가 구덩이 안으로 굴러떨어졌고, 이제 모두 무덤 주위에 빙 둘러섰다. 그들의 밥줄이 그들에게서 떠나가 버렸다. 이제 어찌해야 할꼬?

「프린스는 천당에 간 걸까?」 훌쩍거리며 에이브러햄이 물었다.

삽질을 시작한 더비필드가 무덤에 흙을 덮자 아이들은 또 울음을 터뜨렸다. 하지만 테스는 울지 않았다. 자신을 생명을 앗아 간 살해자로 생각하는 듯 눈물이 사라진 테스의 얼굴은 그저 창백하기만 했다.

제5장

 주로 말에 의존했던 행상 일은 이후 엉망이 되었다. 극빈 상태까지는 아니더라도 가난의 그림자가 어렴풋이 그들 위로 내려앉고 있었다. 더비필드는 마을에서 게으른 사람으로 통했다. 기운을 내서 일을 하는 경우도 더러 있었으나 그가 힘을 내는 시기가 정작 일이 필요한 시기와 맞물리기란 여간해서 쉬운 일이 아니었다. 그리고 그는 품을 파는 노동자임에도 일상적인 노동에조차 익숙하지 않아서 설사 그 시기가 맞아떨어진다 해도 특별히 인내심을 발휘할 위인도 못되었다.
 반면 테스는 부모를 이런 수렁에 빠뜨린 장본인으로서 그들을 수렁에서 구해 내기 위해 자신이 할 수 있는 일이 무엇일까 조용히 궁리 중이었다. 그런데 그때 그녀의 어머니가 넌지시 본인의 의중을 내비쳤다.
 「내려갈 때가 있으면 반드시 올라갈 때도 있는 게 인생이란다.」 어머니가 말했다. 「너의 귀족 혈통을 이렇게 필요한 순간에 알게 되었으니 얼마나 다행이냐. 친구를 찾아봐야 해. 체이스 숲 끝자락에 돈 많은 더버빌 부인이 살고 있다는데 알고 있니? 부인에게 가서 우리가 친척지간임을 알리고 도움을 좀 청해 봐라.」

「그런 일은 하고 싶지 않아요.」 테스가 대답했다. 「설사 그런 부인이 있다고 해도 우리를 친절하게 대해 주면 그걸로 족한 거지 도와줄 거라는 기대는 마세요.」

「너라면 부인의 환심을 사서 무엇이든 하게 만들 수 있을 거야. 그리고 네가 모르는 뭔가가 더 있을지도 모르잖니. 나도 다 들은 게 있어서 하는 말이란다.」

테스는 자신 때문에 일어난 손해로 마음이 무거웠고, 그래서 여느 때와는 달리 어머니의 그런 생각에 고분고분하게 대응했다. 하지만 그녀는 어머니가 확실하지도 않은 그런 계획을 생각하면서 왜 그리 흡족해 하는지 도무지 이해할 수 없었다. 아마도 어머니는 이리저리 수소문해서 더버빌 부인이라는 사람이 상당한 덕성과 좋은 품성을 지닌 사람이라는 걸 알아냈는지도 모른다. 하지만 그녀는 자존심 때문에 자신에게 주어진 이런 가난한 친척 역할이 영 마뜩하지 않았다.

「차라리 일자리를 구해 볼게요.」 그녀가 중얼거렸다.

「여보, 당신이 어떻게 해봐요.」 뒤편에 앉아 있던 남편을 바라보며 더비필드 부인이 채근했다. 「당신이 가라고 하면 이 아이 갈 거라고요.」

「내 아이들이 생면부지 친척을 찾아가 신세지는 건 싫어.」 그가 낮은 소리로 중얼댔다. 「나는 가장 고귀한 혈통을 지닌 집안의 가장이란 말이야. 그러니까 거기에 걸맞게 살아야 해.」

테스는 아버지가 반대하는 이유가 자신이 가지 않겠다고 하는 이유보다 더 한심하다는 생각이 들었다. 「어머니, 제가 말을 죽게 했으니…….」 그녀가 처연한 목소리로 동의했다. 「뭔가 해야 할 것 같아요. 부인을 만나 보러 가겠어요. 하지만 도움을 청하는 문제에 대해선 제가 알아서 할게요. 그리고 부인이 제 짝을 찾아 줄 거란 생각은 하지도 마세요. 말도 안 되는 일이예요.」

「애야, 말 한번 잘했다!」 아버지가 무게를 잡으며 훈계조로 말했다.

「그런 생각을 하고 있다고 누가 그러던?」 조앤이 반문했다.

「어머니 마음속에 그런 생각이 있는 것 같아요. 어쨌든 가긴 갈게요.」

다음 날 아침 일찍 일어난 테스는 샤스턴이라고 부르는 언덕 위 마을까지 걸어가 거기서 일주일에 두 번 트란트리지 근처를 지나 동쪽의 체이스버러까지 다니는 마차를 이용하기로 했다. 트란트리지는 바로 더버빌 부인이라는 아련하게 신비에 싸인 사람이 저택을 가지고 있다는 그 교구였다.

결코 잊을 수 없을 그날 아침, 테스 더비필드는 태어난 이후 지금까지 살아온 계곡의 북동쪽 비탈길 한가운데를 지나고 있었다. 그녀에게 블랙무어 계곡은 세상 그 자체였다. 그래서 테스에게 그곳에 사는 사람들은 곧 세상의 모든 인류였다. 어린 시절 그녀는 말롯 마을의 집 대문과 목장의 층층대에서 황홀한 마음으로 저 멀리까지 내다보곤 했었다. 그때 신비롭게 느꼈던 것들이 지금도 변함없는 신비로움으로 테스를 사로잡았다. 날이면 날마다 그녀는 자기 방 창문에서 탑과 마을과 희뿌연 저택들을 바라보았다. 특히 높은 언덕 위에 당당하게 서 있는, 저녁 햇살을 받아 창문이 등불처럼 반짝거리는 샤스턴 마을을 바라보곤 했었다. 테스는 그곳에 가본 적이 없었고, 가까이에서 보고 알게 된 것도 계곡의 극히 일부분과 그 주변에 불과했다. 계곡 밖으로 나갔던 일은 더더구나 없었다. 주변을 에워싼 언덕의 윤곽 하나하나는 그녀에게 마치 친척들의 얼굴처럼 친숙하고 친밀했다. 그녀의 판단 범위를 넘어서는 것들은 이태 전 일등으로 졸업했던 마을 학교에서 배운 사실에 의존해서 알 수 있을 뿐이었다.

그 시절 테스는 또래의 여자아이들 사이에서 인기가 많았다. 학교가 끝나면 주로 같은 학년의 여자아이들 셋이 테스를 가운데에 두고 나란히 어울려 집으로 돌아가는 모습이 마을 주변에서 종종 눈에 띄곤 했다. 테스는 원래의 색깔을 잃어 뭐라 표현하기 힘든 빛바랜 모직 원피스 위에 촘촘한 그물무늬의 분홍색 앞치마를 입었고 긴 다리로 통통 튀듯 걸었다. 그녀는 무릎에 작은 사다리처럼 생긴 구멍이 숭숭 뚫린 꼭 끼는 긴 양말을 신고 있었는데, 그 구멍들은 길가나 강둑에서 나물이나 진기한 돌멩이를 찾느라고 무릎을 꿇는 바람에 생긴 것들이었다. 당시 그녀의 흙빛 머리카락은 냄비를 걸어 두는 고리처럼 찰랑거렸고, 양쪽 여자아이들의 팔은 테스의 허리에 그리고 그녀의 팔은 그 여자아이들의 어깨 위에 얹혀 있었다.

나이가 들어 가면서 현실을 보는 눈이 생긴 테스는 아무런 대책도 없이 동생들을 많이 낳아 그녀에게 떠안기는 어머니를 보면서 맬서스의 『인구론』을 생각했다. 동생들을 보살펴 주고 먹여 키우는 일은 보통 고된 일이 아니었다. 어머니가 생각하는 수준은 마냥 행복에 겨워하는 어린아이의 그것과 다르지 않았다. 조앤 더비필드는 그저 보살펴야 할 또 하나의 사람에 불과했고, 그나마 신의 섭리에 따라 그녀가 보살펴야 할 많은 식구들 중에서 가장 만이도 되지 못했다.

하지만 테스는 어린 동생들을 진심 어린 마음으로 보살폈다. 그녀는 학교가 파하는 즉시 건초를 만든다거나 곡식을 거두어들이는 등 이웃 농장 일을 돕고 힘이 닿는 한 동생들에게 많은 도움이 되려고 노력했다. 아버지가 소를 키우던 시절 익힌 기술로 우유를 짜거나 버터 만드는 일을 즐겨 하기도 했는데, 특히 이 일은 손가락 놀림이 능숙한 테스가 두각을 드러내는 일이기도 했다.

그녀가 어깨에 짊어져야 할 가족의 부담은 날이 갈수록 커져만 가는 듯했다. 더비필드 가족의 대표로 더버빌 저택을 찾아가야 하는 것도 결국 그녀의 몫이었다. 더비필드 가족이 그들의 먼 친척에게 될 수 있는 대로 가장 아름답게 보이려고 했다는 사실은 인정해야 하리라.

트란트리지에 도착한 테스는 마차에서 내렸고, 체이스라는 곳을 향해 언덕을 올라갔다. 그녀가 주워들은 정보에 따르면 체이스와 트란트리지의 경계선 부근에 더버빌 부인의 저택인 슬로프가 있다고 했다. 그곳은 들과 목초지의 소유주가 자신과 가족을 위해 온갖 수단으로 수입을 쥐어짜 내는 통에 툴툴대는 농부가 있기 마련인 일반적인 장원이 아니었다. 그것은 그 이상, 훨씬 더 이상의 것이었다. 그것은 순전히 즐기기 위해 세워진 저택의 택지로 쓰기 위한 땅이었고, 소유주가 자기 수중에 두고 관리인에게 돌보게 하는 자그마하고 예쁘장한 농장이었다. 그리고 곁에 딸린 골치 아픈 땅이라곤 1에이커도 없는 저택이었다.

먼저 시야에 들어온 것은 처마 끝까지 상록수가 빼곡하게 뻗어 있는 주홍색 벽돌집이었다. 처음에 테스는 이 집이 바로 그 저택일 거라고 생각했다. 하지만 떨리는 마음으로 옆에 난 쪽문을 지나 마찻길이 구부러지는 곳에 이르자 진짜 저택이 온전한 모습으로 서 있었다. 최근에 지어진 이 저택은 거의 새집이나 마찬가지였고 집을 덮고 있던 푸른 상록수와 뚜렷한 색상 대비를 보였던 조금 전 문지기의 집처럼 짙은 붉은색을 띠고 있었다. 주변의 차분한 색조를 배경으로 활짝 핀 붉은 제라늄 꽃처럼 서 있는 그 집의 모퉁이를 한참 돌아가자 체이스 숲이 연한 하늘빛 풍경을 바탕으로 펼쳐져 있었다. 이곳은 실로 고색창연한 숲으로서 드루이드교 승려들이 숭배했다는 겨우살이가 지금도 오래된 참나무에서 발견되었다. 인간의 손으로 심지 않은 어마어마한 주목들이 활을 만들기 위해 가지를 쳤던 그때 그 모습 그대로 자라고 있는, 영국에서 얼마 남지 않은 원시 삼림 지대였다. 태고를 간직하고 있는 이 무성한 삼림은 〈슬로프 저택〉에서 보이기는 했지만, 영지의 경계선 바로 바깥쪽에 있었다.

아늑해 보이는 이 저택에 있는 것은 모두 밝고 풍요롭고 보존이 잘되어 있는 것 같았다. 그리고 몇 에이커나 되는 온실들이 잡목림이 야트막하게 자라난 곳까지 언덕을 따라 아래로 주욱 이어져 있었다. 모든 것이 다 돈처럼 보였고 그것도 조폐국에서 막 찍어 낸 새 돈처럼 보였다. 오스트리아산 소나무와 상록 참나무로 일부를 가린 마구간은 온갖 최신식 장비를 갖추고 있었고 교회의 분당(分當)만큼이나 당당해 보였다. 넓은 잔디밭 위에 장식용 천막이 서 있었는데 입구가 테스를 향해 나 있었다.

순진한 테스 더비필드는 자갈길 한쪽 가장자리에서 반쯤 정신이 나간 모습으로 멍하니 주위를 두리번거렸다. 발길이 이끄는 대로 오다 보니 자신도 모르게 이 지점까지 오게 되고, 이제 와서 보니 그녀가 예상했던 것과는 모든 게 딴판이었다.

「오래된 가문인 줄 알았는데, 모두 새것이네.」별다른 생각 없이 그녀가 중얼거렸다. 〈친척지간〉임을 알리라는 어머니의 계획에 그렇게 쉽게 넘어가기 전에 주변에서 도움을 얻었더라면 하는 후회가 뒤늦게 밀려들었다.

이곳의 모든 것을 소유하고 있는 더버빌가는 처음에는 스스로를 스토크─더버빌로 불렀는데, 이런 고풍스러운 마을에서 그런 집안을 발견한다는 게 조금 의외였다. 늘 갈지자로 비틀거리는 우리의 존 더비필드가 옛 더버빌 가문의 직계 자손으로서 이 지방에 유일하게 남아 있는 집안이라고 했던 트링엄 목사의 말은 사실이거나 혹은 사실에 거의 근접한 발언이었다. 하지만 목사는 자신이 분명히 알고 있는 또 다른 사실, 그러니까 목사 자신이 더버빌 가문이 아닌 것처럼 이 스토크─더버빌도 정통 더버빌 가문이 아니라는 사실을 덧붙여 말해 주었어야 했다. 어쨌든 이 집안이 손볼 게 많은 한 가문의 이름을 이식해 접목할 정도로 상당한 재산을 축적했다는 점은 인정하고 넘어가야 하리라.

최근에 세상을 떠난 사이먼 스토크는 북부 지방에서 정직한 상인으로 ─ 일설에 의하면 사채업자로 ─ 재산을 많이 불리자, 자신의 사업 무대였던 그곳을 벗어나 영국 남부에서 시골 사람으로 새롭게 삶을 시작해야겠다고 마음먹었다. 그는 이 일을 추진하면서 왕년의 약삭빠른 장사꾼 이미지가 쉽게 드러나지 않게 하려면 투박하고 품위 없는 원래의 성을 버리고 조금 나은 성으로 바꿔야 한다고 생각했다. 그는 대영 박물관에서 자신이 정착하기로 결정한 지방의 명문가들 중에서 후손이 끊어졌거나 거의 사라진 쇠락한 집안들이 적혀 있는 문서를 한 시간여 동안이나 뒤적거린 끝에 더버빌이 다른 성들 못지않게 그럴싸해 보인다고 생각했다. 그리하여 그는 더버빌이라는 성을 자신과 자신의 뒤를 이을 자식들의 이름에 붙였던 것이다. 하지만 그는 이런 일을 도모함에 있어서 정도를 넘는 허황된 행동을 하는 사람이 아니었다. 새로운 근본을 토대로 가문의 계보를 만들 때에도 다른 집안과의 혼사나 귀족과의 연관성을 상당히 그럴듯하게 합리적으로 처리했고, 적당한 칭호 이상은 끼워 넣지 않았다.

테스네 식구들이 상상력이 동원된 이러한 작업에 대해 까맣게 모르고 있었던 것은 안타까운 일이지만 어쩌면 당연한 일이었다. 성을 붙여 새로운 성을 만들 수 있다는 것이 그들에게는 금시초문이었으니 말이다. 미모는 운명이 허락한 행운의 선물일지 몰라도, 한 가문의 성은 천부적인 것이라는 게 그들의 생각이었던 것이다.

테스는 수영하는 사람이 물에 뛰어들까 말까 망설이는 것처럼 돌아가야 할지 아니면 그냥 밀고 나가야 할지 망설이며 계속 서 있었다. 바로 그때 까만 삼각형처럼 생긴 천막의 문에서 불쑥 사람의 형체가 나타났는데 담배를 피우고 있는 키가 큰 젊은 남자였다.

남자의 안색은 거무스름했고 두툼한 입술은 윤곽이 비뚤어져 못생기긴 했으나 붉고 부드러워 보였다. 나이는 스물서넛을 넘기지 않은 것 같았지만 입술 위로 끝 부분이 뾰족하게 말려 올라간, 잘 다듬어진 검은 콧수염을 기르고 있었다. 전반적인 분위기가 왠지 야만스럽다는 느낌이 들었고 얼굴과 눈동자를 이리저리 굴려 대는 대담한 눈에는 어딘지 독특한 힘이 서려 있었다.

「자, 어여쁜 아가씨, 뭘 도와 드릴까?」 앞으로 다가오면서 남자가 물었다. 몹시 당황해서 어쩔 줄 모르는 테스를 보면서 남자는 말을 이어 나갔다. 「겁먹을 거 없소. 내가 더버빌이요. 날 만나러 왔소? 아니면 어머니를?」

자신과 같은 성을 가진 더버빌이라는 사람의 이런 모습은 테스가 생각했던 것과는 천양지차였고 저택과 정원에서 느꼈던 이질감을 뛰어넘는 의외의 모습이었다. 그녀가 머릿속으로 생각한 더버빌의 조상들은, 모두 그녀의 가문과 영국의 역사를 상징하는 기억들로 깊게 주름이 새겨진 연로하고 위엄 있는 얼굴이었던 것이다. 그녀는 여기서 빠져나갈 수 없다는 걸 알았고 그래서 자신의 당면 과제를 수행하려는 자세로 대답했다.

「네, 어머님을 뵈러 왔습니다.」

「만날 수 없을 것 같소. 많이 아프시거든.」 겉만 그럴싸한 가문을 대표하고 있는 사람의 답변이었다. 남자는 알렉이라는 사람으로 최근 작고한 노인의 외동아들이었다. 「내가 대답할 수 없는 용건인가요? 무슨 일로 어머니를 만나려고 하죠?」

「일이 아니고……. 그건……, 뭐라 딱히 말씀을 드리기가 어렵군요.」

「놀러 왔어요?」

「아, 아닙니다. 굳이 말씀드리자면, 그건…….」

남자에 대한 두려운 마음과 이 자리에 이렇게 서 있는 결코 편하지 않은 상황에도 불구하고, 자신이 해야 할 심부름이 터무니없이 우스꽝스럽다는 생각에 테스의 장밋빛 입술이 미소를 지을 듯 둥글게 곡선을 그렸다. 테스의 이러한 모습이 거무스레한 안색의 알렉에게 매력적으로 다가갔다.

「너무 바보 같은 일이라서.」그녀가 말을 더듬었다.「말씀을 드릴 수가 없어요.」

「괜찮아요. 나는 바보 같은 일이 좋거든. 자, 말해 봐요.」남자가 친절하게 말했다.

「어머니가 가보라고 하셨어요. 그리고 사실 저도 와야겠다는 마음이 있었고요. 하지만 이런 줄은 몰랐어요. 전 우리 집이 선생님 집안과 같은 가문이라는 사실을 말씀드리려고 왔어요.」

「아하, 가난한 친척?」

「네.」

「스토크 집안이예요?」

「아니요. 더버빌 집안입니다.」

「맞아, 그래. 더버빌 집안이지.」

「우리 집안은 세월이 흐르면서 성이 더비필드로 변했지만, 우리가 더버빌 가문이라는 사실을 말해 주는 몇 가지 증거들이 있어요. 고사 전문가들도 그렇게 믿고 있고요. 그리고……. 우리는 아주 오래된 인장도 갖고 있어요. 방패 위에 뒷발로 서 있는 사자 문양이 있고 그 위에 성이 그려져 있는 인장이거든요. 상당히 오래된 은수저도 있는데 작은 국자처럼 우묵하게 파여 있고, 거기에도 똑같은 성 문양이 들어가 있어요. 하지만 그건 너무 낡아서 어머니는 완두콩 수프를 저을 때 사용하죠.」

「은백색의 성은 우리 집안의 문장이 분명해요.」남자가 상냥하게 장단을 맞췄다.「그리고 뒷발로 서 있는 사자도 맞지요.」

「어머니는 우리를 그쪽 집안에게 알려야 한다고 하셨어요.

왜냐하면 우린 불행한 사고로 말을 잃었고, 그리고 우리가 가문에서는 가장 오래된 집안이니까.」

「어머니가 참 사려가 깊으시군요. 난 어머니의 생각이 이상하다고 생각하지 않아요.」 알렉은 테스의 얼굴을 붉게 물들이는 그런 눈길로 그녀를 바라보면서 계속 말했다. 「그러니까, 우리 예쁜 아가씨께서 친척으로서 우리를 친선 방문해 주셨다 이거군.」

「그렇다고 할 수 있어요.」 그녀는 다시 불편한 표정을 지으며 더듬거렸다.

「뭐……, 나쁠 건 없지. 어디에 살아요? 하는 일은?」

테스는 이러저러한 사연을 짤막하게 설명했다. 계속 이어지는 그의 질문 공세에 답변을 하면서 여기 올 때 타고 왔던 마차를 다시 타고 돌아갈 생각이라는 말도 덧붙였다.

「마차가 트란트리지 교차로를 지나서 돌아오려면 한참 걸려요. 시간도 보낼 겸 정원이나 한 바퀴 걸으면 어떨까요, 예쁜 아가씨?」

테스는 가능한 이 방문을 빨리 끝내고 싶었지만, 젊은 남자가 한사코 졸라 대는 통에 그와의 동행을 받아들일 수밖에 없었다. 남자는 잔디밭으로 화단으로 테스를 데리고 다녔다. 나중에는 과수원과 온실로 그녀를 데리고 가더니 딸기를 좋아하느냐고 물었다.

「네, 딸기 철이 되면요.」 테스가 대답했다.

「여기는 벌써 익었군요.」 더버빌이 몸을 숙여 딸기를 따더니 그녀에게 건네주기 시작했다. 그러다가 〈영국 여왕〉이라는 특별히 좋은 품종을 골라낸 그는 숙이고 있던 몸을 벌떡 일으키더니 딸기의 줄기를 손으로 쥐고 테스의 입을 향해 불쑥 내밀었다.

「아니, 아니요!」테스가 그 남자의 손과 자신의 입술 사이로 자신의 손가락을 급히 가져가며 다급하게 말했다. 「제 손으로 먹을게요.」

「바보 같긴!」남자의 고집에 그녀는 조금은 어색하게 입을 벌려 딸기를 받아먹었다.

테스는 더버빌이 권하는 것을 반쯤은 즐겁게 반쯤은 마지못해 하며 받아먹었다. 그리고 그들은 그렇게 이리저리 거닐면서 얼마 동안 시간을 보냈다. 이제 더 이상 딸기를 먹을 수 없게 되자 남자는 그녀의 바구니에 딸기를 가득 채워 주었다. 둘은 길을 빙 돌아서 장미 나무들이 있는 곳으로 갔다. 남자는 장미꽃을 따 그녀에게 주면서 가슴에 꽂으라고 했다. 테스는 마치 꿈을 꾸고 있는 사람처럼 순순히 그의 말을 따랐다. 더 이상 꽃을 꽂을 데가 없자 남자는 장미 꽃송이 두어 개를 따서 직접 테스의 모자에 꽂아 주고 그녀의 바구니에도 넘치도록 한가득 담아 주었다. 시계를 들여다보던 남자가 말했다. 「이제 뭘 좀 먹고 나면 떠날 시간이 될 거요. 샤스턴으로 가는 마차를 타려면 말이지. 이리 와봐요. 먹을 게 있나 찾아봅시다.」

스토크-더버빌은 그녀를 다시 잔디밭의 천막 안으로 데리고 들어갔다. 그리고 천막 안에 그녀를 남겨 두고 잠시 사라졌다가 가벼운 점심거리가 담긴 바구니를 들고 나타나서는 손수 그녀 앞에 펼쳐 놓았다. 즐거운 둘만의 시간을 하인들에게 방해받지 않으려는 것이 남자의 분명한 의도인 것 같았다.

「담배 좀 피워도 되겠소?」그가 물었다.

「아, 네. 괜찮아요.」

그는 천막 안에 스며드는 담배 연기 사이로 아무것도 의식하지 않고 예쁘게 음식을 먹는 테스의 모습을 지켜보았다. 자기 가슴에 꽂힌 장미를 별다른 생각 없이 내려다보고 있던 테스는 마약 같은 푸른 연기 바로 뒤에 자신의 삶을 비극으로 만들 골칫거리, 자신의 젊은 날의 스펙트럼 안에 핏빛의 붉은 광선을 만들게 될 자가 도사리고 있다는 사실을 꿈에도 생각하지 못했다. 바로 이 순간 그녀는 자신에게 불리하게 작용할 특징을 지니고 있었다. 알렉 더버빌의 눈이 그녀에게 꽂혀 있는 것도 사실 그 이유 때문이었다. 그 이유란 다름 아닌 테스의 풍만한 몸매와 훌쩍 자란 키로 그녀를 실제 나이보다 훨씬 성숙한 여인으로 보이게 하는 외모였다. 테스는 어머니에게서 이런 특징을 물려받았지만 그 특징이 나타내는 성격까지 닮은 것은 아니었다. 이따금 테스가 이런 문제로 힘들어하면 친구들은 시간이 흐르면 좋아질 거라고 말하곤 했었.

  테스는 금세 점심을 마치고 일어섰다. 「이제 가봐야겠어요.」

  「이름이 뭐예요?」 저택이 보이지 않을 때까지 함께 마찻길을 따라 걸으며 그가 물었다.

  「테스 더비필드입니다. 말롯에서는 그렇게 부르죠.」

  「가족이 말을 잃었다고 했어요?」

  「제가……, 제가 죽게 했어요.」 프린스가 죽게 된 정황을 설명하던 그녀의 눈에 눈물이 그렁그렁 맺혔다. 「그 일로 제가 아버지를 위해 뭘 해야 할지 모르겠어요.」

  「내가 도울 일이 있나 생각해 보죠. 우리 어머니도 아가씨에게 일자리를 구해 주실 거요. 그런데 더버빌 가문에 대한 쓸데없는 소리는 이제 하지 말아요. 더비필드면 충분해요. 그러니까 내 말은 완전히 성이 다르다는 말이요.」

「저도 더는 바라지 않아요.」 위엄이 서린 어조로 그녀가 말했다.

잠깐 동안, 아주 잠깐 동안 그들이 마찻길을 돌아서 아직은 문지기 집이 보이지 않는 키 큰 철쭉과 침엽수 사이로 들어섰을 때, 남자가 테스에게 다가와 얼굴을 들이밀며 마치……. 하지만 아니었다. 남자는 생각을 고쳐먹은 듯 테스를 건드리지 않았다.

그렇게 사건은 시작되었다. 만일 그녀가 이 만남의 의미를 알고 있었다면 왜 그날 다른 남자, 그러니까 모든 면에서 완벽한 인간의 모습을 갖춘 올곧고 바람직한 남자가 아닌 하필이면 이렇게 나쁜 남자의 눈에 띄어 그의 탐욕의 대상이 될 운명을 타고 태어났는지 반문할 수도 있었으리라. 테스는 자신이 알고 있는 사람들 중 유일하게 완벽에 가까웠던 그때의 그 남자에게는 반쯤 잊힌, 잠깐 머물렀다 사라진 인상에 불과했던 것이다.

잘 짜인 계획이 잘못 실행되고 있는 현실에서는 부름조차 사람을 오게 하지 못하고, 사랑할 사람과 사랑할 시간은 거의 일치하지 않는다. 만나기만 하면 행복으로 이어질 수 있을 순간에도 자연의 여신은 자신의 피조물에게 〈자, 보라!〉라고 말해 주는 일이 흔치 않다. 또한 이러한 숨바꼭질이 지루하고 지친 게임으로 이어질 때까지도 〈어디에?〉라는 인간의 외침에 〈여기!〉라고 대답해 주는 일도 드물다. 인간의 발전이 절정에 이르게 되면 시간의 어긋남으로 우리를 거칠게 흔들어 대며 끌고 가는 이런 모순이 더 밀접하게 상호 작용하는 사회적 기제와 더 섬세한 직관에 의해 극복될 수 있을지 기대해 본다. 하지만 그러한 완성은 예상될 수 없을 뿐더러 가능할 것 같지도 않다. 아무튼 지금 이 경우도 수많은 경우에서 그러하듯 완전한 하나를 이루는 두 개의 반쪽이 완벽한 순간에 서로를 마주한 것이 아니었다는 것으로 족하다. 이렇게 일이 서툴게 지체되고 지연되면서 근심과 실망, 충격과 재앙 그리고 얄궂게 스쳐가는 운명이 생겨나게 되는 것이다.

　더버빌은 천막으로 돌아와 의자에 걸터앉았다. 골똘하게 생각에 잠겨 있던 남자의 얼굴에 한 줄기 기쁨의 빛이 번져 나갔다. 그러더니 남자는 큰 소리로 웃어 대기 시작했다.

　「거참, 재미있군! 하하하! 그 계집애 참 예쁘게 생겼는걸!」

제6장

 트란트리지 교차로를 향해 언덕을 걸어 내려간 테스는 체이스버러에서 샤스턴으로 가는 마차를 타려고 마냥 서서 기다렸다. 마차에 오르자 안에 있던 사람들이 말을 걸어왔는데 그녀는 그들이 뭐라고 하는지도 모르면서 건성으로 대답했다. 마차는 다시 출발했다. 마차에 몸을 실은 그녀의 시선은 이제 바깥이 아닌 내면을 향해 줄달음치고 있었다.

 함께 마차를 타고 있던 승객 중 한 명이 처음 테스에게 말을 걸었던 사람보다 분명하게 꼭 짚어 말을 걸었다. 「와우, 꽃으로 도배를 했네! 6월 초에 이런 장미꽃을 보는구먼!」

 그때야 비로소 그녀는 자신을 바라보고 있는 그들의 놀란 시선이 바로 자신의 모습 때문이라는 걸 알게 되었다. 그녀의 가슴에 장미꽃이 달려 있었고 모자에도 꽂혀 있었고 바구니에도 역시 장미와 딸기가 한가득 담겨 있었던 것이다. 테스는 얼굴을 붉히며 어떤 사람에게 이 꽃들을 받았노라고 얼버무리듯 말했다. 그리고 마차 안에 있는 사람들이 보지 않는 틈을 타서 유독 눈에 띄는 모자에 꽂힌 꽃송이를 슬그머니 떼어 내 바구니 속으로 밀어 넣고 손수건으로 덮어 가렸다. 그리고 서 그녀는 다시 생각에 빠져들었다. 그때 고개를 아래로 수그리던 테스의 턱이 그만 가슴에 남아 있던 장미 가시에 찔리고 말았다. 블랙무어 계곡에 살고 있는 마을 사람들처럼 테스 역시 환상과 앞날을 예언하는 미신에 깊이 젖어 있어서 이 일을 불길한 징조로 받아들였다. 이것은 그날 그녀가 직접 눈으로 확인한 첫 번째 불운의 조짐이었다.

마차는 샤스턴까지만 갔다. 말롯으로 가는 계곡으로 가려면 고지대에 위치한 마을에서 몇 마일을 더 걸어 내려가야 했다. 어머니는 테스에게 너무 피곤해서 정 집으로 오기 힘들면 알고 지내는 한 아주머니의 농가에서 하룻밤 묵으라고 했다. 테스는 어머니의 말을 따라 그다음 날 아침 집으로 내려갔다.

집에 들어서던 테스는 어머니의 의기양양한 태도에서 자기가 없는 사이에 무슨 일이 있었다는 것을 단박에 알아차릴 수 있었다.

「오 그래, 난 다 알고 있지! 내가 뭐라고 했니. 다 잘될 거라고 했지. 이렇게 증명되었잖니!」

「제가 떠난 이후에요? 무슨 일이 있었어요?」 다소 피곤한 모습으로 테스가 물었다.

그녀의 어머니는 대견스럽다는 듯이 딸을 위아래로 훑어보고는 장난 투로 말을 이어 나갔다. 「그러니까 네가 그 사람들을 확 네 편으로 만들었단 말이지!」

「어떻게 아세요, 어머니?」

「편지가 왔어.」

테스는 그제야 편지가 올 만한 시간이 있었겠구나 생각했다.

「그들이 말이야, 아니 더버빌 부인이 편지에다 네가 부인의 취미인 작은 양계장을 관리해 주었으면 하더라. 양계장 일은 그저 네게 지나치게 희망을 불어넣지 않으면서도 널 데리고 가겠다는 것으로 부인이 나름 신경을 쓴 거겠지. 부인은 널 친척으로 받아들이려는 거야. 바로 그거야.」

「하지만 전 부인을 만나지 못했어요.」

「누군가는 만났겠지?」

「부인의 아들을 봤어요.」

「널 친척으로 인정하든?」

「그냥, 절 사촌이라고 불렀어요.」

「그럴 줄 알았다니까! 여보, 그 사람이 얘를 사촌 누이라고 불렀다네요!」 조앤이 남편에게 외쳤다. 「그러니까, 그가 자기 어머니에게 말을 했고, 당연히 그 부인도 널 데리고 있고 싶어 하신 거군.」

「그런데, 제가 닭 돌보는 일에 소질이 있나 모르겠어요.」 자신이 없는 표정으로 테스가 말했다.

「네가 소질이 없다면 누가 있겠니. 네가 태어나서 자라 온 환경이 바로 그런 일이잖아. 태어날 때부터 무언가를 알고 있는 사람은 그 어떤 도제보다도 익숙한 법이란다. 게다가, 그 일은 네가 너무 신세지고 있다는 생각을 하지 않도록 네게도 할 일이 있다는 걸 보여 주려는 것뿐이야.」

「가야 하는 건지 잘 모르겠어요.」 생각에 잠기며 테스가 말했다. 「편지를 누가 썼어요? 제게 보여 주실래요?」

「더버빌 부인이 쓰셨더구나. 여기 있다.」

편지는 삼인칭으로 쓰여 있었다. 편지에는 테스가 양계장을 관리해 주면 더버빌 부인에게 도움이 될 것이며 만일 그녀가 와준다면 그녀에게 편안한 방 하나를 제공할 의향이 있을 뿐더러 일을 잘하면 보수도 후하게 주겠다고 더비필드 부인에게 알리는 내용이 간략하게 적혀 있었다.

「아니, 이게 전부군요!」 테스가 말했다.

「설마 부인이 널 얼싸안고 키스를 퍼부어 대면서 환영해 주길 바란 건 아니겠지.」

테스의 시선이 창밖을 향했다.

「전 차라리 부모님과 함께 여기에 있겠어요.」 테스가 말했다.

「아니, 왜?」

「이유는 말씀드리지 않는 게 좋겠어요, 어머니. 사실 저 자신도 이유는 잘 모르겠어요.」

이후 일주일이 지난 어느 날 저녁, 테스는 인근에서 간단한 일자리를 찾다가 허탕만 치고 집으로 돌아왔다. 여름 한철 일을 해서 말 한 필 살 정도의 돈을 모으자는 게 그녀의 생각이었다. 집 문턱을 넘기가 무섭게 온 방 안을 춤추듯 뛰어다니던 한 동생이 말했다.

「그 신사가 여길 다녀갔어!」

온몸으로 미소를 짓고 있던 그녀의 어머니가 서둘러 설명을 했다. 더버빌 부인의 아들이 우연히 말롯 마을 방향으로 말을 타고 오다가 여길 방문했다는 것이다. 그는 마지막으로 자기 어머니를 대신해서, 테스가 노부인의 양계장을 관리해 줄 수 있는지 알고 싶다고 했다는 것이다. 지금까지 닭을 관리하던 남자아이가 있었지만 믿을 수 없는 아이라는 사실이 들통 났다고 했다. 「더버빌 씨가 말하길 네게 받은 인상이 맞는다면 넌 정말 좋은 아가씨임이 틀림없을 거라고 하더구나. 네가 제 몫을 충분히 해낼 쓸 만한 사람이라는 걸 그 사람은 알고 있더구나. 사실, 그는 너한테 관심이 많아.」

테스는 자신의 모습이 보잘것없이 초라했을 거라고 생각

했는데, 처음 만난 사람에게서 그토록 호의적인 평가를 받았다는 말을 들으니 잠시 기분이 좋아지는 것 같기도 했다.

「그 사람이 그렇게 생각한다니 고마운 일이군요.」 낮은 소리로 그녀가 말했다. 「그곳 생활이 어떨지 확실히 알 수만 있다면 언제라도 갈 텐데요.」

「그는 진짜 잘생겼더구나!」

「그렇진 않던데요.」 테스가 쌀쌀맞게 대꾸했다.

「자, 네게 기회가 온 거야. 그 사람은 분명 아름다운 다이아몬드 반지를 끼고 있었어!」

「맞아.」 창가 벤치에 있던 밝은 목소리의 꼬마 에이브러햄이 끼어들었다. 「나도 봤어. 그 사람이 콧수염 쪽으로 자기 손을 가져갈 때 반지가 엄청 반짝거렸어. 어머니, 왜 그 부자 친척은 자꾸 콧수염에 손을 갖다 댔을까요?」

「쟤 말하는 것 좀 봐라!」 더비필드 부인이 호들갑스럽게 놀라며 외쳐 댔다.

「아마도 다이아몬드 반지를 자랑하려고 그런 거겠지.」 의자에 앉아 있던 존 경 나리께서 꿈꾸듯 몽롱한 목소리로 중얼거렸다.

「잘 생각해 볼게요.」 방을 나서면서 테스가 말했다.

「저 아이가 젊은 친척의 마음을 단박에 사로잡아 버렸어요.」 남편을 향한 부인의 말이 계속되었다. 「이 기회를 잡지 않는다면 저 아인 멍청한 거예요.」

「난 우리 애들이 집을 떠나 멀리 가는 게 마음에 들지 않아. 내가 가장이니까 모두 나와 함께 있어야지.」 행상인이 말했다.

「제발 저 아일 보내요, 여보.」 분별력이라곤 전혀 없는 한심한 그의 아내가 속삭거렸다. 「그 남자가 우리 애한테 완전히 넘어갔다고요. 알잖아요. 우리 애를 사촌 누이라고 불렀다니까! 그 사람은 필시 우리 애랑 결혼할 거예요. 그리고 우리 딸을 귀부인으로 만들어 줄 거고 그러면 테스는 옛날 우리 조상들처럼 되는 거죠.」

존 더비필드는 기운이나 건강보다는 허영심이 더 많은 사람이었기에 이런 상상이 그저 흐뭇하기만 했다.

「글쎄, 어쩌면 그게 젊은 더비빌 씨가 의도하는 바겠지.」 그가 수긍했다. 「분명히 유서 깊은 가문과 관계를 맺어서 자신의 혈통을 좋게 하려고 곰곰이 생각해 봤겠지. 테스, 그 깜찍한 녀석! 그러니까 그 애가 정말 이런 목적으로 그들을 찾아갔었단 말이지?」

이런 말이 오가고 있을 즈음 테스는 골똘하게 생각에 잠겨 딸기나무 사이의 마당을 걷다가 프린스가 묻혀 있는 무덤 위로 발길을 옮기고 있었다. 테스가 집 안으로 들어오자 어머니는 유리해진 분위기로 일을 밀어붙였다.

「자, 어떻게 하겠니?」 어머니가 재촉했다.

「더비빌 부인을 뵙고 왔으면 좋았을 뻔했어요.」 테스가 대답했다.

「결정하는 게 좋을 것 같다. 그런 다음에 부인을 만나 보면 되지.」

의자에 앉아 있던 아버지가 쿵쿵 기침을 해댔다.

「무슨 말을 해야 할지 모르겠어요!」 어찌할 바를 몰라 하며 어린 테스가 말했다. 「어머니가 결정하세요. 제가 말을 죽였어요. 어쨌든 말을 새로 사드리려면 무슨 일이든 해야 한다고 생각해요. 하지만, 하지만 더비빌 씨가 그곳에 있다는 게 꺼림칙해요!」

테스 누나가 부자 친척 — 아이들은 더버빌가를 부자로 생각하고 있었다 — 의 마음에 들었다는 사실을 말이 죽어 버린 고통을 잊게 해줄 어떤 보상쯤으로 여기려던 동생들은 망설이는 누나의 기색에 울음을 터뜨리면서 머뭇거리는 누나를 채근하고 원망하기 시작했다.

「누나가 아, 안 간대. 귀부인도 안 된대. 누나가 안 한대!」 동생들은 입을 앙하고 벌린 채 애처롭게 울어 댔다. 「우린 이제 좋은 말도 살 수 없어. 장이 서도 돈이 없어서 선물도 사지 못할 거야! 누나가 좋은 옷을 입고 예쁘게 보이는 일도 이, 이젠 없을 거야!」

그녀의 어머니가 똑같은 가락으로 추임새를 넣었다. 집안일을 질질 끌어서 실제보다 힘들어 보이게 만들었던 자신의 방식으로 이런 주장에 무게를 실었다. 아버지만이 이도 저도 아닌 어정쩡한 태도를 취하고 있었다.

「갈게요.」 결국 테스가 졌다.

딸의 승낙이 떨어지기가 무섭게 어머니는 머릿속에 떠오른 결혼식의 환영을 억누르기가 힘들었다.

「그래, 아무렴 그래야지! 이렇게 아리따운 처녀에게 이건 정말 좋은 기회거든!」

테스는 어색하게 미소를 지었다.

「전 이 일이 돈을 버는 기회가 되면 좋겠어요. 다른 기회라는 건 없어요. 동네 사람들에게 그런 터무니없는 이야기는 하시지 말았으면 좋겠어요.」

더비필드 부인은 대답하지 않았다. 그 방문객이 자신의 집을 찾아와 이런저런 이야기를 해준 것이야말로 여기저기 말을 하고 싶을 만큼 자랑스러운 일이었던 것이다.

그렇게 일은 일단락되었다. 이 어린 처녀는 부인이 원하시는 날이라면 언제라도 떠날 수 있도록 준비를 하겠노라고 동의하는 편지를 써서 보냈다. 예상대로 더버빌 부인은 그녀의 결정을 기쁘게 생각하고 있으며, 블모레 계곡의 산마루로 그녀와 그녀의 짐을 실을 짐마차를 보낼 테니 떠날 채비를 하라는 전갈을 보내 왔다. 더비빌 부인의 필체는 다소 남성적인 느낌을 주었다.

「짐마차라고?」 조앤 더비필드가 미심쩍다는 듯이 중얼거렸다. 「친척인데 사륜마차 정도는 돼야지!」

일단 진로가 결정되자 테스는 자신을 엄습했던 막연한 불안감에서 조금은 벗어나는 느낌이었다. 지나치게 힘들지 않은 일을 하면서 아버지께 말 한 필을 사 드릴 수 있다는 생각에 자신감이 생겼고 일도 잘할 수 있을 것 같았다. 사실 테스는 학교 선생님이 되고 싶었다. 하지만 운명은 그녀에게 다른 방향을 결정해 놓은 것 같았다. 어머니보다 정신적으로 더 성숙한 테스는 더비필드 부인이 자신의 결혼에 대해 품고 있는 희망을 한 순간도 심각하게 생각해 본 적이 없었다. 하지만 무책임하고 경박한 이 부인은 딸이 태어나던 순간부터 딸의 훌륭한 배필을 물색해 왔었다.

제7장

 떠나기로 약속한 날 아침, 테스가 잠에서 깨어났을 때는 아직 먼동도 트기 전이었다. 청아한 목소리로 자신만만하게, 적어도 자기는 정확한 시간을 알고 있노라고 장담이라도 하듯 노래하고 있던 한 마리의 새를 제외하곤 숲은 여전히 정적만이 감도는, 아직 어둠이 물러가기 직전이었다. 다른 새들 역시 그 새가 잘못 알고 있다고 확신이라도 하듯 잠잠히 침묵을 지키고 있었다. 아침 식사 시간이 될 때까지 2층에서 짐을 꾸리고 있던 테스가 평상복 차림으로 내려왔다. 일요일에 입는 그녀의 외출복은 가지런히 개어진 채 그녀가 가져갈 상자 속에 고이 담겨져 있었다.

 어머니가 타일렀다. 「친척을 방문하러 갈 땐 좀 더 잘 차려입어야 되지 않겠니?」

 「하지만 일하러 가는 건데요!」 테스가 대꾸했다.

 「뭐, 그렇기는 하다만.」 더비필드 부인이 은밀한 어조로 충고했다. 「처음에는 조금 그런 척하는 게 좋겠지……. 하지만 네가 지닌 특별한 장점을 보여 주는 게 현명할 것 같다는 생각이 드는구나.」

「알았어요. 어머니가 잘 아시겠죠.」 체념하듯 테스가 나직하게 말했다.

테스는 어머니를 기쁘게 할 마음으로 자신을 온전히 그녀에게 맡기며 차분하게 말했다. 「어머니 하시고 싶은 대로 하세요.」

더비필드 부인은 딸이 이렇게 고분고분하게 나오자 기뻐 어쩔 줄 몰랐다. 먼저 부인은 커다란 대야를 하나 가지고 와서 테스의 머리를 감겨 주었다. 얼마나 꼼꼼하게 잘 감겼는지 머리를 말리고 빗질까지 끝내자 숱이 여느 때보다 두 배는 많아 보였다. 부인은 평소보다 더 커다란 핑크빛 리본으로 테스의 머리를 묶어 주었다. 그리고 〈단체 걷기 놀이〉에서 입었던 흰색 드레스를 입혀 주었다. 풍성한 옷매무새가 부풀려 묶어 올린 머리 모양과 어우러지면서 나날이 피어나고 있던 몸매에 나이를 착각하게 할 정도의 풍만함을 더해 주었다. 아직은 아이에 지나지 않은 그녀를 성숙한 여인으로 보이게 했던 것이다.

「스타킹 발꿈치에 구멍이 하나 났어요.」 테스가 말했다.

「그런 구멍은 신경 쓸 것 없어. 구멍이 말하는 것 봤니! 내 처녀적 시절엔 예쁜 모자 하나만 쓰고 있으면 그만이지 뒤꿈치 같은 곳에 신경 쓰는 사람은 하나도 없었다니까.」

딸의 외모가 너무도 자랑스러웠던 어머니는 이젤에서 한 걸음 떨어져 자신의 작품을 전체적으로 감상하는 화가처럼 뒤로 물러났다.

「네 모습을 직접 봐라!」 그녀가 감탄하듯 말했다. 「예전 네 모습보다 훨씬 훌륭하구나!」

거울이 너무 작은 탓에 테스의 전체 모습을 한눈에 볼 수 없자 더비필드 부인은 여닫이창 바깥쪽에 검은색 망토를 걸어서 유리창 전체를 커다란 반사경으로 만들었다. 마을 농가에 사는 사람들은 몸단장할 때 이런 방법을 사용해 왔다. 부인은 아래층 방에 앉아 있던 남편에게 내려갔다.

「더비필드, 내 생각엔 말이죠.」 기쁨에 겨운 목소리로 그녀가 말했다. 「그 남자는 우리 애를 사랑할 수밖에 없을 거예요. 당신이 무슨 말을 하든 상관없지만, 아직은 그 남자가 우리 애를 좋아한다거나 그런 기회가 생겼다거나 하는 말은 재한테 하지 말아요. 테스는 까다로운 아이라서 그 사람에게 반감을 갖거나 이제 와서 가지 않겠다고 할 수도 있으니까요. 일이 잘 풀리면 우리에게 그 이야기를 해준 스태그풋 레인의 목사님께 가서 사례라도 좀 해야 되겠어요. 얼마나 고마운 사람인지!」

하지만 옷을 입혀 주던 처음의 흥분이 사라지고 딸아이가 막상 집을 떠나야 할 순간이 다가오자 조앤 더비필드의 마음에 한 줄기 작은 불안감이 자리 잡기 시작했다. 그 때문에 그녀는 계곡에서 외부로 이어진 첫 번째 가파른 언덕길이 시작되는 지점까지 딸과 함께 가겠노라고 했다. 바로 그 산마루에서 테스는 스토크−더버빌이 보내는 짐마차와 만나기로 되어 있었다. 그녀의 짐이 담긴 상자는 이미 한 남자아이에게 외바퀴 손수레로 산마루까지 옮겨 놓게 했고, 그렇게 모든 준비가 되어 있었다.

모자를 쓰는 어머니의 모습을 본 어린아이들도 함께 가겠다고 아우성을 쳐댔다.

「누나랑 같이 갈 거야. 이제 누나는 신사 사촌과 결혼할 거고 좋은 옷도 입을 거잖아!」

「더 이상 그런 말은 하지 마! 어머니, 어쩌려고 쟤네들에게 그런 생각을 심어 놓은 거예요?」

「얘들아, 부자 친척네로 일하러 가는 거야. 돈을 벌어서 말을 새로 사려고 말이지.」 더비필드 부인이 무마하려는 듯 아이들을 타일렀다.

「안녕히 계세요, 아버지.」 인사를 하는 테스는 목에 무언가 걸려 넘어가지 않는 것 같았다.

「잘 가라, 우리 딸.」 오늘 아침의 이 특별한 사건을 기념하여 조금 과음한 탓에 꾸벅꾸벅 졸다 깨어난 존 경 나리께서 가슴에 푹 처박고 있던 얼굴을 들어 올리며 말씀하셨다. 「자, 우리 젊은 친구가 자기와 같은 혈통을 가진 이렇게 어여쁜 널 좋아해 주길 바란다. 그리고 그에게 말해라. 몰락은 했지만, 그래서 왕년의 영화에서 상당히 추락하긴 했지만 그에게 이 작위를 팔겠노라고 말이다……. 그래 파는 거야. 비싸지 않은 가격으로 말이야.」

「1천 파운드 아래로는 안 돼요!」 더비필드 마나님께서 언성을 높이셨다.

「그 사람에게 말해……. 1천 파운드를 내라고. 글쎄, 생각해 보니까 조금 덜 받아도 될 것 같은데. 나같은 가난뱅이보다는 그 젊은이가 이 작위를 가지면 더 근사해 보일 테니까. 1백 파운드면 작위를 가질 수 있다고 말해라. 아니야, 그까짓 작은 돈에 휘둘릴 건 없어……. 그래, 50파운드만 내라고 해라……. 까짓것 좋다, 20파운드로 하자. 이게 가장 싼 가격이야. 젠장, 가문의 명예는 있으니까. 그 아래로는 한 푼도 내려갈 수 없어!」

테스는 눈물이 앞을 가리고 목이 메어 와 심정을 말로 표현할 수 없었다. 그녀는 얼른 뒤돌아서 밖으로 나와 버리고 말았다.

그렇게 해서 딸과 어머니는 아이들과 함께 길을 나섰다. 테스의 양 옆으로 각각 한 명의 동생이 손을 잡고는 곧 훌륭한 일을 하게 될 사람을 올려다보듯 그녀를 흘끔거렸다. 어머니는 가장 어린 동생을 데리고 그들 바로 뒤에 따라오고 있었다. 그들 무리는 양옆으로는 순수함으로, 그리고 뒤로는 단순한 영혼의 허영기로 에워싸인 정직한 아름다움을 한 폭의 그림으로 연출해 내고 있었다. 그들은 오르막길이 시작되는 지점까지 발길을 재촉했다. 트란트리지에서 보낸 짐마차가 바로 이 오르막길 산마루에서 그녀와 만나기로 되어 있었다. 그 지점에서 만나기로 한 이유는 말이 마지막 오르막길을 올라가야 하는 수고를 덜어 주기 위함이었다. 첫 번째 언덕 뒤로 멀리 절벽처럼 생긴 샤스턴 마을의 가옥들이 산마루의 매끈한 선을 깨뜨리고 있었다. 오르막길과 연결된 언덕 위 높다란 곳에 위치한 길에 보이는 것이라곤 테스의 소지품이 모두 담긴 짐을 외바퀴 손수레에 싣고 그 손잡이 위에 걸터앉은, 앞서 떠난 남자아이뿐이었다.

「여기서 조금만 기다려라. 그러면 곧 마차가 올 거야.」 더비필드 부인이 일렀다. 「그렇지, 저기 보이는구나.」

가장 가까이 있는 고갯마루 뒤에서 짠 하고 등장하듯 갑자기 마차가 툭 튀어나오더니 외바퀴 손수레에 걸터앉아 있는 소년 옆에서 멈췄다. 어머니와 동생들은 더 이상 가지 않기로 마음먹고 언덕을 향해 발걸음을 옮기는 테스에게 서둘러 작별 인사를 고했다.

그들은 하얀 옷을 입은 테스의 모습이 짐마차 쪽으로 다가

가는 것을 올려다보고 있었다. 그녀의 짐은 이미 짐마차에 실려 있었다. 그런데 테스가 짐마차에 가까이 다가가기 전에 산마루 수풀 사이에서 또 다른 마차 한 대가 툭 튀어나오더니 구부러진 길을 빙 돌아 짐마차를 지나쳐서 테스 옆에 멈춰 섰다. 테스는 이 마차를 보고 많이 놀란 것 같았다.

테스의 어머니가 맨 먼저 알아차린 것은 두 번째 나타난 마차가 먼저 것처럼 초라한 것이 아니라 광택이 자르르 흐르는 온갖 장비가 갖춰진 말쑥한 이륜마차라는 사실이었다. 마차를 몰고 있는 사람은 스물서넛 되어 보이는 젊은 남자로서 입에 시가를 물고 있었고 멋들어진 모자와 담갈색의 재킷 그리고 같은 색 바지를 입고 있었다. 또한 그는 흰색 넥타이를 매고 있었고 깃을 빳빳하게 올려 세웠으며 갈색의 승마용 장갑을 끼고 있었다. 그 사람은 바로 두어 주 전 테스 문제에 대한 조앤의 대답을 들으려고 찾아왔던 승마를 즐기던 그 잘생긴 젊은이였던 것이다.

더비필드 부인은 아이처럼 손뼉을 쳐댔다. 부인의 시선이 아래로 향했다가 다시 위를 쳐다보았다. 그녀가 이 장면의 의미를 잘못 파악할 수도 있을까?

「저 사람이 누나를 귀부인으로 만들어 줄 그 신사 친척이야?」 가장 어린 아이가 물었다.

한편 마음을 정하지 못한 듯 모슬린 옷을 입은 테스가 마차 옆에 움직이지 않고 서 있는 모습이 보였다. 마차 주인이 그녀에게 뭔가 이야기하고 있었다. 사실 결정을 내리지 못하는 것처럼 보이는 그녀의 모습엔 망설임 이상의 의미가 담겨 있었다. 그것은 불안감이었다. 오히려 초라한 짐마차였다면 그녀의 마음이 한결 가벼웠을 것이다. 젊은 남자가 마차에서 내렸고 테스에게 마차에 오르도록 권유하는 것처럼 보였다. 그녀는 언덕 아래로 시선을 주며 작게 무리를 이루고 있는 식구들을 가만히 바라보았다. 무언가, 아마도 자기가 프린스를 죽게 만들었다는 생각이 그녀의 결심을 재촉하는 듯했다. 그녀는 돌연 마차에 올라탔다. 남자가 그녀 옆에 올라타더니 즉시 말에 채찍질을 해댔다. 그들은 눈 깜짝할 사이에 테스의 짐이 실린 느릿느릿한 짐마차를 추월해 버렸고 이윽고 산모퉁이 뒤로 사라져 이내 모습을 감춰 버렸다.

테스의 모습은 곧 시야에서 사라졌고, 한 편의 드라마와도 같은 이 사건이 주는 흥미도 막을 내렸다. 그리고 어린아이들의 눈엔 눈물이 그렁그렁 맺혔다. 가장 나이 어린 아이가 입가를 아래로 축 내려뜨리더니 큰 소리로 울음을 터뜨리며 말했다. 「불쌍한 테스 누나가 귀부인이 되려고 가지 않으면 좋겠어!」 새로운 생각이란 전염성이 강한 법이어서 옆의 아이도 똑같이 따라 했다. 그리고 그 옆의 아이도 울어 대기 시작하면서 이제 아이들 셋 모두 엉엉대고 울기 시작했다.

집으로 가려고 돌아서는 조앤 더비필드의 두 눈에도 눈물이 고여 있었다. 하지만 동네 어귀에 들어설 무렵 그녀는 체념한 듯 모든 걸 이 사건이 가져올 행운에 맡겨 버리고 말았다. 그럼에도 불구하고, 그날 밤 자려고 누운 그녀에게서 한숨이 새어 나왔다. 남편이 그녀에게 이유를 물었다.

「아, 나도 정확히는 모르겠는데, 어쩌면 테스가 가지 않은 게 더 좋았을지 모른다는 생각을 하고 있었어요.」 그녀가 대답했다.

「그런 생각이라면 진작에 했어야 하는 게 아니오?」

「글쎄요, 그 아이에겐 이게 기회이긴 한데……. 만일 그런 일이 다시 생긴다면, 그 남자가 정말로 마음이 따뜻한 젊은이 인지 그리고 우리 아이를 자기 친척으로 생각해서 잘 보살펴 줄 사람인지 확인해 보고 애를 보낼 거예요.」

「맞아, 그렇게 했어야 했어.」 존 경 나리께서 코를 골듯 쿵쿵거리는 소리로 말씀하셨다.

조앤 더비필드는 늘 다른 곳에서 위안거리를 찾아내려고 애쓰는 사람이었다. 「그래, 진품의 혈통을 받았으니까. 그 애는 자기 카드만 제대로 쓰면 그 남자와의 일을 잘 풀어 나갈 거야. 설사 그가 지금은 테스와 결혼하지 않더라도 나중에는 결국 하게 될 거야. 눈이 달린 사람이라면 누구라도 그 남자가 우리 아이에 대한 사랑으로 몸이 달아 있다는 걸 알 수 있으니까 말이야.」

「우리 애가 가진 카드가 뭐요? 더버빌 혈통을 말하는 거요?」

「아니요, 답답하긴. 걔 얼굴이죠. 소싯적 내 얼굴을 닮은 그 아이 얼굴이요.」

제8장

 테스 옆에 올라탄 알렉 더버빌은 첫 번째 산의 정상을 따라 빠른 속도로 마차를 몰고 가면서 테스를 치켜세우는 말들을 끊임없이 쏟아 냈다. 테스의 짐을 실은 짐마차는 멀찌감치 뒤떨어져 오고 있었다. 위로 치솟은 웅장한 풍경들이 말없이 사방으로 길게 뻗어 있었다. 뒤로는 테스가 태어난 계곡이, 앞으로는 난생처음 그것도 잠깐 방문했던 것 말고는 아는 게 하나도 없는 회색빛 마을 트란트리지가 놓여 있었다. 이윽고 그들은 1마일가량 길게 뻗은 내리막길이 시작되는 비탈의 끝자락에 이르렀다.

 테스 더비필드는 타고난 성품이 원래 용감했지만 프린스 사고를 겪은 이후로 바퀴 달린 마차를 상당히 무서워하는 습성이 생겼다. 마차의 움직임이 조금만 이상해도 테스의 가슴은 철렁 내려앉곤 했다. 테스가 자신이 타고 있는 마차를 무모하게 몰아 대는 남자의 태도에 불안한 마음이 든 것도 바로 그런 연유였다.

 「저, 마차를 천천히 몰고 내려가실 거죠, 그렇죠?」 아무렇지도 않은 표정을 애써 지으며 그녀가 넌지시 떠보았다.

더버빌이 그녀를 돌아보았다. 그는 시가를 그의 하얀 앞니로 물고는 입술로 천천히 웃는 모양을 지었다.

「왜 그러지, 테스?」 남자는 시가를 두어 모금 빨아 댔다. 「당신처럼 용감하고 건강한 아가씨가 그런 부탁을 하다니 어울리지 않잖아? 내리막길에서 난 늘 전속력으로 달리거든. 기분을 끌어올리는 데는 이만한 게 없으니까.」

「하지만 지금은 그럴 필요가 없잖아요.」

「그렇지. 그런데 지금 우리는 두 가지 문제를 생각해 봐야 하거든. 나만 걸려 있는 문제가 아니니까. 팁 생각도 해줘야 한단 말이지. 얘가 성질이 상당히 고약하거든.」 그가 설레설레 고개를 저으면서 응수했다.

「누구요?」

「이 말을 말하는 거요. 방금 전에 이 녀석이 나를 아주 무시무시한 눈길로 돌아봤는데, 보지 못했소?」

「겁주지 마세요.」 테스의 몸이 뻣뻣하게 굳어 버렸다.

「글쎄, 알았소. 이 말을 다룰 수 있는 인간이 있다면 그게 바로 나요. 살아 있는 인간은 그 어느 누구라 할지라도 어림없지. 하지만 그런 힘을 가진 자가 있다면, 그건 바로 이 몸이란 말이야.」

「왜 그런 말을 가지고 있어요?」

「아, 잘 물어봤소! 이게 내 운명인 것 같아. 팁은 이미 사람 하나를 죽인 적이 있지. 이 말을 사들인 직후에 나도 죽다 살아난 적이 있거든. 그리고 진짜로 내가 이 말을 반쯤 죽여 놓았었지. 그런데도 아직 성질이 까다롭단 말이야. 아주 고약해. 이 말 뒤에 타고 있노라면 목숨이 붙어 있는 게 힘들 때도 있어.」

이제 막 그들은 내려가기 시작했다. 말의 의지인지 아니면 말 주인이 뜻한 바인지는 모른다. 말 주인의 의지일 공산이 크지만 팁은 자신에게 앞뒤를 가리지 않는 무모한 곡예를 기대하고 있다는 걸 익히 알고 있는 터라 뒤에 탄 사람의 신호 따윈 필요도 없는 것 같았다.

아래로, 아래로, 그들은 속력에 박차를 가하며 내리달았다. 바퀴들이 팽이처럼 핑핑 돌아가면서 웅웅 소리를 내고 있었고, 마차가 좌우로 흔들릴 때마다 전진하는 진로에 따라 마차의 축이 작은 빗각을 만들어 내기도 했다. 오르락내리락 반복하는 말의 몸체가 바로 그들의 눈앞에서 파도처럼 굽이치고 있었다. 바퀴 하나가 이따금 지면과 떨어지기도 했는데, 족히 몇 야드는 그렇게 공중에 붕 뜬 채로 나아가고 있는 것 같기도 했다. 돌멩이 하나가 튕겨 나가 산울타리에 강하게 부딪치기도 했고 말발굽에서 번쩍번쩍 일어나는 불꽃은 대낮의 태양을 무색하게 할 정도로 밝은 빛을 뿜어내기도 했다. 그들이 앞으로 나아감에 따라 똑바로 뻗은 일직선의 도로는 점점 그 폭을 넓혀 나갔고, 양쪽의 제방은 마치 하나의 막대기가 두 개로 쪼개지듯 갈라지면서 어깨를 지나쳐 뒤로 쏜살같이 달아나고 있었다.

테스의 하얀 모슬린 옷을 뚫고 그녀의 살갗으로 바람이 파고들었고 깨끗하게 감은 그녀의 머리카락이 마구 휘날리고 있었다. 테스는 무서워하는 내색을 보이지 않으려고 안간힘을 썼지만 결국 고삐를 쥔 더버빌의 팔을 움켜잡고야 말았다.

「팔을 잡지 마요! 그러면 우리 둘 다 마차 밖으로 날아갈 거야! 내 허리를 안아요!」

테스는 그의 허리를 꼭 잡았다. 그렇게 해서 그들은 산기슭에 도착했다.

「다행히도, 당신의 바보 같은 짓에도 무사하군요.」 얼굴이 벌게진 테스가 따지듯 말했다.

「테스, 저런! 한 성질 하시는구먼!」 그가 받아쳤다.

「맞는 말이잖아요.」

「위험에서 벗어났다고 그렇게 고마움도 모르고 냉큼 팔을 풀면 되나.」

테스는 자신이 어떤 행동을 하고 있었는지 의식하지도 못했다. 그가 남자인지 여자인지, 아니면 막대기인지 돌멩이인지 그저 그녀는 자기도 모르게 그 남자를 꼭 움켜잡고 있었던 것뿐이다. 침착함을 되찾은 그녀는 아무런 대답 없이 앉아 있기만 했고 그렇게 다시 그들은 또 다른 내리막길로 이어지는 정상에 이르게 되었다.

「자, 그럼 다시 한 번 해볼까!」

「아니요, 안돼요!」 테스가 애원했다. 「좀 현명하게 행동하세요. 제발 부탁해요.」

「하지만 일단 이 지방에서 가장 높은 지점에 이르면 다시 내려가야 하는 게 순리 아니겠소.」 그가 비꼬듯 말했다.

그는 고삐를 느슨하게 풀더니 다시 달려 내려가기 시작했다. 그들이 이리저리 마구 흔들리고 있을 때 더버빌이 그녀를 바라보며 놀리듯 말했다. 「자, 아까처럼 내 허리를 팔로 다시 안아요, 예쁜 아가씨.」

「싫어요!」 될 수 있으면 그를 잡지 않고 잘 버텨 내려고 안간힘을 쓰면서 테스가 꼬장꼬장하게 대꾸했다.

「테스, 그 딸기 같은 입술에 살짝 키스하게 해줘요. 아니면 온기 어린 뺨에라도 말이지. 그러면 내 마차를 세우리라. 맹세할게!」

테스는 이 말에 너무도 놀란 나머지 잠자코 자기 자리에서 뒤로 물러나 앉았다. 그러자 그는 다시 말에 박차를 가했고 그녀의 몸은 마구 요동을 쳤다.

「다른 건 안 될까요?」 급기야 테스는 절망적인 울음을 토해 내고야 말았다. 그를 쳐다보는 그녀의 커다란 두 눈은 야생 동물의 눈을 닮아 있었다. 어머니가 테스를 이렇게 예쁘게 입힌 것이 이처럼 유감스러운 일이 생기도록 도운 게 분명해 보였다.

「다른 건 안 되겠는걸, 테스」 그가 대답했다.

「아, 뭐가 뭔지 모르겠어요……. 그래요, 좋아요. 아무래도 상관없어요!」 딱할 정도로 숨을 가쁘게 몰아쉬면서 그녀가 중얼거렸다.

그가 말의 고삐를 잡아당겨 속도를 줄이면서 막 원하던 키스를 하려던 찰나, 테스는 자신이 허락했다는 사실을 잊은 듯 얼굴을 옆으로 돌려 버리고 말았다. 그는 양팔로 고삐를 잡고 있어서 그녀의 이런 행동을 달리 제지할 방도가 없었다.

「이런, 빌어먹을……. 우리 모두 모가지가 부러지고 말 거야.」 동행한 남자가 변덕스러운 욕정에 사로잡혀 으르렁거렸다. 「그렇게 약속을 깨뜨릴 수 있다 이거군. 이 여우 같으니라고. 그럴 수 있어?」

「좋아요.」 테스가 말했다. 「꼭 그렇게 하겠다니 가만히 있을게요! 하지만 난……, 친척이라서 당신이 절 따뜻하게 보호해 주리라 생각했어요!」

「친척은 젠장! 자!」

「그렇지만 누구도 내게 키스하는 건 싫어요, 제발요!」 애원하는 그녀의 얼굴 위로 커다란 눈물방울이 주르르 흘러내렸고, 애써 울음을 참아 내려는 입 언저리에는 파르르 경련이 일어났다. 「이럴 줄 알았으면 오지 않았을 거예요!」

남자는 인정사정을 두지 않았고, 그녀는 미동도 없이 가만히 앉아 있었다. 그렇게 더버빌은 의기양양하게 그녀에게 키스를 했다. 남자가 키스를 끝내자마자 수치심으로 얼굴이 상기된 테스가 즉시 손수건을 꺼내더니 그의 입술이 닿았던 뺨을 닦아 내기 시작했다. 그녀의 행동은 무의식에서 나온 것이기에 이는 그의 열정에 불을 붙인 꼴이었다.

「시골 여자치곤 꽤 예민하게 구는군.」 젊은 남자가 비아냥거렸다.

테스는 아무런 대꾸도 하지 않았다. 그녀는 남자가 본능적으로 뺨을 닦아 낸 자신의 행위 때문에 거부당했다는 느낌을 받았다는 사실에 괘념치 않았고, 그래서 남자의 말 속에 숨은 의미에 마음을 두지 않았다. 테스는 사실 그의 키스를 지워 내버린 거나 마찬가지다. 그러한 일이 물리적으로 가능하다면 말이다. 더버빌이 화가 난 상태일 거라고 어림짐작하면서 그녀는 조용히 정면을 응시하고 있었다. 그들을 태운 마차는 멜베리다운과 윈그린 근처를 지나가고 있었는데, 그때 그녀의 눈에 또 다른 내리막길이 보이며 가슴이 철렁 내려앉았다.

「네가 한 짓을 후회하게 될 거야!」 여전히 언짢은 기색이 역력한 말투로 채찍을 휘둘러 대면서 더버빌은 다시 질주할 태세를 갖췄다. 「진정으로 우러나서 내 키스를 다시 허락해 준다면 얘기는 달라지지. 손수건으로 닦아 내는 것도 안 되고.」

「알겠어요!」 테스는 한숨을 폭 내쉬었다. 「아! 내 모자 좀 집어 올게요!」

테스가 대답하는 바로 그 순간 그녀가 쓰고 있던 모자가 바람에 날려 길 위로 떨어졌다. 고지대를 지나가고 있는 지금도 마차의 속도가 전혀 느리지 않았던 탓이다. 마차를 세운 더버빌이 자기가 모자를 주워 오겠다고 했지만 이미 테스가 마차에서 내린 뒤였다.

오던 길을 되돌아간 테스가 모자를 집어 들었다.

「모자를 벗으니까 더 예쁘군. 진심이야.」 마차의 뒤편으로 테스에게 눈길을 주며 그가 말했다. 「자, 이제 다시 타지! 왜 그러지?」

모자를 다시 쓰고 끈도 묶었지만 테스는 앞으로 한 발자국도 떼지 않았다.

「싫어요.」 단호한 반항심으로 눈망울을 반짝거리고 붉은 입술과 상앗빛 치아를 드러내면서 테스가 대꾸했다. 「다시는 타지 않겠어요.」

「뭐라고? 내 옆에 타지 않겠다고?」

「네, 걸어가겠어요.」

「트란트리지까지는 아직 5~6마일은 남았단 말이야.」

「12마일이 남았다고 해도 상관없어요. 그리고 짐마차가 뒤에 따라오고 있으니까요.」

「이런 여우 같은 계집애! 자, 본색을 드러내 보시지. 모자를 일부러 날아가게 한 거지? 분명히 그랬을 거야!」

그녀는 일부러 아무 말도 하지 않았고, 그러자 그는 자신의 의심을 그대로 믿어 버렸다.

자신을 속였다며 테스에게 온갖 저주를 퍼부어 대던 그가 갑자기 말 머리를 돌리더니 테스를 마차와 산울타리 사이로 몰아넣으며 그녀를 향해 달려왔다. 하지만 그렇게 하면 그녀를 다치게 할 수밖에 없었다.

「그렇게 형편없이 말을 하다니 부끄럽지도 않아요!」 마차를 피해 산울타리 위로 기어 올라갔던 테스가 악에 받쳐 소리를 질러 댔다. 「당신이 싫어요! 당신을 증오하고 혐오해요! 집으로 돌아갈 거예요. 꼭 그럴 거라고요.」

테스의 이런 모습에 더버빌은 이내 화를 누그러뜨리면서 껄껄거리기 시작했다.

「와우, 그러니까 더 마음에 드는데. 이리 와요. 화해합시다. 당신이 싫다는 건 절대 안 하지. 진짜야!」

하지만 그는 테스가 다시 마차에 오르도록 설득하진 못했다. 그녀는 그가 계속 마차를 몰고 자기와 나란히 가도록 내버려 두었고, 이런 모습으로 그들은 느릿느릿 트랜트리지 마을을 향해 나아갔다. 본인의 서투른 행동 탓에 테스가 터벅터벅 걸어가야 하는 모습을 바라보는 더버빌의 얼굴에 얼핏 격렬한 고통 비슷한 것이 스치고 지나갔다. 사실 그때 테스는 그를 믿어 주었어도 무방했을지 모른다. 하지만 그에 대한 그녀의 신뢰는 무참히 무너졌다. 테스는 집으로 돌아가는 게 옳은 건지 골똘히 생각에 잠겨 땅만 보며 발걸음을 떼고 있었다. 하지만 자신은 이미 이 일을 하기로 진작에 마음을 굳힌 상태였고 이제 와서 달리 심각한 이유가 없는데도 그 결심을 접는 것은 어린애처럼 유치하기 짝이 없는 행동 같았다. 부모님의 얼굴을 어떻게 볼 것이며 그녀의 짐을 또 어떻게 다시 찾아올 수 있단 말인가? 과연 그녀는 가족을 다시 일으킬 수 있는 이 모든 계획을 이렇게 중요치 않은 이유 때문에 뒤집어엎을 수 있단 말인가?

어느덧 슬로프의 굴뚝들이 시야에 들어왔고 그 뒤를 따라 오른쪽으로 쑥 들어간 구석진 곳에 테스의 목적지인 양계장으로 쓰이는 오두막이 보였다.

제9장

 모이를 주는 관리인이자 병이 나면 돌봐주는 수의사, 거기에 친구의 임무까지 부여받은 테스가 돌봐야 할 닭의 무리는 이엉을 얹은 오래된 농가에 그들의 터전을 잡고 있었다. 농가는 한때 정원으로 쓰인 적도 있었지만 지금은 닭들이 헤집어 놓은 모래로 뒤덮인 네모진 안뜰에 있었다. 담쟁이덩굴이 농가를 온통 휘감고 있었고, 겨우살이 나뭇가지로 몸피가 굵어진 굴뚝들은 저마다 폐허가 된 탑을 떠올리게 했다. 아래층에 있는 방들은 모두 닭들의 전용실로 사용되고 있었는데, 이 떼거리들은 이 집을 지은 이들이 교회 마당 이쪽저쪽에 묻혀 있는 농부들이 아니라 마치 자기들인 양 거만하게 사방을 활개 치며 다녔다. 더버빌 집안이 이곳에 들어와서 정착하기 이전에 이 집을 소유했던 사람들의 후손들은 스토크-더버빌 부인이 법적 소유권을 수중에 넣자마자 그들의 조상이 수 세대에 걸쳐 그렇게 많은 돈과 애정을 쏟았던 이곳이 아무렇지도 않게 양계장으로 용도 변경되는 처사를 보며 그들 집안이 무시당하고 있다는 느낌이 들기도 했다. 「할아버지가 사시던 시절에는 기독교인들이 살아도 될 만큼 정말 훌륭한 집이었는데.」 이렇게 그들은 아쉬움을 토로했다.

한때 수많은 갓난아이들이 젖을 달라고 보채며 울어 대던 방은 이제 병아리들이 모이를 쪼아 대는 소리로 가득 찼다. 그 옛날 과묵한 농부들의 몸을 받쳐 주던 의자가 놓였던 자리는 지금 우리 안의 산만한 닭들의 차지가 되고 말았다. 굴뚝 모서리와 불길이 활활 타오르던 화덕에는 뒤집어 놓은 벌통들이 즐비했는데, 바로 여기가 암탉이 알을 낳는 장소였다. 대를 이어 여기에서 삶을 꾸려 왔던 주인들이 손수 삽질을 해서 알뜰살뜰 가꾸었던 문밖 뜰은 수탉들이 마구 파헤쳐 놓았다.

농가가 서 있는 정원은 주위에 담이 빙 둘러쳐져 있었고, 그래서 안으로 들어오려면 담에 난 문을 통과해야 했다.

다음 날 아침, 테스는 양계업자임을 자칭하는 남자의 딸답게 기발한 아이디어를 구상해서 닭장 안 배열을 효율적으로 바꾸느라고 한 시간여 동안이나 분주하게 움직이고 있었다. 바로 그때 문이 열리며 흰색 모자를 쓰고 앞치마를 두른 하녀 한 명이 들어왔다. 본채에서 나온 여자였다.

「더버빌 부인께서 예전처럼 닭을 가지고 오라고 하시네요.」 말을 전한 하녀는 테스가 제대로 알아듣지 못했다는 눈치를 채고 다시 설명했다. 「부인은 나이가 많이 드셨고, 그리고 앞을 보지 못해요.」

「맹인이세요?」 테스가 반문했다.

금시초문인 이 사실이 왠지 불길한 예감으로 다가왔지만 그 예감이 미처 모양을 갖추기도 전에 테스는 하녀의 지시에 따라 함부르크종으로 가장 잘생긴 닭 두 마리를 양팔로 안고 똑같이 두 마리를 안고 있는 하녀 뒤를 따라 지척에 있는 저택으로 향했다. 장식이 호화롭고 웅장한 저택은 집주인이 말 못 하는 짐승을 너무도 사랑하고 있다는 흔적을 사방에 남기고 있었다. 정문 쪽에서 새털이 둥둥 날아다니고 있었고 잔디밭 위에는 닭장이 있었다.

예순을 넘기지 않은, 아니 그보다 훨씬 나이가 적은 백발의 집주인이 커다란 모자를 쓰고 1층 거실 안락의자에 빛을 등지고 앉아 있었다. 이 여자는 오랫동안 앞을 보지 못했거나 아니면 태어날 때부터 시력을 잃은 사람들에게서 볼 수 있는 뭔가 고여 있는 듯 정지된 모습이 아니라, 서서히 잃어가는 시력을 되찾으려고 부단히 노력했다가 어쩔 수 없이 포기한 사람들에게서 나타나는 풍부한 표정을 담고 있었다. 테스는 양쪽 팔에 닭을 한 마리씩 끼고 부인을 향해 걸어갔다.

「아, 자네가 내 새들을 돌보게 될 새로 온 아가씨인가?」 생소한 발자국 소리에 더버빌 부인이 말했다. 「얘들에게 잘해주길 바라네. 관리인 말로는 자네가 적임자라고 하던데. 자, 우리 닭들은 어디 있지? 아, 요놈이 스트럿이구나! 오늘은 기운이 없어 보이는군. 그렇지? 낯선 사람의 손을 타니까 놀란 모양이구나. 피나도 마찬가지네……. 그래, 요 녀석들이 조금 놀란 모양이야. 그렇지 얘들아? 차츰 얘들도 자네에게 익숙해질 걸세.」

노부인이 계속 뭐라고 중얼거리고 있을 때 테스와 또 다른 하녀는 부인의 제스처에 따라 닭을 한 마리씩 그녀의 무릎 위에 올려놓았고, 그러면 부인은 닭을 머리끝에서 꽁지까지 손으로 더듬어 가면서 부리와 볏, 수탉의 기다란 깃털과 날개 그리고 발톱까지 찬찬히 훑어 내렸다. 부인은 감촉만으로 닭의 상태를 단박에 파악했는데, 깃털 하나가 상했다거나 깃털을 질질 끌고 다녀서 더러워졌다는 것까지 알아냈다. 모이주머니를 만져 본 부인은 닭이 무엇을 먹었는지 그리고 모이를 너무 많이 먹었는지 적게 먹었는지도 알아냈는데 이때 부인의 얼굴엔 마음속을 스치고 지나가는 온갖 불만들이 생생한 무언극으로 펼쳐지고 있었다.

두 명의 처녀들이 대령했던 닭들은 마당으로 도로 내갔고, 이러한 절차는 모든 애완 닭들, 이를테면 함부르크와 밴텀, 코친과 브라마, 도킹 그리고 당시 유행하던 이런저런 종의 닭들을 모두 노부인 앞에 대령하는 일이 끝날 때까지 반복되었다. 부인은 자기 무릎 위에 놓인 각각의 닭을 거의 실수 없이 알아맞혔다.

테스는 이 상황이 마치 교회의 견진 성사 같다는 생각이 들었다. 여기서 더버빌 부인은 주교의 역할, 닭은 견진 성사에 참석한 젊은이들, 그리고 테스와 다른 하녀는 이 젊은이들을 불러 모으는 교구의 목사와 부목사의 역할을 하고 있는 것 같았다. 의식이 끝나 갈 무렵 더버빌 부인의 얼굴에 파도가 일듯 주름이 잡히더니 뜬금없이 테스에게 물었다. 「휘파람을 불 줄 아느냐?」

「휘파람이요, 부인?」

「그래, 휘파람으로 곡조를 뽑을 수 있느냐고.」

여느 시골 아가씨들처럼 테스 역시 휘파람을 불 줄은 알았지만 젠체하는 사람들 앞에서 뽐낼 만한 실력은 아니었다. 그녀는 순순히 사실대로 말했다.

「그렇다면 하루도 빠짐없이 연습해야 할 거야. 휘파람을 썩 잘 불어 대던 남자아이가 하나 있었는데 그만두었단다. 아가씨가 우리 피리새들에게 휘파람을 불어 주었으면 좋겠네.

내 눈으로 새들을 직접 볼 수는 없으니까, 새들이 노래하는 거라도 듣고 싶어서 그래. 그래서 새들에게 노래를 가르치는 거야. 엘리자베스, 새장이 어디에 있는지 이 아가씨에게 말해 주어라. 자네는 당장 내일부터 시작하게나, 아니면 그 녀석들이 형편없이 짹짹거리기만 했던 처음의 소리로 돌아가 버릴 테니 말이야. 요 며칠 동안 녀석들을 그냥 방치해 두었거든.」

「오늘 아침엔 더버빌 씨가 휘파람을 불어 주었어요, 부인」 엘리자베스가 말했다.

「걔가? 흥!」

노부인은 얼굴 주름에 깊은 골을 만들면서 노골적으로 반감을 드러내더니 가타부타 아무런 대꾸도 하지 않았다.

테스가 상상으로만 그려 왔던 친척 부인과의 상봉은 그렇게 끝이 났고, 닭은 다시 제자리로 돌아갔다. 테스는 더버빌 부인의 태도에 그리 크게 놀라지 않았다. 저택의 규모를 눈으로 확인한 이후 테스는 더 이상 기대하는 게 없었지만, 그래도 노부인이 친척 운운하는 소리를 단 한 차례도 듣지 못할 거라곤 꿈에도 생각하지 못했다. 한편 장님 부인과 그녀의 아들 사이에 특별히 남다른 애정은 없다는 것은 미루어 짐작할 수 있었다. 하지만 이 점에서도 테스의 생각은 오산이었다. 자기가 낳은 자식을 불쾌하지만 어쩔 수 없이 사랑해야 하고 씁쓸하지만 좋아해야 하는 어머니가 더버빌 부인 하나는 아니었던 것이다.

비록 전날의 출발은 유쾌하지 않았으나 일단 거취는 정해진 거였다. 새날이 밝아 왔고 테스는 낯선 장소가 주는 자유로움과 새로움에 마음이 들뜨기 시작했다. 뜬금없는 지시이

긴 했으나 테스로선 일자리를 지켜 낼 기회를 잡기 위해서라도 그 실력을 시험해 보고 싶었다. 그녀는 담이 사방을 두르고 있는 정원에 혼자 남게 되자 곧 닭장에 자리를 잡고 앉아 열심히 입을 오므리면서 오랫동안 잊고 지냈던 휘파람 연습에 매진했다. 하지만 예전의 실력은 다 녹슬어 버려서 김빠진 바람만 입술 사이로 새어 나올 뿐, 청아한 곡조는 도대체 만들어질 기미가 보이지 않았다.

그녀는 있었던 재주가 이렇게 없어질 수도 있는 걸까 못내 아쉬워하면서 입술 사이로 연거푸 바람을 후후 내보내며 애써 보았으나 역시 성과는 없었다. 집을 감싸고 정원의 담까지 뒤덮고 있던 담쟁이덩굴 사이로 무언가 움직이는 낌새를 느낀 것은 바로 그때였다. 그녀는 그쪽을 주시했고 그런 그녀의 눈에 담에서 마당으로 뛰어내리는 사람의 모습이 포착되었다. 그 사람은 바로 어제 테스를 그녀가 살 정원 안에 있는 농가까지 바래다준 이후 눈에 띄지 않았던 알렉 더버빌이었다.

「와우!」 그가 큰 소리로 떠들어 댔다. 「자연 세계에서든 예술 세계에서든 그대처럼 아름다운 모습은 일찍이 본 적이 없소, 〈사촌〉 테스(〈사촌〉이라는 단어에 설핏 조롱의 감정이 실려 있었다). 담 너머에서 당신을 죽 지켜보고 있었지. 조바심의 조각상[15]처럼 앙증맞은 그 붉은 입술을 휘파람 부는 모양새로 삐죽 내밀고 휘휘거리는 모습을 말이야. 혼자 욕도 하면서 말이지. 전혀 소리가 나오지 않는다고 말이야. 왜, 휘파람이 나오지 않아서 엄청 짜증이 나신 모양이지.」

「짜증은 났지만, 욕은 하지 않았어요.」

「아! 이제야 알겠군. 당신이 왜 휘파람을 불려고 하는지…….

15 셰익스피어의 「십이야」 제2막 제4장 117행 인용.

그 녀석들 때문이군. 우리 어머니가 당신에게 그놈들을 위해 노래 수업을 하라고 하셨나 보군. 어쩌면 어머니는 그렇게 본인 생각만 하는 걸까! 나이 어린 여자에게는 여기 이 멍청한 닭들을 돌보는 일만으로도 벅찰 텐데 말이야. 나라면 일언지하에 거절했을 거야.」

「하지만 부인께서 제게 특별 지시를 내리셨어요. 그것도 내일 아침까지 할 수 있도록 말이죠.」

「그랬어? 그렇다면 내가 한 수 가르쳐 주지.」

「아, 아니에요, 그러지 마세요!」 테스가 문 쪽으로 도망쳤다.

「바보 같긴. 손가락 하나 건들지 않을 거야. 자, 봐요. 난 철망 이쪽에 있을 거니까, 당신은 그쪽에 있어. 그러면 불안하지 않겠지. 자, 여길 봐요. 입술에 힘이 너무 많이 들어갔어. 이렇게 해봐요.」

자신의 말을 행동으로 옮기며 그는 〈치워요, 그 입술을 치워요〉[16]의 한 소절을 휘파람으로 뽑아냈다. 하지만 테스는 이 노랫가락에 담긴 의미는 깨닫지 못했다.

「자, 이제 한번 해봐요.」 더버빌이 권했다.

그녀는 냉정한 표정을 지으려고 애썼고 그런 그녀의 굳은 얼굴에는 조각 작품에서나 볼 수 있는 엄격한 표정이 보였다. 하지만 그의 줄기찬 요구는 집요할 정도였고, 그래서 그녀는 그를 떼어 내버리기 위해서라도 그가 알려 준 대로 입술을 오므리며 맑은 소리를 내보려고 했다. 그런데 엉뚱하게도 웃음이 터져 나왔고, 웃음을 터뜨린 그런 자신이 한심해서 얼굴이 붉어졌다.

그는 테스에게 다시 해보라고 부추겼다.

16 셰익스피어의 「자에는 자로」 제4막 제1장 1~6행 인용.

자못 진지해진 테스는 이번에는 고통스러운 표정을 지을 정도로 진지해졌다. 그녀는 다시 휘파람을 불어 보려고 노력했는데, 뜻밖에도 휘파람 소리가 낭랑한 곡조를 이루며 울려 나왔다. 그 순간 테스는 드디어 해냈다는 기쁨으로 눈을 동그랗게 뜨고 모든 걸 깡그리 잊어버린 채 그를 보고 그냥 빙그레 웃고 말았다.

「바로 그거야! 일단 이 몸 덕분에 소리는 트였으니 잘 불 수 있을 거야. 내 뭐랬어. 당신 가까이 가지 않겠다고 했잖아. 인간으로선 감당하기 힘든 유혹에도 불구하고 말이지. 난 약속을 지킬 거요. 테스, 어머니를 이상한 사람이라고 생각하지?」

「전 아직 부인을 잘 몰라요.」

「곧 알게 될 거야. 괴팍한 노인네가 분명하지. 피리새에게 휘파람을 불어 주라고 당신에게 휘파람을 배우게 하는 걸 보면 알 수 있잖아. 이제 난 어머니의 눈 밖에 났어. 하지만 새들만 잘 관리해 준다면 당신은 어머니의 마음에 들 거야. 잘 있어. 어려운 일이 생기거나 도움이 필요하면 관리인에게 가지 말고 날 찾아.」

이런 관리 체계에서 테스는 일을 얻게 되었다. 일을 시작한 첫날 경험한 것들은 이후에도 별반 다를 게 없었다. 알렉 더버빌은 장난처럼 테스에게 말을 걸었고 둘만 있으면 농담처럼 사촌 누이라고 부르면서 테스의 마음에 자신의 존재감을 공들여 심어 놓았으며, 그렇게 테스가 그에게 익숙해지면서 그를 경계하는 마음이 처음보다는 한결 누그러져 갔다. 그렇다고 해서 그녀에게 조금 더 다정한 새로운 감정이 생긴 것은 아니었다. 테스는 자신의 모든 게 그의 어머니 손에 달려 있지만, 부인은 아무런 힘이 없었고 그래서 어쩔 수 없이 그에게 기댈 수밖에 없었으므로 단순한 관계 이상으로 그의 말을 유순하게 따랐던 것이다.

일단 휘파람 기술을 터득하자 테스는 더버빌 부인의 방에서 피리새들에게 휘파람을 불어 주는 일이 그렇게 성가신 일만은 아니라고 생각했다. 그녀는 노래 부르기를 즐겨 했던 어머니에게서 이 새들에게 어울릴 만한 곡조를 이미 많이 익히고 있던 터였다. 테스는 매일 아침 새장 옆에서 이렇게 휘파람을 불고 있을 때가 정원에서 연습할 때보다 훨씬 더 행복했다. 곁에 있는 젊은 남자 때문에 움츠러들어야 할 이유가 없어진 테스는 입을 쭉 내밀어 창살 가까이 입술을 갖다 대고, 쫑긋 귀를 세우고 열심히 들어 주는 새들에게 편안하고 우아하게 휘파람을 불어 주었다.

더버빌 부인이 사용하는 침대에는 네 개의 커다란 기둥이 달려 있었고 묵직한 다마스크 비단 커튼이 드리워져 있었다. 부인과 같은 방에 있던 피리새들은 정해진 시간이 되면 자유로이 방 안 전체로 날아다니면서, 가구와 실내 장식품에 작고 하얀 얼룩들을 만들어 냈다. 어느 날 테스가 창가에 나란히 걸려 있는 새장 옆에서 여느 때처럼 새들에게 휘파람을 들려주고 있었는데, 그때 뭔가 바스락거리며 스쳐 지나가는 소리가 침대 뒤에서 나는 것 같았다. 노부인은 마침 방 안에 없었다. 소리가 나는 쪽으로 고개를 돌린 테스의 눈에 커튼 밑으로 장화의 앞부리가 보인 것도 같았다. 이후로 그녀의 휘파람 소리는 자꾸 뚝뚝 끊어지기 시작했고, 그래서 누군가 듣는 사람이 있었다면 그는 테스가 거기에 있는 자신의 존재를 알아차렸을 거라고 판단했을 것이다. 그 다음부터 테스는 아침마다 커튼을 살폈으나 그 뒤에서 찾아낸 사람은 아무도 없었다. 알렉 더버빌은 이렇게 몰래 숨어 있다가 그녀를 깜짝 놀라게 하려는 장난이 소용없다는 걸 깨닫고 생각을 바꾼 게 분명했다.

제10장

 어떤 마을이든 저마다의 독특한 개성과 관행 그리고 나름대로의 도덕률이 존재하기 마련이다. 트란트리지와 그 인근에 사는 일부 젊은 여성들은 경망스러움으로 정평이 나 있었고, 이는 어쩌면 이웃 슬로프 저택을 지배하고 있던 정신을 나타내고 있는 건지도 몰랐다. 그보다 더한 결함도 이 지역엔 줄기차게 이어져 오고 있었으니, 그건 바로 그들이 엄청 술을 마셔 댄다는 사실이었다. 절약은 쓸데없는 짓이라는 논리가 농장에서 단골로 등장하는 화젯거리였다. 쟁기와 괭이에 몸을 기댄 작업복 차림의 수학자들은 나름 꼼꼼하게 주판알을 튕겨 가면서 노후 대비책으로 임금에서 몇 푼씩 떼어 평생 알뜰살뜰 모으는 것보다 교구에서 나오는 구제금이 더 바람직하다는 사실을 증명해 보이곤 했다.
 이들 철학자들이 누리는 주된 즐거움이라면 일과를 끝낸 토요일 저녁마다 장이 서는 2~3마일 떨어진 쇠락한 마을인 체이스버러에 가는 거였다. 그리고 그다음 날 이른 새벽이 되어서야 돌아온 그들은 전날 한때 독자적으로 운영되던 주점들을 독점한 주인이 맥주라고 하면서 판 이상한 혼합주를 마신 여파로 종일 숙취에 시달리며 일요일을 침대에서 보내기 일쑤였다.

테스는 이러한 주말 순례에 한동안 동참하지 않았다. 그러다가 나이로 따지면 자기보다 그렇게 많지 않은 아낙네들의 성화에 못 이겨 함께 가기로 했다. 스물한 살의 농부나 마흔 살의 농부가 받는 임금이 매한가지였기 때문에 이곳에서는 결혼을 일찍 했다. 테스는 첫 번째 나들이에서 기대 이상의 즐거움을 얻었고, 일주일 내내 닭장에만 매달려 단조로운 일상을 보내는 그녀에게 다른 사람들의 흥겨운 기분이 전해지는 것 같았다. 테스는 이후 주말 순례 나들이에 계속 동참했다. 그녀는 여인으로 성숙해 가는 문턱에 있었고, 그래서 그녀의 우아하면서도 매력적인 외모는 체이스버러의 거리를 어슬렁거리는 뭇 남성들의 엉큼한 시선을 받기도 했다. 따라서 그 마을에 갈 때 더러 혼자 가곤 했으나, 해가 떨어지면 으레 길동무들의 보호가 필요해 함께 마을로 돌아올 동행을 찾곤 했다.

이런 일상이 두어 달 지속되던 9월의 어느 토요일, 그날은 마침 축제와 장날이 한날에 있었다. 트란트리지의 순례자들이 술집에서 두 배의 기쁨을 누리려고 잔뜩 벼르고 있었던 것도 바로 이런 연유였다. 테스는 일 때문에 출발이 늦어져서 다른 사람들보다 훨씬 늦게야 마을에 도착했다. 해가 저물기 직전 9월의 아름다운 저녁이었다. 머리카락 같은 노란 광선이 푸르른 그림자와 힘겨루기를 하고 있었고, 대기는 자기 안에서 춤을 추고 있는 수많은 날벌레만 제외하고는 형체가 있는 그 어떤 물체의 도움을 받지 않고도 스스로 하나의 경치를 연출해 내고 있었다. 이 어슴푸레한 옅은 안개 속을 테스가 느릿느릿 걸어가고 있었다.

땅거미가 찾아들 무렵 그곳에 도착한 테스는 그제야 비로소 장날과 축제일이 겹쳤다는 사실을 알게 되었다. 장 볼 게 별로 없었던 테스는 얼른 일을 마친 후 여느 때처럼 트란트리지 마을 사람들을 찾느라고 사방을 두리번거렸다.

 처음엔 마을 사람들의 모습을 찾을 수 없었다. 그러나 테스는 곧 마을 사람들 대부분이 그들의 농장과 거래 관계가 있는 건초 다발과 이탄을 파는 상인의 집에서 소규모로 벌어지는 이른바 지그 춤판에 있다는 정보를 얻게 되었다. 상인이 살고 있는 곳은 마을에서 뚝 떨어진 외곽이었다. 테스는 그곳으로 가는 길을 두리번거리며 찾기 시작했고 그런 그녀의 시선이 길모퉁이에 서 있던 더버빌에게서 멎었다.

「우리 예쁜이가 어쩐 일인가? 여기에 이렇게 늦게까지 있다니.」

 테스는 함께 집으로 갈 사람들을 기다리고 있다고 대답했다.

「또 봅시다.」 뒷골목으로 들어가는 테스의 어깨 너머로 남자가 소리쳤다.

 건초 상인의 집 가까이 다가가자 스코틀랜드 고지 사람들이 즐겨 추는 경쾌한 춤곡을 바이올린으로 연주하는 소리가 뒤쪽 건물에서 흘러나왔다. 춤곡이지만 정작 춤추는 소리는 전혀 들리지 않았으니, 스텝을 밟는 소리에 음악이 묻히기 일쑤인 이 지역에서는 좀처럼 있기 힘든 일이었다. 테스는 열려 있는 대문을 통해서 어스름한 어둠이 허용하는 저 멀리 뒤편 정원까지 들여다볼 수 있었다. 문을 두드려 보았지만 아무도 나오지 않자 그녀는 좁다랗게 난 길을 따라 안채를 지나서 그녀를 잡아끄는 소리가 나는 바깥채로 향했다.

 창문이 없는 그곳은 창고로 쓰이는 건물이었다. 노랗게 빛을 발하는 옅은 안개가 열린 문을 통해 어둠을 헤치고 둥둥 흘러나오고 있었는데, 그녀는 연기가 불빛에 반사되어 빛나고 있다고 생각했다. 그런데 좀 더 가까이 다가가서 살펴보니 그것은 먼지가 구름처럼 피어오르면서 창고 안에 켜둔 촛불에 비쳐 생긴 현상이었다. 그 먼지구름을 헤치고 흘러나오는 희미한 빛이 문의 윤곽을 깜깜한 넓은 정원으로 투영하고 있었다.

가까이 다가가서 안을 들여다보니 춤사위에 맞춰 위아래로 겅중겅중 뛰는 흐릿한 형체들이 눈에 들어왔다. 발 구르는 소리가 나지 않았던 것은 이탄을 비롯해서 잡동사니 물건들을 쌓아 둔 창고의 가루 찌꺼기가 그들의 신발에 마치 덧신처럼 눌어붙어 있었기 때문이었다. 그들의 발이 요동칠 때마다 분진 가루가 일어났고, 이것이 성운 같은 희뿌연 먼지를 일으켜 그곳을 온통 에워싸고 있었다. 춤꾼들의 땀과 열기는 허공에 둥둥 떠다니는 이탄 가루와 퀴퀴한 냄새를 풍기는 건초 부스러기와 한데 뒤범벅이 되어 인간-식물의 꽃가루가 만들어지고 있었다. 소리를 죽여 약한 가락을 연주하는 악기들은 자신 있게 스텝을 구르는 사람들의 열정과 뚜렷한 대조를 보였다. 그들은 춤을 추면서 기침을 해댔고, 기침을 하다가 큰 소리로 웃어 대기도 했다. 힘차게 몸을 놀리는 커플들은 높은 불빛에서만 그 모습이 보였고, 그래서 누가 누구인지 도통 얼굴을 알아볼 수 없었다. 희미하고 흐릿한 이들의 이런 모습은 님프를 얼싸안고 있는 사티로이[17]의 모습을 닮아 있었고,

---

17 사티로스들을 말한다. 자연의 마신들로 하체는 말이거나 염소, 상체는 인간이다. 말총처럼 길고 풍부한 꼬리와 항상 초인적인 크기의 발기한 남근이 달려 있다. 그들은 들판에서 춤을 추거나 디오니소스와 술을 마시거나 님프들을 쫓아다니며 겁탈한다고 여겨졌다.

수많은 시링스[18] 정령들의 주위를 빙빙 돌고 있는 수많은 목양신들과 같았으며, 프리아포스[19]를 피해 달아나려다가 결국 잡히고 마는 로티스[20]의 모습을 떠올리게 했다.

춤추던 쌍이 막간을 틈타 바람을 쐬려고 문가로 나오곤 했다. 그러면 그들 앞에 베일을 드리우고 있던 안개 비슷한 것이 걷히면서 이들 반신반인(半神半人)들은 다시 테스의 소박한 이웃 사람들로 되돌아갔다. 두세 시간이라는 그 짧은 시간에 트란트리지 마을 사람들이 이토록 광적으로 바뀔 수도 있단 말인가!

무리 중 몇 명의 실레노스[21]가 문가에 놓인 벤치와 건초 다발 위에 앉아 있었다. 그들 중 한 명이 테스를 알아보았다.

「아가씨들은 〈루스의 화원〉에서 춤추는 걸 부끄럽게 생각하거든요.」 남자의 설명이었다. 「자기가 좋아하는 모든 남자들에게 공개되는 게 싫은 거지. 그것도 그렇고, 〈루스의 화원〉은 뼈마디가 부드럽게 돌아갈 만하면 문을 닫아 버릴 때도 간혹 있어요. 그래서 여기로 왔어요. 술은 밖에서 사 왔고.」

---

18 님프의 아름다운 육체를 사모하는 목신(牧神) 판에게 뒤쫓기다가 붙잡히려는 순간 갈대로 변한 숲의 님프이다. 판은 갈대 줄기를 각기 다른 길이로 잘라 밀랍으로 이어 악기를 만들고 이를 기념하여 시링스라는 이름을 붙였다.

19 아시아 도시 람프사코스의 신으로 발기한 남근을 가진 인물로 표현된다. 그는 로티스라는 님프를 만나 사랑에 빠져 밤사이에 그녀를 겁탈하려 했지만, 목적을 채 이루기 전에 당나귀가 울어 대는 바람에 로티스와 다른 무녀들이 깨고 말았고 프리아포스는 당황하여 달아나야 했다는 에피소드가 있다.

20 프리아포스가 사랑한 님프이다. 그녀는 그의 사랑을 줄곧 거부하며, 자칫 붙잡힐 뻔한 적도 있었지만 매번 달아나곤 했다.

21 늙은 사티로스들을 통틀어 가리키는 이름이다. 이들은 납작코에 두꺼운 입술, 황소 같은 눈매 등으로 아주 못생겼다고 한다.

「혹시 이 중에 집에 가실 분은 언제 가시나요?」 걱정스러운 목소리로 테스가 물었다.

「지금요. 거의 다 끝나 가요. 이게 마지막 춤판이거든요.」

테스는 기다렸다. 경쾌한 무곡이 끝나자 일행 중 몇몇이 자리를 뜰 자세를 취했다. 하지만 다른 이들은 그럴 마음이 없는 듯했고 이어 춤판이 다시 벌어졌다. 이번에 분명히 끝날 거라고 생각했는데 연이어 또 다른 춤판으로 넘어가자 테스는 안절부절못하며 불안해 했다. 어쨌거나 이만큼 기다렸으니 좀 더 기다릴 수밖에 달리 도리가 없는 듯했다. 축제가 있었기 때문에 거리 곳곳에 나쁜 마음을 가진 사람들이 어슬렁거리고 있을 것이다. 까짓 예측이 가능한 위험이야 겁날 게 없지만 짐작할 수 없는 곳에 도사리고 있을 위험이 무서웠다. 말롯 마을 근처였더라면 이렇게 무섭진 않았을 것이다.

「초조해하지 말아요, 아가씨.」 얼굴은 땀에 젖어 번들거리고 머리 뒤쪽으로 확 젖혀진 모자의 챙이 마치 성자의 머리 위에 생긴 후광처럼 원을 그리고 있는 한 젊은 남자가 연신 기침을 해대면서 다독이듯 말했다. 「뭐가 그리 급해요? 다행히도 내일은 일요일이니 교회 가는 시간에 맘껏 잘 수도 있잖아요. 자, 나랑 한번 출래요?」

춤추는 걸 싫어하는 것은 아니었지만 다만 여기선 마음이 내키지 않았다. 사람들의 움직임이 점점 격렬해졌고 희뿌옇게 빛을 발하는 먼지기둥 뒤에서 악기를 연주하던 악사들이 브리지 반대쪽 면의 현이나 활등으로 연주해서 멜로디를 바꿔 버리는 일도 일어났다. 하지만 아무도 개의치 않았다. 가쁘게 숨을 몰아쉬는 이 형체들은 줄기차게 끊임없이 돌고 또 돌았다.

그들은 함께 춤을 추는 파트너가 마음에 들었는지 짝을 바꾸는 일이 없었다. 파트너를 바꾼다는 것은 그들 중 어느 한쪽이 아직 마음에 드는 짝을 만나지 못했다는 걸 의미한다. 하지만 이 무렵쯤 되면 각 쌍이 제대로 짝을 이루게 마련이었다. 그러니까 이맘때면 온 우주에 감정만 존재하는 황홀하고 몽환적인 꿈의 세계가 슬슬 시동을 걸고 있으니, 이처럼 춤추려는 마음이 흘러넘칠 때 그 춤을 방해하는 것은 그저 외부에서 끼어든 방해 공작에 불과할 뿐이었다.

그때 갑자기 둔중하게 바닥을 때리는 소리가 났다. 한 쌍이 바닥에 쓰러져 한 덩어리로 포개진 채 누워 있었다. 미처 동작을 제어하지 못하고 그 방향으로 나아가던 옆의 커플이 장애물에 걸려 또 그 위로 넘어졌다. 방 안 전체를 휘감고 있는 먼지구름 속에서 엎어져 있는 형체들 주변으로 또 하나의 먼지구름이 피어오르면서 서로 뒤엉켜 꿈틀거리는 팔과 다리만 눈에 들어왔다.

「집에 가면 가만두지 않을 거예요, 당신!」 서투른 동작으로 이런 불행을 자초한 남자의 불행한 파트너가 뒤엉킨 인간들의 무더기 속에서 악을 써대고 있었다. 우연히도 이 여자는 그 남자와 얼마 전에 결혼한 그의 아내였다. 트란트리지에서는 결혼한 부부 사이에 애정이 남아 있다면 이렇게 어울리는 일은 전혀 이상한 일이 아니었다. 사실, 이들은 훗날 서로를 따뜻하게 이해해 주는 커플들 사이에서 홀로 외로운 싱글이 되는 것을 막기 위해서라도 이렇게 어울렸다.

테스의 뒤쪽, 어둠이 짙게 깔려 있던 정원에서 껄껄거리며 웃는 소리가 들려왔고 이내 건물 안에서 나오는 킬킬거리는 소리와 하나로 합쳐졌다. 뒤를 돌아다본 그녀의 눈에 빨갛게 타들어 가는 시가가 들어왔다. 알렉 더버빌이 혼자 거기에 서 있었다. 그는 그녀에게 오라고 손짓을 했고 그녀는 마지못하여 그에게로 다가갔다.

「아니, 우리 예쁜 아가씨, 여기서 뭐하시나?」

온종일 일을 한 뒤 한참을 걸어다녔기 때문에 파김치가 된 테스는 남자에게 자신의 고충을 털어놓았다. 그녀는 밤길이 낯설어서 좀 전에 거리에서 그를 만났을 때부터 줄곧 함께 갈 일행을 기다리고 있노라고 설명했다. 「하지만 저 사람들은 전혀 떠날 기미가 보이지 않아요. 더는 기다리지 말아야겠어요.」

「당연히 그러지 말아야지. 오늘은 안장을 얹은 말 한 필만 가지고 왔어. 〈루스의 화원〉으로 와요. 이륜마차를 한 대 빌려서 집까지 태워다 주지.」

이 말에 그녀는 기분이 나쁘지는 않았지만 그를 믿지 못하는 처음의 마음이 완전히 사라진 것은 아니었고, 그래서 자꾸 시간을 끌며 꾸물거리긴 해도 마을 사람들과 함께 가는 게 좋겠다고 생각했다. 그래서 테스는 남자에게 고맙지만 폐를 끼치고 싶지 않다고 대답했다. 「기다린다고 했어요. 저 사람들도 그렇게 알고 있을 거예요.」

「좋아. 자신만만한 아가씨. 좋을 대로 하시지……. 그렇다면 나도 서두를 이유가 없지……. 아이고 저런, 저기 웬 소란들을 떨고 있는 거야!」

더버빌이 불빛 쪽으로 다가오지 않아서 그의 모습은 드러나지 않았지만 일행 중 몇은 그를 알아보았다. 그의 등장으로 동작을 잠시 멈춘 이들은 그제야 시간이 많이 지체되었다는 사실을 깨달았다. 더버빌이 다시 시가에 불을 붙인 후 자리를 뜨자 트란트리지 마을 사람들은 다른 농장에서 온 사람들 사이에서 마을 사람들을 추려 내어 함께 떠날 채비를 했다. 꾸러미와 바구니들을 주섬주섬 챙기느라고 30여 분이 흘렀고, 교회의 시계가 11시 15분을 가리킬 무렵에 그들은 마을로 향한 언덕길로 이어진 골목을 벗어나고 있었다.

이제 그들은 하얗게 물기가 마른, 오늘따라 달빛을 받아 유독 하얗게 보이는 밤길을 따라 3마일을 걸어가야 했다.

이 사람 저 사람과 나란히 어우러져 길을 걷던 테스는 술을 엄청 마셔 댄 남자들이 상쾌하게 불어오는 밤바람을 맞자 뱀처럼 구불구불 마구 휘청거리고 있는 걸 보았다. 행실이 헤픈 축에 속하는 몇몇 여자들도 걸음새가 흐느적거리기는 마찬가지였다. 얼마 전까지만 해도 더버빌의 애인으로서 스페이드의 여왕이라는 별명으로 통했던 가무잡잡한 여장부인 카다치, 다이아몬드의 여왕이라는 별칭을 가진 그녀의 동생 낸시 그리고 춤추다 넘어져서 이미 한바탕 난리를 치른 젊은 새댁이 바로 그들이었다. 야박하리만치 깐깐한 시선으로 본다면 이들의 외모는 그저 너무도 평범하고 투실투실할 뿐이겠지만 정작 본인 자신들에게는 그렇지 않았다. 그들은 깊고 원초적인 상념에 잠겨 무언가가 그들의 몸을 받쳐 주는 듯 공중으로 둥둥 떠오르는 느낌으로 걷고 있었다. 그들과 그들을 에워싼 자연이 어우러져 하나의 유기체를 구성하고 있었고, 그 유기체의 모든 부분들은 즐거운 조화를 이루며 서로 잘 맞물려 있었다. 그들은 머리 위에 존재하는 달과 별만큼 숭고한 존재들이었고, 달과 별들은 그들만큼 열정적이었다.

하지만 테스는 아버지와 함께 살아오면서 이런 고통을 이미 진저리가 날 만큼 경험한 상태였다. 그래서 그들의 상태를 발견하고 나자 달빛을 받으며 걸을 때 느꼈던 기쁨이 몽땅 사그라지는 것 같았다. 허나 그 때문에 무리에서 떨어지진 않았다.

여기저기 흩어져 제각각 걷고 있던 사람들은 탁 트인 한길에 이르렀고 이제 들판에 세워진 울타리의 출입문을 통과할 차례가 되었다. 그런데 맨 앞에 가고 있던 사람들이 출입문을 여는 데 애를 먹었고 그 바람에 모두들 서로 촘촘히 모여들었다.

스페이드의 여왕 카는 대열의 선두를 지키며 걸어가고 있었다. 그녀는 어머니가 부탁한 먹을거리와 자신이 쓸 옷감 그리고 이런저런 일주일치의 물품이 든 바구니를 가지고 있었다. 그녀는 상당히 크고 묵직한 바구니를 편의상 머리에 이고 있었고, 바구니는 손을 허리춤에 대고 걸어가는 그녀의 머리 위에서 아슬아슬하게 균형을 유지하고 있었다.

「카 다치, 네 등으로 흘러내리는 게 뭐지?」 일행 중의 한 명이 불쑥 말했다.

모두들 카를 바라보았다. 그녀의 옷은 무늬가 들어간 얇은 면이었는데 머리 뒤쪽에서 허리께까지 중국인들의 변발처럼 생긴 노끈 비슷한 것이 이어지고 있었다.

「머리가 흘러내린 거야.」 다른 한 명이 말했다.

하지만 그건 머리카락이 아니었다. 바구니에서 스며 나온 무언가가 거무스름한 줄기를 이루고 있었고 서늘하고 괴괴한 달빛을 받아 미끈미끈한 뱀처럼 번들거리고 있었던 것이다.

「당밀이군.」 찬찬히 살펴보던 한 아낙네가 말했다.

그건 당밀이었다. 나이가 많이 드신 카의 할머니는 단것을 무척 좋아하셨다. 꿀이야 벌통에서 얼마든지 드실 수 있었지만, 할머니가 진정으로 원하는 것은 당밀이었고 그래서 그녀는 이 깜짝 선물로 할머니를 기분 좋게 해드리려던 참이었다.

허겁지겁 바구니를 내린 가무잡잡한 여자는 당밀시럽이 담겨 있던 그릇이 바구니 안에서 산산조각이 나 있다는 걸 알게 되었다.

해괴한 형상을 한 카의 등을 바라보는 사람들이 자지러지듯 웃어 젖히는 소리가 들려 왔다. 이에 화가 치밀 대로 치민 검은 여왕은 웃어 대는 그 사람들의 도움 없이 일단 맨 먼저 눈에 띄는 방법을 써서 흉한 모양새를 지워 버리려고 했다. 그녀는 씩씩거리며 그들이 건너가야 할 들판으로 달려가 그대로 풀밭 위에 벌렁 누워 버렸다. 그러고는 풀밭과 나란히 수평을 이루어 몸을 팽이 돌리듯 돌리고, 팔꿈치로 몸을 세워 풀 위로 비벼 대면서 옷에 묻은 얼룩을 닦아 내기 시작했다.

웃음소리가 더 거세졌다. 사람들은 출입문과 울타리 말뚝에 붙어 서서 또는 지팡이에 몸을 기댄 채 카가 연출하는 광경에 배꼽이 빠질 듯이 웃어 대느라 기운을 몽땅 빼고 있었다. 지금까지 침착함을 유지하고 있던 우리의 여주인공 역시 시끌벅적한 바로 이 순간, 다른 사람들을 따라 웃을 수밖에 없었다.

여러 면에서 바로 이것이 불행의 발단이었다. 술기운이 없는 테스의 깊은 음색이 다른 일꾼들 사이에 섞여 들려오자마자 검은 여왕은 오랫동안 삭여 왔던 라이벌 의식을 활활 태우며 미쳐 날뛰기 시작했던 것이다. 그녀는 발딱 일어나더니 혐오스럽게 생각하는 대상에게 바짝 얼굴을 들이댔다.

「아니, 이년이! 감히 나를 보고 웃어.」 여자가 악다구니를 해댔다.

「다른 사람들이 웃어서 나도 모르게 웃음이 나왔어요.」 여전히 터져 나오는 웃음을 참지 못하는 테스가 미안해하며 말했다.

「네년이 잘난 줄 아나 본데, 그렇지, 지금 그이가 좋아한다고 네가 최고라 이거지! 잠깐만 기다려 보시지! 네년 같은 건 두 개를 합쳐 놓아도 날 못 당할 걸. 자, 여길 보란 말이야!」

검은 여왕은 끔찍하게도 윗옷을 벗어 젖히기 시작했고, 이내 통통한 목과 어깨 그리고 팔이 맨살로 달빛에 드러났다. 그녀는 그저 옷에서 해방되고 싶은 것 같았고 자신을 조롱거리로 만든 이 상황도 한몫 거든 것 같았다. 달빛에 어린 그녀의 모습은 시골 처녀의 토실토실하고 매끈한 맨살을 지닌 프락시텔레스[22]의 조각품들만큼이나 아름답게 빛났다. 그녀는 주먹을 움켜쥐더니 테스에게 달려들었다.

「싸우고 싶지 않아요!」 테스가 당당하게 맞섰다. 「이런 사람인 줄 알았으면……, 이렇게 당신처럼 형편없는 사람하곤 오지도 않았을 거예요!」

모두를 싸잡아 비난하는 것처럼 들릴 수도 있는 이 발언으로 말미암아 다른 쪽에서도 재수 없이 걸려든 아름다운 테스에게 욕을 쏟아붓기 시작했다. 더버빌과 그렇고 그런 관계에 있던 다이아몬드의 여왕도 카와 한통속이 되어 그들의 공동의 적을 향해 으르렁거렸다. 다른 몇몇 여자들도 여기에 추임새를 넣었는데, 적의를 드러낼 정도로 우둔한 사람은 그들 중에 아무도 없었지만 아마도 광란의 저녁을 함께 보낸 탓이리라. 그러자 그들의 남편과 애인들이 테스가 부당하게 궁지에 몰려 있다는 생각에 그녀를 두둔하며 분위기를 진정시키려고

---

22 Praxiteles(?~?). 소녀가 여성이 될 때의 부드러운 육체를 우아한 S자형 윤곽 속으로 끌어들여 탁월한 대리석조법을 구사한 B.C. 4세기의 그리스 조각가이다.

나섰고, 그 결과는 불난 데 기름을 끼얹은 격이었다.

　화가 치밀어 오른 테스는 창피해 죽을 지경이었다. 그녀에겐 이제 집으로 혼자 돌아가야 한다거나 야심한 시각 따위는 중요한 게 아니었다. 그녀에게 남은 한 가지 목표는 그저 가능한 빨리 이 무리들에게서 벗어나는 거였다. 내일 날이 밝으면 저들 중 심성이 고운 이들은 본인의 지나쳤던 처사를 후회하리라는 것도 테스는 알고 있었다. 그녀가 모두가 있는 들판에서 빠져나오려고 혼자 뒷걸음치고 있던 바로 그때, 병풍처럼 길을 가리고 있는 덤불 구석에서 말을 탄 남자가 쓰윽 소리도 없이 등장했다. 사람들을 빙 둘러보고 있는 그는 바로 알렉 더버빌이었다.

「이게 도대체 웬 소동인가, 당신들?」

　사람들의 설명이 곧바로 나오지는 않았지만, 사실 그에게는 굳이 그런 게 필요 없었다. 이들과 조금 떨어진 곳에 있던 그는 왁자지껄한 사람들의 소리에 말을 타고 살금살금 다가왔고, 그래서 돌아가는 상황에 대해선 이미 충분히 알고 있었다.

　테스는 사람들과 떨어져서 출입문 근처에 서 있었다. 더버빌이 그녀에게 몸을 기울이더니 귀엣말로 속삭였다.「뒤에 올라타. 그러면 악다구니를 퍼붓는 저들에게서 순식간에 빠져나갈 수 있어!」

　위기감으로 극도의 긴장 상태에 있던 테스는 그냥 그대로 그 자리에 쓰러질 것 같았다. 다른 때였다면 응당 이런 도움이나 동행의 제의는 일언지하에 거절해 버렸을 것이다. 여러 번 이런 제의가 있었지만 테스는 받아들이지 않았으니 말이다. 그리고 비록 자신이 아무리 외로운 상태에 있다고 하더라도 그 외로움을 떨쳐 내기 위해 달리 행동하지는 않았을 것이다. 하지만 발만 한 번 얹으면 노골적인 적의를 드러내며 그녀를 공포와 분노에 떨게 만든 저들의 코를 납작하게 할 수 있는 바로 이때, 테스는 말에 오르라는 말을 들었고 그러자 그녀는 본능이 시키는 대로 출입문으로 올라가 남자의 발등을 딛고 안장 뒤로 올라타고 말았다. 술에 취해 마구 시비를 걸어 대던 사람들이 돌아가는 상황을 파악할 무렵, 그 둘은 이미 저 멀리 어슴푸레한 곳으로 빠르게 멀어지고 있었다.

옷에 묻은 얼룩도 까맣게 잊은 스페이드의 여왕은 다이아몬드의 여왕과 몸을 가누지 못하고 비틀거리는 젊은 여자 옆에 서 있었다. 그들의 시선은 모두 말발굽 소리가 고요함으로 잦아드는 길을 향해 고정되어 있었다.

「뭘 보고 있는 거야?」 소동을 직접 눈으로 보지 못한 한 남자가 물었다.

「호호호!」 얼굴이 가무잡잡한 카가 웃음을 터뜨렸다.

「히히히!」 술에 젖어 있던 새색시가 사랑하는 남편 팔에 매달려 간신히 몸을 가누며 웃어 댔다.

「호호호!」 가무잡잡한 카의 엄마가 자신의 코밑수염을 쓰다듬으며 의미심장하게 한마디 던졌다. 「여우를 피하려다 호랑이를 만난 격이군!」

아무리 술을 마셔도 그 영향이 오래가지 않는 이 노천(露天)의 아이들은 다시 들판에 난 좁다란 길을 따라 걷기 시작했다. 얇게 깔린 달빛이 반짝거리던 이슬에 부딪쳐 유백색의 밝은 원을 만들어 냈고, 그것이 각자의 머리 그림자 주위에서 걸어가는 그들과 동행했다. 길을 걸어가고 있던 사람들은 각자 자신의 후광만 볼 수 있었다. 이 후광은 그 그림자가 아무리 흉하게 비틀거려도 절대로 곁을 떠나지 않고 바짝 붙어서 그림자를 아름답게 꾸며 주고 있었다. 이제 그들의 이상한 움직임들은 그 반짝임에 내재된 일부분처럼 보였고, 그들이 내뿜는 숨결은 옅은 밤안개를 구성하고 있었다. 이 풍경의 정령 그리고 달빛과 대자연의 정령은 술의 정기와 어우러지면서 조화를 이루고 있었다.

제11장

둘은 한참을 말없이 천천히 걸어가는 말 등에 몸을 싣고 있었다. 테스는 아직 승리감에 취해 숨을 가쁘게 몰아쉬면서 그를 꼭 잡고 있었지만, 한편으론 여전히 불안한 마음이 들기도 했다. 타고 있는 말이 그가 가끔 몰고 다니는 성질 사나운 말이 아니란 걸 알고는 적잖이 안심은 되었다. 하지만 그를 꼭 붙들고 있는데도 앉아 있는 자리가 자못 불안하기만 했다. 알렉은 말의 속도를 늦춰 달라는 테스의 부탁을 순순히 들어주었다.

「깔끔하게 마무리됐군. 그렇지, 테스?」 그가 드디어 말문을 열었다.

「네, 정말 고마워요.」

「진심인가?」

테스는 대답하지 않았다.

「테스, 내가 키스하는 걸 왜 그렇게 싫어하지?」

「아마도, 사랑하지 않으니까 그런 거 같아요.」

「정말 그래?」

「가끔 당신에게 화가 나기도 해요!」

「아, 그런 것 같았어.」 알렉은 그녀의 고백에 토를 달진 않았다. 어쨌거나 뭐가 되었든 쌀쌀맞은 것보다는 낫다고 생각했던 것이다.「나 때문에 화가 났을 때 왜 말을 하지 않았어?」
「이유는 잘 아시잖아요. 여기서 전 아무 힘이 없으니까요.」
「애정 공세로 내가 당신을 자주 힘들게 하지는 않았지?」
「가끔은 그랬어요.」
「몇 번이나?」
「잘 아시잖아요. 셀 수도 없이 많이요.」
「그럴 때마다 기분이 상했나?」

테스는 입을 다물었다. 상당히 먼 거리를 뚜벅뚜벅 걸어온 말은 이제 저녁 내내 골짜기에 걸려 있던 희뿌연 안개가 사방으로 퍼지면서 그들을 감싸 안는 지점에 이르렀다. 안개는 달빛도 정지시킨 듯했고 공기가 맑을 때보다도 더 넓게 속속들이 퍼져 있는 듯했다. 이 때문인지 아니면 얼이 빠진 탓인지 그것도 아니면 졸려서인지 그녀는 이미 한길에서 트란트리지로 들어서는 길목을 지나쳤다는 걸, 그리고 말을 모는 이 남자가 트란트리지로 가고 있지 않다는 걸 알아차리지 못하고 있었다.

테스는 말할 수 없이 피곤했다. 그 주 내내 새벽 5시에 일어나서 온종일 종종걸음을 쳐댔고, 오늘 저녁엔 거기에 보태서 체이스버러까지 3마일이나 걸었다. 게다가 조바심이 나서 아무것도 먹지도 마시지도 못한 채 세 시간이나 마을 사람들을 기다렸고, 다시 1마일을 걸어 집으로 돌아오던 길에 싸움이 나서 격한 감정에 휘말리기도 했다. 그들을 태운 말이 느릿느릿 앞으로 나아가고 있는 지금 시각은 새벽 1시였다. 테스는 폭포처럼 쏟아지는 잠에 딱 한 번 굴복하고 말았다. 모든 걸 놓아 버린 그 순간 테스의 머리가 남자의 등에 살짝 닿았다.

말을 멈춘 더버빌은 등자에서 발을 떼고 몸을 옆으로 돌려 테스가 떨어지지 않게 받쳐 주려고 그녀의 허리를 안았다.

이런 그의 행동에 테스는 순간적으로 방어 자세를 취했고, 갑자기 밀려드는 보복의 충동으로 그를 살짝 밀어내고 말았다. 어정쩡하게 불안정한 자세로 있던 그는 하마터면 균형을 잃고 땅으로 굴러떨어질 뻔했다. 타고 있던 말이 힘은 세지만 그가 타고 다니던 놈들 중에서 온순하다는 게 그나마 천만다행이었다.

「아니 이렇게 불친절해서야. 딴 뜻이 있는 게 아니라, 단지 네가 떨어지지 않게 해주려던 것뿐이야.」

수상쩍다는 생각이 들었던 테스는 그 말이 사실일 수도 있겠다는 생각에 발끈했던 감정을 누그러뜨렸다. 그녀는 정중하게 사과했다. 「죄송해요.」

「나에 대한 믿음을 보여 주지 않으면 용서하지 않겠어. 맙소사, 너처럼 하찮은 계집애한테 이렇게 퇴짜나 맞고, 내 꼴이 말이 아니군! 석 달이 다 가도록 내 감정을 가지고 논 거지. 미꾸라지처럼 날 피해 다니고 무시하면서 말이지. 도저히 못 참겠군!」

「내일 떠날게요.」

「안 돼. 넌 내일 날 떠나지 못해! 한 번만 더 부탁하자. 내가 널 안게 허락해서 네 믿음을 보여 줄 수 있나? 자, 여기엔 우리 둘뿐이고 아무도 없잖아. 우린 서로를 잘 알고 있어. 내가 널 사랑하고 세상에서 가장 아름다운 처녀라고 생각하는 마음도 알고 있잖아. 그래, 제일 예쁜 건 사실이지. 내 애인이 되어 주면 안 될까?」

테스는 화가 나서 가쁘게 숨을 들이쉬며 반감을 드러냈다. 그녀가 멀리 앞쪽으로 시선을 둔 채 안장 위에서 불편한 듯 몸을 뒤틀며 중얼거렸다. 「모르겠어요……. 내가 뭐라고 말할 수 있겠어요. 이 상황에서……」

그는 자기가 원하는 대로 그녀를 팔에 안아 문제를 일단락시켰고, 테스도 더 이상의 반감은 나타내지 않았다. 그렇게 그들은 조용히 앞으로 나아갔다. 그때 아무리 걷는 속도로 간다고 해도 체이스버러에서 돌아갈 때 걸렸던 보통 때보다 지나치게 오랜 시간이 걸렸다는 생각이 퍼뜩 테스의 머리를 스치고 지나갔다. 게다가 그들이 지나가고 있는 곳은 바닥이 단단한 한길이 아니라 산에 난 좁은 오솔길이었던 것이다.

「어머, 여기가 어디예요?」 테스가 놀라 소리쳤다.

「숲을 지나가고 있어.」

「숲이요? 무슨 숲이요? 한길을 벗어난 거예요?」

「체이스 숲의 한 자락이지. 영국에서 가장 오래된 숲이야. 이렇게 아름다운 밤에 좀 천천히 간다고 해서 안 될 것 없잖아?」

「정말이지 믿을 수 없는 사람이군요!」 말에서 떨어질 수도 있었지만 그녀는 그의 손가락을 하나하나 떼어 내 그의 팔에서 벗어났다. 그리고 짐짓 심드렁한 말투였지만 정말 실망한 목소리로 말했다. 「이제 막 당신을 믿어 보려고 했는데. 당신을 밀쳐 내며 못되게 군 것 같아 기분을 풀어 주려고 고맙다는 말도 했고요. 좀 내려 주세요. 집까지 걸어가겠어요.」

「걸어갈 순 없어, 아무리 날씨가 맑아도 말이지. 솔직히 말하면, 트란트리지에서 몇 마일은 떨어져 있어. 안개가 이렇게 짙어지는데 숲 속을 오래 헤맬지도 몰라.」

「그런 건 아무래도 괜찮아요.」 그녀가 살살 달래듯 말했다.

「내려 주세요. 제발요. 여기가 어디라도 상관없어요. 내려만 주세요, 네?」

「그렇다면 할 수 없지, 그러리라. 하지만 조건이 하나 있어. 이렇게 외딴 곳으로 데려왔으니 당신의 마음이 어떻든 내겐 당신을 안전하게 귀가시킬 책임이 있어. 도움 없이 트란트리지로 돌아간다는 건 불가능해. 솔직히 말하면, 사방을 뒤덮은 이 안개 때문에 나도 여기가 어디인지 도통 분간이 되지 않아. 내가 수풀을 헤치고 길이나 인가가 있는 데까지 가서 지금의 위치를 정확히 확인하고 올 때까지 말 옆에서 기다리고 있겠다고 약속하면, 그렇다면 기꺼이 당신을 여기에 내려 주지. 돌아와서 내가 방향을 확실하게 알려 줄게. 그때도 당신이 정 걸어가겠다고 하면, 좋도록 하고 아니면 말을 타고 가도 좋고. 당신 좋을 대로 해요.」

테스는 이 조건을 받아들였고 말에서 미끄러지듯 내렸는데, 이미 그가 서툴게나마 도둑 키스를 한 뒤였다. 그러고서 그는 다른 쪽으로 뛰어내렸다.

「말을 잡고 있어야 하겠죠?」 테스가 물었다.

「아니야, 그럴 필요 없어.」 거칠게 숨을 내쉬는 말을 쓰다듬으며 그가 말했다. 「이 녀석도 많이 걸어서 오늘 밤은 지쳤을 거야.」

말 머리를 수풀 쪽으로 돌린 더버빌이 굵은 나뭇가지에 말을 매어 놓았다. 그러곤 낙엽이 수북이 쌓인 곳에 그녀가 쉴 만한 자리를 만들어 주었다.

「자, 여기 앉아 있어. 아직 낙엽이 축축해지진 않았군. 말은 지켜보기만 해. 그걸로 충분할 거야.」

테스에게서 몇 걸음 멀어지던 그가 다시 돌아왔다. 「그런데 테스, 오늘 당신 아버지에게 말 한 필이 새로 생겼어. 누가 주었거든.」

「누구요? 당신이군요!」

더버빌이 고개를 끄덕였다.

「정말 고마워요!」 그녀는 이런 순간에, 그에게 고맙다는 말을 해야 하는 이 어처구니없는 상황이 정말 마음 아팠다.

「그리고 동생들에게도 장난감이 생겼지.」

「몰랐어요. 당신이 우리 식구에게…… 선물을 보냈다는 걸!」 감동을 받은 목소리로 테스가 중얼거렸다. 「그러지 않았으면 좋았을 텐데요. 그래요, 그러지 말아야 했어요.」

「왜지?」

「제 마음이 편치 않아서요.」

「테스, 아직도 날 조금도 사랑하지 않는 거요?」

「고마워요.」 그녀는 마지못해 인정했다. 「하지만 사랑하지는 않아요.」

문득 자신을 원하는 이 남자의 열정이 이런 결과를 낳았다는 생각이 들자 테스는 가슴이 아파 오기 시작했다. 눈물 한 방울이 천천히 흘러내리더니 이어 또 한 방울이 그 뒤를 따랐고 결국 그녀는 엉엉대고 울기 시작했다.

「울지 말아요, 내 사랑 테스. 자, 여기 앉아서 내가 올 때까지 기다려요.」 그가 하라는 대로 쌓아 놓은 낙엽 더미 사이에 앉은 그녀는 몸을 조금 떨었다. 「추운가?」 그가 물었다.

「심하지는 않지만…… 조금은요.」

그가 손가락으로 테스를 건드리자 마치 솜털을 만진 것처럼 손가락이 살 속으로 쑤욱 들어갔다.

「바람에 날아갈 것 같은 얇은 모슬린 옷만 입었군. 어떻게 된 거지?」

「가지고 있는 것 중 가장 좋은 여름옷이에요. 출발할 때만 해도 상당히 따뜻했거든요. 그리고 말을 타게 될 줄은, 그것도 밤에 이렇게 될 줄은 몰랐어요.」

「9월의 밤은 쌀쌀해지지. 이게 좋겠군.」 그는 자신이 걸치고 있던 얇은 겉옷을 벗더니 테스에게 조심조심 덮어 주었다.

「괜찮군. 이제 곧 따뜻해질 거야.」 그의 말이 이어졌다. 「자, 우리 예쁜 아가씨, 여기서 쉬고 있어. 내 금세 돌아오리다.」

그는 외투로 테스의 어깨를 감싸 단추를 채워 준 뒤 이맘때면 늘 나무들 사이로 거미줄처럼 베일을 드리우는 물안개 속으로 뛰어들었다. 나뭇가지들이 근처의 비탈을 오르는 그의 몸과 부딪쳐 바스락거리는 소리가 테스의 귀로 흘러들어 왔다. 이윽고 그가 움직이는 소리는 새가 홀짝 뛰어오르는 소리 정도로 작아지더니 마침내 그것마저도 사라지고 말았다. 달이 이울면서 창백했던 빛은 어두워졌고, 그가 만들어 준 낙엽더미 위에서 깊은 상념에 빠져 있는 테스의 모습도 차츰 어둠에 묻혀 버렸다.

한편 알렉 더버빌은 그들이 체이스 숲 어디쯤에 있는지 정말 몰랐고, 그래서 이를 알아보려고 비탈을 따라 계속 올라갔다. 사실 그는 테스와 함께 있는 시간을 벌어 볼 요량으로 두 갈래 길이 나올 때마다 무턱 대고 아무 데로나 들어서며 한 시간여 동안 무작정 말을 몰았을 뿐더러, 달빛에 비친 테스의 모습에 정신이 팔려 주변의 사물들은 염두에 두지도 않았다. 지친 말에게도 약간의 휴식은 필요할 터이므로 그는 굳이 이 정표를 찾으려고 서둘지는 않았다. 능선을 타고 인근 골짜기를 넘어가자 윤곽만으로도 훤히 알 수 있는 한길의 울타리가 나타났고, 그것으로 이곳이 어디인지에 대한 궁금증은 말끔히 해소되었다. 이제 더버빌은 돌아가려고 발길을 돌렸다. 곧 아침이 찾아오겠지만 달도 완전히 모습을 감추었고, 게다가 안개까지 자욱한 체이스 숲은 온통 칠흑 같은 어둠에 잠겨 있었다. 그는 나뭇가지에 부딪치지 않으려고 팔을 앞으로 죽 내민 채 더듬거리며 앞으로 나아갔는데, 처음엔 자신이 출발했던 지점을 찾아내는 일이 불가능할 것 같았다. 비탈을 오르락내리락 한참이나 주위만 빙빙 돌던 그는 드디어 말이 작게 움직이는 소리가 가까이에서 나는 걸 들었고, 그리고 뜻밖에 발이 자신의 외투 자락에 걸리는 걸 느꼈다.

「테스!」 더버빌이 그녀를 불렀다.

대답이 없었다. 칠흑처럼 어두워서 정말 아무것도 보이지 않았다. 다만 발치에 희끄무레한 게 있어 자신이 낙엽 더미에 자리를 마련해 주었던 흰 모슬린 옷을 입은 테스임을 짐작게 할 뿐이었다. 그 이외의 모든 것은 똑같이 검정 일색이었다. 더버빌은 몸을 숙여 고르게 뛰는 그녀의 부드러운 숨결에 귀를 기울였다. 그는 무릎을 꿇고 좀 더 낮게 몸을 숙였다. 그녀의 숨결에 그의 얼굴이 따뜻해졌고, 어느 순간 그의 뺨이 그녀의 뺨에 닿았다. 테스는 곤히 잠들어 있었고, 속눈썹엔 아직 눈물이 남아 있었다.

사위는 어둠과 침묵뿐이었다. 그 어둠과 침묵 위로 아주 오랜 옛날부터 체이스 숲에 있던 주목과 참나무가 하늘로 솟아 있었고, 그 안에 고요히 둥지를 튼 새들이 마지막 단잠을 즐기고 있었으며, 그들 주위를 토끼들이 살금살금 뛰어다니고 있었다. 하지만 사람들은 말하리라. 테스의 수호신은 어디로 갔단 말인가? 그녀가 소박하게 믿는 하느님의 섭리는 어디에 있단 말인가? 어쩌면 비꼬길 좋아하는 디스베 사람들이 말하는 것처럼 그녀의 신은 이야기를 하고 있었거나, 아니면 누구를 쫓고 있었거나, 여행을 하고 있었거나, 혹은 잠들어 깨어나지 않았으리라.[23]

비단결처럼 섬세하고, 아직 눈처럼 순수한 이렇게 아리따운 여자의 살결 위로 왜 하필이면 저주받은 운명과도 같은 추잡한 무늬가 새겨져야 한단 말인가? 왜 나쁜 사람이 아름다운 이를, 이상한 남자가 여자를, 엉뚱한 여자가 남자를 차지하는 일이 너무도 잦은지 수천 년의 역사를 가진 분석 철학도 설득력 있게 설명하지 못한다. 사실, 지금 테스에게 닥친 불상사에는 어떤 복수의 가능성이 숨어 있을지도 모르리라. 전쟁을 치르고 의기양양한 모습으로 귀향하던 테스 더버빌의 중무장한 조상들은 당시 시골 여자들을 상대로 똑같이, 아니 이보다 훨씬 무자비한 짓을 저질렀으리라는 건 불 보듯 빤한 일이기 때문이다. 그럼에도 불구하고, 아비의 죄가 그 자식에게 대물림되는 것은 신들 사이에서나 통하는 도덕이지[24] 평범한 인간들에게는 외면당하는 법칙이다. 따라서 이것 또한 이 문제를 풀 수 있는 단초는 아니었다.

테스의 구석진 시골 마을 사람들은 숙명론자들처럼 〈예정되어 있는 일이었어〉라며 지치지도 않고 숙덕거리곤 했는데, 이 사건이 안타까운 이유는 바로 거기에 있다. 트란트리지의 양계장에서 스스로 자신의 운명을 개척해 보겠다고 다짐하며 집을 떠났던 테스와 지금 우리의 여주인공인 테스 사이에는 사회적으로 볼 때 엄청나리만치 커다란 균열이 생겨 버린 것이다.

23 「열왕기상」 18장 27절 인용. 여기서 엘리야는 디스베 사람이다.
24 「출애굽기」 20장 5절 인용.

제2부
더 이상 처녀가 아닌

제12장

  바구니는 묵직하고 보따리는 큼지막했다. 하지만 테스는 이런 물질들이 주는 괴로움 따위는 상관없다는 듯 그 바구니와 보따리를 힘겹게 끌어안고 있었다. 간혹 문이나 기둥 옆에서 자기도 모르게 걸음을 멈추고 한숨 돌리기도 했는데, 그런 다음 다시 통통한 팔 가득 짐을 안고는 꾸준히 발길을 재촉했다.

  테스 더버빌이 트란트리지에 온 지 넉 달여가 흐른 때였고, 말을 타고 체이스 숲을 지났던 그날 밤 이후 몇 주가 지난 10월 하순의 어느 일요일 아침이었다. 테스의 뒤편 저 멀리 지평선 위로 좀 전에 모습을 드러낸 노란 해님이 빛을 내려 주었다. 그녀의 눈길은 고향으로 가려면 넘어야 할, 얼마 전까지만 해도 마냥 낯설기만 했던 햇빛에 비춰진 산등성이에 닿아 있었다. 이쪽 편에서 오르는 길은 완만한 경사를 이루고 있었고 토질과 풍광도 블레이크모어와는 사뭇 달랐다. 주변을 돌아가는 철도가 두 지역을 이어 주고는 있었지만, 사람들은 성격이나 억양에 있어서 뭔가 다른 구석이 있었다. 그래서 트란트리지의 거처에서 테스의 고향이 채 20마일이 안되지만 꽤 멀리 있는 것만 같았다. 고향 사람들은 장사는 물론 여행이나 연애, 결혼도 북쪽과 서쪽을 다니며 했다. 그들의 머릿속에는 북쪽과 서쪽만 존재했다. 반면 이쪽 사람들은 그들의 열정과 관심을 주로 동쪽과 남쪽으로 쏟아부었다.

비탈길은 6월의 그날, 테스를 마차에 태운 더버빌이 말을 거칠게 몰아 아래로 질주하게 했던 그때와 변함없었다. 테스는 남은 비탈길을 쉬지 않고 올라 급경사를 이룬 가장자리에 서서 저 멀리 옅은 안개에 반쯤 가려 이제 어렴풋하게 보이기 시작하는 친숙한 녹색의 세상을 되돌아보았다. 여기에서 바라보는 저곳은 늘 아름다웠다. 하지만 오늘은 유달리 저곳이 정말로 아름답게 느껴졌다. 마지막으로 저기를 바라보았던 그때 이후 그녀는 예쁜 새들이 지저귀는 곳에는 영락없이 뱀이 똬리를 틀고 있다는 사실을 알게 되었고, 이 교훈으로 그녀의 인생관 역시 180도 바뀌게 되었다. 여기에 이렇게 말없이 고개를 숙이고 생각에 잠겨 있는 그녀는 분명히 고향에 살던 예전의 그 순진하고 소박했던 처녀와는 완전히 다른 사람이었다. 그녀는 마음이 아파 더 이상 골짜기까지 멀리 내려다 볼 수가 없었다.

테스는 자신이 방금 힘들게 올라온 길게 뻗은 하얀 길로 이륜마차 한 대가 오고 있는 걸 발견했다. 마차 옆에 한 남자가 걸어오며 그녀에게 손짓을 하고 있었다.

그녀는 차분히 생각을 접고 그의 손짓에 따라 그 자리에 섰고, 잠시 후 남자와 말이 그녀 옆에서 멈췄다.

「왜 이렇게 몰래 도망가는 거야?」 숨찬 어조로 더버빌이 나무라듯 말했다. 「그것도 모두 자고 있는 일요일 아침에 말이야. 나도 우연히 알게 되었잖아. 당신을 따라잡으려고 기를 쓰고 여기까지 달려왔어. 이 말 좀 봐요. 왜 이렇게 가는 거지? 당신을 못 가게 말릴 사람은 아무도 없어. 그리고 이렇게 힘들게 걸어갈 필요도 없잖아. 더구나 이 무거운 짐까지 들고 말이야. 내가 미친놈처럼 허겁지겁 따라온 이유는 그저 남은 길이라도 태워 주려는 거야. 당신이 돌아가지 않겠다면 말이지.」

「돌아가지 않아요.」

「그럴 줄 알았어. 그럴 거 같았지! 자, 바구니를 실어요. 마차에 오르는 걸 도와주리라.」

그녀는 덤덤히 자신의 바구니와 보따리를 싣고 마차에 올라 그와 나란히 앉았다. 이제 그녀는 이 남자가 무섭지 않았는데 바로 이런 자신감이 그녀의 슬픔을 낳은 것이다.

더버빌이 습관처럼 시가에 불을 붙였다. 길을 지나가면서 보이는 평범한 물상들에 대해 무덤덤한 대화가 이어졌다 끊어졌다 하면서 그렇게 마차는 계속 굴러갔다. 6월 초순의 어느 날, 그는 바로 이 길의 반대 방향으로 마차를 몰면서 그녀에게 키스를 하려고 수단과 방법을 가리지 않았던 자신의 모습을 까맣게 잊고 있었다. 그러나 그녀는 그 모습을 기억했고, 지금은 꼭두각시처럼 앉아서 그의 말에 짤막한 단음절로만 대꾸하고 있었다. 얼마간 달리자 드디어 나무숲이 보였고 그 너머로 말롯 마을이 시야로 들어왔다. 이제야 비로소 굳어 있던 그녀의 얼굴에 가벼운 감정의 동요가 일어났고 눈물이 한 방울 두 방울 흘러내리기 시작했다.

「왜 우는 거요?」 그가 차가운 목소리로 물었다.

「그냥, 내가 저기에서 태어났구나 하는 생각을 하고 있었어요.」 테스가 조그맣게 중얼거렸다.

「글쎄, 인간이라면 모두 어딘가에서 태어나야 하겠지.」

「난 태어나지 말아야 했어요. 저기에서든 다른 어느 곳에서든!」

「저런! 트란트리지로 올 마음이 없었는데 왜 온 거지?」

테스는 아무 말도 하지 않았다.

「내가 좋아서 온 건 분명 아니었겠지.」

「그래요. 당신이 좋아서 갔다면, 진심으로 당신을 사랑했다면, 그리고 지금도 그 사랑에 변함이 없다면 지금 내가 가진 약점 때문에 자신이 이렇게 혐오스러울 정도로 밉지는 않을 거예요!…… 당신 때문에 내 눈이 잠깐 흐려졌던 거죠. 그게 다예요.」

더버빌은 어깨를 으쓱해 보였다. 테스의 말은 계속되었다.

「당신의 속셈을 너무 늦게야 알았어요.」

「여자들은 모두 그렇게 말하더군.」

「어떻게 그런 말을 할 수 있어요?」 그녀는 속에 담아 두었던 노기를 밖으로 뿜어내는 이글거리는 눈빛으로 ― 그는 다음에 이런 눈빛을 더 보게 되는데 ― 그를 쏘아보며 소리를 질러 댔다. 「어처구니가 없군요. 당신을 마차 밖으로 내동댕이칠 수도 있다고요! 모든 여자들이 하는 그런 말을 어떤 여자는 가슴 깊숙이 느끼기도 한다는 생각은 해본 적도 없어요?」

「알았어.」 그가 껄껄거리며 말했다. 「당신에게 상처를 줘서 미안해. 내가 잘못했어. 인정할게.」 조금 후회스러운 말투로 그가 말을 계속했다. 「다만 그렇게 날 볼 때마다 줄기차게 화를 내야 할 필요는 없다는 거야. 최대한 보상할 준비가 되어 있다고. 다시 밭이나 목장에서 일을 하지 않아도 돼. 최고급 옷으로 단장할 수도 있어. 자기가 버는 돈으론 리본 하나도 사지 못하는 지나치게 수수한 지금의 차림새 대신에 말이지.」

천성이 관대하고 감정적이어서 좀처럼 냉소적인 태도를 보이지 않는 테스였지만 그의 이런 말에 입술을 조금 비죽거렸다.

「당신에게 아무것도 받지 않겠다고 이미 말씀드렸어요. 그러지 않겠어요. 그럴 수도 없고요. 계속 그렇게 사는 건 당신의 소유물이 되는 거예요. 그렇게 되진 않을 거예요!」

「사람들이 당신의 이런 태도를 본다면 더버빌 가문 정도가 아니라 아마 공주라고 생각할 거야, 하하! 알아들었어. 더는 아무 말도 안 하지. 내가 나쁜 놈인 것 같소. 정말 나쁜 놈이야. 난 나쁜 놈으로 태어났고 그렇게 살아왔고, 아마 죽을 때도 그런 놈일 거야. 하지만 테스, 길 잃은 이 내 영혼을 걸고 맹세할게. 당신에게 다시는 못되게 굴지 않을 거야. 그리고 만일 무슨 일이 생기면, 무슨 말인지 알지? 뭔가 조금이라도 필요하거나 어려움이 생기면 내게 편지를 보내. 그러면 당신이 요구하는 건 뭐든 보내 줄게. 난 트란트리지에 없을지 몰라. 얼마 동안 런던에 가 있을 거야. 그 노인네를 참을 수가 있어야 말이지. 하지만 모든 편지는 내 쪽으로 올 거야.」

테스는 더 이상은 말을 타고 들어가지 않았으면 좋겠다고 했고, 그래서 그들은 나무숲 아래에 마차를 세웠다. 마차에서 내린 더버빌이 그녀를 두 팔로 안아 내려 주었다. 그리곤 그녀의 물건들을 그녀 옆에 내려놓았다. 그에게 가볍게 목례를 한 그녀의 눈길이 잠시 그의 시선과 부딪쳤다. 그러고 나서 그녀는 돌아서서 짐을 들고 출발했다.

더버빌이 입에서 시가를 떼더니 그녀에게 다가서며 말했다.

「전처럼 고개를 돌리지는 않겠지, 테스? 자!」

「원하신다면.」 테스가 무덤덤하게 대꾸했다. 「당신이 날 어떻게 지배해 왔는지 보시죠!」

그녀는 돌아서더니 그의 얼굴을 향해 자신의 얼굴을 내밀었다. 그리고 그가 반은 건성으로 반은 아직 열정이 식지 않은 듯 그녀의 뺨에 키스를 할 때 그녀는 대리석 동상처럼 가만히 서 있었다. 그의 키스를 받는 동안 그저 공허한 시선으로 가장 멀리 있는 오솔길의 나무들을 바라보고 있었다. 그녀는 그가 무엇을 하고 있는지도 거의 의식하지 않는 듯했다.

「이젠 다른 뺨도, 옛정을 생각해서.」

그녀는 마치 미용사나 화가의 지시에 응하는 것처럼 시키는 대로 얼굴을 내밀었다. 그렇게 해서 그는 그녀에게 키스를 했고, 그의 입술이 근처 들판에 난 버섯처럼 촉촉하고 보드라우면서도 차가운 그녀의 뺨에 닿았다.

「답례 키스를 해주지 않는군. 스스로 키스한 적은 한 번도 없었어. 나를 사랑하는 일은 절대로 없겠지.」

「누누이 그렇다고 말했어요. 사실이에요. 당신을 진실로 사랑해 본 적이 없어요. 그럴 가능성은 절대 없을 거예요.」 테스가 침통하게 덧붙여 말했다. 「어쩌면, 지금의 나로선 그 어떤 것보다도 거짓말 한마디가 이로울지도 모르겠어요. 그러나 미미하긴 하지만, 아직 내겐 그런 거짓말을 하지 않을 만큼의 자존심은 남아 있어요. 내가 정말 당신을 사랑한다면, 지금이 그걸 당신에게 알려 줄 수 있는 가장 좋은 기회겠죠. 하지만 난 당신을 사랑하지 않아요.」

그는 마치 이 상황이 자신의 마음이나 양심 또는 체면을 답답하게 만드는 듯 힘겹게 한숨을 내쉬었다.

「글쎄, 지나치게 우울해하는군, 테스. 이제 나도 당신에게 다정하게 굴어야 할 이유가 없어. 분명히 말할 수 있는 건 그렇게 슬퍼할 필요는 없다는 거야. 인근의 어떤 여자와 견주어도 당신의 아름다움을 당해 낼 여자는 없어. 어떤 가문이든 말이야. 세상의 이치를 아는 남자로서 그리고 당신이 잘되기를 바라는 사람으로서 이런 말을 해주는 거야. 당신이 세상 물정에 밝은 사람이라면 그 아름다움이 사라지기 전에 지금보다 더 많이 자신을 세상에 보여 줘야 할 거야……. 그렇지만, 테스. 내게 돌아와 주겠소? 정말이지 이렇게 당신을 보내고 싶진 않아.」

「그런 일은 절대 없어요, 절대로! 상황을 파악하곤 난 마음을 굳혔어요. 진작 그전에 깨달았어야 했어요. 돌아가지 않아요.」

「그럼 잘 가, 넉 달 동안의 사촌이여. 안녕!」

그는 사뿐히 마차에 올라타더니 고삐를 조정했고, 빨간 열매가 달린 키 큰 울타리 사이로 이내 사라져 버렸다.

테스는 그의 모습을 좇지 않고 구불구불한 오솔길을 따라 느릿느릿 걸었다. 아직 시간이 이른지라 태양의 아래쪽 몸체가 막 산을 벗어나고 있었다. 무뚝뚝하게 세상을 응시하는 그 햇살을 눈으로는 볼 수 있었으나 아직 살갗으로 온기가 전달되지는 않았다. 근처에 인간의 그림자는 없었다. 애잔한 10월, 그리고 그보다 더 불쌍한 테스가 이 오솔길을 서성이는 유일한 존재였다.

그녀가 길을 걷고 있을 때, 뒤에서 발자국 소리가 들려왔고 한 남자가 그녀를 따라오고 있었다. 빠르고 활기찬 걸음으로 테스 바로 뒤까지 다가온 남자는 테스가 가까이 온 그를 미처 눈치채기도 전에 인사말을 건네 왔다. 남자는 기술공처럼 보였고, 빨간색 페인트가 든 양철통을 들고 있었다. 남자는 사무적인 어투로 그녀의 바구니를 들어 줘도 되겠느냐고 물었다. 남자에게 바구니를 부탁한 테스는 그와 나란히 걸었다.

「안식일 아침인데 일찍 일어났네요!」 남자의 목소리가 쾌활했다.

「네.」

「대부분의 사람들이 한 주의 일과를 마치고 쉬고 있을 때죠.」

테스는 이 말에도 수긍을 했다.

「하지만 전 오늘 그 어느 날보다 더 일다운 일을 합니다.」

「그래요?」

「토요일까지는 인간의 영광을 위해 일을 해요. 그리고 일요일에는 하느님의 영광을 위해서 일을 하죠. 그게 더 중요한 일이죠, 그렇잖아요? 여기 울타리 층계에도 손볼 게 있군요.」 남자가 목장으로 연결된 길가 출입문 쪽으로 다가갔다. 「잠시만 기다리세요. 오래 걸리지 않아요.」

테스는 남자가 자신의 바구니를 가지고 있었기 때문에 기다릴 수밖에 없었다. 그녀는 기다리면서 그를 지켜보았다. 그는 바구니와 양철통을 내려놓더니 통 안에 있던 붓을 휘휘 젓고는 석 장의 널빤지로 만들어진 층계의 가운데에 네모난 글씨를 큼직하게 쓰기 시작했다. 각 단어가 끝나면 콤마를 찍었는데, 마치 그것은 그것을 읽는 사람의 마음속으로 단어의 의미가 전달되는 동안 잠시 시간을 두려는 것 같았다.

    그들은, 반드시, 파멸당하고, 말 것입니다.
                               「베드로의 둘째 편지」 2장 3절

평화로운 풍광, 창백하게 색조를 잃어 가는 나무들, 푸르른 지평선의 대기 그리고 이끼가 잔뜩 낀 층계 널빤지를 배경으로 반짝거리는 이 붉은 글자들이 잔뜩 노려보고 있었다. 글자들이 마구 소리를 질러 대면서 대기를 쩌렁쩌렁 울리는 것 같기도 했다. 한때는 인간들에게 많은 도움을 주기도 했던 교리가 무섭게 변질된 마지막 단계, 이렇게 살벌하게 망가진 것을 보며 〈아아, 어쩌다가 종교가!〉라며 탄식하는 이들도 있으리라. 하지만 이 단어들은 테스를 무섭게 책망하며 그녀의 심장을 파고들었다. 전혀 안면도 없는 이 남자가 그녀의 최근 과거지사를 몽땅 꿰고 있는 것만 같았다.

 글을 다 쓴 후 남자는 테스의 바구니를 들었다. 그리고 그녀는 다시 자동적으로 남자 옆에서 걷기 시작했다.

 「페인트로 쓴 내용을 믿어요?」 작은 소리로 그녀가 물었다.

 「그 글귀를 믿느냐고요? 나더러 나의 존재를 믿느냐고 하는 겁니까?」

 「그렇지만……」 그녀의 목소리가 흔들렸다. 「그 죄가 본인 때문에 생긴 게 아니면요?」

 남자는 고개를 가로저었다.

 「그렇게 중요한 문제를 놓고 하찮은 일로 왈가왈부하는 건 시간 낭비예요.」 그가 말했다. 「난 지난여름 이 지역 이곳저곳을 수백 마일이나 누비고 다니면서 모든 벽과 문 그리고 층계에 저런 글귀를 적어 놓았죠. 실천 여부는 읽는 사람의 마음에 맡기고요.」

 「글이 오싹해요. 짓밟고! 죽이고!」

 「계명이 의도하는 바가 바로 그거 아닙니까!」 그가 사무적인 어조로 말했다. 「내가 쓴 것 중 가장 강력한 글귀를 당신이 봐야 하는데. 빈민가와 항구에 쓴 내용들이죠. 당신이 읽어 보면 무서워 온몸이 움찔할 거요! 농촌 지역에도 딱 들어맞는 좋은 글인데……. 아, 저기 헛간 옆에 널빤지 하나가 마침 비어 있군. 저기에 한 구절 적어야겠어요. 당신처럼 위험에 빠지기 쉬운 젊은 여자들이 새겨 둘 만한 걸로 말이요. 기다려 줄 거죠, 아가씨?」

「아니요.」 바구니를 집어 든 테스가 터벅터벅 걸어갔다. 조금 걸어가던 그녀는 고개를 돌려 뒤를 보았다. 오래된 잿빛 담장이, 예전엔 한 번도 해본 적이 없는 임무에 괴로운 듯 어색하고 뜨악한 모습으로 첫 번째 글귀와 비슷한 것들을 광고하기 시작했다. 그 남자가 반쯤 끝낸 글귀를 읽어 내려가던 테스는 그게 무슨 뜻인지 깨닫자 얼굴이 화끈 달아올랐다.

너희, 하지, 말지어다…….[25]

쾌활한 그 남자는 그녀가 바라보고 있다는 걸 알아차리자 칠을 멈추고 크게 소리쳤다.

「이렇게 중요한 글귀에 대한 설교를 듣고 싶으면 오늘 에민스터의 클레어라는 정말 훌륭한 분이 아가씨가 가는 마을에서 자선 설교를 하실 거예요. 지금 난 그분의 신도는 아니지만 좋은 분이세요. 내가 아는 목사님들 중에서 정말 설교를 잘하는 분이죠. 내게 이 일을 시작하게 만든 분이랍니다.」

아무 대답도 없이 땅만 바라보며 다시 걸음을 떼는 테스의 맥박이 쿵쾅거렸다. 「휴우, 하느님께서 저렇게 말씀하셨을 리가 없어!」 달아올랐던 붉은 기운이 얼굴에서 사라지면서 테

---

25 THOU, SHALT, NOT, COMMIT……. 십계 중 제7계명을 나타내는 것으로 〈간음하지 못한다〉이며 〈……*commit adultery*〉로 끝이 난다.

스가 비웃듯 중얼거렸다.

한 줄기 연기가 고향 집 굴뚝에서 불쑥 피어올랐고, 이를 본 테스의 마음은 조여 오기 시작했다. 집에 도착해 집 안 풍경을 보니 더욱 마음이 아팠다. 막 계단을 내려와 아래층 화덕에서 껍질이 벗겨진 참나무를 아침 밥솥 아래로 밀어 넣고 불을 지피던 어머니가 테스를 맞이했다. 어린 동생들은 아직 위층에 있었고 아버지 역시 일요일 아침이라 30분 더 누워 있어도 된다고 생각하고 위층에 계셨다.

「우리 딸 테스!」 깜짝 놀란 어머니가 벌떡 일어나 딸에게 입을 맞추며 반색을 했다. 「어쩐 일이냐? 바로 코앞에 올 때까지도 몰랐구나! 결혼하려고 집에 온 거냐?」

「아니요. 그런 일로 온 게 아니에요, 어머니.」

「그러면 쉬러 왔니?」

「네, 쉬러 왔어요. 아주 긴 휴가예요.」 테스가 말했다.

「네 사촌이 멋진 일을 하려고 하는 게 아니냐?」

「그 사람은 우리 사촌이 아니에요. 그리고 나랑 결혼하지도 않을 거예요.」

어머니가 딸을 뚫어져라 바라보았다.

「자, 아직 네가 못 한 이야기가 있구나.」 어머니가 말했다.

테스는 어머니의 목에 얼굴을 묻고 자초지종을 설명했다.

「그런 일이 있었는데도 그가 너랑 결혼하게 만들지 못했단 말이냐!」 어머니는 같은 말을 되풀이했다. 「그런 일을 겪고도 결혼하지 못하는 여자는 너밖에 없을 거다!」

「다른 여자라면 결혼했겠죠. 하지만 전 그럴 수 없어요.」

「네가 만일 그랬다면, 굉장히 좋은 소식을 집으로 가지고 돌아온 걸 텐데!」 더비필드 부인은 화가 나서 막 눈물을 쏟을 듯한 기세로 넋두리를 늘어놓았다. 「너하고 그 사람에 대한 온갖 소문이 여기까지 퍼졌는데 이렇게 끝이 나다니 누군들 상상이나 했겠니! 네 생각만 할 게 아니라 식구들을 위해서 좋은 일 좀 해야겠다는 생각은 들지 않던? 노예처럼 일만 해온 날 봐라. 심장이 기름 냄비처럼 막혀 있다는 네 아버지는 또 어떻고. 난 정말이지 뭔가 좋은 일이 있지 않을까 얼마나 노심초사하며 기다렸는데! 넉 달 전 너와 그 사람이 마차를 타고 나란히 떠나는 모습이 얼마나 보기 좋던지! 그 사람이 우리에게 보내 준 것들 좀 봐라. 그게 모두 우리가 친척 간이기 때문이라고 생각했지. 그런데 그가 친척이 아니라면 네게 마음이 있어서 그런 게 틀림없구나. 그런데도 넌 그 남자가 너와 결혼하도록 만들지 못했단 말이구나!」

알렉 더버빌에게 그녀와 결혼할 마음이 생기게 만들다니! 그가 그녀와 결혼을 하다니! 알렉은 결혼에 대한 언급을 한 번도 한 적이 없었다. 만약 그가 결혼 운운했다면 어땠을까? 사회적으로 구원받을 기회를 냉큼 움켜쥘 수 있다는 사실이 그녀에게 어떤 대답을 강요했을지 그녀로선 알 도리가 없다. 하지만 가엾게도 그녀의 어리석은 어머니는 지금 이 남자에 대한 딸의 감정이 어떤지 전혀 모르고 있었다. 이 상황에서 그에 대한 그녀의 감정은 드문 일이며 예감이 좋지 않은 이상한 일일지도 모르지만, 그건 사실이었고 그녀가 말했던 것처럼, 바로 그런 연유로 자신이 싫어졌던 것이다. 그녀는 결코 온전하게 그를 좋아했던 적이 없었고 지금은 털끝만큼도 좋아하지 않았다. 그녀는 그가 두려웠고 그 앞에 서면 몸이 움츠러들었으며, 그녀에게 아무런 힘이 없다는 점을 교묘히 이용하는 그에게 압도당했던 것뿐이었다. 그러다가 그의 열정적인 태도에 잠시 눈이 멀어 마음이 흔들리면서 혼란스러운 굴복 상태에 있었다가 갑자기 그가 혐오스럽고 싫어져서 도망을 쳤던 것이다. 그게 전부였다. 그를 증오하지는 않았다. 다만 그는 그녀에게 티끌과 잿더미[26]에 지나지 않았으며, 그녀의 명예를 위해서라도 그와 결혼하고 싶은 마음은 추호도 없었다.

「그 남자의 아내가 될 생각이 없었으면, 좀 더 조심했어야지!」

「오, 어머니, 어머니!」 가슴이 무너져 내리는 듯 어머니 쪽으로 갑자기 몸을 돌리면서 비탄에 빠진 어린 여자가 울부짖었다. 「내가 무슨 수로 그런 걸 알았겠어요? 이 집 문을 나갈 때 난 어린아이에 불과했다고요. 왜 남자들이란 위험한 존재라는 걸 말해 주지 않으셨나요? 내게 왜 주의를 주지 않았냐고요? 부잣집의 교양 있는 여자들은 남자들의 그런 속셈을 알려 주는 소설을 읽으니까 자신을 지키는 방법을 알 수 있어요. 하지만 난 그런 식으로 배울 기회도 전혀 없었잖아요. 그런데도 어머니는 날 도와주지 않았어요!」

가라앉은 소리로 어머니가 말했다.

「만일 그 남자가 널 좋아하고 있고, 그래서 어떤 결과가 생길 수 있을지 말해 주면 네가 우쭐해져 기회를 놓칠까 봐 그랬다.」 어머니는 앞치마로 눈물을 훔치면서 중얼거렸다. 「자, 이제부터 잘해야 해. 결국 이게 다 운명이고 하느님의 뜻이란다.」

---

26 「욥기」 42장 6절 인용.

제13장

 1평방 마일의 공간에서 소문이라는 단어를 써도 과하지 않은 거라면, 테스 더비필드가 가짜 친척 집에서 돌아온 이 사건은 그야말로 사방에 소문으로 돌았다. 테스의 예전 학교 친구들과 평소에 그녀와 알고 지내던 말롯 마을의 처녀들이 오후에 테스를 보러 왔다. 빳빳하게 풀을 먹여 다린 가장 좋은 옷을 입고 상상을 초월한 성공을 거둔 — 그들의 생각에 따르면 — 테스를 만나러 온 그들은 방 안에 빙 둘러앉아 호기심 가득한 얼굴로 그녀의 일거수일투족을 주시했다. 테스와 사랑에 빠졌다는 더버빌이라는 아주 먼 친척 신사는 이 지역 출신이 아니며 위험한 한량에다가 매정하기 이를 데 없는 연인이라는 평판이 트랜트리지 인근을 넘어 멀리까지 퍼졌던 것이다. 그런 것들이 테스의 상황을 위태롭게 보이게 했지만, 그렇지 않은 경우보다 그 처지가 훨씬 더 매혹적으로 보이는 것 또한 사실이었다.

 이 처녀들이 테스에게 갖는 관심은 실로 대단해서 그들은 테스가 자리를 비우기만 하면 자기들끼리 속삭이곤 했다.

「쟨 정말 예쁘다. 저 드레스를 입으니까 테스의 얼굴이 확

살아나네! 엄청 비쌀 거야. 그 남자가 준 선물이겠지.」

마침 테스는 찻잔을 가지러 구석의 찬장 쪽에 가 있어서 친구들이 주고받는 말을 듣지 못했다. 만일 들었더라면 즉시 그 문제에 대한 친구들의 오해를 풀어 주었을 것이다. 이 말을 들은 사람은 바로 그녀의 어머니 조앤이었다. 멋진 결혼에 대한 희망은 이미 물 건너갔지만 멋진 연애를 하고 있다는 기분만으로도 만족하는 것이 바로 조앤의 대책 없는 허영심이었다. 덧없이 짧은 그런 승리감이 딸의 평판을 담보로 하고 있음에도 그녀는 그저 흐뭇할 뿐이었다. 게다가 아직은 결혼이 성사될 수도 있는 일이었다. 조앤은 딸 친구들의 기분 좋은 찬사에 친절하게 답례하는 차원에서 그들에게 차를 마시며 더 놀다 가라고 권했다.

친구들의 수다와 웃음, 기분 좋은 농담들 그리고 무엇보다도 친구들이 눈을 반짝거리며 부러움을 나타내자 테스의 기분도 조금 풀리는 듯했다. 그렇게 저녁 시간은 흘러갔고, 친구들의 들뜬 마음이 테스에게 전해지면서 그녀의 기분도 한결 명랑해졌다. 그녀의 얼굴에서 대리석처럼 굳어 있던 표정이 사라졌고 걸음걸이도 예전의 통통거리던 기운찬 모습으로 돌아갔으며 청춘의 아름다움이 활짝 피어났다.

가끔 그녀는 생각과는 달리 자신의 연애 경험이 조금은 부러움을 살 만하기도 하다는 듯 친구들의 질문에 우쭐해서 대답하기도 했다. 그러나 테스는 로버트 사우스[27]가 말하는 〈자신의 파멸과 사랑에 빠진〉 것은 아니었기에, 그런 환상은 번개처럼 순간적인 것이었다. 다시 차가운 이성이 돌아와 돌

---

27 Robert South(1634~1716). 영국의 설교자로 하디가 살던 시절에도 그의 『설교집』(1692)은 널리 읽혔다.

발적으로 일어난 그녀의 어리석음을 조롱했고, 잠깐의 섬뜩한 자만심이 그녀를 죄인으로 몰아갔으며, 다시 무기력하고 침울한 상태로 돌아가고 말았다.

이튿날 새벽, 일요일이 가고 월요일이 찾아왔다. 좋은 옷도, 깔깔거리던 친구들도 모두 사라져 버린 막막한 느낌으로 테스는 자신의 낡은 침대에서 홀로 눈을 떴다. 철없는 어린 동생들이 옆에서 새근거리며 자고 있었다. 그녀가 돌아왔다는 흥분과 주변의 관심은 이내 사라졌고, 이제 그녀는 아무 도움이나 동정도 없이 홀로 힘들게 걸어가야 할 긴 자갈투성이의 길이 보이는 것 같았다. 그 순간 그녀는 자신을 엄습한 우울함이 너무도 끔찍해서 무덤 속에라도 숨어 버리고 싶은 심정이었다.

몇 주의 시간이 흐른 어느 일요일 아침, 테스는 이제 교회에 나가 사람들에게 자신의 모습을 드러낼 수 있을 만큼 활기를 되찾았다. 그녀는 성가와 옛 시편을 듣는 것도, 다 함께 아침 찬송가를 부르는 것도 좋았다. 노래 부르기를 즐기는 어머니로부터 물려받은 음악에 대한 타고난 사랑 덕분인지 아주 단순한 가락에도 가슴 깊숙한 곳으로부터 진한 감동을 이끌어 내는 힘이 있다는 사실을 테스는 이따금 발견하곤 했다.

남들은 모르지만 자기만 알고 있는 이유 때문에 될 수 있으면 남의 이목과 젊은 남자들의 집적거리는 관심을 피하고 싶었던 테스는 교회 종이 울리기 전에 집을 나섰다. 그리고 그녀는 노인들과 여자들만 앉으며, 관을 얹어 묘지로 운반하는 데 쓰는 도구들이 교회 집기들 사이로 세워져 있는 뒤쪽 갤러리 아래에 자리를 잡았다.

삼삼오오 짝을 이뤄 들어오던 신도들은 그녀의 앞쪽 줄에 자리를 잡았고, 기도하는 것도 아니면서 아주 잠깐 마치 기도라도 하듯 머리를 숙였다. 그런 후 그들은 자리에 앉아서 주위를 휘휘 둘러보았다. 성가가 시작되었고, 마침 그녀가 가장 좋아하는, 곡목을 알고 싶었지만 알 도리가 없었던 랭던[28]의 오래된 이중창이 연주되었다. 그녀는 자신의 생각을 정확하게 말로 옮길 수는 없었지만 이름도 성격도 전혀 모르는 한 젊은 여자에게 죽은 후까지도 자신의 첫 감정을 전할 수 있는 작곡가의 힘이란 하느님의 능력처럼 얼마나 신비로운가 하는 생각이 들었다.

고개를 돌렸던 사람들이 예배가 진행되자 다시 돌아보았다. 그리고 테스를 발견하자 저희들끼리 소곤거렸다. 그들이 뭐 때문에 숙덕거리는지 익히 알고 있던 터라 테스는 마음이 아팠고, 그래서 이젠 교회에도 나올 수 없겠다는 생각이 들었다.

동생들과 함께 쓰는 방이 예전보다 더 자주 테스의 피난처가 되어 주었다. 여기, 이엉을 얹은 작은 지붕 아래에서 테스는 바람과 눈을 그리고 비와 황홀한 일몰을 바라보았고 조금씩 풍만하게 몸피가 불어 가는 달을 지켜보았다. 그렇게 그녀는 집 안에만 박혀 있었고, 그래서 사람들은 그녀가 어디론가 떠났다고 생각했다.

이즈음 테스가 유일하게 몸을 움직이는 시간은 땅거미가 몰려온 이후였다. 그녀가 가장 외로움을 덜 탈 때가 바로 그 순간, 숲 속으로 들어갈 때였다. 빛과 어둠이 고르게 균형을 이루고 있어서 한낮의 압박과 밤중의 긴장이 서로의 기운을 누그러뜨리고, 그래서 절대적인 정신적 자유만 남겨 놓는 저녁의 바로 그 순간을 그녀는 정확하게 짚어 낼 수 있었다. 살

---

28 Richard Langdon(1730~1803).

아 있기 때문에 겪는 곤경이 숙어지면서 가장 여유로워지는 순간도 바로 이때였다. 그녀는 어둠이 두렵지 않았다. 그녀를 온통 지배하고 있는 것은 인간을 피해야겠다는 생각뿐인 듯했다. 아니, 세상이라고 불리는 그 냉혹한 덩어리, 따로따로 있으면 불쌍할 정도로 보잘것없지만 하나로 뭉치면 끔찍할 정도로 무시무시해지는 그 집단을 피하고 싶은 생각뿐이었다.

  이 한적한 언덕과 계곡으로 가만가만 미끄러지듯 들어가는 그녀는 주위에 있는 것들과 하나로 어우러졌다. 살포시 몸을 숙인 그녀의 모습은 그녀가 속해 있는 장면을 구성하는 중요한 일부였다. 이따금 그녀의 엉뚱한 상상이 주변의 자연 현상들을 격렬하게 만들어 그 자연 현상들이 테스 본인의 이야기를 구성하는 일부처럼 보이기도 했다. 아니, 보이는 데 그치는 게 아니라 그 이야기의 일부가 되어 버렸다. 왜냐하면 세상이란 심리적인 현상일 뿐이며, 그래서 보이는 대로 존재하기 때문이다. 겨울철 한밤중에 꽁꽁 동여맨 나뭇가지의 싹눈과 껍질 사이로 신음 소리를 내는 바람과 돌풍은 따끔하게 책망하는 소리였다. 비가 내리는 날은 어린 시절에 알고 있던, 하느님으로 분류할 수는 없지만 딱히 다른 것으로 이해할 수도 없는 미지의 어떤 윤리적 존재가 은근히 그녀의 나약함에 대해 슬픔을 표현하는 방식이었다.

  하지만 테스를 싫어하는, 자잘한 인습의 조각들로 만들어진 망령과 목소리들이 가득한 생각의 감옥은 그녀 본인의 상상에서 나온 유감스럽고도 잘못된 창작물이었다. 다시 말해서, 아무 이유도 없이 그녀를 공포로 몰아넣는 도덕이라는 허깨비들의 그림자였던 것이다. 현실 세계와 조화를 이루지 못하고 있는 것은 그것들이었지 결코 테스가 아니었다. 테스는 나무에서 잠들어 있는 새들 사이로 걸어가면서, 달빛 어린 굴 위를 깡충거리며 뛰어다니는 토끼를 지켜보면서, 아니면 잔뜩 꿩을 힘겹게 떠받치고 있는 나뭇가지 아래에 서서, 스스로의 모습을 순수만이 존재하는 세계에 침입한 죄의 표상으로 간주했다. 그러나 줄곧 그녀는 전혀 차이가 없는 데서 차이를 만들어 내고 있었던 것이다. 자신이 다른 존재들과 적대적 상황에 있다고 느꼈지만 사실 그녀는 그들과 조화로운 관계를 이루고 있었다. 그녀가 어쩔 수 없이 사회적으로 통용되는 질서를 깨뜨릴 운명이긴 했지만, 그리하여 이 자연 속에서 스스로를 정상에서 벗어난 존재로 생각하고 있지만 사실 자연이 알고 있는 자연의 질서를 어긴 것은 아니었던 것이다.

제14장

안개가 자욱한 8월의 어느 날 새벽, 짙은 밤안개가 따스한 햇살의 공격을 받더니 양털 뭉치처럼 뭉텅뭉텅 잘려 나가 골짜기와 나무 덤불들 속으로 숨어들어 가만히 숨죽이고 있었다. 그리곤 결국 완전히 증발되어 아무것도 남기지 않고 사라져 버렸다.

안개로 인해 태양은 호기심 많은 인간의 표정을 짓고 있는 것 같았고, 자신에게 걸맞은 남성 대명사를 요구하고 나섰다. 지금 태양이 뽐내는 위용은 인간이 제외된 장면과 하나로 어우러지면서 옛날의 태양 숭배가 어떠했을지 보여 주고 있었다. 하늘 아래 이보다 더 온전한 종교는 존재한 적이 없었다고 느끼는 사람도 있으리라. 황금빛 머리카락에 희색이 만면한 상냥한 눈매를 지닌 이 권위자는 하느님과 같은 존재로서, 젊은이처럼 활기차고 강렬한 시선으로 자신에 대한 관심이 넘쳐흐르는 대지를 응시하고 있었다.

잠시 후 태양 빛은 농가 문틈 사이를 비집고 들어가 그 안에 있는 찬장과 서랍장 그리고 가구에 빨갛게 달구어진 부젓가락 같은 줄무늬를 수놓으며, 아직 자리에서 일어나지 않은 추수꾼들을 흔들어 깨웠다.

하지만 그날 아침 불그레한 빛을 내뿜고 있는 것들 중에서 단연 압권은 말롯 마을 근처 노란 밀밭의 가장자리에서 커다란 양팔을 하늘 높이 벌리고 서 있는 페인트칠을 한 널빤지였다. 이 널빤지들은 아래쪽에 있던 다른 두 개와 함께 수확기의 빙빙 돌아가는 몰타 십자[29]형 팔을 구성하는 것으로 오늘의 작업을 위해 전날 저녁 밭으로 갖다 놓은 것이다. 널빤지에 칠해진 페인트는 햇살을 받아 보다 강렬한 색상을 뿜어내고 있었는데, 마치 액체로 된 불 속에 담갔다가 막 꺼내 놓은 것 같았다.

밭은 이미 〈열려〉 있었다. 다시 말하면 말과 기계가 지나갈 수 있도록 밭 가장자리에 있는 밀을 손으로 일일이 베어 몇 피트 너비의 길을 확보해 두었던 것이다.

두 그룹, 그러니까 한 무리의 남자들과 또 한 무리의 여자들이 길을 따라 내려오고 있었다. 바야흐로 동편 울타리 꼭대기에 걸린 그림자가 서편 울타리의 중간 부분에 부딪치면서, 그들의 머리는 햇살을 만끽하고 발은 여전히 먼동 언저리에 머물러 있는 바로 그 시각이었다. 그들은 길에서 가장 가까운 들판 출입문 옆 두 개의 돌기둥 사이로 사라져 버렸다.

곧 밭 안쪽에서 베짱이가 짝짓기를 하는 것처럼 똑딱거리는 소리가 났다. 기계가 작업을 개시했던 것이다. 출입문 너머로 곧 부서지기라도 할 듯 흔들거리는 기다란 기계가 세 필의 말과 연결되어 움직이고 있는 것이 보이기 시작했고 그 뒤를 이어 기계를 끌어당기는 세 필의 말 중 하나에 올라탄 운

---

[29] 남유럽의 섬나라 몰타와 몰타 기사단을 상징하는 십자로, 네 개의 V 자가 하나로 결합한 형태이다.

전수와 기계의 좌석에 앉아 있는 조수의 모습이 들어왔다. 이들은 수확기의 팔을 서서히 돌리면서 밭 한쪽 가장자리를 따라 언덕 아래로 내려가 모습을 감추더니, 잠시 후 종전과 동일하게 고른 속도를 유지하면서 밭의 다른 쪽 가장자리로 다시 모습을 드러냈다. 선두에 선 말의 이마를 장식한 놋쇠로 만든 번쩍거리는 별이 제일 처음 시야에 들어왔고, 뒤이어 그루터기 너머로 눈부시도록 선명한 기계의 팔이 올라왔고, 기계 몸체가 그 뒤를 따라왔다.

빙 둘러 밭을 에워싸고 있는 비좁은 그루터기 길은 이들이 한 바퀴 돌 때마다 폭을 넓혀 갔고 아침 시간이 흐를수록 아직 거두지 않은 밀밭도 시나브로 면적을 줄여 나갔다. 토끼와 뱀, 쥐와 생쥐들은 요새로 피신하듯 땅속으로 숨어들었다. 하지만 그놈들은 그들의 은신처가 찰나의 운명을 가지고 있는지도, 또 어떤 운명이 그들을 기다리고 있는지도 까맣게 모르고 있었다. 그들의 은신처는 섬뜩할 정도로 그 면적을 줄여 갔고 마지막까지 버티고 서 있는 얼마 남지 않은 밀이 철두철미한 기계의 이빨에 잘려 쓰러질 때까지, 그리고 추수꾼들의 막대기와 돌멩이가 그들 모두를 죽여 없앨 때까지 그놈들은 적이고 동지고 상관없이 서로를 부둥켜안고 있었다.

수확기는 쓰러진 작은 밀 무더기들을 자기 뒤에 떨어뜨리고 갔는데, 한 무더기는 한 단으로 묶을 수 있는 양이었다. 뒤에는 활기찬 손놀림으로 이를 묶고 있는 사람들이 있었다. 이들은 주로 여자였지만, 허리춤에 가죽끈을 묶어 뒤에 달린 두 개의 단추를 무용지물로 만든 바지와 셔츠를 입고 있는 남자들도 더러 있었다. 바지의 주인들이 몸을 움직일 때마다 햇살을 받은 단추들이 반짝거렸고, 그래서 마치 허리의 잘록한 부분에 두 개의 눈알을 매달아 둔 것 같았다.

하지만 다발을 묶는 무리들 중에서 가장 흥미를 끄는 것은 여자들이었다. 여자들은 여느 때와 마찬가지로 단순히 하나의 물상으로 거기에 존재하는 게 아니라 자연의 한 부분으로 녹아들어 그 일부를 구성하면서 매력을 발산하고 있었다. 밭일을 하는 남자가 그 밭에서 하나의 객체로 존재한다면, 여자는 그 밭을 구성하는 한 부분이 된다. 어떤 연유에서인지 여자는 자신만의 고유한 차별성을 버리고 주변의 정기를 빨아들이면서 그것과 하나로 동화되어 버린다.

대부분 나이가 어려서 여자아이로 불러야 할 것도 같은 이 여자들은 햇빛 차단용의 커다란 천이 너풀거리는 면직물 모자를 쓰고 그루터기에 손이 다치지 않도록 장갑을 끼고 있었다. 연분홍 재킷을 입은 여자가 있는가 하면 소매가 꼭 끼는 크림빛 가운을 입은 여자도 있었다. 수확기에 달린 팔과 색깔이 똑같은 붉은 페티코트를 입은 여자도 한 명 있었고, 좀 나이가 든 축에 속하는 여자들은 밭일을 하는 여자들에게 가장 어울리면서 유구한 역사를 자랑하는, 하지만 젊은 여자들은 결코 입으려 들지 않는 거친 갈색의 작업복 차림을 하고 있었다. 오늘 아침엔 사람들의 눈길이 유독 그들 자신도 모르게 분홍색 면 재킷을 입고 있는 젊은 여자에게 쏠렸는데, 그녀는 그들 중에서 가장 유연하고 아름다운 자태를 지니고 있었다. 하지만 모자를 눈썹까지 푹 눌러쓰고 있어서 몸을 숙이고 있으면 얼굴이 전혀 보이지 않았다. 다만 모자에 달린 헝겊 밑으로 흘러내린 두어 가닥의 짙은 갈색 머리카락으로 그녀의 안색을 짐작해 볼 따름이었다. 그녀가 우연히도 사람들의 주목을 받게 된 이유를 한 가지 들자면 그건 바로 자주 주위를 두리번거리며 시선을 끌려는 다른 여자들과는 달리 전혀 그러지 않았다는 것이다.

그녀가 단을 묶는 과정은 시계처럼 단조로웠다. 수확기에서 떨어진 밀 무더기에서 한 줌의 이삭을 훑어 내고 왼쪽 손바닥으로 단의 끄트머리를 살살 쳐서 단을 가지런하게 만들었다. 그런 다음에 몸을 앞으로 숙인 채 양손을 써서 단을 무릎 쪽으로 끌어모은 후, 장갑을 낀 왼손을 다발 아래로 가게 해서 반대쪽에 있는 오른손과 잡고 마치 애인을 포옹하듯 밀단을 끌어안았다. 그러곤 단에 무릎을 대면서 끈의 양 끝을 한데 그러모아 묶었다. 이따금 산들바람이 치맛자락을 쑤석거리면 손으로 치마를 툭툭 쳐서 다시 원래대로 돌려놓곤 했다. 누런 가죽 장갑과 가운의 소매 사이로 팔의 맨살이 조금 보이기도 했다. 그렇게 하루가 지나가면서 그 부드럽고 여성스러운 맨살은 그루터기에 긁혀 생채기가 나고 피를 흘렸다.

그녀는 일하는 사이사이 허리를 곧게 펴고 잠깐 숨을 돌리면서 비뚤어진 앞치마를 다시 여민다거나 모자를 똑바로 눌러썼다. 깊고 검은 눈 그리고 뭔가에 매달려 떨어지지 않으려고 애처롭게 안간힘을 쓰고 있는 것 같은 삼단 같은 머리채를 지닌 아름다운 이 젊은 여자의 갸름한 얼굴을 볼 수 있는 때가 바로 이 순간이었다. 시골에서 자란 보통 여자들에 비해 그녀의 뺨은 좀 더 하얗고 치아는 좀 더 가지런했으며 붉은 입술은 좀 더 얇았다.

그녀가 바로 예전의 그, 그러나 예전과 완전히 똑같다고 할 수는 없는 테스 더비필드 혹은 더버빌이었다. 지금 그녀는 낯선 동네에 살고 있는 게 아님에도 불구하고 마치 이방인처럼 살아가고 있었다. 테스가 오랜 은둔 생활을 끝내고 고향에서 밭일을 해야겠다고 작정한 것은 마침 농번기가 되었고, 더구나 집 안에서 할 수 있는 일은 밭에서 곡식을 거두는 일만큼 돈벌이가 되지 않았기 때문이었다.

다른 여자들의 움직임도 테스와 엇비슷했다. 여자들은 각자 단 하나가 완성되면 여러 쌍이 네모꼴을 이루어 춤을 추듯 한곳으로 모여들었고, 열 개 또는 열두 개의 단이 모여 이 지방에서 낟가리라고 불리는 것이 만들어질 때까지 자기가 만든 단을 다른 단 옆에 기대어 세워 놓았다.

아침을 먹으러 갔다가 돌아온 일꾼들은 아까처럼 다시 일을 시작했다. 테스를 지켜보고 있던 사람이 있었다면 11시가 가까워지자 그녀가 연신 단을 묶어 가면서 생각에 잠긴 표정으로 언덕 중턱을 바라보고 있다는 사실을 눈치챌 수도 있었으리라. 거의 11시가 되었을 때 드디어 나이 대가 6살에서 14살 정도 되는 한 무리의 아이들의 머리가 언덕 그루터기 위로 불쑥 올라왔다.

테스는 얼굴에 희미한 홍조를 보였지만 일손을 놓지는 않았다.

아이들 중 가장 맏이인 여자아이는 삼각형 모양의 숄을 걸치고 있었는데 한 귀퉁이가 그루터기에 질질 끌리고 있었고 언뜻 봐선 인형처럼 보이는, 긴 옷을 입힌 아기를 팔에 안고 있었다. 다른 아이는 점심거리를 들고 있었다. 추수를 하던 사람들은 일을 접은 후 각자 점심거리를 들고 밀단 낟가리에 등을 기대고 앉았다. 남자들은 여기에서 돌로 만든 술 단지를 주거니 받거니 돌아가며 술잔을 비웠다.

테스 더비필드는 하던 일을 가장 나중에 중단한 사람 중 하나였다. 그녀는 밀단 낟가리 끝자락에 앉아서 함께 일하던 사람들로부터 조금 떨어진 다른 쪽으로 시선을 주었다. 그녀가 자리를 잡고 앉자 토끼 가죽 모자를 쓰고 빨간 손수건을 허리띠에 쑤셔 넣은 남자가 밀단 낟가리 위로 맥주 한 컵을 내밀면서 테스에게 마시라고 권했지만, 그녀는 사양했다. 테스는 점심거리를 펼쳐 놓고 나이가 가장 많은 동생을 불러 아기를 받아 안았다. 그러자 짐을 덜어서 날아갈 듯 기분이 좋았던 동생은 바로 옆의 밀단 낟가리로 가서 거기서 놀고 있던 다른 아이들과 어울렸다. 테스는 슬그머니, 하지만 당당하게 얼굴에 살짝 홍조를 띠면서 윗옷 자락을 풀고 아기에게 젖을 물렸다.

테스와 가장 가까이에 있던 남자들은 눈치 빠르게 얼굴을 반대쪽으로 돌렸고, 어떤 사람들은 담배를 피우기 시작했으며, 그중 한 명은 한 방울도 나오지 않는 술 단지를 아쉬운 듯 흔들어 대고 있었다. 테스만 빼고 나머지 여자들은 모두 신이 나서 떠들어 댔고 헝클어진 머리 매듭을 새로 매만졌다.

아기가 충분히 젖을 먹자 젊은 엄마는 아기를 무릎에 똑바로 앉히고 무연히 먼 곳을 응시한 채 증오심에 가까운 울적하고 무심한 태도로 아기를 어르기 시작했다. 그러더니 갑자기 절대로 멈출 수 없다는 듯 격렬하게 그것도 수십 번씩이나 아기에게 입을 맞추었다. 열정과 경멸이 묘하게 뒤섞인 이러한 과격한 행동에 아기는 그만 울음을 터뜨리고 말았다.

「테스 쟤는 아기를 미워하는 것처럼 굴기도 하고 때론 함께 죽어 버렸으면 좋겠다고까지 말은 해도, 사실은 아이를 예뻐하는 거야.」 빨간 페티코트를 입은 여자가 테스를 지켜보며 말했다.

「이제 더는 그런 말도 하지 않을 거야.」 누런 가죽 장갑을 끼고 있는 여자가 말을 받았다. 「시간만 지나면 우리 몸이 저렇게 된다는 게 참 놀라워!」

「설득만 해서는 저렇게 되지 않았을 거야. 작년 어느 날 밤에 체이스 숲에서 흐느껴 우는 소리가 나는 걸 들은 사람이 있대. 그때 사람들이 갔었다면 누군지 혼찌검이 났을 거야.」

「글쎄, 그나저나 마찬가지였겠지. 다른 사람들 다 놔두고 하필이면 테스에게 저런 일이 생겼다는 게 정말 안됐어. 그런 일은 늘 가장 예쁜 아이에게 생긴다니까. 못생긴 여자들은 교회처럼 안전하지. 안 그러니, 제니?」 못생겼다는 표현이 과히 틀리지만은 않은 일행 중의 한 명을 보며 누군가가 말했다.

사실, 너무도 가슴 아픈 일이었다. 제 아무리 철천지원수라고 해도 꽃을 닮은 입과 까맣지도 파랗지도 않은, 그렇다고 회색도 보라색도 아닌 크고 다정한 눈을 가지고 저기에 앉아 있는 테스를 보고 있노라면 가여운 마음이 들 것이다. 깊이를 가늠할 수 없는 눈동자 주위의 홍채를 들여다보고 있노라면, 위의 모든 색들이 합쳐진 그리고 거기에 1백 가지나 되는 또 다른 빛깔이 더해져서 그림자 뒤에 또 다른 그림자가, 색조 너머에 또 다른 색조가 있는 것을 볼 수 있으리라. 조상으로부터 물려받은 약간 조심스럽지 못한 점만 없었다면 거의 여성의 표본이라 해도 과언이 아니다.

여러 달이 지난 후 처음으로 밭에 나와 일하기로 마음먹은 것은 테스 자신에게도 놀라운 결정이었다. 세상 물정에 어두운 그녀가 혼자 생각해 낼 수 있는 온갖 후회의 장치들을 작동시켜 애면글면 속만 태우다가 드디어 세상 이치에 눈을 뜨고 마음이 밝아졌던 것이다. 그녀는 어떤 대가를 치르는 한이 있더라도 다시 일을 해서 홀로 서는 행복을 찾아야겠다는 다

짐을 했다. 기왕지사 지난 일은 지난 일이고, 과거가 어찌 되었든 그 과거가 지금 그녀 곁에 머물러 있는 것은 아니다. 과거가 낳은 결과물이 무엇이든 간에 그것들은 모두 시간에 묻혀 버릴 것이다. 몇 해만 지나면 그 결과들은 전혀 존재하지 않았던 것처럼 될 것이고, 그녀 자신도 묻혀 버려 잊힐 것이다. 하지만 수목은 예전처럼 여전히 푸르고 새들은 노래하며, 태양은 지금도 옛날처럼 변함없이 밝게 빛나고 있었다. 낯익은 주변 모습은 그녀가 슬프다고 해서 어두워지는 법이 없었고, 그녀의 고통 때문에 아파하지도 않았다.

그녀는 자신의 고개를 이토록 푹 떨구게 만든 세상이, 그리고 그 세상이 자신의 처지에 관심을 보인다는 생각이 실은 환영에 불과하다는 사실을 깨달을 수도 있었으리라. 그녀의 존재와 경험 그리고 열정 및 감각의 구조는 타인이 아닌 바로 그녀만의 것이며 오직 그녀만이 이해할 수 있다. 모든 인간들에게 테스는 그저 스쳐 지나가는 단상에 불과할 뿐이다. 그녀는 친구들에게조차 자주 생각나는 존재이긴 하겠지만 결코 그 이상은 아니다. 만일 그녀가 밤이고 낮이고 평생 스스로를 비참한 존재로 여긴다 해도 그들은 〈아, 그녀가 불행해 하는구나〉 하는 정도로만 생각할 것이다. 마찬가지로 테스가 명랑해지려고 애쓰면서 모든 근심을 떨쳐 내고 한낮의 햇살과 꽃들 그리고 아기에게서 기쁨을 찾는다면 또 그들은 〈아, 그녀가 잘 견뎌 내는구나〉 정도로만 생각할 것이다. 어쨌든 만일 그녀가 무인도에 혼자 있었다면 자신에게 일어난 일에 대해 그렇게 비참해했을까? 아마 많이 슬퍼하지는 않았을 것이다. 만일 그녀가 그런 운명으로 태어나서 자신이 남편도 없고 이름도 갖지 못한 아이의 어미라는 사실을 알게 되었다고 하더라도 그런 상황 때문에 절망에 빠지게 되었을까? 아닐 것이다. 그녀는 그 운명을 담담하게 받아들였을 것이고 그 안에서 기쁨을 추구했을 것이다. 비참한 느낌은 대부분 그녀가 젖어 있는 인습에서 초래된 것이지 그녀의 타고난 감각에서 비롯된 것은 아니었다.

연유야 어찌 되었든 테스는 뭔지 모를 기운이 났고, 그래서 예전처럼 단정하게 옷을 차려입고 추수할 일손이 절박한 이 시기에 들로 나왔던 것이다. 이는 그녀의 천성이 기품을 갖추고 있기 때문이며 그래서 아기를 팔에 안고 있을 때조차도 가끔 사람들의 얼굴을 조용히 들여다보곤 했다.

낟가리에서 몸을 일으킨 추수꾼들이 기지개를 켜면서 파이프의 담뱃불을 껐다. 마구를 풀어 놓고 배를 가득 채운 말들이 다시 진홍 빛깔의 기계에 매였다. 식사를 바삐 마친 테스도 바로 밑의 동생을 불러 아기를 데려가게 했다. 그리고 다시 옷을 여미고 누런 가죽 장갑을 낀 후 다음 단을 묶기 위해 맨 나중에 묶었던 단에서 끈을 뽑아 들었다.

아침에 했던 작업은 오후와 저녁에도 계속되었고, 테스는 어둑어둑해질 때까지 다른 일꾼들과 함께 밭에 남아 있었다. 그들은 모두 함께 커다란 마차에 몸을 싣고 집으로 향했는데, 땅 위에서 동편으로 두둥실 떠오른 빛바랜 커다란 달이 벌레 먹은 토스카나 성자상의 나달나달한 둥그런 황금 이파리를 닮은 얼굴을 하고 길동무가 되어 주었다. 테스의 여자 친구들은 노래를 부르며 테스가 다시 밖으로 나온 것을 진심으로 기뻐해 주었지만 즐거운 숲 속으로 들어갔다가 다른 사람이 되어 나온 처녀에 대한 노래를 부르는 등 짓궂은 행동도 마다하지 않았다. 삶에는 평형과 보상이 있는 법이다. 테스가 사회적 경고의 본보기가 된 그 사건으로 말미암아 그녀는 한동안 마을 사람들에게 흥미로운 인물이었다. 그녀는 그들의 친절한 배려 덕분에 스스로에게서 조금씩 벗어날 수 있었고 전파력이 강한 그들의 활기찬 기운으로 그녀 역시 조금은 명랑해질 수 있었다.

하지만 도덕적인 차원의 슬픔이 사라지고 있을 무렵 사회적 율법과 상관없는 또 하나의 천부적 차원의 슬픔이 밀려들었다. 집에 돌아온 테스는 오후부터 아기가 갑자기 아팠다는 말을 듣고 참담한 슬픔에 빠졌던 것이다. 아기는 너무도 연약하고 미약한 존재인지라 그렇게 예고 없이 병이 날 수도 있는 일이지만, 그럼에도 이 일은 그녀에게 충격적이었다.

아기가 이 세상에 태어난 것 자체가 죄라는 것을 이 어린 엄마는 다 잊어버렸다. 이 엄마의 영혼은 그 죄가 지속되는 한이 있더라도 아기의 생명을 지켜 낼 수 있기를 간절히 소망했다. 그러나 육체라는 감옥에 갇힌 이 자그마한 몸뚱이가 그곳에서 풀려날 시간은 테스가 생각했던 최악의 경우보다도 빠르게 다가오고 있는 게 분명했다. 테스는 이런 사실에 직면하자 아기를 잃어버린다는 단순한 차원을 넘어서 비참한 지경으로 내동댕이쳐지는 느낌이었다. 아기가 아직 세례를 받지 못했던 것이다.

자신이 저지른 행위에 대해 불의 심판을 받아야 한다면 기꺼이 받을 것이며, 그러면 그것으로 모든 게 끝이라고 진작부터 생각하고 있었다. 테스 역시 마을 처녀들처럼 성경의 내용을 숙지하고 있었고, 오홀라와 오홀리바[30]의 이야기도 착

---

30 「에제키엘」 23장에 나오는 하느님께 무서운 벌을 받은 음란한 두 매춘부이다.

실하게 암기했으며 그 이야기가 어떤 의미인지도 잘 알고 있었다. 그러나 똑같은 문제가 아기에게 제기된다면 그땐 이야기가 달라진다. 사랑하는 그녀의 아기가 구원도 받지 못하고 죽어 가고 있는 것이다.

잠자리에 들 시간이었지만 테스는 허둥지둥 아래층으로 내려가서 목사님을 모시러 가도 되겠느냐고 물었다. 하지만 공교롭게도 지금 아버지는 매주 들르는 롤리버 주점에서 방금 돌아온 터라 유서 깊은 귀족 가문에 대한 자부심이 하늘을 찌를 듯 높은 상태였고, 그래서 딸이 바로 그 귀족 가문에 먹칠을 해댔다는 사실이 가장 생생할 때였다. 아버지는 제아무리 목사라고 해도 한 발짝도 집 안으로 들여놓지 못할 것이며, 창피한 딸 때문에 생긴 집안 사정을 그 어느 때보다도 숨겨야 하므로 어느 누구도 자기 집안을 시시콜콜 들여다보게 해서는 안 된다고 딱 잘라 말했다. 아버지는 문을 잠근 다음 주머니에 열쇠를 넣어 버렸다.

식구들 모두 침대에 들었다. 마음은 찢어지는 것처럼 아팠지만 테스도 어쩔 수 없이 침대에 들었다. 몸은 누워 있었지만 잠에서 깨기를 수도 없이 반복하던 그녀는 한밤중에 아기의 병세가 더욱 악화되었다는 사실을 알게 되었다. 아기는 분명 죽어 가고 있었다. 조용하게 고통 없이, 하지만 죽어 가고 있는 것만큼은 확실했다.

그녀는 비참한 심경으로 침대에서 몸을 뒤척였다. 1시를 알리는 시계 소리가 장엄하게 울렸다. 이성의 범주를 벗어나 상상이 뚜벅거리며 걸어 다니고 불길한 억측이 바위처럼 단단한 사실로 일어서는 시각이었다. 그녀는 아기가 사생아인 데다 세례도 받지 못했다는 두 겹의 저주를 받아 지옥의 맨

밑바닥으로 떨어지는 광경을 떠올려 보았다. 그리고 마왕이 빵을 굽는 날 오븐을 달굴 때 사용하는 것 같은 삼지창으로 그녀의 아기를 패대기치는 것도 눈에 선하게 보이는 듯했다. 상상이 빚어낸 이러한 그림에 이 기독교 국가에서 젊은이들에게 가르치는 온갖 해괴망측한 고문 장면이 세세하게 추가되었다. 모두 잠들어 온 집 안이 괴괴한 이때, 이런 무시무시한 예감이 그녀의 머릿속에 너무도 끔찍한 충격을 주었다. 입고 있던 잠옷은 땀으로 흠뻑 젖었고 심장이 뛸 때마다 그녀가 누워 있던 침대도 함께 덜컹거렸다.

아기의 호흡이 점점 힘들어졌고 어미의 정신적 긴장도 함께 팽팽해졌다. 그 어린것에게 아무리 입을 맞추어 보았자 부질없는 짓이었다. 그녀는 더 이상 침대에 있을 수가 없어 안절부절못하며 방 안을 이리저리 돌아다녔다.

「오, 자비로우신 하느님, 불쌍히 여겨 주소서. 불쌍한 우리 아기에게 동정을 베풀어 주소서! 제겐 어떤 벌을 내리셔도 달게 받겠습니다. 하지만 이 아기만은!」

서랍장에 기대어 한참을 횡설수설 기도를 드리던 그녀가 벌떡 일어섰다.

「아! 아기가 구원받을 수도 있을 거야! 아마도 똑같은 걸 거야.」

테스의 밝은 목소리로 인해 주위를 에워싸고 있는 어둠 속에서 그녀의 얼굴이 환하게 빛나고 있는 것 같았다.

테스는 양초에 불을 붙이고 벽 쪽으로 붙어 있는 두 번째와 세 번째 침대로 가서 어린 동생들을 깨웠다. 그들 모두 한방을 쓰고 있었다. 세면기를 끌어내고 그 뒤에 선 테스는 단지에서 물을 조금 따른 뒤 동생들에게 손가락을 똑바로 펴서

두 손을 모으고 세면기 주위에 무릎을 꿇고 앉으라고 했다. 테스의 위엄에 눌려 무릎을 꿇고 있는 동생들의 잠이 덜 깬 눈이 점점 커져만 갈 때 테스가 침대에서 아기를 데려왔다. 아이가 낳은 아기, 충분한 인격체라고 하기에는 너무 작아서 이 아기를 낳은 사람에게 엄마라는 호칭을 부여할 수도 없을 것만 같은 그런 아기였다. 테스가 아기를 팔에 안고 세면기 옆에 꼿꼿이 서자 바로 밑의 여동생이 집사가 목사에게 하듯 그녀 앞에 기도 책을 펼쳐 놓았다. 그리하여 이 어린 엄마는 아기에게 세례를 주기 시작했다.

흰색의 긴 잠옷을 입고 허리까지 땋아 내린 숱 많은 검은 머리채를 가진 테스는 훌쩍 키가 커 보였고 엄숙해 보이기까지 했다. 백주대낮이라면 여지없이 드러났을 작은 상처들, 이를테면 그루터기에 긁힌 손목이며 피곤에 지친 눈빛 등은 가느다란 촛불에서 번져 나오는 따뜻하고 희미한 불빛에 가려 보이지 않았고, 그녀의 드높은 열정은 그녀에게 파멸을 안겨 준 얼굴을 제왕이라고 해도 손색이 없을 만큼 위엄을 갖춘 티없이 깨끗하고 아름다운 얼굴로 변모시켰다. 졸음이 뚝뚝 떨어지는, 붉게 물든 눈을 연신 깜빡거리고 있던 어린 동생들은 정신없이 몸이 무거워지는 시각인지라 드러내 놓고 호기심을 보이지는 않았지만, 누나의 준비가 끝나기를 기다리며 무릎을 꿇고 빙 둘러앉아 있었다.

가장 강한 인상을 받은 아이가 말했다.

「진짜로 아기에게 세례를 할 거야, 테스 누나?」

어린 엄마는 진지하게 그렇다고 대답했다.

「아기 이름은 뭐로 할 건데?」

미처 그 생각까지는 못했던 테스에게 마침 세례식을 진행하면서 읽은 창세기의 한 구절에 나온 이름이 문득 떠올랐다. 그리하여 그녀는 그 이름을 선포하듯 말했다.

「소로,[31] 성부와 성자와 성신의 이름으로 네게 세례를 주노라.」

테스가 물을 뿌리자 모두들 쥐 죽은 듯 조용해졌다.

「얘들아, 〈아멘〉이라고 해야지.」

작은 목소리들이 순순히 〈아멘!〉 이라고 합창했다.

테스는 계속해서 의식을 진행해 나갔다.

「우리는 이 아기를 받아들이고, 십자가의 표식을 너에게 그리노라.」

이제 그녀는 세면기에 손을 담갔다가 집게손가락으로 아기에게 힘차게 십자가를 그리면서, 이 아기가 죄와 세상과 악마에 대항해서 용감히 싸우고 목숨이 다하는 날까지 하느님의 충직한 병사이자 종복이 되겠다는 틀에 박힌 문장들을 암송했다. 계속해서 테스가 주기도문을 외우자 동생들도 모기처럼 가느다란 혀짤배기소리로 그녀를 따라했고, 마지막에 가서는 목소리를 높이는 집사를 따라 우렁찬 목소리로 〈아멘!〉을 외친 다음 다시 잠잠해졌다.

세례식이 지닌 효과에 자신감을 얻은 테스는 말에 진심이 담겨 있을 때 나오는, 파이프 오르간의 디아파종 같은 당당한 목소리로 주기도문을 암송했는데, 그녀를 알고 있는 사람들이라면 절대로 잊을 수 없는 그런 음성이었다. 그녀는 믿음이 주는 희열로 신의 경지에 오른 듯했고, 얼굴에는 눈부신 광채가 돌았으며 양쪽 뺨 한가운데로 붉은 기운이 감돌았다. 조그마한 촛불이 그녀의 눈동자에 거꾸로 비쳐 다이아몬드처

---

31 Sorrow. 〈슬픔〉이라는 뜻이다.

럼 반짝거렸다. 그녀를 바라보고 있던 아이들은 점점 경외심을 키워 갔고, 이제 더 이상 질문을 할 엄두도 내지 못했다. 그 아이들에게 지금 테스는 누나나 언니처럼 보이는 게 아니라 그들과 아무것도 공유하지 않는 거대하고, 드높고 그리고 두려운 성스러운 인물로 느껴졌다.

가엾은 소로가 죄악과 세상 그리고 악마에 대항해서 벌인 싸움은 완전치 못한 빛을 발휘할 운명이었으니, 이는 소로의 출생을 생각한다면 어쩌면 본인으로선 잘된 일인지도 몰랐다. 푸르스름하게 여명이 밝아 올 무렵 나약하기 이를 데 없는 병사 아니 종복은 그의 마지막 숨을 쉬었다. 잠에서 깬 다른 아이들이 엉엉 울어 대기 시작했고, 예쁜 아기를 하나 더 낳아 달라고 테스에게 떼를 썼다.

세례식을 치른 후 침착함을 유지했던 테스의 태도는 아기를 잃었을 때도 바뀌지 않았다. 테스는 한낮이 되자 아기의 영혼에 대한 자신의 공포가 조금은 과장되었다는 느낌이 들었다. 근거가 충분하건 아니건 이제 불안한 마음은 사라져 버렸고, 만일 하느님의 섭리가 그런 비슷한 행위를 인정하지 않는다면, 그래서 원칙을 벗어난 행동을 했다는 이유로 천국에 들어갈 수 없다고 한다면 그런 천국은 자신을 위해서나 또는 자신의 아기를 위해서나 중요하게 여길 필요가 없다고 생각했다.

그렇게 누구도 원치 않았던 아이, 소로는 세상을 떠났다. 세상에 불쑥 끼어든 존재, 사회 율법은 안중에도 없었던 뻔뻔한 자연의 사생아, 며칠 동안의 삶이 영겁의 시간이었던 아이, 여러 해 또는 여러 세기 같은 것들은 아예 몰랐던 아이, 오두막의 내부가 우주 전체였고, 한 주의 날씨가 온갖 기후였으며, 갓난아기 시절이 인간으로서 존재한 전부였고 그래서 젖을 빠는 본능이 인간으로서 터득했던 유일한 앎이었던 아이.

세례에 대해 곰곰이 생각하고 있던 테스는 교리의 관점으로 볼 때 소로가 기독교식으로 매장될 수 있을 만큼 이 세례가 충분할까 하는 궁금증이 일었다. 이 문제는 교구 목사님만 말해 줄 수 있었는데 마침 목사님은 새로 부임하신 분이라 그녀에 대해 잘 모르고 계셨다. 테스는 어둠이 깔린 후에 목사의 집으로 찾아가 대문 옆에 섰다. 하지만 차마 들어갈 용기가 생기지 않았다. 막 돌아가려고 할 즈음 마침 집으로 오던 목사를 만나지 못했다면 그녀는 아마 이 일을 여기에서 접었을 것이다. 어둠이 짙어서인지 그녀는 거리낌 없이 말할 수 있었다.

「목사님, 여쭤 볼 게 있습니다.」

그는 흔쾌히 들어 주겠다고 했고, 그래서 테스는 병에 걸린 아기에게 임시변통으로 세례를 준 사실을 이야기했다.

「그런데요, 목사님.」 그녀는 진지하게 이야기를 이어갔다. 「제게 이렇게 말씀해 주실 수 있으세요? 그 세례식이 목사님께서 우리 아기에게 세례를 주신 것이나 동일하다고요.」

목사는 이때 당연히 본인을 불러서 처리했어야 할 일을 손님들이 자기들끼리 어설프게 처리해 일을 그르친 걸 봤을 때 느끼는 장사꾼과 같은 기분으로 〈같을 수 없다〉고 말하고 싶었다. 하지만 이 어린 여자에게서 느껴지는 기품과 그 목소리에서 전해진 부드러움이 절묘하게 어우러지면서 목사가 지닌 더 고귀한 감정들, 즉 자신의 직업적인 신앙을 회의주의에 접합시켜 보려던 지난 10년의 노력 후에도 아직 남아 있던 그의 감성을 건드렸다. 그의 내면에서 인간과 성직자 사이의 싸움이 일어났고, 승리는 인간에게로 넘어갔다.

「그래요, 그건 똑같습니다.」

「그러면 우리 아기를 기독교 방식으로 묻어 주실 수 있으신가요?」 말이 떨어지기가 무섭게 그녀가 물었다.

목사는 자신이 궁지에 몰렸다는 느낌이 들었다. 사실 목사는 아기가 아프다는 사실을 들었을 때 진심 어린 마음으로 세례를 주려고 저녁 무렵 그 집에 갔었다. 그렇게까지 했던 그였기에 규정에 어긋난 일을 해달라는 그녀의 간청을 들어줄 수는 없었다. 목사는 자신을 집 안으로 들이지 않은 사람이 테스가 아니라 그녀의 아버지였다는 사실을 알 턱이 없었다.

「아, 그건 다른 문제이지요.」 그가 말했다.

「다른 문제요? 왜요?」 약간 흥분해서 테스가 물었다.

「글쎄, 우리 두 사람만의 문제라면 나도 기꺼이 그럴 거예요. 하지만 그럴 수는 없습니다. 몇 가지 이유가 있어요.」

「목사님, 이번 한 번만 들어주세요!」

「정말 안 됩니다.」

「제발, 목사님!」 테스가 목사의 손을 잡으며 간청했다.

목사는 고개를 저으면서 손을 뺐다.

「목사님이 미워요!」 테스가 버럭 소리를 질렀다. 「목사님의 교회에 다신 오지 않을 거예요!」

「그리 경솔하게 말하지 말아요.」

「목사님이 하시지 않아도 같은 것일 수 있잖아요?…… 똑같은 거겠죠? 제발 성자가 죄인을 다루듯 말씀하지 마시고, 목사님이 생각하는 본인의 말씀을 들려주세요.」

목사가 이 문제에 대해 자신이 견지해야 할 엄격한 관점을 본인의 대답과 어떻게 타협했는지 보통 사람으로선 알 도리가 없으나, 그런 타협을 너그러이 봐줄 수는 없는 일이다. 조금 마음이 움직인 목사는 이 경우에 대해서도 이렇게 대답하고 말았다.

「마찬가지일 겁니다.」

그렇게 해서 그날 밤 너덜너덜하게 헤진 부인용 숄로 감싸인 채 자그마한 전나무 상자에 들어간 아기는 교회 묘지로 옮겨졌다. 그리고 1실링과 1파인트의 맥주를 얻어 마신 무덤 파는 일꾼에 의해 랜턴 불빛을 받으며 땅에 묻혔다. 그렇게 아기는 하느님께서 쐐기풀이 자라도록 허용하신 초라한 땅 한 귀퉁이에 세례를 받지 못한 모든 아기들, 악명 높았던 술주정뱅이들, 저주받았다고 생각되는 사람들이 묻혀 있는 그곳에 묻혔다. 주변 환경은 탐탁하지 않았지만 테스는 이에 전혀 굴하지 않았고 나뭇가지 두 개와 끈 하나를 가지고 작은 십자가를 만든 후 거기에 꽃을 달았다. 그리고 사람들의 눈에 띄지 않게 교회 묘지로 들어갈 수 있었던 어느 날 저녁, 아기의 무덤 위에 그것을 꽂아 놓았다. 그리고 무덤 발치에도 물을 담은 작은 병에 같은 꽃 한 다발을 꽂아 시들지 않게 했다. 조금만 신경을 써서 보면 병 표면에서 〈킬웰즈 마멀레이드〉[32]라는 글자를 발견하겠지만 그게 무슨 대수란 말인가? 모성애를 지닌 사람의 눈에는 좀 더 고귀한 상상을 하느라고 그런 글자들은 보이지 않을 테니 말이다.

---

32 Keelwell's Marmalade. 오렌지나 레몬 따위의 껍질로 만든 잼의 상표로 〈킬웰〉은 〈잘 죽인다〉라는 말의 음과 같다.

제15장

 로저 애스컴[33]에 따르면, 〈우리는 경험에 의해 오랜 방황을 거쳐 지름길을 발견한다〉. 하지만 긴 방황이 이후의 여정에 걸림돌이 되는 일도 드물지 않으니 그렇다면 그 경험은 우리에게 무슨 소용이 있단 말인가? 테스 더비필드의 경험은 바로 이런 무용지물에 속하는 것이었다. 이제야 비로소 그녀는 어떻게 처신해야 할지 알게 되었지만 누가 지금 그녀의 행동을 받아들여 주겠는가?

 만일 그녀가 더버빌가로 가기에 앞서 자신을 포함한 세상 전반에 알려진 온갖 현명한 말씀과 구절을 씩씩하게 좇았더라면 그렇게 이용당하는 일은 분명 없었을 것이다. 그러나 황금처럼 귀한 그 진실이 필요할 때 그것을 알고 도움을 받기란 테스의 능력 밖의 일일 뿐더러 어느 누구의 능력으로도 불가능한 일이다. 성 어거스틴이 그랬듯이, 테스와 그리고 다른 많은 사람들은 하느님께 빈정거리듯 말할 수도 있었을 것이다. 「당신께서는 당신이 허락하신 것보다 더 좋은 길을 권해

---

[33] Roger Ascham(1515~1568). 영국의 교육가로 『궁술론』, 『교사론』 등의 저서가 있고 명쾌한 산문의 전형으로 손꼽힌다.

주셨습니다.」

그녀는 겨우내 집에서 닭 털을 뽑고 칠면조와 거위에게 먹이를 주고, 더버빌에게서 받은 화려한, 하지만 하찮게 여겨 한쪽으로 치워 두었던 옷가지를 뜯어 동생들에게 입힐 옷을 만들어 주면서 시간을 보냈다. 더버빌에게 도움을 청한다는 건 꿈에도 생각해 본 적이 없었다. 가끔 그녀는 열심히 일을 하고 있어야 할 순간 깍지 낀 두 손을 머리 뒤에 대고 생각에 잠기곤 했다.

테스는 침착하게 그해의 중요한 날짜들을 기입해 두었다. 그녀가 캄캄한 체이스 숲 속에서 파멸의 구렁텅이에 빠졌던 트란트리지에서의 그 악몽 같던 밤, 아기가 태어난 날과 세상을 떠난 날, 자신의 생일 그리고 본인이 연루되는 바람에 개인적으로 중요해진 사건들. 어느 날 오후, 자신의 아름다운 모습을 거울에 비춰 보던 그녀는 문득 이런 날들보다 더 중요한 날이 남아 있다는 것을 깨달았다. 그건 바로 모든 매력이 사라지면서 그녀가 죽는 날이었다. 해마다 지나쳐 가면서도 다른 모든 날들 사이에 은밀하게 묻혀 신호나 소리도 없어 보이지 않던 날, 하지만 분명히 거기에 존재하는 날. 그때가 언제지? 왜 그녀는 해마다 그토록 싸늘한 관계와 만나면서도 그 차가움을 느끼지 못하는 걸까? 그녀는 제러미 테일러[34]가 생각했던 것처럼, 미래의 어느 날 그녀를 알고 있던 사람들이 〈오늘이 그 불쌍한 테스 더비필드가 죽은 날이지〉라고 말할 것이며, 그런 말을 하는 그들의 마음에 특별한 뜻 담겨 있지 않을 거라는 생각이 들었다. 아직 그녀는 자신의 종말이 될

---

[34] Jeremy Taylor(1613~1667). 17세기 영국의 유명한 설교가이자 『성스러운 삶』과 『성스러운 죽음』의 저자로 그의 문체는 칭송받았다.

그날이 달, 주, 계절 그리고 연도의 어디에 위치할지 몰랐다.

그렇게 테스는 한달음에 순박한 소녀에서 속 깊은 여인으로 변모했다. 깊은 사색의 상징들이 얼굴에 어른거렸고 목소리에는 이따금 구슬픈 음색이 스며들었다. 더 커다래진 눈에는 보다 풍부한 표정이 담겨 있었다. 이른바 세상 사람들이 말하는 아름다운 여인이 된 것이다. 그녀의 외모는 아름답고 사람들의 시선을 사로잡았으며, 그녀의 영혼은 지난 한두 해의 거친 경험으로도 타락시킬 수 없는 그런 것이었다. 그러니까 세간의 구설수만 없었다면 그런 경험들은 그저 교양 교육 정도로 볼 수 있었을 것이다.

근래에 들어 부쩍 사람들을 멀리했던 그녀였다. 그래서 그녀가 겪은 고초가 파다하게 소문으로 떠돌지는 않았고, 말롯에선 거의 잊힌 상태였다. 하지만 그녀의 가족이 돈 많은 더버빌 가와 〈친척지간〉임을 내세워 꼼수를 쓰려다가, 특히 테스를 통해서 좀 더 가까운 관계를 맺어 보려다가 완전히 낭패를 본 과정을 속속들이 알고 있는 곳에서 더 이상 마음 편하게 살 수 없다는 사실만은 분명했다. 적어도 그 일을 예민하게 의식하고 있는 그녀의 기억이 긴 세월을 통해 지워지기 전까지는 말이다. 그러나 지금 테스는 가슴속 깊은 곳에서 희망찬 생명의 맥박이 따뜻하게 고동치고 있는 것을 느꼈다. 아무 기억도 없는 어느 구석진 곳에서라면 행복하게 살 수도 있을 것 같았다. 과거와 과거에 속한 그 모든 것에서 빠져나오려면 그 과거를 완전히 없애야 하고, 그러려면 여기서 멀리 떠나야 한다.

한 번 잃으면 영원히 잃어버린 거라는 말이 순결에도 해당되는 걸까? 그녀는 이렇게 자문해 보곤 했다. 만일 지난 일들을 덮어 가릴 수만 있다면 그녀는 그런 말이 틀렸음을 증명해 보일 수도 있을지 모른다. 자연 유기체에 스며 있는 회복력이 처녀성만 외면할 리가 없었다.

오랜 시간을 기다렸지만 아직 그녀는 새 출발의 기회를 찾지 못했다. 유난히 화창한 봄이 돌아왔고 봉우리에서 새싹이 움트는 소리가 올라오는 듯했다. 야생 동물들을 흔들어 놓은 이 계절은 떠나고 싶은 테스의 마음에 힘껏 부채질을 해댔다. 5월 초순의 어느 날, 드디어 어머니의 옛날 친구에게서 편지 한 통이 날아왔다. 한 번도 본 적이 없는 분이지만 오래전에 일자리를 알아봐 달라는 편지를 보낸 적이 있었다. 편지에는 남쪽으로 몇 마일 떨어진 곳에 농장이 하나 있는데 그곳에서 젖을 잘 짜는 여자를 구한다는 것과, 농장 주인이 여름 한철 동안 그녀를 쓰고 싶어 한다는 내용이 담겨 있었다.

농장이 그녀가 원했던 만큼 뚝 떨어진 곳에 위치하지는 않았지만, 그녀의 활동 반경 및 소문의 범위는 상당히 좁은 편이니까 그 정도 거리면 충분할 것 같기도 했다. 활동 영역이 제한되어 있는 사람들에게 마일이라는 거리 단위는 지도에서나 볼 수 있는 크기이며 교구는 주를, 주는 지방이나 한 나라 전체에 해당하는 것일 테니 말이다.

한 가지에 대한 결심만은 단호했다. 꿈에서든 실제 행동에서든 새롭게 맞이할 삶에 더버빌이라는 모래성을 더 이상 존재하게 놔둬서는 안 된다는 거였다. 그녀는 젖 짜는 여자 테스일 뿐, 그 이상은 아니었다. 모녀 사이에 이렇다 할 말이 오간 것은 아니었으나 그녀의 어머니 역시 테스가 무슨 생각을 하고 있는지 익히 알고 있던 터라 더 이상 기사 조상 타령은 하지 않았다.

하지만 인간사란 모순덩어리여서 그 새로운 일터가 테스에게 끌린 이유 중 하나는 그곳이 우연찮게도 그녀의 조상들이 살던 곳과 가깝다는 사실이었다(어머니는 뼛속까지 철저하게 블레이크모어 출신이었지만, 아버지 조상들은 블레이크모어 쪽이 아니었다). 테스가 가려고 하는 탤벗헤이즈 농장은 더버빌 가문의 예전 영지에서 과히 멀지 않았고, 그녀의 귀부인 조상들과 막강한 권력을 휘둘렀던 그들의 남편들이 묻혀 있는 근사한 지하 묘지 근처에 위치하고 있었다. 테스는 그것들을 볼 수 있을 것이다. 그리고 그녀는 바빌론처럼 더버빌 가문도 쇠락했으며, 미천한 한 후손의 순수함도 조용히 소멸될 수 있다는 생각에 잠겨 볼 수도 있을 것이다. 그러면서도 테스는 혹시 선조들의 땅에서 살게 되면 어떤 좋은 일이 생기지는 않을까 하는 생각도 줄곧 들었다. 나뭇가지 속 수액처럼 뭔지 모를 기운이 그녀의 몸속에서 자기도 모르게 불끈 치솟았다. 그것은 일시적으로 억제되었다가 새롭게 용솟음치는, 아직 소진되지 않은 젊음이었다. 그리고 그것과 함께 어느 누구도 꺾을 수 없는 희망과 기쁨을 구가하고 싶은 본능도 따라왔다.

제3부
새 출발

제16장

 백리향 향기가 진동하고 새들이 알을 깨고 나오는 5월의 어느 날 아침, 테스는 두 번째로 고향을 떠나게 되었다. 트란트리지에서 돌아와 조용히 아픔을 치유하며 지낸 지 2~3년이 흐른 뒤였다.
 테스는 짐을 꾸려서 후일 그녀에게 부칠 수 있도록 처리한 다음 전세 마차를 타고 스투어캐슬을 향해 출발했다. 그녀의 첫 번째 여정과는 완전히 반대쪽으로 가게 되는 이번 여행에서 중간에 필히 거쳐야 하는 작은 도시였다. 마을로부터 첫 번째 언덕 모퉁이에 이른 테스는 그렇게도 벗어나고 싶었던 고향 마을과 집을 착잡한 심경으로 돌아보았다.
 저기에 사는 가족들은 그녀가 멀리 떠나 더 이상 그녀의 미소를 볼 수 없게 되더라도 마음속 기쁨이 크게 줄어드는 일 없이 예전처럼 일상생활을 이어 갈 것이다. 동생들 역시 며칠만 지나면 테스가 떠나며 남긴 공백을 느끼지 않고 예전과 똑같이 즐겁게 노는 일에 열중할 것이다. 이렇게 어린 동생들을 두고 떠나는 게 최선의 방법이라고 진작 마음을 굳힌 테스였다. 그녀가 계속 집에 머물게 된다면 어린 동생들은 그녀에게 배워서 얻는 이득보다 그녀의 처신 때문에 오히려 잃는 게 많을지도 모른다.

테스는 스투어캐슬을 그대로 지나쳐 큰길 교차로까지 간 다음 그곳에서 남서쪽으로 운행하는 우편 마차를 기다리기로 했다. 철도가 이 근방의 내륙 지방을 돌아가긴 했지만 아직은 그곳을 지나쳐 가지는 않았다. 테스가 우편 마차를 기다리고 있을 때 그녀가 가는 방향과 얼추 비슷한 곳으로 가는 농부가 짐마차를 몰고 다가왔다. 이 생면부지의 농부가 그저 자신의 얼굴만 보고 옆자리에 앉아 가라고 했다는 건 알고 있었으나 테스는 이에 개의치 않고 농부의 제의를 받아들였다. 농부는 웨더베리로 가는 중이었고, 그래서 거기까지만 농부와 동행하면 남은 거리는 캐스터브리지를 경유하는 우편 마차를 타지 않고도 걸어갈 수 있을 것 같았다.

한참이나 마차를 타고 웨더베리까지 왔지만 테스는 그곳에서 시간을 끌지 않았다. 정오에 농부가 소개한 한 농가에서 이렇다 할 특징이 없는 식사를 한 게 전부였다. 그녀는 거기서부터 바구니를 들고 드넓은 황야의 고지대를 향해 걸음을 옮겼다. 그 고지대가 바로 긴 여정의 종착지인 농장이 있는 계곡의 저지대 초원과 이곳을 가르는 경계선이었던 것이다.

이 근방에 와본 적이 전혀 없었던 테스였지만 주위의 풍광이 왠지 살갑게 다가왔다. 왼편으로 과히 멀지 않은 곳에 주변의 풍경보다 다소 어두운 부분이 보였는데, 물어보니 그것이 바로 킹스비어 주변에 심은 나무들이었다. 아무런 도움이 되지 못했던 그녀의 조상들, 그 조상들의 유골이 바로 그곳 교구의 교회 안에 묻혀 있었던 것이다.

지금 그녀에겐 그 조상들을 존경하는 마음이 전혀 없었다.

존경하는 마음은커녕 자신을 마구 휘둘러 온 그들이 오히려 증오스러울 정도였다. 그 조상들에게 물려받은 것이라곤 고작해야 낡은 인장과 수저뿐이었다. 「피! 내 안엔 아버지에게 받은 것만큼이나 어머니에게 물려받은 게 있어. 어머니는 그저 젖 짜는 여자였지만 내 이 예쁜 얼굴은 어머니에게서 받은 것이지.」

도착하고 보니 거리는 사실 수 마일에 불과했다. 하지만 그 사이에 놓인 이그던의 고지대와 저지대를 거쳐 걸어가는 여정은 예상했던 것보다 힘들었다. 여러 번 길을 잘못 드는 바람에 두 시간이나 걸려서야 겨우 오랫동안 찾아 헤매던 〈큰 목장의 계곡〉이 내려다보이는 구릉 꼭대기에 이를 수 있었다. 고향 말롯에 비해 비록 질은 조금 떨어질지 몰라도 그 계곡에서는 우유와 버터가 풍성하게 넘쳐 났고, 바 또는 프룸으로 불리는 강물이 잘 흘러들어 녹색의 평원을 이루고 있었다.

이곳 〈큰 목장의 계곡〉은 그녀가 트란트리지에 있었던 그 비참한 기간을 빼고 지금까지 줄곧 보아 온 블레이크모어 계곡, 즉 〈작은 목장의 계곡〉과는 본질적으로 달랐다. 이곳 세상은 보다 큼직큼직한 규모로 이루어져 있었다. 울타리를 친 사유지도 10에이커가 아닌 50에이커 단위였고 농가 본채와 부속 건물들이 기다랗게 죽죽 뻗어 있었다. 그곳 블레이크모어 계곡의 소 떼를 가족으로 본다면, 무리를 이루고 있는 이곳의 소들은 부족을 구성하고 있었다. 그녀의 시선이 닿는 동쪽 저 끝에서 서쪽 끄트머리까지 헤아릴 수 없이 많은 소들이 있었는데, 그 숫자는 여태까지 한눈에 들어왔던 어떤 소 떼보다도 많았다. 이 푸르른 초원은 반 알스로트나 살라르트[35]의 화폭을 수놓고 있는 시민들처럼 소들로 빽빽하게 점이 찍혀 있었다. 붉은색과 회갈색이 뒤섞인 소들의 농염한 색조가 저녁 햇살을 빨아들이고 있었고, 하얗게 외피를 두른 동물들이 반사한 햇살이 여기 멀리 고지에 서 있는 테스에게도 눈부실 정도로 반짝거리고 있었다.

높은 데서 바라보는 전경은 그녀가 눈 감고도 그릴 수 있는 그 계곡처럼 화려할 정도로 아름답다고 말할 수 없을지는 모르나, 사람의 기분을 한층 밝게 만들어 주었다. 이곳의 새로운 공기는 여기와 경쟁 관계에 있는 고향 계곡의 짙은 푸른색의 대기, 찐득한 토양 그리고 강렬한 냄새에는 조금 못 미쳤으나 청아하고 상쾌했으며 영롱했다. 이름만 대면 알 만한 농장들의 목초와 암소들을 살찌게 해주는 이곳의 강 역시 블레이크모어 계곡을 흐르는 시냇물과는 달랐다. 블레이크모어 계곡을 흐르는 시냇물은 방심하고 건넜다가는 물에 빠져 쥐도 새도 모르게 사라질 수도 있을 진흙 바닥 위로 느릿느릿 조용히, 종종 탁한 물줄기를 이루며 흘러 내려갔다. 하지만 이곳 프룸 강은 온종일 하늘을 쳐다보고 재잘대는 조각돌이 얕게 깔려 있었고 성 요한이 본 생명수의 강처럼 깨끗했으며,[36] 구름을 드리운 그림자처럼 빠르게 흘러 내려가고 있었다. 고향의 물에서 자라는 꽃이 백합이었다면, 이곳 물가에는 미나리아재비가 자라고 있었다.

무겁게 느껴졌던 공기가 가볍게 바뀐 탓인지 아니면 그녀를 시샘하는 부담스러운 시선이 없는 새로운 환경에 둘러싸여 있다는 느낌에서인지 테스는 날아갈 듯 기분이 좋았다. 살

---

35 Denys van Alsloot(1570~1626), Anthonis Sallaert(1585~1650). 플랑드르 화가들이다.
36 「요한의 묵시록」 22장 1절 인용.

랑거리며 불어오는 남풍을 온몸으로 느끼며 경쾌하게 발걸음을 옮기는 그녀를 태양이 살포시 감싸 주었고 그 안에서 그녀의 희망은 햇살과 하나로 어우러졌다. 산들바람이 불 때마다 그 속에서 즐거운 목소리가 느껴졌고 새들의 노랫소리에도 기쁨이 숨어 있는 것 같았다.

그즈음 테스의 얼굴은 그녀의 마음 상태를 보여 주었다. 그녀의 생각이 즐거운지 심각한지에 따라 아름다운 얼굴과 평범한 얼굴로 바뀌기를 거듭해 왔다. 어느 날은 핑크빛이 감도는 티 없이 맑은 얼굴이 되었다가 또 어느 날은 창백한 안색에 슬픈 기색이 감돌곤 했다. 핑크빛이 감도는 얼굴일 때의 그녀는 창백한 얼굴일 때보다 생각을 덜 하고 있는 거였다. 그녀의 보다 완벽한 아름다움은 덜 고상한 기분과 조화를 이루었고, 감정이 보다 강렬할 때면 아름다움은 덜 완벽했다. 남풍을 맞고 서 있는 지금 그녀의 얼굴은 최고로 아름다웠다.

가장 미천한 존재에서 가장 고귀한 존재에 이르기까지 모든 생명체라면 어디서든 달콤한 즐거움을 찾아내고자 하는 보편적이고 자연스러우면서도 억제할 수 없는 성향을 갖기 마련이다. 그리고 이 성향이 마침내 테스를 지배하게 된 것이다. 정신적으로든 감성적으로든 아직 성장 중에 있는 겨우 스무 살밖에 되지 않은 젊은 여자에게 시간이 흘러도 자국을 남기는 사건이란 존재할 수 없는 법이다.

테스의 감사하는 마음과 희망은 그렇게 높게, 더 높게 솟구쳐 올랐다. 그녀는 이런저런 노래를 흥얼거려 보기도 했으나 그 어떤 노래도 지금의 이 분위기와 딱 맞아떨어지는 것은 없었다. 그러다가 드디어 그녀는 자신이 선악과를 따 먹기 이전, 일요일 아침이면 자주 읽곤 했던 성경의 「시편」 구절이 떠올랐고, 그래서 그 노래를 부르기 시작했다. 「오, 그대 태양과 달이여…… 오, 그대 별들이여…… 지상의 푸르른 사물들이여…… 공중을 나는 새들이여…… 짐승과 소들이여…… 인간의 자식들이여…… 주님을 축복하라, 주님을 영원히 찬양하고 찬미하라!」

노래를 부르다 뚝 멈춘 그녀가 중얼거렸다. 「아직 난 하느님을 잘 모르는 것 같아.」

그녀의 무의식에 반쯤 잠겨 있던 이 노래의 배경은 일신교라고 할 수 있지만, 어쩌면 물신을 숭배하는 미신일지도 모른다. 여자들은 두루 바깥 자연의 여러 형태들과 힘들을 소중한 동무로 삼아 왔고 그래서 그들의 영혼에는 체계가 갖춰진 종교의 가르침을 받기 훨씬 이전 인류의 선조들이 지녔던 이교도의 판타지적 요소가 많이 들어 있었다. 그러나 테스는 어렸을 적부터 혀짤배기소리로 암송해 오던 옛날 베네디치테 기도문[37]에서 자신의 감정을 제대로 보여 주는 표현을 찾아냈고, 그리고 그것으로 충분했다. 독립적으로 살아가려고 내딛는 지금의 첫걸음처럼 이렇게 사소한 것에서 이토록 크게 만족하는 것은 더비필드 집안의 기질이었다. 아버지는 그렇지 않았지만 테스는 정말로 허리를 꼿꼿이 세우고 똑바로 걷고자 했다. 하지만 그녀도 코앞에 놓인 자그마한 성공에 만족한다는 면에 있어서는 아버지와 닮았으니, 한때 막강한 권력을 쥐락펴락했으나 지금은 형편없이 몰락한 더버빌 가의 사회적 위신을 되찾으려는 수고스러운 노력에는 전혀 마음이 없었다.

한동안 무겁게 마음을 짓눌러 왔던 그 일이 있은 이후 이제

---

37 「세 아이들의 노래」라고도 알려진 「Benedicite, Omnia Opera」로 아침 기도문에 나오는 구절에 그대로 곡을 붙인 것이다.

야 테스의 나이에 딱 어울리는 자연스러운 에너지와 아직 남은 외가 쪽의 기운이 다시 꿈틀거리기 시작했다. 솔직히 말해서 여자들은 보통 그처럼 굴욕적인 일들을 겪으며 살아왔어도 이내 원기를 회복해서 흥미가 가득한 눈길로 다시 주변을 두리번거린다. 몇몇 훌륭한 이론가들이 우리에게 생명이 있는 곳에 희망이 있다고 했던 것은 〈배신당한〉 자들에게도 익히 알려진 신념이었다.

테스 더비필드는 그렇게 부푼 가슴을 안고 삶을 향한 열정에 넘쳐서 순례의 목적지인 농장을 향해 이그던 언덕을 내려갔다.

이제 경쟁 관계에 있는 두 계곡의 차이 중에서 특히 두드러진 점이 마지막으로 모습을 드러냈다. 블랙무어 계곡은 높은 곳에서 내려다봐야 그 계곡의 비밀을 알 수 있지만, 그녀의 눈앞에 펼쳐진 이곳 계곡은 중턱까지 내려가서 봐야만 제대로 그 진가가 드러났다. 마침내 테스가 중턱에 도달하자 눈길이 닿는 저기 동쪽 끝에서 서쪽 끝까지 온통 융단을 깔아 놓은 것만 같은 평원에 자신이 서 있다는 걸 알게 되었다.

강물은 높은 지대에서 흙가루를 훔친 후 계곡으로 가져와 토양을 수평선처럼 평평하게 만들어 놓았지만, 이제는 늙고 지쳐서 예전에 자신이 약탈해 온 토양 사이로 가느다란 줄기를 이루며 구불구불 흘러가고 있었다.

어느 방향으로 가야 할지 도무지 갈피를 잡을 수 없었던 테스는 사방이 온통 산으로 둘러싸인 넓게 탁 트인 녹색의 평원에 가만히 서 있었는데, 그 모습이 마치 무지무지하게 긴 당구대 위에 덩그마니 앉아 있는 파리를 닮아 있었다. 파리가 당구대에게 아무런 의미가 없는 존재인 것처럼, 그녀 역시 그가 속한 자연 속에서 의미 없는 존재에 불과했다. 그녀의 존재가 평화로운 이 계곡에 몰고 온 유일한 효과가 있다면, 그건 바로 한 외로운 왜가리의 마음을 흔들어 놓았다는 것이다. 그녀가 가는 길에서 멀지 않은 곳에 내려앉은 그놈은 목을 빳빳하게 치켜들고 그녀를 빤히 바라보고 있었다.

갑자기 저지대의 사방에서 반복적으로 길게 끄는 소리가 들려왔다.

〈와우! 와우! 와우!〉

동쪽의 맨 끄트머리에서 서쪽의 가장 끄트머리까지 전염되듯 퍼져 나가는 이 외침 소리에 가끔 개 짖는 소리가 섞여 들리기도 했다. 아름다운 테스가 도착했다는 걸 계곡이 알고 이를 알리는 소리가 아니라 목장의 인부들이 소를 몰아들이기 시작하는 4시 30분의, 그러니까 젖 짜는 시간을 알릴 때면 늘 들리는 신호였던 것이다.

가까이에서 가만히 불러 주기만을 기다리던 붉은색과 흰색의 소들이 뒤편에 있는 작은 농장을 향해 어슬렁거리며 무리 지어 가고 있었는데, 소들이 걸을 때마다 아래쪽의 커다란 젖통이 이리저리 출렁거렸다. 느릿느릿 소들의 뒤를 따라 간 테스는 열려 있던 문을 지나 안마당으로 들어서는 소들을 따라 함께 들어갔다. 이엉을 얹은 헛간들이 마당 울타리를 따라 둥글게 죽 이어져 있었다. 선명한 녹색의 이끼가 온통 경사면을 뒤덮고 있었고 처마를 받치고 있는 나무 기둥들은 먼 옛날의 망각 속으로 깊숙이 파묻혀 이제 떠올리기도 힘든 수많은 소와 송아지들이 옆구리로 문질러 대는 통에 반들반들 닳아 있었다. 나무 기둥들 사이마다 소가 있었다. 조금은 묘한 시선으로 뒤쪽에서 바라보자니 마치 두 개의 막대기 위에 둥그런 원이 있고 소꼬리가 그 원의 가운데 아래쪽을 시계추처럼 왔다 갔다 움직이고 있었다. 참을성 있게 줄지어 있는 소들 뒤로 햇살이 내려와 벽 안쪽으로 정확하게 그들의 그림자를 투영하고 있었다. 그렇게 태양은 매일 저녁 마치 궁전의 벽에 궁중 미녀의 옆모습을 새기는 것처럼 이름도 없이 순박한 이 동물들의 그림자를 온갖 정성을 쏟아 만들어 내고 있었다. 태양은 그렇게 오래전 올림포스 신전에서 신들의 형상을 대리석 벽면에 복사했던 것처럼, 또는 알렉산더 대왕과 시저 그리고 파라오들의 윤곽을 새겼던 것처럼 이 동물들의 그림자를 똑같이 만들어 내며 바지런을 떨고 있었다.

  말을 잘 듣지 않는 소들은 외양간에 들어가 있었다. 시키지 않아도 꼼짝 않고 서 있는 소들은 마당 한가운데서 젖을 짰는데, 그처럼 말을 잘 듣는 소들이 지금 잔뜩 마당에 서서 자신의 차례가 오기를 기다리고 있었다. 1년 중 가장 좋은 이 시기에 초원에서 수분을 잔뜩 머금은 사료를 먹으며 충분한 영양분을 공급받고 있는 이 소들은 이 계곡에서만 볼 수 있는, 아니 이 계곡에서도 항상 볼 수 있는 것은 아닌 최고의 우량종들이었다. 하얀 반점이 있는 소들이 햇살을 받아 눈부시게 반짝거리고 있었고 이들의 뿔을 수놓은 반질반질하게 닦인 놋쇠 손잡이는 군인들의 장식품처럼 찬란하게 빛나고 있었다. 모래주머니를 닮은 정맥이 툭툭 튀어나온 젖통은 신중한 모양새로 지루한 듯 매달려 있었고, 집시들의 오지항아리에 달린 다리처럼 젖꼭지를 삐죽 내밀고 있었다. 소들이 자기 차례가 돌아오기를 기다리고 있는 동안에도 젖이 배어 나와 방울방울 바닥으로 떨어지고 있었다.

제17장

목초지에서 소들이 속속 도착하자 젖 짜는 남자들과 여자들이 그들의 집과 목장에서 몰려나왔다. 여자들은 날씨 때문이 아니라 안마당에 깔아 놓은 밀짚에 신발이 빠질까 봐 나막신을 신고 있었다. 그들은 다리가 세 개 달린 앉은뱅이 의자에 앉아서 얼굴을 옆으로 비스듬히 돌려 오른쪽 뺨을 소와 밀착시키고 사색에 잠긴 표정으로 테스가 다가오고 있는 모습을 바라보았다. 남자들은 모자의 차양을 이마까지 푹 눌러 쓰고 시선을 바닥으로 향하고 있어서 그녀를 보지 못했다.

중년의 한 건장한 남자가 이들 가운데 있었다. 그가 입고 있는 흰색의 긴 앞치마는 다른 사람들이 두르고 있는 것보다 조금 질이 좋고 깨끗해 보였고 속에 입은 재킷 역시 장날에 입고 나가도 손색이 없을 만큼 근사했다. 그가 바로 테스가 만나러 온 이 낙농장의 주인이었다. 그는 일주일에 엿새 동안은 젖을 짜고 버터를 만드는 일을 했고 일곱째 날에는 번쩍거리는 브로드로 만든 옷을 입고 교회의 가족석에 앉아 예배를 보는 두 가지 생활을 병행했는데, 이 둘이 너무도 뚜렷하게 대조적이어서 노래까지 생겨났다.

일주일 내내
목장 주인인 딕
일요일에는 리처드 크릭 씨

테스가 가만히 바라보며 서 있자 그가 그녀에게 다가왔다. 낙농장 주인들은 거의 젖 짜는 시간이 되면 성질이 까다로워지는 경향이 있다. 하지만 크릭 씨는 이렇게 바쁜 시기에 일손이 하나 더 늘어서 무척이나 흡족했다. 그는 테스를 반갑게 맞이하면서 그녀의 어머니와 다른 가족들의 안부를 물었다(형식적으로 예의를 갖추는 것일 뿐, 사실 테스에 대한 사무적인 어투의 짤막한 편지를 받기 전까지 더비필드 부인이 존재한다는 것조차 모르고 있었다).

「그래요. 어렸을 적엔 아가씨가 사는 지역을 훤히 알고 있었어요. 하지만 그 이후론 한 번도 거기에 가질 않았지. 오래전에 돌아가시긴 했지만, 이 근방에 아흔 살 된 노부인이 한 분 사셨어요. 그런데 그분이 말하길 블레이크모어 계곡에 살고 있는 아가씨와 같은 성을 가진 집안이 원래 이곳 출신이라고 하더군요. 이 땅에서 거의 사라진 오래된 가문이 하나 있다고요. 뭐 요즘 세대는 모르는 일이지만. 오, 세상에, 난 그 노인네의 횡설수설하는 말을 귀담아 듣지 않았어요. 난 그랬다니까.」

「아, 네. 별거 아니에요.」 테스가 말했다.

그다음엔 일에 대한 이야기만 오갔다.

「깔끔하게 젖을 짤 수 있는 거죠, 아가씨? 이맘때 젖이 말라 버리면 곤란하거든.」

이 점에 대해 테스는 안심을 시켰지만 그런 그녀를 그는 위아래로 훑어보았다. 주로 집 안에서 생활했던 테스의 안색이 허약해 보였던 것이다.

「정말 견뎌 낼 수 있겠어요? 건강한 사람들에겐 이곳 일이 수월한 편이지만, 온실에서 하는 일은 아니니까.」

그녀는 견뎌 낼 수 있다고 분명하게 말했고, 그녀의 열정과 적극적인 자세가 그의 마음을 움직인 것 같았다.

「그래요. 뭐 좀 요기를 해야겠지요? 아직 식사 전이죠? 자, 좋을 대로 해요. 그렇게 먼 길을 왔는데, 나라면 몹시 목이 마를 것 같군.」

「지금부터 젖을 짜겠어요. 일에 익숙해져야 하니까요.」

그녀는 잠시 원기를 회복하려고 우유를 조금 마셨는데, 우유가 훌륭한 음료수가 될 수 있다는 생각을 한 번도 해본 적이 없는 크릭 씨에게 그녀의 이런 행동은 놀랍기도 하고 조금 우습기도 했다.

「아, 우유를 마실 수 있으면, 뭐 그렇게 해요.」 그가 상관없다는 투로 말을 했고, 누군가가 그녀가 목을 축인 우유 통을 들어 주었다. 「몇 년째 난 전혀 입에 대지 않아요. 난 그래요. 고약하잖아요. 배 속에 들어가면 납처럼 남아 있을 텐데. 저 소를 맡아서 일을 해봐요.」 그가 고갯짓으로 가장 가까이에 있는 소를 가리켰다. 「젖을 짜는 데 애를 먹이는 놈은 아니거든. 젖짜기가 힘든 놈도 있고 수월한 놈도 있어요. 사람이나 마찬가지지. 뭐, 곧 스스로 알게 될 거요.」

보닛을 두건 모양의 모자로 바꿔 쓰고 젖소 밑으로 들어가 걸상에 자리를 잡고 앉은 테스는 자신의 주먹 사이로 우유가 뿜어져 나와 통 안으로 흘러 들어가자, 이제야 진짜로 자신의 미래를 위한 새로운 기반이 만들어졌다는 생각이 들었다. 그러한 믿음으로 그녀는 마음이 고요하게 진정되었고 맥박의 속도가 느려졌으며 주위를 둘러볼 마음의 여유도 생겼다.

젖 짜는 일꾼들은 남녀 합쳐 작은 대대를 이루고 있었는데, 남자들은 젖꼭지가 딱딱한 소들을 맡고 있었고 여자들은 좀 더 유순한 쪽을 담당하고 있었다. 이곳은 규모가 큰 낙농장이었다. 크릭 씨가 관리하는 소들이 줄잡아 1백여 마리는 족히 되었다. 출타 중일 때가 아니면 이 가운데 여섯에서 여덟 마리는 낙농장 주인인 그가 직접 젖을 짰는데, 이 소들이 바로 젖을 짜는 데 가장 애를 먹이는 놈들이었다. 일용직 일꾼들은 심사숙고하지 않고 대충 뽑아 들인 사람들이었고, 그래서 행여 성의 없이 젖을 짜서 깔끔하게 마무리하지 못할까 봐 그는 그들에게 이 소들을 맡기고 싶어 하지 않았다. 여자들 역시 악력이 약해서 똑같이 실패할 우려가 있었고 그러다 보면 소들의 젖이 말라 버릴 수도 있으므로 여자들에게도 이 소들을 맡기지 않았다. 깨끗하게 젖을 다 짜내지 못하면 지금 당장 심각한 손실을 보는 것은 아니라고 하더라도, 수요가 감소하면서 공급이 줄어들 것이고 그러다가 결국 공급이 뚝 끊기게 될 수도 있으니 말이다.

테스가 자기가 맡은 소 밑에 자리를 잡고 앉은 후 한동안 안마당에서는 수많은 우유 통으로 젖이 쭉쭉 분사되는 소리를 방해하는 그 어떤 소리도 들려오지 않았다. 다만 소더러 돌아서라느니 또는 가만히 좀 있으라느니 외쳐 대는 소리만 간간이 들려올 뿐이었다. 유일하게 움직이는 거라곤 젖 짜는 사람들의 손이 위아래로 오르락내리락하고 소꼬리가 춤을 추는 것뿐이었다. 그렇게 그들 모두는 계곡의 양쪽 능선까지 쭉 뻗어 있는 광활하고 평평한 초원에 안겨 계속 일을 하고 있었다. 평원의 모습은 오래전에 망각된 옛날 풍경으로 이루어져 있었으나 그것은 분명 지금 그들이 만들어 내고 있는 풍경과는 본질적으로 사뭇 다른 것이었다.

「생각해 보니까 말이야.」 막 젖짜기를 마친 소에서 벌떡 몸을 일으킨 농장주가 한 손으로는 다리가 세 개인 걸상을 그리고 다른 한 손으로는 우유 통을 홱 낚아채듯 들고 옆의 젖짜기가 힘든 다른 소로 옮겨 가면서 말했다.「오늘은 평소만큼 젖이 나오지 않는 것 같아. 윙커의 젖이 이렇게 계속 줄어들면 한여름쯤엔 젖을 짜려고 고생할 필요도 없을 것 같아.」

「새로운 사람이 와서 그럴 거요.」 조너선 카일이 말을 받았다.「전에도 여러 번 이런 일이 있었어요.」

「맞아, 그럴 수 있지. 그 생각은 미처 못 했네.」

「그럴 땐 젖이 뿔로 올라간다고 하더라고요.」 여자 하나가 말했다.

「글쎄, 뿔로 올라간다고 하는 건.」 해부학적 가능성 앞에서는 마술도 통할 수 없다는 듯 미심쩍은 어투로 크릭 씨가 대답했다.「잘 모르겠어. 난 잘 모르겠어. 하지만 뿔 없는 소가 뿔 달린 소만큼 젖이 나오지 않는다는 건 동의하지 못하겠어. 조너선, 뿔 없는 소에 관한 그 수수께끼를 알고 있소? 뿔 없는 소가 1년에 내는 젖의 양이 뿔 달린 소보다 왜 적은지?」

「모르겠는데요. 왜 그래요?」 그 여자가 다시 끼어들었다.

「뿔 없는 소들이 많지 않기 때문이지.」 농장주가 말했다.「아무튼, 오늘은 이놈들이 젖을 많이 내지 않는구먼. 여러분, 노래 한 가락 불러 줘야겠어. 이럴 땐 그 방법 밖에 없거든.」

소들이 평소에 비해 젖을 덜 내는 조짐을 보이면 이 근방의 낙농장에서는 노래를 불러 소들을 달래 보곤 했다. 농장주의 요구에 젖 짜는 일꾼들은 곧 다 함께 노래를 부르기 시작했으니 순전히 일 때문에 할 수 없이 한다는 음색으로, 노랫가락이 흥에 겨워 절로 나오는 것이 아님은 분명해 보였다. 그들은 노래가 이어지는 동안에는 결과가 좋아진다고 믿고 있었다. 그렇게 그들이 유황불이 자기 주위로 활활 타오르는 것이 보여서 어두워지면 무서워 잠자리에 들지 못한다는 어떤 살인자에 대한 흥겨운 민요를 열다섯 번쯤 불렀을 때 남자 일꾼 중 한 사람이 말했다.

「구부정한 자세로 노래를 부르려니 소리가 나오지 않아요! 하프를 내오셔야죠, 선생님. 바이올린이 최고이긴 하지만요.」

귀를 기울이고 있던 테스는 농장주 들으라고 하는 말인 줄만 알았는데 사실은 그게 아니었다. 〈왜요?〉라는 짧은 대답이 외양간에 있는 회갈색 암소의 배 밑에서 흘러나오는 것처럼 들렸던 것이다. 테스가 아직까지 보지 못한 일꾼 한 명이 그 암소의 뒤편에 있다가 그렇게 대답했던 것이다.

「아, 그렇지. 바이올린만 한 건 없지.」 농장주가 말했다. 「암소들보단 황소들이 노래에 더 많이 반응하기는 하지. 적어도 내 경험으로 보면 그렇거든. 옛날 멜스톡이란 곳에 윌리엄 듀이란 이름을 가진 한 노인이 살았어. 운반 일을 많이 하던 집안의 사람이었지. 조너선, 기억해요? 난 그 노인의 얼굴을 우리 형의 얼굴을 알고 있는 것만큼이나 똑똑히 기억하거든. 말하자면 그렇다는 이야기야. 이 노인이 결혼식에서 바이올린을 연주하고 집으로 돌아오던 길이었다는군. 휘영청 달이 밝은 화창한 밤이었대. 그 사람은 시간을 줄여 보려고 근처의 포티 에이커스란 들판을 가로질러 갔지. 그런데 그 들판에서 황소 한 마리가 풀을 뜯고 있었다네. 그놈의 황소가 윌리엄 노인을 보더니 뿔을 아래로 들이대면서 막 쫓아오더래. 아뿔싸, 윌리엄 노인은 죽어라고 달렸지. 술도 그렇게 많이 마시진 않았다는군. 결혼식이었지만 그 사람들은 잘사는 사람들이었으니까. 목숨을 부지하려면 울타리까지 뛰어가서 거길 넘어가야 할 텐데 도저히 그럴 수가 없었다는군. 그래서 걸음아 날 살려라 뛰어가면서 궁여지책으로 바이올린을 꺼내 춤곡을 연주했대. 황소를 마주하고 선 채 구석진 곳으로 뒷걸음질 치면서 말이지. 그러자 황소가 성질을 가라앉히더니 가만히 서서 윌리엄 듀이 노인을 뚫어져라 보더래. 노인은 계속 바이올린을 연주했지. 그런데 황소의 얼굴에 미소 비슷한 것이 슬며시 지나가더라나. 하지만 윌리엄 노인이 바이올린 연주를 중단하고 울타리를 넘어가려고 몸을 돌리기만하면 미소가 싹 사라지면서 노인의 엉덩이 쪽으로 뿔을 들이대더라는 거야. 윌리엄 노인은 어쩔 수 없이 황소를 마주 바라보면서 연주를 계속해야 했지. 겨우 새벽 3시였으니 앞으로 몇 시간 동안은 그 길로 지나가는 사람도 없을 테고, 허기도 지고 기진맥진해서 어떻게 해야 할지 난감했었대. 4시가 될 때까지 이럭저럭 죽어라고 버텼지만 이제 곧 포기할 수밖에 없겠다는 생각이 들더래. 그래서 이렇게 중얼거렸다는군.〈이 마지막 곡만 끝나면 난 영원한 행복의 나라로 가는 거야. 하느님 저를 구해 주세요. 아니면 전 죽은 목숨입니다.〉그런데 바로 그때 노인에게 칠흑같이 깜깜한 크리스마스이브에 소가 무릎을 꿇고 있는 걸 본 기억이 퍼뜩 떠오르지 않았겠나. 그날이 크리스마스이브는 아니었지. 하지만 황소를 속여 보자는 생각이 들었던 게지. 그래서 노인은 크리스마스 캐럴을 연주하는 것처럼 찬송가를 연주하기 시작했지. 그런데, 세상에,

황소가 무릎을 꿇고 주저앉더라는 거야. 마치 진짜 예수 강림의 날인 것처럼, 바보같이 말이야. 이 뿔 달린 친구가 주저앉자마자 윌리엄은 돌아서서 걸음아 날 살려라 하고 줄행랑을 쳐서 무사하게 울타리를 넘었어. 기도하고 있던 소가 다시 일어서서 자기를 쫓아오기 전에 말이지. 윌리엄 노인은 인간이 바보처럼 구는 경우는 여러 번 봤어도 그 황소처럼 경건한 감정에 속아 넘어가 멍청하게 구는 건 본 적이 없다고 말하곤 했지. 크리스마스이브도 아니었는데 말이야……. 맞아. 윌리엄 듀이. 그게 그 노인의 이름이었어. 노인이 지금 멜스톡 교회 묘지 어디에 묻혀 있는지도 정확하게 말할 수 있다니까. 두 번째 주목과 북쪽 회랑 사이에 있거든.」

「흥미로운 이야기군요. 신앙이 살아 숨 쉬던 중세로 돌아간 기분이 들어요!」

농장 안마당에서 들려오는 말치곤 생경한 어떤 목소리가 회갈색 암소 뒤에서 이런 말을 중얼거렸다. 그러나 말뜻을 이해하는 사람은 하나도 없었으므로 이를 귀담아듣는 사람도 없었다. 다만 농장주만이 자기가 한 이야기에 대한 의구심을 표현한 게 아닐까 생각하는 것 같았다.

「아무튼 이건 사실입니다, 선생. 내가 잘 아는 사람이었거든요.」

그렇게 해서 테스의 관심은 농장주와 대화하는 사람에게로 쏠렸는데, 그는 줄곧 소의 옆구리에 머리를 박고 있는 바람에 옷자락만 살짝 보일 뿐이었다. 테스는 어떤 연유로 농장주까지도 그를 〈선생〉이란 호칭으로 부르는지 알 수가 없었다. 설명이 될 만한 것은 아무것도 없었다. 그 사람은 세 마리의 젖을 너끈히 짤 수 있을 만큼 오랜 시간을 그 소 아래에 붙어 있으면서 마음먹은 대로 진척이 되지 않는지 이따금 무심코 혼잣말로 소리를 지르곤 했다.

「살살 하세요, 선생. 살살요. 이건 힘으로 하는 게 아니라 요령이거든요.」 농장주가 말했다.

「이제야 알겠어요.」 마침내 몸을 일으켜 기지개를 켜며 그가 말했다. 「어쨌거나 이 소는 끝낸 것 같습니다. 이 녀석 때문에 손가락이 많이 아프긴 하군요.」

테스는 그제야 그의 모습을 온전하게 볼 수 있었다. 그는 낙농장 일꾼들이 젖을 짤 때 입는 흰색 앞치마와 가죽 각반 차림이었는데, 마당에 깔아 둔 밀짚이 그의 장화에 마구 엉겨 붙어 있었다. 하지만 이것은 여기에서 입는 복장일 뿐이고, 복장 안에는 교양 있고 침착하며 섬세하고 슬픈 그리고 다른 사람들과는 뭔가 구별되는 다른 구석이 있었다.

하지만 이러한 외모상의 세세한 특징은 그를 전에 본 적이 있다는 사실이 떠오르자 잠시 테스의 관심 밖으로 밀려났다. 그를 봤던 그때 이후 너무도 엄청난 변화를 겪었던 테스인지라 어디에서 그를 만났는지까지는 기억하지 못했다. 그때 퍼뜩 말롯에서 축제가 있던 그날, 거기에 참여했던 그 행인이 바로 이 남자라는 사실이 떠올랐다. 어디서 왔는지도 모르는 나그네, 그녀를 제외한 다른 여자들과 춤을 추고는 홀연히 떠나 버렸던 그 행인이 바로 그 사람이었던 것이다.

그녀는 자신을 고통 속으로 몰아넣은 사건이 떠오르며 홍수처럼 기억이 밀려들자 잠시 가슴이 철렁 내려앉았다. 혹여 그녀를 알아본 이 사람이 이런저런 방법으로 자신에 대해 알아내지 않을까 싶어서였다. 하지만 그가 그녀를 기억하고 있다는 기미는 전혀 없었고 그래서 그런 걱정은 이내 사라져 버렸다. 그 사람과 테스가 처음으로 그것도 우연히 딱 한 번 만났던 그날 이후 다양한 모습을 보였던 그의 얼굴에는 보다 깊은 사색이 내려앉았고, 젊은이에게 어울리는 수염이 턱과 코밑으로 보기 좋게 났다는 사실이 조금씩 그녀의 눈에 들어오기 시작했다. 수염이 시작되는 뺨 쪽은 연한 지푸라기 색을 띠고 있었고 모근에서 멀어지면서 색깔도 따뜻한 갈색으로 짙어져 갔다. 젖을 짤 때 입는 리넨 앞치마 속에는 어두운 색상의 벨벳 재킷, 코르덴 바지와 각반 그리고 풀을 빳빳하게 먹인 흰 셔츠를 입고 있었다. 젖 짜는 복장만 아니었다면 아무도 그가 무슨 일을 하는 사람인지 짐작조차 못 했을 것이다. 그는 별난 지주로 보일 수도, 신사다운 농부로 생각될 수도 있었다. 낙농장 일에 있어서 만큼은 초보자에 불과하다는 건 한 마리의 젖을 짜면서 들인 시간만 봐도 금방 알 수 있었다.

한편 젖 짜는 여자들 대부분이 새로 온 사람에 대해 〈정말 예쁘게 생겼네!〉라는 말을 주고받았다. 거기에는 진심 어린 호의적인 마음과 칭찬이 담겨 있었지만, 듣는 이들에게 그들의 말을 감안해서 들어 달라는 은근한 바람도 함께 들어 있었다. 엄밀히 말하면, 사람들의 눈길을 사로잡는 테스의 매력은 예쁘다는 표현으로는 정확하게 짚어 낼 수 없었기에 그럴 수도 있었다. 저녁 젖짜기가 끝나자 사람들은 각자 흩어져 집 안으로 들어갔다. 집 안에는 체면상 몸소 젖 짜는 일에 나설 수 없던 농장주의 아내 크릭 부인이 뜨거운 날씨에도 더운 재질의 옷을 걸치고 납으로 만든 우유 통과 이런저런 물건들을 살피고 있었으니, 이유인즉슨 날염 옷을 입고 있는 다른 젖 짜는 여자들과는 달라 보여야 했기 때문이었다.

낙농장에 딸린 집에서 기거하는 여자들은 두세 명뿐이고,

젖 짜는 일을 도왔던 사람들 거의가 각자 그들의 집으로 돌아간다는 사실을 테스는 알게 되었다. 크릭 씨의 이야기에 촌평을 했던 그 유식해 보였던 사람도 저녁이 되자 눈에 띄지 않았는데, 테스는 그에 대해 물어보지는 않았다. 그녀는 방으로 돌아가 남은 저녁 시간을 자신이 있을 자리를 정리하면서 보냈다. 그곳은 우유 작업장 위에 있는 널찍한 방으로 길이가 30피트나 되었고, 여기에서 숙식을 하는 다른 세 명의 침대도 있었다. 그들은 한 사람만 빼고는 테스보다 나이가 조금 위인 것 같았는데, 모두들 환하게 피어나는 꽃다운 아가씨들이었다. 잠잘 시간이 되자 완전히 파김치가 된 테스는 금세 곯아떨어졌다.

그러나 바로 옆 침대를 쓰는 한 여자는 잠이 오지 않는지 이제 막 여장을 푼 테스에게 한사코 집안의 소소한 내막을 말해 주고 싶어 했다. 어둠과 한데 뒤엉킨 소곤거리는 여자의 말은 어둠에서 태어나서 어둠 속을 둥둥 떠다니다가 졸음이 쏟아지는 테스의 마음속으로 흘러 들어왔다.

「에인절 클레어 씨는 말이야. 그이는 젖 짜는 일을 배우는 중이고 하프를 연주해. 그런데 우리에겐 별로 말을 하지 않아. 목사의 아들이라는데, 자기 생각에 너무 빠져든 탓인지 여자들은 눈에 들어오지 않는 것 같아. 그이는 농장주에게 배우는 학생으로 농업에 관한 모든 분야를 배우고 있는 중이야. 다른 데서는 양 치는 기술을 배웠대. 지금은 낙농업을 배우고 있고……. 맞아, 그 사람은 출신 자체가 상당한 신사 계층이긴 해. 아버지가 여기서 꽤 멀리 떨어진 에민스터 교구의 클레어 목사님이래.」

「아, 나도 그분에 대해 들어 본 적이 있는데.」 이제 잠이 깬 테스가 말했다. 「상당히 독실한 성직자라고 하던데, 그렇지?」

「그래, 웨섹스를 통틀어서 가장 열성적인 분이라고들 해. 옛날 낮은 교회파[38]의 마지막 목사라고 들었어. 이 근방에는 모두 높은 교회파[39]거든. 그분의 아들은 모두 클레어 씨만 빼고 목사가 되었대.」

시각이 시각인지라 테스는 왜 클레어 씨가 다른 형제들처럼 목사가 되지 않았느냐고 물어보고 싶은 호기심이 일지 않았다. 그리고 그녀는 서서히 다시 잠 속으로 빠져 들어갔다. 여자의 말은 이웃한 치즈 저장고에서 스며드는 치즈 냄새와 아래층의 치즈 짜는 기계에서 박자를 맞춰가며 유장(乳漿)이 떨어지는 소리에 섞여 테스에게 전달되고 있었다.

---

[38] 성공회의 종교 개혁 전통을 강조한 복음주의 신학의 한 조류. 종교 개혁 전통, 개인의 회심, 성서의 최우위성, 신앙에 의한 의인의 교리를 강조하고 의식보다는 복음을 중시하는 입장이다.
[39] 교회 전통을 강조하는 성공회의 신학 조류. 사도적 전승에 따른 교회의 역사적 연속성과 교회의 권위와 전례를 중시하는 가톨릭에 가까운 입장이다.

제18장

 에인절 클레어의 모습이 과거와 완전히 다르지는 않았으니, 타인에 대한 고마움이 배어 있는 목소리와 정신을 딴 데 두고 있는 듯 오래 한곳을 응시하는 모습하며 남자의 입매치곤 조금 작은 듯한 입술의 윤곽선이 아주 섬세한 남자였다. 그러나 이따금 의외로 아랫입술을 꽉 다무는 모습이 우유부단할 것 같은 느낌을 지우기에 충분했다. 그럼에도 불구하고 그의 태도에서 풍기는 왠지 몽롱하고 뭔가에 정신이 팔려 있는 듯 애매한 분위기로 볼 때 아마도 그는 아직 자신의 미래에 대한 구체적이고 확고한 목적이나 관심 따위는 없는 사람인 것 같기도 했다. 하지만 어렸을 적에 그를 봤던 사람들은 그에게 하려고만 들면 뭐든 할 수 있는 사람일 거라고들 했었다.
 그는 이 지방의 반대쪽 끄트머리에 사는 가난한 목사의 막내아들로서, 다른 농장들을 몇 군데 두루 거친 뒤에 이곳 탤벗헤이즈 낙농장에서 6개월 동안 농장 일을 배우려고 와 있는 중이었다. 그리고 농경 과정에 필요한 실무적인 기술을 습득하면 돌아가는 상황을 봐서 식민지나 아니면 국내에서 농장을 운영해 보려는 생각을 하고 있었다.

그가 농업과 목축업 분야에 입문한 것은 자신의 미래를 향한 한 단계로써 본인 자신은 물론이거니와 남들도 전혀 예상하지 못했던 일이었다.

아버지 클레어 씨는 첫 부인이 딸 하나를 남기고 세상을 뜨자 늦은 나이에 재혼을 했다. 그런데 이 부인이 뜻밖에도 그에게 아들을 세 명이나 안겨 주게 되었고, 그래서 막내인 에인절과 목사인 아버지 사이에는 족히 한 세대의 차이가 났다. 목사의 아들 중에서 유일하게 대학 학위를 따지 못한 이는 늘그막에 얻은 에인절뿐이었는데 사실 어린 시절에 보여 준 총명함으로 본다면 에인절만이 학문적 역량을 충분히 발휘할 것 같았던 아들이었다.

에인절이 말롯의 마을 축제에 모습을 보이기 두어 해 전, 그러니까 그가 학교를 마치고 집에서 공부를 하고 있던 어느 날 동네 책방에서 제임스 클레어 목사 앞으로 소포 하나가 배달되었다. 소포를 풀어 본 목사는 책이 한 권 들어 있는 것을 발견했고 두서너 장 그 책을 읽어 내려갔다. 그러더니 의자에서 벌떡 일어나 책을 겨드랑이에 끼고 곧장 책방으로 향했다.

「왜 이걸 내게 보냈소?」 목사는 책을 내밀며 따지듯 물었다.

「이건 댁에서 주문하신 건데요, 목사님.」

「난 주문하지 않았소. 다행히도 내 집에선 이런 걸 주문할 사람이 없소.」

책방 주인은 주문서를 들여다보았다.

「아, 받는 사람이 잘못되었군요. 에인절 클레어 씨가 주문하신 거니까 그분 앞으로 보냈어야 했어요.」

클레어 목사는 마치 한 대 얻어맞은 것처럼 움찔했다. 하얗게 질린 낙심한 얼굴로 집으로 돌아온 그가 에인절을 서재로 불렀다.

「이 책 좀 봐라, 애야. 뭐 생각나는 게 없느냐?」

「제가 주문한 책인데요.」 에인절이 덤덤하게 대답했다.

「뭐 하려고?」

「읽으려고요.」

「어떻게 이런 걸 읽을 생각을 할 수 있느냐?」

「어떻게요? 왜 그러시는데요. 그건 철학의 한 체계입니다. 지금까지 나와 있는 책 중에서 이 책보다 더 도덕적이고 종교적인 책은 없습니다.」

「그래, 도덕적이긴 하지. 그것까지 부인하진 않겠다. 하지만 종교적이라니! 하물며 네가, 복음 전도사가 되겠다는 네가!」

「아버님께서 그 문제를 꺼내셨으니 저도 이번엔 꼭 드리고 싶은 말씀이 있습니다. 저는 목사가 되고 싶지 않습니다. 양심상 그럴 수 없어요. 저는 부모님을 사랑하는 것처럼 교회를 사랑합니다. 제가 가지고 있는 교회에 대한 깊은 애정은 앞으로도 영원히 변하지 않을 겁니다. 교회의 역사만큼 깊이 존경하는 것은 없으니까요. 하지만 솔직하게 말씀드리면 교회가 억지스러운 속죄주의를 고집하는 한 전 형님들처럼 교회의 목사가 될 수 없습니다.」 근심 어린 표정을 지으며 아들이 말했다.

성품이 직선적이고 생각이 단순한 목사였기에 자신의 혈육이 이렇게 나오리라고는 꿈에도 생각하지 못했다. 목사는 힘이 쭉 빠지면서 충격으로 온몸이 마비되는 것 같았다. 에인절이 목사가 될 생각이 없다면 그를 케임브리지 대학에 보낸다 한들 무슨 소용이 있단 말인가? 이처럼 경직된 사고를 지닌 목사에게 성직 이외의 목적을 이루기 위한 한 단계로써 대학에 간다는 것은 서론만 있는 책에 불과한 일이었다. 목사는 종교적 성향이 강할 뿐만 아니라 신앙심이 돈독한 사람이었고, 현재 교회 안팎에서 교리를 조작하는 자들이 교묘하게 해석하는 의미에서가 아니라 옛날의 열정적인 복음주의 종파에서 의미하는 확고부동한 믿음을 가지고 있는 사람으로서,

> 영원하고 거룩한 분이
> 18세기 전에
> 행한 진리를
> 진심으로 믿는[40]

사람이었던 것이다.

에인절의 아버지는 토론과 설득과 애원을 모두 동원해 보았다.

「안 됩니다, 아버지. 저는 다른 것은 다 그만두더라도 선서문이 요구하는 네 번째 조항[41]을 〈문자 및 문법적인 의미〉대로 받아들여 거기에 서명할 수 없습니다. 그래서 저는 지금의 상태론 목사가 될 수 없습니다.」 에인절이 말했다. 「종교 문제에 대한 제 생각은 완전히 개혁 쪽으로 기울어 있습니다. 아버지께서 좋아하시는 〈히브리인들에게 보낸 편지〉를 인용하

---

40 영국의 시인 로버트 브라우닝의 「부활절」 8연.
41 성공회에서는 성직자가 되기 위해 39개의 종교 서약에 서명을 해야 한다. 그중 제4조에 서명하려면 예수가 죽음에서 진정으로 부활하여 살과 뼈 그리고 완벽한 인간에게 속한 모든 것을 취해 다시 그의 몸을 가졌다는 예수의 부활을 믿어야 한다.

자면, 〈피조물들을 흔들어서 없애 버린다는 것을 뜻하며, 따라서 흔들리지 않는 것은 그대로 남아 있게 하겠다는 뜻입니다〉[42]이지요.」

비통해하는 아버지의 모습을 보며 에인절의 마음도 찢어지는 것처럼 아팠다.

「하느님의 명예와 영광을 위해 쓰이지 않는다면, 네 대학 교육을 위해 네 어머니와 내가 허리띠를 졸라매고 아껴 쓴들 무슨 소용이 있겠느냐?」 아버지는 같은 말을 반복했다.

「하지만, 아버지. 인간의 명예와 영광을 위해 쓰일 수도 있겠지요.」

에인절이 고집만 피웠더라면 어쩌면 그도 형들처럼 케임브리지에 갔을지도 모른다. 하지만 학문의 중심지인 그곳이 성직자들만을 위한 디딤돌이라고 생각하는 목사의 견해는 집안의 전통이었고 그러한 신념은 목사의 마음에 너무도 깊이 뿌리박혀 있었다. 예민한 이 아들이 생각하기에 자기가 고집을 부린다는 것은 자칫 그 믿음을 악용하는 것이며, 세 아들을 똑같이 교육시키려는 계획을 밀고 나가기 위해 예나 지금이나 허리띠를 졸라매고 살아와야 했던 신앙심이 돈독한 부모님에게도 잘못을 저지르는 일로 비쳤다.

「전 케임브리지에 가지 않아도 괜찮습니다.」 에인절은 결국 이렇게 말하고 말았다.

「이런 상황에서 전 거기에 갈 자격이 없다고 생각합니다.」

결정적인 이 논쟁의 결과가 얼마 지나지 않아 그 실체를 드러냈다. 그는 닥치는 대로 공부하고 이것저것 시도해 보고 명상도 하면서 여러 해를 보냈고, 사회적 인습이나 규범에 대해

---

[42] 「히브리인들에게 보낸 편지」 12장 27절 인용.

개의치 않는다는 것을 노골적으로 드러내면서 지위나 재산 같은 물질적인 출세를 점점 심하게 경멸했다. 아무리 〈명문가〉 — 한 지방 명사가 즐겨 쓰는 구절을 이용하자면 — 라 하더라도 그 집안을 대표하는 사람들에게 훌륭하고 새로운 의지가 없다면 그에겐 아무런 매력이 없었다. 그는 자신의 준엄하고 금욕적인 생활에 균형 감각을 주고자 세상 물정도 살필 겸 그리고 직업을 갖거나 사업을 해볼 생각으로 런던에 나가 살았던 적이 있었다. 그때 그는 이성을 잃고 자신보다 한참 나이가 많은 한 여자의 덫에 걸린 적이 있었는데, 다행히 그 경험에 비해 많이 타락하지 않은 상태에서 빠져나오기도 했다.

일찍이 한적한 시골 생활에 맛 들인 그는 현대적인 도회지 생활에 대해 도가 지나칠 정도로 심한 혐오감을 키워 왔고, 그래서 정신적인 직업을 펼칠 수 없는 상황에서 속세의 현실적인 직업을 추구해 얻게 될 그런 성공과는 아예 담을 쌓아 버리고 말았다. 하지만 어쨌든 무엇이든 하긴 해야 했다. 이미 귀중한 세월을 너무 많이 낭비했던 것이다. 그는 식민지에서 농사일로 성공적인 삶을 개척한 사람을 한 명 알고 있었는데, 문득 자신도 이 길로 나아가는 것이 올바른 방향일지 모른다는 생각이 들었다. 어쨌든 진지하게 도제 기간을 거쳐서 이 일에 대한 자격을 충분히 갖춘 이후에 식민지나 미국 아니면 여기에서라도 농업 경영에 종사한다면 자신이 재산보다 훨씬 소중하게 여기는 지적 자유를 희생시키지 않고도 자립할 수 있을 것이다.

그렇게 해서 우리는 이곳 탤벗헤이즈에서 견습생의 신분으로 젖소를 공부하고 있는 스물여섯 살의 에인절 클레어를 만나게 된 것이다. 그는 근처에서 마땅한 숙소가 될 만한 농가를 찾을 수 없어서 농장주의 집에 기거하고 있었다.

그가 머무는 방은 이 낙농장 가옥 전체를 아우르는 길이의 엄청나게 큰 다락방이었다. 그 다락 방은 치즈 저장고에서 사다리를 이용해 들어가야 했는데, 그의 은신처가 되기 전에는 오랫동안 닫혀 있던 곳이었다. 클레어는 그 넓은 공간을 독차지하고 있었는데, 농장 일꾼들이 모두 잠자리에 들었을 때도 안에서 왔다 갔다 하는 그의 발소리가 종종 들려 오곤 했다. 그는 방 한쪽에 커튼을 쳐서 그 뒤에 침대를 두었고, 바깥쪽은 소박한 응접실로 꾸며 놓았다.

처음에 그는 주로 다락방에 틀어박혀서 독서에 몰두하거나 염가로 구입한 낡은 하프를 타면서 시간을 보내곤 했는데, 쓸쓸한 기분이 들이치면 거리에서 이 악기를 연주하면서 연명해야 할 때가 올지도 모르겠다고 말하기도 했다. 하지만 곧 그는 주인 내외와 젖 짜는 남녀 일꾼들과 기분 좋게 어울려 식당 겸 부엌으로 쓰는 아래층 방에서 식사를 하면서 사람들의 성격을 읽어 내는 일을 즐기게 되었다. 농장에서 기거하는 일꾼들은 거의 없었지만 식사 때에는 몇몇 사람이 주인 가족과 자리를 함께하곤 했던 것이다. 클레어가 이곳에 거주하는 기간이 길어지면서, 사람들과 어울리기 싫어하는 마음은 줄어들고 그들과 공간을 함께 쓰는 것을 좋아하는 마음은 더 커졌다.

그들과 어울리면서 진정한 즐거움을 느낀다는 것은 정작 클레어 본인에게도 상당히 놀라운 일이었다. 그가 생각하던 시골 사람의 전형은 신문 지면에 촌뜨기로 나오는 가엾은 멍청이였는데 이곳에서 며칠 지낸 뒤 그런 생각은 말끔하게 지워졌다. 가까이에서 보니 촌뜨기는 하나도 보이지 않았다. 모든 게 그와 정반대인 사회에 들어와 아는 것이 거의 없었을 때는, 지금은 허물없이 어울리는 이 사람들이 조금 이상하게 보였던 것이 사실이었다. 농장주의 식솔들과 대등한 관계로 어울려 나란히 앉아 있는 것도 처음에는 격이 떨어지는 행동 같기도 했다. 그들의 사고방식이나 생활 방식 그리고 주변 환경도 퇴보적이고 무의미하게 느껴졌었다. 그러나 하루하루 생활해 감에 따라 예민한 이 손님은 그들의 모습에서 새로운 면을 보게 되었다. 이렇다 할 눈에 띄는 변화가 일어난 것은 아니었지만, 다양함이 단조로움을 밀어내고 그 자리를 차지했던 것이다. 농장주와 그의 가족 그리고 일꾼들은 클레어와 친밀한 사이가 되면서 마치 화학 작용이라도 일으키듯 자신들의 모습을 다양화시키기 시작했다. 그는 파스칼이 〈지능이 높을수록 다른 사람에게서 각자의 다른 점을 이해하게 된다. 평범한 사람은 사람 사이의 차이점을 보지 못한다〉고 했던 말이 떠올랐다. 틀에 박혀 있는 것처럼 아무런 변화가 없는 촌뜨기는 더 이상 존재하지 않았다. 그 촌뜨기들은 수많은 모습의 동료들, 여러 가지 생각을 가진 사람들, 무궁무진한 다양성을 지닌 사람들로 나뉘어졌다. 많은 이들이 마음가짐을 평온하게 유지했으며 어떤 사람들은 행복해했으며 우울해하는 사람도 더러 있었고 천재라고 해도 손색이 없을 만큼 똑똑한 사람도 여기저기에 있었다. 어리석은 자들이 있는가 하면 행실이 방정하지 못한 사람들도 있었고, 엄격한 이들도 있었다. 어떤 이들은 말이 없는 게 밀턴[43]을 닮았고, 크롬

---

43 Milton(1608~1674). 셰익스피어에 버금가는 대시인으로 평가되는 영국 시인으로 『잃어버린 낙원』의 저자이다.

웰이 될 성향을 보이는 사람도 있었다. 그가 자기 친구들에게 그랬던 것처럼 촌뜨기 역시 서로에 대해 자기만의 고유한 생각을 가지고 있었고 서로를 칭송하거나 비난할 줄도 알았다. 또한 다른 사람이 가진 약점이나 악의를 떠올리며 즐거워하거나 슬퍼하기도 했다. 그리고 그들 모두 자기만의 방식으로 티끌 같은 죽음의 길을 걷고 있었다.

뜻밖에도 그는 자신이 뜻했던 직업과 관련되어서라기보다 일상에서 얻는 것 때문에 밖에서 일하는 걸 좋아했고 바깥 생활 자체를 즐기게 되었다. 그는 선을 베푸는 절대자에 대한 믿음에서 벗어남과 동시에 문명인들을 장악하고 있던 그 고질적인 우울증에서 벗어나고 있었고, 이는 그의 위치를 고려해 보건대 놀라운 일이 아닐 수 없었다. 근래에 들어 그는 처음으로 직업상의 이유로 억지로 머리에 쑤셔 넣는 것이 아니라 마음 가는 대로 책을 읽을 수가 있었다. 그가 반드시 읽어야겠다고 생각했던 농경에 관한 몇 권 안 되는 책자들은 읽는 데 그렇게 많은 시간이 걸리지 않았다.

예전에 알았던 것들로부터 조금씩 멀어지면서 오히려 그는 삶과 인간에 대해 새로운 것을 보게 되었다. 그 다음으로 여태까지 희미하게만 알고 있었던 현상들, 이를테면 나름의 분위기를 지닌 계절, 아침과 저녁, 밤과 정오, 저마다 다른 성격을 지닌 바람, 나무들, 물과 안개, 그림자와 고요함 그리고 생명이 없는 것들이 내는 목소리 등과 친밀한 관계를 쌓아 가기 시작했다.

이른 아침은 식사를 하는 커다란 방에 불을 지펴야 할 정도로 아직 상당히 쌀쌀했다. 한 테이블에서 식사를 하기에는 에인절 클레어의 지체가 좀 높다고 생각한 크릭 부인의 배려로 그는 식사 시간이면 하품하듯 입을 벌리고 있는 난로 모퉁이 쪽에 경첩이 달린 간이 탁자에 앉았는데, 탁자 위에 컵과 받침대 그리고 접시가 놓여 있었다. 굴뚝에서 한 줄기 서늘한 푸르른 빛이 내려왔고, 중간에 문설주를 덧댄 길고 널찍한 맞은편 창문에서 들어오는 빛이 그가 있는 구석진 곳을 비춰 주어 그는 마음이 내킬 때면 거기에 앉아 편안하게 독서를 즐기기도 했다. 그의 동료들이 앉아 있는 식탁은 클레어와 창문 사이에 놓여 있었는데, 그들이 음식을 먹는 옆모습이 유리창에 또렷하게 비쳤다. 옆에는 우유 저장고로 들어가는 문이 있었고 그 문을 통해 아침에 짠 우유로 가득 찬 직사각형의 우유 통들이 줄지어 있는 게 보였다. 그리고 훨씬 뒤쪽으로 거대한 우유 교반기(攪拌器)가 돌아가면서 헐렁한 덧신을 신고 터벅터벅 걸어가는 것 같은 소리를 냈다. 창 너머로 한 남자아이가 모는 매가리 하나 없는 말이 원 모양으로 돌며 기계를 돌리고 있었다.

테스가 이곳에 온 지도 어언 며칠이 지났건만 클레어는 책이나 간행물 또는 우편으로 도착한 악보를 읽는 데 정신이 팔려 식탁에 테스가 있다는 사실조차 몰랐다. 테스는 거의 말이 없었고 다른 여자들은 너무 말이 많았으므로 클레어는 그들이 재잘거리는 수다에 새로운 목소리가 끼어 있다는 생각을 아예 하지 않았던 것이다. 그리고 전체적인 인상을 볼 뿐 세세한 모습을 간과하는 것이 그의 버릇이기도 했다. 그러던 어느 날, 그는 악보 하나를 꼼꼼히 들여다보며 상상력을 동원해 머릿속으로 그 선율을 듣고 있다가 그만 재미가 없어져서 악보를 화덕으로 던져 버렸다. 그리고 그는 장작불을 들여다보았고, 조반을 만들고 물을 끓인 후 죽어 가는 불꽃 하나가 장작불 위쪽에서 현란하게 춤을 추고 있는 걸 가만히 응시하고 있었다. 그 불꽃은 그의 내면에서 울려 나오는 가락에 맞추어 춤을 추고 있는 것 같았고 그 멜로디에 전율하는 검댕이 화덕의 가로대에 대롱대롱 매달려 박자를 맞추듯 흔들거리는 굴뚝 갈고리 두 개를 장식하고 있었으며, 반쯤 속을 비운 주전자들은 흐느껴 울며 반주를 대신하고 있는 것 같았다. 식탁에서 들려오는 대화가 그의 환상 속에서 일어나는 오케스트라 연주와 어우러지고 있을 때 그는 문득 이런 생각이 들었다. 〈아가씨 중의 하나가 플루트 같은 목소리를 지녔군! 새로 온 아가씨 같은데.〉

클레어는 다른 사람들과 함께 식탁에 앉아 있는 테스를 돌아보았다.

테스는 그가 있는 쪽을 바라보고 있지 않았다. 사실 그는 오래 침묵을 지키고 있었으므로 사람들은 그가 방 안에 있다는 사실을 거의 잊고 있었던 것이다.

「유령에 관해 전 아는 게 없어요.」 테스가 말하고 있었다. 「그러나 우리가 살아 있는 동안 영혼을 몸 밖으로 나가게 할 수 있다는 건 분명히 알아요.」

농장주는 입에 음식을 가득 넣고 진지한 물음이 가득 담긴 눈길로 테스를 바라보았는데, 그의 나이프와 포크는 ─ 이곳에서는 아침 식사를 식사답게 했다 ─ 교수대를 준비하는 것처럼 식탁 위에 직각으로 세워져 있었다.

「뭐, 그게 정말이야? 그런 일이 있다고?」 그가 말했다.

「영혼이 **빠져나가는** 걸 느낄 수 있는 아주 쉬운 방법은 밤에 풀밭에 눕는 거예요. 그리고 밝게 빛나는 커다란 별을 똑바로 쳐다보세요. 그런 다음에 마음을 온통 그 별에 주고 있다 보면 오래잖아 자신이 육체에서 수만 마일이나 떨어져 있다는 걸 알게 될 거예요. 육체와 떨어지는 일은 원치 않겠지만 말이죠.」

뚫어져라 테스를 쳐다보고 있던 농장주의 시선이 그의 아내에게로 향했다.

「거참, 이상한 일이야, 크리스티아나. 그렇지? 지난 30년 동안 연애도 하고 장사도 하면서 혹은 의사나 간호사를 부르러 별이 총총한 밤을 숱하게 다닌 걸 생각해 봐도 말이야. 난 지금까지 한 번도 그런 생각을 해본 적도, 내 영혼이 셔츠 깃에서 한 치도 멀어지는 걸 느껴본 적 없으니 말이야.」

농장주의 견습생으로 있는 클레어를 포함해서 모든 시선이 테스에게 쏠리자 그녀는 얼굴을 붉히며 그냥 그렇게 상상해 본 거라고 말을 얼버무리며 다시 식사를 했다.

클레어는 그녀에게서 시선을 떼지 않았다. 식사를 금세 마친 테스는 클레어가 자신을 바라보고 있다는 것을 의식했고, 그래서 그녀는 집에서 기르는 동물이 사람들의 시선을 받고 있을 때 그러는 것처럼 불편한 기분으로 식탁보에 그려진 상상의 무늬를 집게손가락으로 따라가기 시작했다.

「저 아가씨는 정말로 순수하고 순결한 자연의 딸이구나!」 그가 혼자 중얼거렸다.

그때 그는 그녀에게서 친숙한 무엇을, 즉 사유의 압박이 하늘을 잿빛으로 만들어 놓기 이전, 불분명한 미래 속에서도 환희가 가득했던 그 옛날로 다시 그를 데려다 주는 무언가를 보는 것 같았다. 얼핏 그녀를 전에 본 적이 있다는 생각이 들었지만 어디서 보았는지 확실하게 기억나지는 않았다. 분명히 시골 여기저기를 돌아다니다가 우연히 만났을 테지만 그렇다고 크게 궁금하지는 않았다. 하지만 그가 주변의 여자들을 떠올릴 때 다른 예쁜 아가씨들보다 테스를 먼저 떠올리게 만드는 상황은 이제 충분히 마련된 것이다.

제19장

 일반적으로 소의 젖을 짤 때는 소를 편애하거나 선별하지 않고 오는 대로 짜게 된다. 그러나 어떤 소들은 특정인의 손길을 선호하기도 하는데, 가끔 이런 경향이 지나쳐 자기가 좋아하는 사람의 손길이 아니면 서 있으려고도 하지 않는다거나 버르장머리 없이 낯선 이의 우유 통을 걷어차 버리기도 한다.
 농장주 크릭은 젖 짜는 사람을 계속 바꿔서 소들이 특정인을 좋아하거나 싫어하는 버릇을 없애겠다는 방침을 고수했는데 그렇게 하지 않으면 젖 짜는 남자나 여자가 낙농장을 떠날 경우 곤란한 상황에 처할 수 있기 때문이었다. 하지만 젖 짜는 여자들의 속내는 농장주의 방침과는 정반대였다. 그들은 매일 그들에게 몸을 믿고 맡기는, 이미 손에 익숙해진 여덟 마리에서 열 마리의 소를 골라 별다른 노력 없이 아주 수월하게 젖을 짜고자 했다.
 테스도 함께 일하는 여자들처럼 어떤 소들이 자신의 젖 짜는 방식을 좋아하는지 금세 알게 되었다. 2~3년이라는 지난 세월 동안 집 안에 칩거할 수밖에 없었던 이유로 그녀의 손가락은 섬세해졌으니 만일 이렇게 해서 소들의 기분을 맞출 수 있다면 그것도 기뻐해야 할 일이었다. 총 아흔다섯 마리 중에서 특히 여덟 마리, 즉 땅딸이, 멋쟁이, 꺽다리, 안개, 언니예쁜이, 동생 예쁜이, 깔끔이 그리고 떠버리가 그녀에게 고분고분 젖통을 맡겨 손가락을 갖다 대기만 해도 젖 짜는 작업이 이루어질 수 있었다. 물론 이중 한두 마리의 젖꼭지는 당근처럼 딱딱하기는 했다. 하지만 농장주의 바람을 잘 알고 있었던 그녀이기에 본인이 젖을 짜기엔 아직 버거운 아주 어려운 소들을 제외하곤 양심껏 오는 대로 소를 맡으려고 노력했다.

하지만 곧 그녀는 우연의 일치로만 보였던 소들의 순서와 본인의 바람이 신기하게도 딱 들어맞는다는 사실을 알게 되었고 마침내 소들의 이런 순서는 우연일 리가 없다는 생각이 들었다. 농장주에게 일을 배우고 있던 그 견습생이 근래에 들어 소를 모아들이는 일을 돕고 있었는데, 그런 일이 대여섯 번쯤 일어났을 때 테스는 소에 몸을 기댄 채 남들 눈에 띄지 않도록 물음이 담긴 시선으로 살짝 그를 바라보았다.

「클레어 선생님, 소들의 차례를 정하신 분이 당신이군요!」 아랫입술은 가만히 두고 윗입술을 자기도 모르게 살짝 올려 치아의 끝 부분이 보이게 미소를 지으며 그녀는 나무라듯 얼굴을 붉히며 말했다.

「뭐, 달라질 게 없잖아요. 당신은 늘 여기에 남아서 이 녀석들의 젖을 짤 텐데요.」

「그렇게 생각하세요? 그럴 수 있으면 정말 좋겠어요. 하지만 모르는 일이죠.」

그녀는 자신이 이렇게 뚝 떨어진 외진 곳에 있어야 할 심각한 이유가 있다는 걸 알 턱이 없는 그가 혹시 말의 의미를 오해라도 했을지 모른다고 생각하니 스스로에게 화가 나고 말았다. 마치 그의 존재가 자신이 여기에 남길 소망하게 만드는 데 일조라도 한 것처럼 너무도 진지하게 말했으니 말이다. 젖짜기가 끝나고 어둑어둑해지자 불안한 마음에 홀로 정원을 거닐면서 그녀는 그가 베푸는 배려를 알고 있다고 밝힌 걸 계속 후회하고 있었다.

공기가 골고루 섬세하게 균형을 이루며 퍼져 있어서 생명이 없는 물체들도 비록 오감까지는 아니더라도 두 개 혹은 세 개의 감각을 부여받았을 것만 같은 전형적인 6월의 여름밤이었다. 먼 곳과 가까운 곳 사이에 존재하는 구분이 사라져 귀만 기울이면 지평선 내의 모든 걸 가깝게 느낄 수 있었다. 그녀에게 침묵은 단순히 소리가 없는 게 아니라 적극적으로 그 존재를 알리는 거였다. 이때 이 정적을 깨뜨리면서 현을 타는 소리가 들려왔다.

그 선율은 다락방에서 흘러나오던 것으로 이미 들어 본 적이 있었다. 그때는 희미하고 단조로우며 어딘가에 갇혀 억눌린 듯했으므로 지금처럼 잔잔한 공기를 타고 알몸을 보여 주듯 꾸밈없이 흘러와 그녀의 감성을 흔들어 놓지는 못했다. 솔직히 말한다면, 악기도 연주도 둘 다 그저 그랬다. 하지만 만사는 상대적인 법이어서, 귀를 기울이고 있는 테스는 마치 혼을 빼긴 한 마리 새처럼 도저히 그곳에서 발을 뗄 수가 없었다. 그곳을 떠나기는커녕 그녀는 연주자에게로 점점 가까이 다가갔고 그가 자신의 존재를 눈치채지 못하도록 울타리 뒤에 가만히 몸을 숨겼다.

테스는 자신이 서 있는 곳이 몇 년 째 사람 손이 닿지 않고 버려져 있던 정원의 가장자리라는 걸 알게 되었다. 그곳에는 온통 건드리기만 해도 꽃가루를 안개처럼 피워 올리는 물기를 가득 머금은 풀과, 강한 향기를 풀풀 날리며 꽃을 피우는 껑충하니 키가 자란 잡초들이 있었다. 그 빨강과 노랑 그리고 자줏빛의 잡초들은 정성 들여 가꾼 꽃들처럼 눈부신 다채로움을 구사하며 축축하고 무성하게 자라고 있었다. 그녀는 만발한 잡초 사이로 고양이처럼 살금살금 다가갔다. 거품벌레가 뿜어내는 거품이 치맛자락에 묻었고 달팽이들이 발밑에서 부서지는 소리를 냈으며, 엉겅퀴에서 나온 하얀 액체와 달팽이의 진액으로 손은 지저분해졌다. 사과나무 줄기에 달려 있을 땐 눈처럼 하얗기만 하더니 맨살에 닿자마자 심홍색의 얼룩을 남기는 진딧물을 연신 쓸어 내면서 테스는 눈에 띠지 않게 클레어에게 가까이 다가갔다.

테스의 의식에는 시간도 공간도 존재하지 않았다. 별을 뚫어지게 바라보다 보면 마음먹은 대로 느낄 수 있다고 본인의 입으로 말했던 바로 그 희열의 경지가 지금 자신의 의지와 무관하게 찾아온 것이다. 그녀는 중고 하프에서 흘러나오는 가느다란 선율을 타고 둥둥 떠내려가고 있었고 그 하모니가 산들바람처럼 그녀의 몸속으로 파고들었으며 눈에는 눈물이 가득 고여 들었다. 둥둥 떠다니는 꽃가루는 선율을 눈으로 볼 수 있도록 그가 만들어 놓은 것 같았고 주변의 축축함은 그 정원의 감성이 소리 죽여 흐느끼고 있는 것 같은 느낌을 불러왔다. 황혼이 가까워졌건만 강한 향기 풍기며 꽃을 피우고 있는 잡초들은 꽃망울을 오므릴 생각을 잊은 듯 여전히 환하게 빛나고 있었고 색깔의 물결이 선율의 파도와 한데 어우러지고 있었다.

여전히 환하게 쏟아지는 빛줄기는 주로 서편 하늘에 걸려 있던 구름 덩어리에 뚫린 커다란 구멍에서 새어 나오고 있었는데, 다른 곳은 모두 어둠에 묻혀 있는 걸로 보아 필시 이 구멍은 대낮의 한 조각이 늦장을 부리다가 뒤처진 것 같았다. 그는 자신의 구슬픈 가락을, 별다른 기술이 필요하지 않은 아주 간단한 연주를 끝냈다. 그녀는 다른 연주가 다시 시작될 거라고 생각하며 기다렸다. 하지만 연주에 싫증이 났던지 그는 갑자기 울타리를 돌아 그녀의 뒤쪽으로 느릿느릿 걸어왔다. 뺨이 불에라도 닿은 듯 뜨거워지는 걸 느끼며 테스는 거의 움직임이 느껴지지 않을 정도로 조금씩 도망갔다.

그러나 에인절이 그녀의 얇은 여름옷을 발견하곤 말을 건넸다. 상당히 떨어져 있었지만 그의 낮은 목소리가 그녀에게 들려왔던 것이다.

「테스, 왜 그렇게 달아나는 거죠?」 그가 말했다. 「무서워서 그래요?」

「아, 아니에요, 선생님……. 밖에 있는 것들은 무섭지 않아요. 더구나 지금처럼 사과 꽃이 피고 만물이 푸르른 이런 때는요.」

「하지만 집 안에는 무서운 것들이 있나 봐요, 그렇죠?」

「그래요, 선생님.」

「뭐가 무서운데요?」

「딱히 말로 표현하기는 힘들어요.」

「우유가 상하는 것?」

「아니에요.」

「살아가는 일 모두가요?」

「네.」

「그렇군요. 나도 그래요. 자주 그렇죠. 이렇게 비틀거리며 살고 있다는 사실 자체가 심각하게 느껴져요. 그런 생각이 들지 않아요?」

「그렇게 말씀하시니, 네, 그런 것 같아요.」

「그래도 당신처럼 젊은 아가씨가 벌써 인생을 그렇게 볼 거라곤 생각하지 못했어요. 왜 그렇게 생각하게 됐어요?」

그녀는 망설이듯 침묵을 지켰다.

「자, 테스. 날 믿고 얘기해 보세요.」

사물이 그녀에게 어떤 의미로 다가오는지 물어보는 거라고 생각한 그녀가 수줍게 대답했다.

「나무에겐 뭔가를 캐내고 싶어 하는 눈이 있는 것 같지 않아요? 그러니까 그런 눈이 있는 것처럼 보여요. 그리고 강은 이렇게 말하죠. 〈너는 왜 그런 표정으로 내 마음을 무겁게 만드느냐?〉 수없이 많은 내일이 한 줄로 죽 늘어서 있는 게 보이는 것 같아요. 그중 첫 번째가 가장 크고 똑똑하게 보이고 다른 것들은 뒤로 가면서 점점 작아 보여요. 하지만 이 앞으로 올 날들이 모두 굉장히 사납고 잔인해 보여서, 마치 이렇게 말하는 것 같아요. 〈내가 간다! 날 조심해! 조심하라고!……〉 그러나 선생님은 음악으로 꿈을 키울 수 있으니까 그런 끔찍한 망상들을 쫓아 버릴 수 있을 거예요!」

그는 이 젊디젊은 여자가, 젖 짜는 여자에 불과하지만 한 집에 사는 다른 여자들의 부러움을 살 만큼 남다른 감각을 가진 이 여자가 이렇게 슬픈 상상을 한다는 사실이 그저 놀랍기만 했다. 그녀는 자신의 고유한 언어로, 6년 동안 받은 초등 교육의 도움을 조금 받아 이 시대의 감정들이라고 부를 수도 있는 느낌, 즉 모더니즘의 아픔을 표현하고 있는 것이다. 소위 진보 사상이라고 하는 것이 사실 대부분은 수 세기에 걸쳐 막연하게 파악해 온 감정들을 ○○학(學)이니 또는 ○○주의라는 낱말을 써서 보다 정확하게 표현한 것, 최신 유행에 따라 정의 내린 것에 불과하다는 생각이 들자 그런 인식이 그렇게 놀랍지는 않았다.

그러나, 이렇게 젊은 그녀가 그런 생각을 하고 있다는 게 이상하기만 했다. 아니, 이상하다기 보다는 감동적이고 흥미롭고 그리고 애처롭기까지 했다. 테스가 어찌 그런 생각을 하고 있는지 짐작조차 할 수 없었던 그는 경험이란 깊이가 중요한 것이지 기간이 문제가 아니라는 점을 미처 생각하지 못했던 것이다. 테스를 스치고 지나간, 육체를 말려 죽일 것 같았던 그 고통이 정신적인 결실을 맺은 것이다.

테스 역시 목사 집안에 태어나 훌륭한 교육을 받았고, 게다가 물질적으로도 부족할 게 없는 에인절이 살아 있다는 사실을 불행으로 받아들이는 이유를 이해할 수 없었다. 자신처럼 행복하지 못한 삶의 순례자에게는 분명 그럴 만한 충분한 이유가 있다. 하지만 시인 기질을 갖춘 이렇게 존경스러운 사람이 굴욕의 계곡[44]으로 내려와, 그녀가 2~3년 전에 느꼈던 것처럼, 그리고 우스의 남자[45]처럼 〈견딜 수 없는 이 고통을 당하느니 차라리 숨통이라도 막혔으면 좋겠습니다. 언제까지나 살 것도 아닌데 제발 좀 내버려 두십시오〉[46]라고 느낄 수 있단 말인가.

이 남자가 현재 자신의 신분 밖으로 나와 있는 것은 사실이었다. 하지만 그녀는 그것이 단지 배를 만드는 작업장에 있었던 표트르 1세[47]처럼 그저 자기가 알고 싶은 걸 공부하고 있

---

44 존 버니언의 『천로역정』 1권에 나오는 골짜기를 가리킨다.

45 욥을 뜻하는 말이다.

46 「욥기」 7장 15~16절 인용.

47 Pyotr I(1672~1725). 러시아 로마노프 왕조 제4대 황제로 어린 시절부터 러시아에 주류하던 외국인들로부터 포술, 조선술 등 필요한 지식과 기술을 배워 익혔다.

다는 것을 잘 알고 있었다. 그는 소젖을 짤 수밖에 없기 때문에 이 일을 하는 게 아니라 승승장구하는 부유한 지주, 농업 경영자 그리고 목축업자가 되는 법을 배우고 있는 것이다. 그는 호주나 미국에서 수많은 가축과 하인을 소유한 아브라함이 되어 군주처럼 양 떼들, 얼룩무늬와 고리 무늬를 가진 소들 그리고 남녀 하인들을 거느리게 될 것이다. 그럼에도 불구하고, 가끔 그녀는 이렇게 책을 좋아하고 음악성이 풍부하며 생각이 많은 젊은 남자가 자기 아버지나 형들처럼 목사가 되지 않고 하필이면 농부가 되기로 결심하게 되었는지 도저히 이해할 수 없었다.

그렇게 그들은 서로의 비밀을 풀어 줄 단서를 찾지 못한 채 드러난 각자의 모습에 서로 의아함을 느끼며 상대의 과거를 캐묻지 않는 범위 내에서 서로의 성격과 기분에 대해 새로운 걸 알게 되기까지 기다렸다.

하루하루가 지나고 매시간이 흐르면서 그는 그녀의 본모습을 조금씩 더 알아 가게 되었고, 그녀 역시 그의 성격을 하나씩 발견해 나갔다. 자신의 삶을 억누르며 살아가려고 애쓰던 테스였기에 그녀는 자신에게 강한 생명력이 있다는 사실을 깨닫지 못했다.

처음에 테스는 에인절 클레어를 한 인간이기보다는 이지적인 하나의 존재로 생각했다. 그래서 그녀는 자신과 비교해 볼 때 그가 많은 것을 알고 있다고 생각했고, 그래서 자신의 초라한 지적 수준과 안데스 산처럼 측량할 수 없이 높은 그의 수준 사이의 거리를 생각할 때마다 기운이 쭉 빠지고 풀이 죽어 좀 더 노력해 보려는 의지마저 꺾이곤 했다.

그러던 어느 날, 가벼운 기분으로 고대 그리스의 목가적인 삶에 대해 이야기하고 있던 에인절은 그녀가 풀이 죽어 있다는 걸 눈치챘다. 그가 말하고 있는 내내 그녀는 둑에서 〈귀족〉과 〈귀부인〉이라고 부르는 꽃봉오리를 따고 있었다.

「왜 갑자기 그렇게 슬픈 얼굴을 하고 있어요?」 그가 물었다.
「아, 그냥……, 저 자신 때문에요.」 갑자기 〈귀부인〉의 껍질을 마구 벗겨 내면서 슬픔이 깃든 희미한 미소로 그녀가 대답했다. 「나는 무엇이 될 수 있었을까 하는 생각이 들어요! 제 삶은 기회가 없어서 낭비된 것 같아요! 선생님이 알고 계신 것이나 읽으신 것들 그리고 선생님이 지금까지 보고 생각하신 것들을 생각하면 제가 너무도 하찮은 존재라는 생각을 지울 수가 없어요! 성경 속에 나오는 가엾은 시바의 여왕 같아요. 제겐 더 이상 힘이 없어요.」

「저런, 그런 문제로 괴로워하지 말아요!」 그가 열심히 자기의 의견을 말했다. 「테스, 역사이든 아니면 당신이 알고 싶어 하는 책의 어느 구절이든 당신에게 도움만 될 수 있다면 난 정말로 기쁠 거요.」

「또 〈귀부인〉이군요.」 그가 말하는 중간에 불쑥 그녀가 벗긴 봉오리를 내밀었다.

「무슨 말이죠?」

「제 말은 껍질을 벗기면 언제나 〈귀족〉보다는 〈귀부인〉이 많다고요.」

「〈귀족〉이니 〈귀부인〉이니 하는 것은 신경 쓰지 말고요. 공부를 해볼래요? 가령, 역사는 어때요?」

「역사에 관한 건 제가 이미 알고 있는 것 이상으로 알고 싶지 않아요.」

「왜 그렇죠?」

「나라는 존재가 기다란 대열에 끼인 한 사람에 불과하다는 걸 배워 보았자 무슨 도움이 되겠어요? 옛날 책 어딘가에 나를 꼭 닮은 누군가가 있고 내가 그 여자의 역할을 하게 될 뿐이라는 사실을 알게 되는 것, 그게 절 슬프게 해요. 그게 다예요. 우리의 본질과 과거의 행적들이 수천수만 명의 그것들과 같았다는 것 그리고 앞으로의 삶도 수천수만 명의 삶과 같을 거라는 것은 생각하지 않는 게 가장 좋은 거예요.」

「그럼, 정말 당신은 아무것도 배우고 싶지 않아요?」

「이유를 배우는 것은 나쁘지 않아요. 어째서 태양은 정의로운 사람과 정의롭지 못한 사람 위를 똑같이 비추는지 정도는 알고 싶네요.」 그녀의 목소리가 가늘게 떨리고 있었다. 「하지만 책은 그런 걸 말해 주지는 않아요.」

「테스, 그렇게 비관적인 생각일랑 버려요!」 하지만 그 역시 상식적인 의무감에서 이렇게 말하고 있을 뿐 지난날의 그에게도 그러한 방황이 없지 않았다. 그는 그녀의 꾸밈없는 입과 입술을 바라보며 이 대지의 딸이 그런 감정을 기계적으로 모방해서 받아들였을 거라고 생각했다. 그녀는 계속해서 〈귀족〉과 〈귀부인〉을 벗기고 있었고, 클레어는 시선을 아래로 향한 부드러운 뺨 위로 그녀의 속눈썹이 물결을 이루며 흘러내린 모습을 한동안 바라보다가 머뭇거리며 자리를 떴다. 그가 가고 난 뒤에도 한참을 그렇게 생각에 잠겨 마지막 봉오리까지 벗기며 서 있다가 몽상에서 깨어났다. 그녀는 어리석은 자신의 모습에 불쾌감이 치밀어 오름과 동시에 마음 저 깊은 곳에서 따뜻한 기운이 힘차게 태동하는 걸 느끼며 봉오리와 우아한 자태를 뽐내는 꽃을 몽땅 참을 수 없다는 듯이 던져 버렸다.

그 사람은 그녀를 얼마나 어리석은 여자로 볼까? 그에게서 좋은 말을 듣고 싶은 마음이 강했던 테스는 너무도 고통스럽고 불쾌해서 애써 잊어버리려고 했던 사실, 즉 더버빌 가문이 그녀의 집안이라는 것을 말해 볼까 고민도 했다. 무익하기 이를 데 없는 그 사실을 알게 되어 오히려 여러 가지 재앙만 초래했지만 어쩌면 클레어 씨는 신사에다가 역사를 공부하는 학생이기도 하니까 퍼벡산 대리석과 설화 석고로 치장하고 킹스비어 교회에 누워 있는 이들이 그녀의 직계 선조이며 그녀가 트란트리지에 사는 사람들처럼 돈과 야망으로 조작된 가짜가 아니라 뼛속까지 진정한 진짜 더버빌이라는 사실을 알게 된다면 그녀를 존중해 줄 것이고 그러면 〈귀족〉과 〈귀부인〉을 가지고 유치하게 행동했던 것쯤은 잊어버려 줄지도 모른다.

그러나 테스는 확신이 없었고 그래서 이런 사실을 밝히면 어떤 효과가 날지 넌지시 농장주의 생각을 떠보기로 했다. 그녀는 클레어 씨가 돈과 땅을 모두 잃은 시골 명문가를 어떻게 생각하는지 물어보았다.

「클레어 씨는 말이야.」 농장주가 힘주어 말했다. 「지금까지 알고 지낸 사람 중에 가장 반항심이 강한 괴짜라고 할 수 있지. 그의 식구들과는 닮은 데가 하나도 없어. 그가 가장 싫어하는 걸 하나 꼽으라고 한다면 그건 바로 소위 명문가라는 걸 거야. 유서 깊은 가문들은 이미 옛날에 그들의 힘을 몽땅 소진했으니 당연히 지금은 아무런 힘이 남아 있지 않다는 거야. 빌레트가, 드렌크하드가, 그레이가, 세인트 퀸틴가, 하디가 그리고 굴드가들이 이쪽 계곡 일대의 땅을 몇 마일씩이나 소유했었지만, 지금은 옛날 노래 한 곡조 값이면 몽땅 사들일 수 있다는 거지. 왜, 여기에 있는 레티 프리들 있지. 그녀도 패리델가 자손이지. 지금은 웨섹스 백작이 소유하고 있는 킹즈힌톡의 많은 땅을 소유했었던 집안이야. 그 사실을 알게 된 클레어 씨가 며칠 동안이나 레티에게 비꼬는 소리를 했어. 그가 이렇게 말했거든. 〈아가씨는 절대 젖을 잘 짜는 사람은 되지 못할 거예요. 그쪽 집안 기술은 오래전 팔레스타인에서 모조리 써버렸으니 일을 할 수 있는 기운을 얻으려면 천년은 손 놓고 누워 지내야 할 겁니다.〉 요전 날 남자아이 하나가 일자리를 얻으러 왔는데, 자기 이름이 매트라는 거야. 성이 뭐냐고 물었더니 성이 있다는 말을 들어 보지 못했다고 하더라고. 이유를 물으니 자기 집안이 오래되지 않아 그럴 거라고 말했어. 그랬더니 클레어 씨가 〈아, 내가 원하는 애가 바로 너로구나〉 하면서 자리에서 벌떡 일어나더니 그 아이와 악수를 하더라고. 〈자네에게 기대가 크네〉라고 말하며 반 크라운을 주었지. 그 사람은 오래된 가문들을 끔찍하게 싫어하지.」

이런 풍자적인 설명으로 클레어의 생각을 들여다본 가엾은 테스는 비록 그녀의 가문이 역사의 수레바퀴를 한 차례 돌아 새로운 집안이 될 정도로 몹시 오래되긴 했지만 본인의 마음이 약해졌을 때 가문에 대해 함구한 것을 그나마 다행이라고 생각했다. 게다가, 그런 면에서 본다면 젖 짜는 다른 여자도 그녀 못지않게 집안이 좋지 않은가. 테스는 더버빌 가문의 묘지나 그녀와 이름이 같은 정복자 기사에 대해선 아예 입을 꾹 다물어 버렸다. 클레어의 마음을 알게 된 그녀는 그가 자신을 전통과 무관한 새로움을 지닌 인물로 짐작해서 마음에 들어 하는 걸 거라고 생각했다.

제20장

 계절은 바뀌고 점점 무르익어 갔다. 불과 1년 전만 해도 생물로서의 구조를 갖추지 못하고 배아 상태의 입자로만 존재했던 또 한 해의 꽃과 이파리들, 나이팅게일과 개똥지빠귀 그리고 피리새와 덧없이 사라질 것들이 1년 전 바로 그곳에 있던 것들을 제치고 자리를 차지하고 들어섰다. 떠오르는 태양에서 쏟아지는 햇살이 봉오리를 끌어 올려서 긴 줄기로 뻗어가게 만들었고, 물줄기를 이루며 소리 없이 올라온 수액이 꽃잎을 벌어지게 했고, 눈에 보이지 않는 분출과 숨결을 통해 향기를 뿜어냈다.

 농장주 크릭의 식솔인 남녀 일꾼들은 안락하고 평온하며 즐겁게 생활했다. 그들의 위치는 가난함이 끝나는 선보다는 위에, 그리고 사회적 인습이 자연스러운 감정을 옥죄고 얄팍한 유행의 압력으로 충족을 모르게 하는 선보다는 아래에 있어 아마도 사회 계층에 있어서 가장 행복한 지점이었을 것이다.

 수목이 울창해지는 것이 집 밖의 들판이 추구하는 유일한 목적인 것처럼 이파리가 무성한 시절이 그렇게 지나갔다. 자신도 모르게 서로를 탐색하고 있었던 테스와 클레어는 아직은 열정의 한가운데로 들어서지 않은 채 그 가장자리에서 균형을 유지하고 있었다. 그러는 내내 그들은 거역할 수 없는 법칙에 따라 같은 계곡을 흐르는 두 개의 물줄기처럼 그렇게 서로에게 가까워졌다.

최근 몇 년 동안 테스는 지금처럼 행복했던 적이 없었고 어쩌면 다시는 절대로 이렇게 행복할 수 없을지도 모른다. 우선 이 새로운 환경이 테스에게 육체적으로나 정신적으로 모두 잘 맞았다. 독성이 가득한 땅에 뿌려진 씨가 뿌리를 내려 묘목이 되자 드디어 보다 깊은 토양으로 이식된 것이다. 그녀도 클레어와 마찬가지로 호감과 사랑 사이의 어중간한 지점에 머물러 있었다. 아직 심오한 단계까지 이르지 못해 깊은 사색이 자리 잡지 못한 그 상태에서는 〈지금의 새로운 흐름이 날 어디로 데리고 갈 것인가? 이것이 나의 미래에 어떤 의미를 갖는 걸까? 나의 과거와는 어떻게 관계되는 걸까?〉라는 막연한 물음만 던지게 된다.

아직 에인절 클레어에게 테스는 뜻밖에 찾아온 너무도 꾸밈없는 현상이자 이제 막 그의 의식에 견고하게 자리를 차지하기 시작한 장밋빛의 따뜻한 환영이었다. 그렇게 그는 그녀에게 정신이 팔려 있는 본인의 상태를 한 철학자가 굉장히 신기하고 새로우며 흥미로운 표본이 될 만한 여자를 생각하는 정도로 받아들이면서, 그의 마음이 그녀로 채워지도록 내버려 두었다.

그들은 계속해서 만났는데, 그건 그럴 수밖에 없었다. 그들은 매일 같이 보랏빛과 핑크빛으로 기이하리만치 장엄하게 동이 트는 새벽녘에 만났다. 이곳에서는 일찍, 그것도 무척이나 일찍 일어나야 했다. 젖 짜는 일은 일찌감치 마무리되지만,

젖짜기 전 새벽 3시쯤에는 크림을 걷어 내야 하기 때문이다. 보통은 자명종 소리를 듣고 제일 먼저 일어난 사람이 나머지 사람들을 깨워야 했으니 종종 그 임무가 신출내기인 데다가 다른 사람들처럼 자명종 소리를 듣고도 잠에서 헤어 나오지 못할 일이 없을 것 같은 테스에게 떨어졌다. 3시를 알리는 자명종이 울리면 즉시 그녀는 방을 나와서 농장주가 있는 곳으로 달려갔다. 그런 다음에 사다리를 타고 에인절이 자는 다락방으로 올라가 낮지만 조금 큰 목소리로 그를 불러 깨운 다음 다시 젖 짜는 여자 동료들을 깨웠다. 테스가 옷을 다 갖춰 입을 무렵이면 클레어는 아래층으로 내려와 축축한 공기 속에 서 있었다. 다른 여자들과 농장주는 보통 침대 위에서 한 번 정도 더 몸을 뒤척인 다음 15분 정도 지난 뒤에야 나왔다.

동틀 무렵의 어슴푸레한 잿빛은 음영의 정도는 똑같다고 하더라도 하루가 마감될 때의 그 잿빛과는 달랐다. 새벽 여명의 시간에는 빛이 적극적이고 어둠이 수동적이지만, 저녁 땅거미가 몰려올 무렵엔 어둠이 적극적으로 힘을 불려 가고 빛은 꾸벅꾸벅 졸면서 사그라진다.

꼭 우연만은 아닐 테지만 이 둘은 농장에서 가장 일찍 일어나는 사람들이 되었고, 그들 스스로도 세상에서 가장 일찍 일어난다고 생각했다. 여기에 정착하고 처음 며칠간 테스는 크림 걷는 일을 하지 않았음에도 불구하고 일어나자마자 에인절이 기다리고 있는 밖으로 나갔다. 막힘없이 훤히 트인 초원에는 물기를 잔뜩 머금은 빛이 환영처럼 스며들어 있어서 그들은 세상과 뚝 떨어져 있다는 느낌이 들었고 그래서 아담과 이브라도 된 것 같았다. 어슴푸레하게 하루가 시작되는 새벽이면 클레어에게 테스는 성품뿐 아니라 용모도 여왕의 위용을 지닌 고귀하고 커다란 존재가 되었다. 이는 아마도 그가 이렇게 초자연적인 시간에 그의 시야 안의 탁 트인 공기 속을 걷고 있는 여자로서 그녀처럼 좋은 자질을 타고난 여자는 보기 힘들다는 걸 알고 있기 때문이리라. 영국을 통틀어도 그런 여자는 없을 것이다. 아름다운 여자들은 한여름 새벽엔 으레 잠을 자기 마련이다. 그러나 그녀는 바로 가까이에 있었고 다른 여자들은 어디에도 없었다.

뭔가가 뒤섞인 묘하고 희부연 어스름을 뚫고 소들이 있는 곳으로 걸어갈 때 그는 종종 부활의 시간을 떠올리곤 했다. 그는 곁에 있는 이가 막달라 마리아[48]일지도 모른다는 생각은 전혀 하지 못했다. 모든 풍경이 애매모호한 어중간한 색조 안에 들어 있을 때 그의 눈은 안개 위로 둥실 떠 있는, 푸른 인광이 어른거리는 옆 사람의 얼굴에 못 박힌 듯 꽂혀 있었다. 그녀는 그저 하나의 영혼처럼 희미하게 보였다. 사실 그것은 그녀의 얼굴이 그렇게 보이는 게 아니라 북동쪽에서 다가온 차가운 섬광을 받았기 때문이었다. 그의 얼굴 역시 정작 본인은 모르고 있으나 그녀에겐 같은 모습이었다.

앞서도 말했듯이, 이 순간이 바로 그녀가 그의 마음속으로 가장 깊숙이 들어오는 때였다. 그녀는 이제 젖 짜는 처녀가 아니라 상상 속에 존재하는 여성의 진수, 하나의 성(性) 전체가 응축되어 전형으로 완성된 모습이었다. 그는 짐짓 장난삼아 아르테미스, 데메테르 그리고 그 이외의 멋진 이름으로 그녀를 부르곤 했지만 테스는 그 이름들이 의미하는 바를 이해하지 못해서 달가워하지 않았다.

「테스라고 불러 주세요.」 곁눈질로 테스는 이렇게 말하곤

[48] 예수의 부활을 처음 발견한 여자이다. 「요한의 복음서」 20장 1절 참고.

했고, 그러면 그도 그녀의 말을 따라 주었다.

이윽고 사방이 조금씩 밝아지면서 그녀도 평범한 여성의 모습으로 변해 갔다. 축복을 하사하는 신의 풍모에서 그 축복을 갈구하는 여느 존재로 바뀐 것이다.

사람들이 없는 이맘때면 그들은 물새들에게 아주 가까이 다가갈 수 있었다. 경작지 하나가 테스와 에인절이 자주 가는 목초지 가장자리에 있었는데, 그곳 나뭇가지에서 왜가리들이 문이나 덧문을 열 때 들리는 것같은 매우 시끄러운 소리를 내며 날아올랐다. 이 새들은 이미 자기들이 터를 잡고 있었다는 듯 한 쌍의 남녀가 지나갈 때에도 물에 서 있는 자세를 조금도 흐트러뜨리지 않고 감정 없는 바퀴처럼 천천히 옆으로 머리를 돌리면서 태엽 감은 꼭두각시마냥 그들을 물끄러미 바라보았다.

이불보다 약간 얇은 정도의 폭신폭신한 겹겹의 옅은 여름 안개가 뭉실뭉실 작은 조각으로 뿔뿔이 흩어진 채 목초지 주변에 수평으로 넓게 퍼져 있었다. 잿빛의 물기를 잔뜩 머금은 풀 위로는 소들이 밤새 몸을 뉘였던 자국들이 남아 있었다. 드넓은 이슬의 바다 위로 소들의 몸피만 한 크기의 짙은 녹색의 건초 섬이 만들어진 것이다. 각각의 섬에서 뱀처럼 꾸불꾸불한 발자국이 시작되고 있었으니, 잠에서 깬 소가 어슬렁어슬렁 풀을 뜯어 먹으러 어디론가 걸어간 것이다. 그리하여 그 자국이 끝나는 곳에는 영락 없이 소가 있기 마련이었다. 그들을 알아본 소가 내뿜은 콧김은 자욱한 안개 속에서 더 짙은 안개를 만들어 냈다. 그들은 그때그때의 상황에 따라 소들을 농장 마당으로 몰고 가거나 아니면 그 자리에 그대로 앉아 젖을 짰다.

또는 여름 안개가 더 넓게 퍼지기라도 하면, 목초지는 흰색의 바다처럼 펼쳐져 있고 점점이 흩어져 있는 나무들이 위험천만해 보이는 바위처럼 솟아 있었다. 안개를 뚫고 그 위의 밝은 빛을 향해 날개를 쫙 펴고 날아올라 햇살을 쬐던 새들은 유리 막대기처럼 반짝거리며 목초지를 가르고 서 있는 가로대 위로 물기에 젖은 몸을 내려놓았다. 안개가 만든 작은 다이아몬드 물방울이 테스의 속눈썹에 내려앉았고 그녀의 머리에 송골송골 맺혀 있는 물방울들은 작은 진주알처럼 영롱했다. 힘을 얻은 햇살이 여세를 밀고 나가자 이 모든 것은 테스로부터 증발해 버렸다. 이제 테스는 진기한 천상의 아름다움을 상실했고, 그녀의 치아와 입술 그리고 두 눈은 햇살을 받아 반짝거리는 눈부시게 아름다운 젖 짜는 여자, 세상의 다른 여자들과 맞서서 스스로의 아름다움을 지켜 내야 하는 여자로 다시 남게 되었다.

이 무렵이면 낙농장에서 숙식을 하지 않는 일꾼들에게 왜 늦게 왔느냐고 설교를 늘어놓거나, 손을 씻지 않았다고 데보라 파이안더 할멈을 심하게 나무라는 농장주 크릭의 목소리가 들려오곤 했다.

「제발, 손을 펌프 아래에 빨리 대봐요, 뎁! 세상에, 이렇게 지저분한 걸 런던 사람들이 알면, 자기들이 먹고 마시는 우유와 버터에 대해 지금보다 훨씬 더 이러쿵저러쿵 말이 많을 거라고요. 여러 번 말했잖아요.」

젖짜기는 계속되었고 그 일이 마무리될 즈음 크릭 부인이 아침 식사를 위해 부엌 벽에 붙어 있던 묵직한 식탁을 끌어내는 소리가 테스와 클레어 그리고 다른 사람들 모두에게 들려왔다. 이 일은 식사 때마다 어김없이 치르는 예비 작업이었다. 식사가 모두 끝나고 식탁 위의 모든 걸 다 치우면 식사 전과 똑같이 바닥을 긁어 대는 귀에 거슬리는 소리가 식탁이 제자리를 찾아가는 과정에 함께했다.

제21장

아침 식사를 끝내자마자 엄청난 소동이 우유 작업장에서 일어났다. 우유 교반기는 예전처럼 돌아가고 있는데 정작 버터가 만들어지지 않았던 것이다. 이런 일이 있을 때마다 낙농장은 마비 상태에 빠진다. 거대한 실린더 안에서 우유는 철벅철벅 소리를 내고 있었으나 그들이 애타게 기다리는 소리는 전혀 들리지 않았다.

농장주 크릭과 그의 아내, 젖 짜는 여자들인 테스, 마리안, 레티 프리들, 이즈 휴에트, 근처 농가에 사는 결혼한 여자들 그리고 클레어 씨와 조너선 카일, 데보라 할멈까지 모두 낙담한 표정으로 우유 교반기에서 눈을 떼지 못하고 서 있었다. 계속 밖에서 말을 몰던 남자아이도 상황의 심각성을 눈치챘는지 눈이 휘둥그레 하등잔만 헤져 있었다. 침울해 보이는 말조차도 우유 교반기가 돌아갈 때마다 뭔가 물어보고 싶은 절망적인 표정으로 창문 안을 들여다보고 있는 듯했다.

「내가 이그던에 있는 점술사 트렌들의 아들을 찾아간 지도 몇 년 흘렀구먼. 그래 족히 몇 년은 되었지!」 농장주가 침통하게 말했다. 「그 사람은 자기 아버지에 비하면 아무것도 아니었어. 그 사람 말을 믿지 않는다고 한 번만 더 하면 50번은 될 거야. 정말로 믿지 않거든. 그래도 살아 있다면 그를 보러 가야 할 것 같아. 맞아, 이런 일이 계속되면 그 사람에게 가봐야 할 거야!」

절망에 빠진 농장주를 바라보는 클레어 씨도 안타까운 심정이었다.

「캐스터브리지 건너편 사람들이 〈와이드 오〉라고 부르던 점술가 폴도 내가 어렸을 땐 용한 사람이라고들 했는데.」 조너선 카일이 말했다. 「하지만 지금 그 사람은 썩은 나무처럼 형편없어졌지.」

「우리 할아버지는 멀리 아울스콤에 살았던 점술가 민턴을 찾곤 하셨지. 아주 용한 사람이라고 할아버지가 말씀하시던 걸 들은 적이 있어.」 크릭 씨가 다시 말을 이어 갔다. 「하지만 요즘엔 그렇게 잘 보는 점술가는 없으니 말이야.」

크릭 부인은 이 문제의 원인을 좀 더 가까운 데서 들여다보았다.

「우리 집에 사랑에 빠진 사람이 있을지 몰라요.」 그녀가 망설이듯 말했다. 「그러면 이런 일이 생긴다는 말을 어렸을 때 들은 적이 있어요. 있잖아요, 여보. 몇 년 전 우리가 데리고 있었던 아가씨, 기억날 거예요. 그때도 버터가 만들어지지 않았던 걸.」

「아, 그래그래! 하지만 그건 맞지 않아. 연애와는 상관없는 일이었어. 그 일이라면 몽땅 기억하고 있는데, 그땐 우유 교반기가 고장 났었어.」

그가 클레어 쪽으로 몸을 돌렸다.

「한번은 잭 돌롭이라는 아주 나쁜 놈이 여기에서 젖 짜는 일을 한 적이 있었어요. 글쎄, 그놈이 저기 멜스톡에 사는 젊은 여자 하나를 꼬드겼지 뭐예요. 이전에 여러 여자들에게 수작을 부렸던 것처럼 똑같이 여자를 꾀어서 갖고 놀았던 거죠. 하지만 이번에 녀석은 다른 부류의 여자를 상대해야 했는데 그게 그 젊은 여자는 아니었어요. 새털처럼 많은 날 중에서 하필이면 성 목요일[49]에 지금처럼 우리는 여기에 있었고 우유 교반기는 돌아가지 않았어요. 바로 그때 젊은 여자의 엄마가 문 쪽으로 오고 있는 게 보이는 거예요. 손엔 황소도 찔러 죽일 만큼 큼직하게 놋쇠가 박힌 우산을 들고, 〈잭 돌롭이 여기서 일해요? 내 그놈한테 볼일이 있다우! 그놈하고 담판을 지을 일이 있다고요〉라고 말하면서 말이지. 자기 엄마 뒤로 조금 떨어져서 잭이 사귀었다는 젊은 여자가 손수건에 눈물을 펑펑 쏟으며 따라오고 있었죠. 〈오, 맙소사. 올 것이 왔군!〉 창밖을 내다보며 그놈이 말했어요. 〈저 여자가 날 죽이려 들 거야! 어디로 가야 하지? 어디로 가야 한단 말이야? 내가 어디 있는지 말해 주지 말아요!〉 그렇게 말하면서 그놈이 글쎄 여자의 엄마가 작업장으로 막 들이닥치는 순간 교반기의 뚜껑 문을 열고 그 안으로 쑥 기어들어 간 거예요. 〈이 나쁜 놈, 이놈 어디 있어? 내 손에 잡히기만 하면 이놈의 면상을 다 뜯어 놓고 말거야.〉 여자가 잭에게 온갖 욕설을 퍼부어 대면서 사방팔방으로 찾아다녔어요. 교반기 속에 들어간 잭은 질식할 지경이었고, 가엾은 처녀, 아니 그 젊은 여자는 눈이 퉁퉁 붓도록 울어 대면서 문가에 서 있었죠. 절대 잊지 못할 장면이었다니까. 아무렴 잊지 못하고말고! 대리석도 녹여 버릴 정도로 울더라니까. 하지만 어디에서도 그놈 흔적을 찾을 수는

---

49 예수 승천일을 말한다.

없었어요.」

크릭이 말이 멈칫하자 이야기를 듣고 있던 사람들이 한두 마디씩 했다.

크릭이 이야기할 때는 말을 다 마치지 않았는데도 꼭 끝난 것처럼 보일 때가 종종 있다. 그와 오랫동안 알고 지낸 사람들은 그러지 않지만 그를 잘 모르는 사람들은 무심코 이야기가 끝나면 나오는 감탄사를 미리 연발하기도 했다. 그의 이야기가 다시 이어졌다.

「그 노인네가 무슨 수로 그렇게 기막히게 짚어 냈는지 알 수는 없지만, 그놈이 교반기 안에 있다는 걸 알아냈지 뭐예요. 일언반구 말도 없이 노인네가 손잡이를 — 그땐 손으로 돌렸으니까 — 턱 잡더니, 냅다 돌려 버린 거죠. 잭은 안에서 떼굴떼굴 굴러다니기 시작했어요. 〈오 하느님, 교반기를 멈춰! 나갈게요!〉 머리를 불쑥 내밀며 그가 소리를 질러 댔죠. 〈사과 곤죽이 된다니까!〉 — 그런 녀석들이 으레 그렇듯 그놈도 속은 겁쟁이였으니까 — 〈깨끗한 내 딸을 버려 놓은 걸 보상하기 전에는 어림도 없어!〉라고 노인이 말했어요. 〈교반기를 중지시켜, 이 늙은 할망구야!〉 그놈이 악을 써댔죠. 〈날 할망구라고 불렀다 이거지, 그렇지. 이 사기꾼 놈아! 지난 다섯 달 동안 나를 장모님이라고 불렀어야 할 놈이!〉 노인은 계속 교반기를 돌려 댔고 잭의 뼈는 다시 덜거덕거리며 돌아갔고, 우리 중 어느 누구도 끼어들 엄두를 내지 못했어요. 그러다가 결국 그놈이 그 젊은 여자와 잘해 보겠다고 약속을 했어요. 〈약속을 꼭 지킬게요!〉 그 일은 그렇게 막을 내렸지요.」

듣고 있던 사람들이 미소로 답하고 있을 때 그들의 뒤에서 뭔가 빠르게 움직이는 소리가 났다. 사람들이 돌아다보니 얼굴이 창백해진 테스가 문가에 있었다.

「오늘 너무 덥네요!」 그녀가 알아들을 수 없을 만큼 작은 소리로 말했다.

더운 건 사실이었고 그래서 그녀가 나가는 것을 농장주의 회고담과 연관 지어 생각하는 사람은 없었다. 농장주는 앞으로 나아가 문을 열어 주며 듣기 좋게 농담처럼 말했다.

「왜 그러시나, 아가씨(그는 놀리듯 자주 이 애칭으로 그녀를 불렀는데 의식적으로 그런 것은 아니었다). 이 농장이 생긴 이래 가장 아리따운 젖 짜는 아가씨. 이런 초여름 날씨에 기운이 그렇게 빠지면 쓰나. 정작 삼복더위가 찾아왔을 때 아가씨 없이 지내야 하면 우릴 보고 어쩌라고 말이야. 안 그래요, 클레어 선생?」

「어질어질해서요……. 그래서…… 밖으로 나가면 좋아질 것 같아서요.」 그녀는 그냥 그렇게 말하면서 밖으로 나가 버렸다.

바로 그 순간 철벅거리며 돌아가던 교반기 안의 우유가 탁탁 끊어지는 명료한 소리를 내기 시작했는데, 이게 테스에게는 다행스러운 일이었다.

「이제 나요!」 크릭 부인이 환호성을 질렀고, 그러자 모든 사람들의 관심도 테스에게서 멀어졌다.

고통에 빠진 이 아름다운 여자는 이내 평정을 되찾은 것처럼 보였지만 오후 내내 몹시 우울한 시간을 보냈다. 저녁 젖 짜는 일을 끝낸 뒤 그녀는 다른 사람들과 어울리고 싶지 않았고, 그래서 밖으로 나가 발길 닿는 대로 여기저기 헤매고 다녔다. 함께 일하는 사람들에게는 농장주의 이야기가 그저 재미있는 이야깃거리였다는 생각이 그녀의 마음을 아프게 했다. 그 이야기에서 슬픔을 느낀 사람은 자기밖에 없는 것 같았다. 그것이 그녀가 경험한 가장 여린 곳을 얼마나 잔인하게 후벼 팠는지 아는 사람은 분명 아무도 없는 것 같았다. 저녁 하늘의 태양도 지금 보니 그저 커다랗게 타오르는 하늘에 생긴 생채기처럼 흉물스럽게만 보였다. 강가 키 작은 나무숲에서 갈라지는 소리로 울어 대는 외로운 갈대 참새 한 마리만이 지금은 연락이 끊긴 옛 동무의 음성처럼 단조롭고 구슬픈 음색으로 그녀를 반겨 줄 뿐이었다.

요즘처럼 해가 긴 6월에는 젖 짜는 여자들, 아니 이 집에 사는 대부분의 사람들이 해가 질 때 혹은 그보다 조금 일찍 잠자리에 들었다. 이는 젖짜기 전 시작되는 새벽일이 너무 이를 뿐더러 일단 우유 통에 우유가 가득 차게 되면 일이 고단해지기 때문이었다. 테스는 늘 동료들과 함께 공동으로 쓰는 위층 방으로 올라갔었다. 하지만 오늘 밤 그녀는 맨 먼저 방으로 올라갔고 다른 여자들이 들어왔을 무렵 이미 선잠이 든 상태였다. 그녀의 눈에 오렌지 빛으로 저물어 가는 태양 빛을 받으며 옷을 벗고 있는 동료들의 모습이 설핏 들어왔고, 태양 빛 탓인지 그들의 형체도 같은 빛깔로 물들어 있었다. 다시 깜빡 잠이 들었던 그녀는 친구들의 목소리에 잠에서 깨어 그들을 물끄러미 쳐다보았다.

한방을 쓰는 세 명의 처녀들 중 잠자리에 든 사람은 아무도 없었다. 그들은 잠옷을 입은 채 맨발로 창가에 모여 서 있었고, 서쪽에서 쏟아지는 마지막 붉은 햇살이 그들의 얼굴과 목을 그리고 그들 주위의 벽을 따뜻하게 감싸 안고 있었다. 명랑하고 둥근 얼굴, 머리카락이 까매 더 창백해 보이는 얼굴 그리고 삼단 같은 붉은색 머리채를 늘어뜨린 하얀 얼굴을 서로 가까이 댄 채 모두들 정원에 있는 누군가를 지대한 관심으로 지켜보고 있었다.

「밀지 마! 너도 나만큼 보이잖아.」 가장 나이가 어린 붉은 머리의 레티가 창가에서 눈을 떼지 않고 말했다.

「너나 나나 그이를 사랑해 봤자 소용없어, 레티 프리들.」 가장 나이가 많은 명랑한 얼굴의 마리안이 장난스럽게 말했다. 「그이는 네가 아니라 다른 여자의 뺨을 생각하고 있거든!」

레티는 여전히 창밖을 내다보고 있었고, 다른 여자들도 다시 내다보았다.

「저기 그이가 다시 나왔어!」 촉촉한 검은 머리카락에 입술의 윤곽이 또렷하고 얼굴이 창백한 이즈 휴에트가 큰 소리로 말했다.

「이즈, 난 말하지 않아도 알아. 네가 저 사람 그림자에 키스하는 걸 봤거든.」 레티가 말했다.

「쟤가 뭘 하는 걸 봤다고?」 마리안이 물었다.

「아니, 그이가 유장(乳漿) 통에서 유장을 걸어 내려고 서 있었는데 그때 통에 우유를 따르고 있던 이즈와 가까운 뒷벽에 그이의 얼굴 그림자가 비쳤거든. 이즈가 입을 벽에 갖다 대더니 그이의 그림자 입 부분에 입을 맞추더라고. 그인 보지 못했지만 난 봤지.」

「세상에, 이즈 휴에트!」 마리안이 말했다.

이즈 휴에트의 뺨 한가운데가 장밋빛으로 물들었다.

「뭐, 해될 것 없잖아!」 침착함을 유지하려고 애쓰며 이즈가 똑 부러지게 말했다. 「내가 그 사람을 사랑하고 있다면, 레티 너도 그렇잖아. 그런 점은 마리안 너도 마찬가지이고.」

마리안의 둥근 얼굴은 원래 분홍색을 띠고 있어서 더 이상

붉어지지는 않았다.

「내가! 무슨, 말도 안 되는 소리야! 저기 그이가 다시 나왔네! 사랑스러운 눈이여, 사랑스러운 얼굴이여, 사랑하는 클레어 씨!」

「거봐, 이제 인정한 거지!」

「너도 마찬가지야. 그러니까 우린 다 마찬가지라고.」 뭐라고 생각하든 전혀 관심 없다는 투로 마리안이 솔직하고 담담하게 말했다. 「다른 사람들에게까지 속마음을 보일 필요는 없지만, 우리끼린 아닌 척해 봤자 웃기는 일이야. 난 내일이라도 그이와 결혼할 수 있거든!」

「나도 그래. 뭐 더 한 것도 할 수 있지.」 이즈 휴에트가 중얼거렸다.

「그건 나도 그래.」 조금 더 수줍음을 타는 레티가 속삭이듯 말했다.

이런 이야기를 듣고 있던 테스의 마음은 콩닥거렸다.

「우리가 다 그이와 결혼할 수는 없잖아.」

「우린 결혼하지 못할 거야. 우리 중 어느 누구도. 정말 속상해.」 가장 나이 많은 처녀가 말했다. 「저기 그이가 다시 나왔어!」

그들 셋은 모두 그에게 말없이 키스를 날려 보냈다.

「왜?」 급하게 레티가 물었다.

「왜냐하면 그이는 테스 더비필드를 가장 좋아하거든.」 목소리를 낮춰 가며 마리안이 대답했다. 「내가 매일 같이 그이를 지켜봤거든. 그래서 알아낸 거야.」

생각에 잠긴 듯 침묵이 흘렀다.

「하지만 테스는 별로 관심이 없잖아?」 침묵을 깨고 레티가 속삭이듯 말했다.

「하긴, 나도 가끔 그런 생각이 들긴 해.」

「이게 다 무슨 부질없는 이야기라니!」 이즈 휴에트가 불쑥 내뱉듯이 말했다. 「그이는 우리 중 어느 누구하고도, 아니 테스하고도 결혼하지 않을 게 분명하잖아. 좋은 집안의 아들인 데다가 외국에 나가 대지주나 농장 경영자가 될 사람이니까! 1년에 몇 푼 줄 테니까 농장 일꾼으로 함께 가자고는 할지 모르지!」

하나가 한숨을 내쉬자 또 한 명이 한숨을 내쉬었고, 투실투실한 마리안의 몸에서 가장 커다란 한숨이 흘러나왔다. 바로 그들의 코앞에서 침대에 누워 있던 사람 역시 한숨을 쉬었다. 레티 프리들의 눈에서 눈물이 흘러내렸다. 이 지역 연보(年譜)에 이름을 올린 상당히 지명도가 있는 패리들 가문의 마지막 꽃봉오리, 예쁘고 나이도 가장 어린 빨간 머리의 레티의 눈에서 말이다. 그들은 잠자코, 좀 더 오랫동안, 아까처럼 얼굴을 서로 가까이 댄 채 밖으로 시선을 고정하고 있었다. 서로 다른 세 가지 색의 머리카락이 한데 어우러졌다. 그러나 아무것도 모르는 클레어 씨는 안으로 들어갔고 그녀들은 더 이상 그를 볼 수 없었다. 어둠이 짙어졌고 그들도 침대에 몸을 뉘였다. 잠시 후 방으로 가려고 계단을 올라가는 그의 발자국 소리가 들려왔다. 마리안은 곧 코를 골기 시작했지만 이즈는 한동안 그를 잊을 수 없었다. 레티는 울다가 잠이 들었다.

누구보다 강한 열정을 품고 있던 테스인지라 그들이 잠든 뒤에도 좀처럼 잠을 이룰 수 없었다. 친구들의 대화는 그날 그녀가 어쩔 수 없이 삼켜야 했던 또 하나의 쓰디쓴 약이었다. 그녀의 마음에 질투의 감정은 티끌만큼도 일지 않았다.

그 문제에 관한 한 테스는 자신이 유리하다는 걸 알고 있었다. 그녀는 그들보다 용모가 아름다웠고 교육도 더 많이 받았으며, 레티를 빼곤 나이도 가장 어리지만 어느 누구보다도 성숙한 여성미를 풍겼다. 그래서 그녀는 어느 정도 신경만 쓴다면 이 친구들을 제치고 에인절 클레어의 마음속에 자신의 존재감을 확실하게 심어 놓을 수 있다는 걸 알고 있었다. 하지만 더 중요한 문제는 그녀가 그렇게 해야만 하는가 하는 점이었다. 진지하게 생각해 보면 그들 중 어느 누구도 그럴 기회의 그림자조차 가질 수 없는 게 현실이다. 하지만 그 사람에게 스치듯 지나가는 관심을 불러일으키는 여자가 있다면, 그 여자는 그 사람이 여기에 있는 동안만이라도 그의 관심을 받는 즐거움을 누리는 기회를 얻을 것이다. 그리고 동등하지 않은 사람들 사이의 애정이 결혼으로 이어지는 경우도 왕왕 있지 않은가. 게다가 크릭 부인에게 들은 바로는, 어느 날 클레어 씨가 1만 에이커나 되는 식민지의 목초지를 가꾸고 소를 기르며 옥수수를 거둬들여야 하는데, 양갓집 규수와 결혼해 봤자 무슨 소용이 있겠냐며 웃으며 얼버무리듯 말했다는 것이다. 그러니까 농장이 어떻게 돌아가는지 알고 있는 여자만이 그에게 어울리는 현명한 배필이 될 거라는 거였다. 하지만 클레어 씨의 이 말이 진심이건 아니건 간에 그녀는 이제 양심상 어떤 남자와도 결혼하지 않겠다고, 그리고 그런 유혹에 다시는 넘어가지 않겠다고 마음을 굳게 다잡지 않았던가. 그가 여기 있는 동안 덧없이 짧은 그런 행복을 얻자고 그의 관심에서 다른 여자들을 떼어 놓을 이유가 어디에 있단 말인가.

제22장

 다음 날 아침 그들은 하품을 하면서 아래층으로 내려왔다. 여느 때와 마찬가지로 그들은 크림을 걷어 내고 젖 짜는 일을 했고, 아침 식사를 하러 집 안으로 들어갔다. 농장주 크릭이 발소리를 쾅쾅거리며 집 안을 서성거리고 있었다. 그가 한 통의 편지를 받았는데 한 손님이 버터에서 이상한 냄새가 난다고 불평했다는 것이다.

 「제기랄, 정말 그런 냄새가 나더라고!」 버터 한 조각이 묻어 있는 얇은 나무 주걱을 왼손에 들고 그가 말했다. 「정말이라니까. 직접 맛을 봐요!」

 크릭 주위로 몇 사람이 모여들었다. 클레어가 맛을 보았고 테스도 맛을 보았다. 농장에 사는 다른 젖 짜는 여자들과 두어 명의 남자들 그리고 마지막으로 아침 식사를 준비해 놓고 기다리고 있던 크릭 부인도 나와서 맛을 보았다. 이상한 냄새가 나는 게 분명했다.

 그 맛을 더 잘 음미해서 이런 일을 일으킨 독초의 종류를 알아내려고 골몰해 있던 농장주가 갑자기 소리를 질렀다.

 「마늘 때문이야! 우리 목초지에 마늘 잎사귀는 하나도 남아 있지 않다고 생각했는데!」

이때, 몇 해 전에도 몇 마리의 소를 어떤 마른 목초지로 들여보냈다가 지금처럼 버터가 못쓰게 되었던 일이 있었다는 사실이 오랫동안 이곳에서 일해 온 사람들의 기억에 떠올랐다. 그 당시 농장주는 그 맛을 규명해 내지 못했고 그저 버터에 마법이 걸렸다고 생각했었다.

「목초지를 철저하게 살펴봐야 하겠어. 이런 일이 계속되면 절대 안 돼지!」

그래서 그들은 모두 끝이 뾰족한 헌 칼로 무장을 하고 밖으로 나갔다. 이 해로운 식물은 그냥 봐서는 도통 눈에 띠지 않을 정도로 꼭꼭 숨어 있기 때문에 그들 앞에 펼쳐진 무성한 풀밭에서 이 독초를 찾아낸다는 건 그야말로 바다에서 잃어버린 바늘을 찾아내려는 시도 같기도 했다. 하지만 모두들 이 탐색이 얼마나 중요한지 익히 알고 있었던 터라, 서로 도와가며 줄을 지어 대열을 형성했다. 기꺼이 도와주겠다고 나선 클레어와 농장주가 위쪽 끝으로 자리를 잡았고 그 뒤를 테스, 마리안, 이즈 그리고 레티가 따랐다. 빌 르웰, 조너선 그리고 농장으로 일하러 오는 아낙네들로 양털처럼 부글부글한 검은 머리에 눈알을 이리저리 굴려 대는 벡 닙스와 목초지의 눅눅한 겨울 안개 때문에 폐결핵에 걸려 얼굴이 누렇게 뜬 프랜시스도 끼어 있었다.

그들은 땅에 시선을 박고 들판을 한 줄씩 천천히 훑으며 지나간 다음 다시 뒤로 조금 더 내려오는 방식으로 작업했고, 그래서 이 일을 마무리할 무렵이면 자신들의 눈이 빠뜨리고 넘어간 땅은 한 뼘도 없게 만들 작정이었다. 이 작업은 상당히 지루한 일로써 들판 전체에서 찾아낸 마늘 싹이 채 대여섯 개도 되지 않았다. 하지만 이 풀은 너무 강해서 소 한 마리가 한 번만 뜯어 먹어도 그날 농장에서 생산된 우유의 맛을 몽땅 망칠 우려가 있었다.

성격이나 감정 면에서 서로 상당히 달랐지만 아무런 생각도 소리도 없이 몸을 숙이고 있는 그들은 신기하리만치 일정한 대열을 만들어 내고 있었다. 그래서 근처의 길을 걸어 내려오던 낯선 이가 있어 이 모습을 보기라도 한다면 설사 그들을 몽땅 싸잡아 〈촌뜨기〉라고 부른다고 해도 어쩌면 용서해 줘야 할 것 같기도 했다. 그렇게 그들이 그 풀을 찾아 몸을 숙이고 조금씩 앞으로 나아갈 때, 미나리아재비 풀에서 나온 보드랍고 노르스름한 빛은 그늘진 그들의 얼굴에 반사되었고 그러자 곧 그들도 달빛에 물든 요정 같은 모습으로 변해 갔다. 정오의 태양이 있는 힘을 다해 그들의 등 위로 강한 햇살을 쏟아붓고 있었는데도 말이다.

무슨 일에든 다른 사람들과 똑같이 참여하겠다는 원칙을 지킨 에인절 클레어는 이따금 고개를 들곤 했다. 그가 테스 바로 옆에 있던 것은 그러니까 전적으로 우연만은 아니었다.

「괜찮아요?」 그가 나지막한 목소리로 말을 건넸다.

「네, 아주 좋아요, 선생님.」 그녀가 조용하게 대답했다.

여러 가지 개인적인 이야기를 나눈 게 불과 30분 전이었고, 그래서 그들이 이렇게 말문을 여는 건 사실 인사치레에 불과했다. 그들의 대화는 더 이상 이어지지 않았다. 조금씩 앞으로 나아갈 때 테스의 페티코트 자락이 에인절의 장화에 닿기도 했고 그의 팔꿈치가 그녀의 팔꿈치를 스치기도 했다. 그들 옆으로 온 농장주가 드디어 더 이상 일을 견딜 수 없어 했다.

「여기에서 이렇게 구부정하게 있자니 등줄기가 너무 아파

못살겠군!」 그는 괴로운 듯 오만상을 지으며 허리를 천천히 곧게 펴면서 큰 소리로 투덜거렸다.「그리고, 거기 테스 아가씨, 엊그제인가 몸이 좋지 않았잖아. 이렇게 일을 하면 머리가 몹시 아플걸! 어지러우면 그만해요. 나머지 일은 다른 사람들에게 맡기고.」

농장주 크릭은 다른 곳으로 갔고 테스도 뒤로 처졌다. 클레어 역시 대열에서 빠져나와 혼자 여기저기 풀을 찾아 헤매기 시작했다. 어젯밤에 들은 이야기 때문에 신경이 곤두서 있던 테스는 그가 자기 옆에 있다는 걸 발견하곤 먼저 말문을 열었다.

「쟤네들 참 예쁘죠?」

「누구 말인가요?」

「이즈와 레티 말이에요.」

테스는 저들 중 누구라도 농부의 훌륭한 아내가 될 수 있으므로 그에게 그들의 좋은 점을 이야기하고 자신의 가엾은 매력은 가려야 한다고 우울한 심경으로 다짐했었다.

「예쁘다고요? 뭐, 그렇죠. 상큼한 예쁜 처녀들이죠. 나도 종종 그렇게 생각했어요.」

「하지만, 안타깝게도, 아름다움은 오래가지 않아요.」

「네, 그렇죠, 불행하게도.」

「저 아이들은 젖 짜는 솜씨가 탁월해요.」

「그래요. 그러나 당신보다는 못하죠.」

「크림 걷어 내는 솜씨는 저보다 좋아요.」

「그런가요?」

클레어는 그 처녀들을 계속 바라보았고 처녀들도 그를 지켜보고 있었다.

「재가 얼굴이 빨개지네요.」 테스가 꿋꿋하게 대화를 이어 갔다.

「누가요?」

「레티 프리들이요.」

「아! 왜 그럴까요?」

「선생님이 걔를 보고 있잖아요.」

자신을 버려야 한다고 생각했지만 차마 〈당신이 원하는 사람이 귀부인이 아니고 젖 짜는 여자라면 쟤네들 중 한 사람과 결혼하세요. 저랑 결혼할 생각일랑 하지 마세요!〉라고까지 말할 수는 없었다. 테스는 크릭 씨를 따라갔고, 따라오지 않는 클레어를 보면서 씁쓸했지만 오히려 잘됐다는 생각이 들었다.

테스는 이날부터 에인절을 피하려고 무진 애를 썼다. 어쩌다가 정말 우연찮게 그와 마주치게 되더라도 절대로 예전처럼 함께 오래 있으려고 하지 않았다. 그녀는 그렇게 다른 세 처녀들에게 모든 기회를 양보했다.

친구들의 고백을 들은 테스는 친구들의 명예가 에인절 클레어의 손에 놓여 있다는 걸 깨달을 만큼 충분히 성숙한 여자였다. 그래서 에인절이 그들의 행복을 조금이라도 망치지 않으려고 조심하는 걸 보며 그것이 옳건 그르건 상관없이 스스로를 절제하려는 그의 마음에 마음속으로부터 존경하는 마음이 따뜻하게 우러났다. 자기와 성별이 다른 사람에게서 그런 자질을 발견하리라곤 전혀 기대하지 못했고, 그의 이런 성품이 없었더라면 그와 한집에 기거하는 순박한 마음을 지닌 한 여자 그리고 여러 여자가 울면서 인생의 고행 길을 떠날 수도 있었다.

제23장

 어느새 7월의 뜨거운 날씨가 아무도 모르게 찾아들었고, 분지의 공기가 낙농장 사람들과 소들 그리고 나무들 위로 마취제처럼 숨이 턱턱 막힐 듯 걸려 있었다. 더운 김을 확확 뿜어내는 비가 자주 내렸고, 그리하여 소가 뜯어 먹을 풀은 더욱 무성해졌으나 늦게 건초를 말리고 있던 다른 낙농장의 작업이 낭패를 보기도 했다.

 일요일 아침이었다. 젖 짜는 일이 끝났고 집에서 출퇴근하는 인부들도 이미 집으로 돌아간 뒤였다. 테스와 다른 세 명의 처녀들이 서둘러 옷을 차려입고 있었는데, 그들은 농장에서 3~4마일 떨어진 멜스톡 교회에 함께 가기로 했던 것이다. 탤벗헤이즈 농장에 온 지 이제 두 달, 드디어 테스가 첫 나들이를 하는 것이다.

 천둥과 함께 전날 오후부터 밤까지 목초지에 쏟아진 폭우 때문에 일부 건초가 강으로 떠내려가고 말았다. 하지만 오늘 아침은 비가 내린 끝인지 햇살은 더욱더 화창하게 빛났고, 공기는 더없이 향긋하고 깨끗했다.

 그들이 사는 마을에서 멜스톡까지 꾸불꾸불하게 이어진

길을 가자면 도중에 길이 움푹 파여 쑥 들어간 지점을 지나쳐야 했다. 이들이 가장 깊게 푹 꺼진 지점에 도달했을 때 이미 그곳은 50야드가량이나 신발 위까지 물이 차 있었다. 주중이라면 이런 일 정도는 문젯거리도 아니었다. 굽이 높은 나막신이나 장화를 신고 그냥 철벅거리며 편하게 건넜을 테니 말이다. 하지만 있는 대로 멋을 부리고 영혼과 관련된 일인 듯 짐짓 위선을 부리지만 사실 육체가 육체에게 아양을 떨려고 나서는 오늘, 그들이 신고 있는 흰색 스타킹과 굽이 낮은 신, 핑크빛과 흰색 그리고 라일락빛의 옷에 혹여 진흙이라도 묻으면 눈에 확 뜨일 오늘 같은 태양의 날[50]에는 이 웅덩이야말로 난처한 방해꾼이 아닐 수 없었다. 갈 길은 아직 1마일이나 남아 있건만 벌써 교회 종소리가 들려왔다.

「여름철에 강물이 이렇게 불어날 거라고 누군들 예상이나 했겠어!」 길가 둑 위에 서서 마리안이 말했다. 그들은 길가 둑으로 기어올라 가서 웅덩이를 건너 볼 요량으로 그 둑의 경사진 곳을 따라 살살 기듯이 불안하게 발을 내딛고 있었다.

「이렇게 갈 수는 없어. 웅덩이를 그냥 건너든지 아니면 큰길로 돌아가야 해. 그러면 너무 늦긴 할 거야.」 오도 가도 못하며 레티가 어쩔 줄 몰라 했다.

「걸어서, 그것도 늦게 들어가기까지 하면 난 얼굴이 새빨개질 거야. 그러면 사람들 모두 빤히 돌아볼 테고.」 마리안이 말했다. 「〈주님 뜻대로 하소서〉[51]를 할 무렵에도 얼굴의 열기가 가라앉지 않을 거라고.」

---

50 하디는 종교적 예배를 드리는 일요일의 모형을 고대의 태양 숭배로 보면서 이교적 전통을 강조한다.
51 예배를 드릴 때 기도 중에 반복하는 표현이다.

그렇게 그들이 둑 위에 매달려 있을 때 길모퉁이에서 첨벙거리는 소리가 들려왔고 금세 에인절 클레어가 길을 따라 물웅덩이를 거쳐서 그들을 향해 오는 모습이 보였다.

네 개의 심장이 동시에 쿵하고 크게 뛰었다.

에인절은 교리 신봉자인 목사의 아들이면서도 종종 보여주었던 안식일과는 무관한 차림새였다. 농장에서 입는 옷에 긴 장화를 신고 있었고 모자 속에는 머리의 열을 식혀 줄 배추 잎 하나를 얹고 있었으며 손에는 제초용 낫이 들려 있었다.

「교회에 가는 게 아닐 거야.」 마리안이 말했다.

「그런 것 같아. 교회에 가는 중이라면 좋으련만!」 테스가 나지막한 소리로 중얼거렸다.

사실, 에인절은 옳건 그르건 ― 미꾸라지처럼 빠져나가는 논쟁자들의 안전한 표현을 빌리자면 ― 이 화창한 여름날 교회나 채플에서 듣는 설교보다 돌이 들려주는 설교[52]를 더 좋아했다. 더구나 오늘 아침에는 폭우로 인해 건초가 입은 피해가 얼마나 심각한지 살피러 나왔던 참이었다. 처녀들은 웅덩이를 건너는 일에 정신이 팔려 미처 그를 보지 못했지만 그는 길을 지나가다가 이미 먼발치서 이들을 보았다. 그는 이 지점에서 물이 불어난다는 사실을 알고 있었고, 그래서 그들이 통과하는 데 애를 먹을 거라고 생각했다. 그래서 걸음을 재촉했고 막연하게나마 그들을, 특히 그들 중의 어느 한 명을 도울 수 있는 일이 있지 않을까 생각하고 있던 참이었다.

얇은 여름옷을 입은, 장밋빛 뺨과 샛별처럼 맑은 눈을 가진 네 명의 처녀들이 비스듬히 기운 지붕에 쪼르르 앉아 있는 비둘기처럼 길가 둑에 달라붙어 있는 모습이 얼마나 예쁘던지,

---

52 셰익스피어의 「뜻대로 하세요」 제2막 제1장 인용.

그는 한동안 그들에게 다가가기 전 멈춰 서서 바라보았다. 속이 훤히 다 비치도록 얇은 그들의 치맛자락이 풀밭을 스치면서 수많은 파리와 나비들을 쓸어 담는 바람에, 미처 빠져나가지 못한 파리와 나비들이 새장에 갇힌 모양새로 투명한 치마 안쪽에 갇혀 있었다. 에인절의 눈길이 이윽고 네 명의 처녀들 중 가장 뒤에 있던 테스에게 머물렀다. 테스는 자신들이 처한 난처한 상황 때문에 터져 나오는 웃음을 간신히 참고 있던 터라 환하게 웃는 얼굴로 그의 시선을 받아들일 수밖에 없었다.

에인절은 물이 긴 장화 위까지 차오르지 않은 쪽으로 성큼성큼 걸어와 그들 앞에 서서 갇혀 있던 파리와 나비들에게 눈길을 주었다.

「교회로 가는 길인가요?」 그는 테스의 시선을 피하면서 맨 앞에 있던 마리안과 그 뒤의 두 사람에게 물었다.

「네, 선생님. 그런데 늦을 것 같아요. 그러면 제 얼굴이……」

「여러분 모두 웅덩이를 건너게 해드리죠.」

그들의 몸속에 마치 하나의 심장이 뛰고 있는 것처럼 네 명 모두의 얼굴이 동시에 빨개졌다.

「그러실 수는 없어요, 선생님.」 마리안이 말했다.

「건너가려면 그 방법밖에 없어요. 가만히 있어요. 아가씨들은 그렇게 무겁지 않을 테니. 네 사람을 모두 한 번에 나를 수도 있을 겁니다. 자, 마리안, 조심하시고요. 팔을 내 어깨에 올려놔요. 그렇게요. 자! 꼭 잡으세요. 잘했어요.」

마리안이 그가 시키는 대로 몸을 낮춰 에인절의 팔과 어깨에 자신을 맡기자 그는 그녀를 안고 성큼성큼 걸어갔다. 뒤에서 보고 있노라니 그의 호리호리한 체격은 마리안이라는 커다란 꽃다발에 꽂힌 꽃대처럼 보였다. 그 둘은 길모퉁이를 돌아 사라졌고 첨벙거리는 그의 발자국 소리와 마리안의 보닛 꼭대기에 꽂힌 리본만이 그들의 위치를 알려 주고 있었다. 잠시 후 그가 돌아왔다. 다음 차례는 둑에 서 있는 순서대로 이즈 휴에트였다.

「그이가 오네.」 몹시 흥분한 탓에 이즈의 입술이 바싹 말라 있다는 걸 그녀의 중얼거리는 목소리로 알 수 있었다. 「마리안처럼 팔을 그이의 목에 두르고 얼굴을 볼 거야.」

「아무 소용없는 일이야.」 테스가 얼른 말했다.

「매사에는 때가 있는 거야.」 이즈가 테스의 말에 개의치 않으면서 말을 이어 갔다.

「서로 껴안을 때가 있으면 그만둘 때가 있다[53]지. 먼저 것이 이제 내가 해야 할 일이야.」

「이런! 이즈, 그건 성경 구절이잖아.」

「맞아. 교회에서 아름다운 구절이 나올 때면 난 늘 귀담아듣거든.」

이 일의 4분의 3은 에인절 클레어에게 그저 친절에서 우러나온 단순한 행위에 불과했다. 이제 그는 이즈에게로 다가갔다. 이즈는 꿈을 꾸듯 조용히 그의 팔에 안겼고 에인절은 그녀를 안고 절도 있게 행진하듯 걸어갔다. 그가 세 번째로 돌아오는 소리가 들렸고, 레티가 두근거리는 심장 때문에 마구 떨고 있는 모습이 보였다. 이제 에인절은 붉은 머리의 처녀에게로 다가가 그녀를 팔에 안으면서 테스에게 눈길을 보냈다. 그의 입술조차도 이 눈짓보다 더 또렷하게 〈당신과 내가 곧 만날 거요〉라는 말을 할 수는 없었으리라. 테스의 얼굴에도 알아들었다는 표정이 나타났으니, 그건 그녀도 어쩔 도리가

---

[53] 「전도서」 3장 5절 인용.

없었다. 그들은 서로의 마음을 이해하고 있었던 것이다.

어린 레티는 지금까지 체중은 가장 가벼웠으나 클레어를 제일 힘들게 했다. 마리안은 곡물이 가득 담긴 부대 자루 같아서 에인절은 그 비대한 무게에 눌려 정신없이 비틀거렸다. 이즈는 요령 있게 조용히 안겼던 반면, 레티는 히스테리로 똘똘 뭉친 것처럼 몹시 흥분한 상태였다.

어쨌든 에인절은 안절부절 가만히 있지 못하는 그녀를 안고 웅덩이를 건너서 내려놓고 다시 돌아왔다. 웅덩이가 끝나고 지면이 올라간 곳에 에인절이 내려 준 그대로 세 명이 옹기종기 모여 있는 것을 테스는 울타리 너머로 볼 수 있었다. 이제 그녀의 차례였다. 그녀는 클레어의 숨결과 눈길이 가까워진다는 생각에 마음속에서 흥분이 고조되는 걸 느끼곤 적잖이 당혹스러웠다. 친구들의 흥분한 모습을 우습다고 생각했었기 때문이다. 마음속 비밀을 들킬까 봐 테스는 마지막 순간에 얼버무리듯 말했다.

「전 둑을 따라서 잘 갈 수 있을 것 같아요. 쟤들보다 제가 더 잘할 수 있거든요. 많이 힘드실 거예요, 클레어 선생님!」

「아니, 아니에요, 테스!」 그가 급히 말을 받았다. 테스는 자신도 모르는 사이에 어느새 그의 팔에 안겨 어깨에 몸을 기대고 있었다.

「한 사람의 라헬을 얻기 위해 세 명의 레아를 건네준 셈[54]이죠.」 그가 속삭였다.

「저 친구들이 저보다 좋은 여자들이에요.」 테스는 너그럽게 자신이 결심했던 대로 말했다.

「내겐 그렇지 않소.」 에인절이 말을 받았다.

54 「창세기」 29장 참고.

그의 말을 들은 테스의 얼굴이 화사해지는 것을 그는 놓치지 않았다. 그렇게 그들은 말없이 몇 걸음 더 나아갔다.

「제가 너무 무겁지 않으면 좋겠어요.」 그녀가 수줍어하면서 말했다.

「무겁지 않아요. 마리안을 들어 봤어야 하는데! 상당히 무거웠죠. 당신은 햇살에 따스해진 너울거리는 물결 같아요. 그리고 당신을 감싸고 있는 이 보드라운 모슬린은 물거품이고요.」

「선생님께 그렇게 보인다면, 매우 예쁘겠군요.」

「오로지 네 번째인 당신을 위해서 이 일의 4분의 3을 치렀다는 걸 알고 있어요?」

「몰라요.」

「오늘 이런 일이 있으리라곤 예상하지 못했어요.」

「저도요……. 물이 갑자기 불어났어요.」

그가 물이 불었다는 말을 한 것으로 이해하려 들었지만 그녀의 숨결은 에인절과 같은 말을 하고 있었다. 클레어가 걸음을 멈추더니 테스의 얼굴로 자신의 얼굴을 가져갔다.

「오, 테시!」 그가 격앙된 어조로 부르짖었다.

테스의 두 뺨은 산들바람을 맞으면서도 화끈거렸고 감정이 벅차올라 차마 그의 눈을 마주볼 수 없었다. 에인절은 우연찮게 얻은 이 기회를 자신이 조금은 부당하게 이용하고 있다는 생각이 문득 스쳤고, 그래서 더 이상 일을 진행하지는 않았다. 아직 그들 사이에 어떤 분명한 사랑의 밀어가 오간 것은 아니었으므로 지금은 이 정도에서 멈추는 것이 바람직하다고 생각했던 것이다. 그는 느릿느릿 걸어서 남은 거리를 가능하면 오래 끌고 싶었지만 이윽고 모퉁이를 돌아섰고 그래서 다른 세 명에게 나머지 부분은 모두 노출되고 말았다.

마른땅에 도달한 그가 그녀를 내려놓았다.

테스의 친구들은 생각에 잠긴 눈들을 동그랗게 뜨고 그녀와 그를 쳐다보고 있었는데, 테스는 친구들이 자신에 관해 이야기하고 있었다는 것을 직감으로 알 수 있었다. 그는 그들에게 서둘러 인사를 건넨 다음 물에 잠긴 길을 첨벙거리며 되돌아갔다.

그들 넷은 아까처럼 가던 길을 계속해서 걸어갔다. 드디어 마리안이 침묵을 깨고 말문을 열었다.

「안 되겠어. 솔직히 말하면, 우리는 테스에게 상대가 되지 못해!」 그녀가 슬픈 얼굴을 하고 테스를 바라보았다.

「무슨 소리야?」 테스가 물었다.

「그 사람은 널 가장 좋아해. 정말 좋아한다고! 널 안고 오는 그이를 보고 알 수 있었어. 그이가 네게 키스를 할 수도 있었을 거야. 만일 네가 조금이라도 분위기를 맞춰 줬더라면 말이지.」

「아니야, 그게 아니야.」 테스가 말했다.

집을 나설 때 들떴던 기분이 조금 사라져 버렸다. 그러나 이 처녀들 사이에 적개심이나 악의 같은 게 있는 것은 아니었다. 그들은 너그러운 영혼들인 데다가 운명론이 강력하게 지배하는 한적한 시골 벽지에서 자랐기 때문에 테스를 원망하는 마음 따위는 없었다. 그렇게 뭔가를 빼앗기는 것은 그들에게 이미 예정된 운명이었던 것이다.

테스는 마음이 아팠다. 자신이 에인절을 사랑하고 있다는 사실 때문이었다. 다른 친구들 역시 그에게 마음을 뺏앗겼다는 걸 알고 난 후 더욱 절실해진 그를 향한 사랑을 그녀는 도저히 감출 수 없었다. 이런 감정은 특히 여자들 사이에서 전염성을 띠는 법이다. 하지만 그를 갈망하는 그녀의 마음속에는 친구들을 애잔하게 바라보는 감정도 들어 있었다. 테스의 정직한 성품이 이런 감정을 눌러 보려고 애썼으나 그 힘이 너무 약했고, 자연스럽게 그런 결과가 나타났다.

「절대로 널 방해하지 않을게. 너희들이 원하는 걸 방해하지 않을 거야.」 그날 밤 침대에 누운 테스가 레티에게 단호한 심경으로 말했다(그녀의 눈에서 눈물이 흐르고 있었다).「나도 어쩔 수가 없어, 레티! 그 사람은 결혼 같은 건 생각하고 있지 않은 것 같아. 만약 그이가 청혼한다고 해도 난 거절해야만 해. 다른 어떤 남자도 거절해야 하는 것처럼.」

「어! 정말이니? 왜?」 알 수 없다는 표정으로 레티가 말했다.

「내게 결혼은 있을 수 없는 일이야! 하지만 솔직히 말할게. 날 제쳐 놓고 생각한다고 하더라도, 그이가 너희들 중 한 명을 선택하는 일은 없을 것 같아.」

「그런 건 바란 적도 없었고 생각해 본 적도 없어!」 레티가 절망적으로 말했다.「아! 죽고 싶다!」

스스로도 어찌해 볼 도리가 없는 감정 때문에 마음이 착잡했던 이 가엾은 어린 레티는 그때 막 위층으로 올라온 다른 두 처녀들을 돌아보며 말했다.

「우리 다시 테스하고 친구로 지내자.」 레티가 그들에게 말했다.「우리처럼 테스도 그이가 자기를 선택하지 않을 거라고 생각해.」

그렇게 해서 어색했던 분위기는 사라졌고 그들은 다시 마음을 열어 놓는 다정한 사이가 되었다.

「난 이제 어떻게 되든 상관하지 않을 것 같아.」 기분이 바닥으로 떨어진 마리안이 말했다.

「스티클포드의 한 농장주와 결혼하려고 했었어. 두 번이나 내게 청혼했거든. 하지만 그의 아내가 되느니 차라리 죽어 버리겠어! 이즈, 왜 아무 말도 없어?」

「고백하자면 그때, 오늘 그이가 날 안았을 때 내게 키스해 줄 줄 알았어. 그래서 그의 가슴에 안겨 이제나저제나 하면서 꼼짝도 하지 않았어. 그러나 그인 끝내 그러지 않았어. 이제 난 여기에 더 있고 싶지 않아! 집으로 돌아갈래.」

방 안 공기가 이 처녀들의 절망적인 감정으로 요동치고 있는 듯했다. 그네들은 잔인한 자연의 법칙이 그들에게 불쑥 들이민, 그들이 결코 기대하거나 바라지도 않았던 감정에 짓눌려 고통스럽게 몸부림치고 있었다. 그날 있었던 사건은 그들의 가슴속에서 타오르고 있던 불길에 마구 부채질을 해댔고, 그 고통은 견뎌 낼 수 없을 정도로 힘든 것이었다. 그들을 개별적인 존재로 구분해 주던 차이들은 이 열정으로 인해 무화되었고 그들은 그저 여성이라는 하나의 생명체를 이루는 부분일 뿐이었다. 아무런 희망이 없었기에 그들은 서로에게 정말 솔직했고 그래서 질투심도 거의 없었다. 그들 모두 올바른 상식을 가지고 있어서 본인이 다른 이들보다 잘났다는 우쭐한 기분에 들떠 허망한 자만심에 빠진다거나 자신의 사랑을 부정한다거나 또는 잘난 척하면서 자신을 속이거나 하지 않았다. 그들은 사회적인 관점에서 볼 때 그들이 그 사람에게 빠져 있다는 게 얼마나 부질없는 짓인지 확실히 알고 있었으며 그런 감정이 대책 없이 시작되었고 그것은 우물 안 개구리 같은 생각이었다는 것 그리고 문명의 눈으로 보면 그 사랑의 존재를 정당화할 수 있는 게 하나도 없다는 것 — 자연의 눈으로 보면 부족한 게 하나도 없었지만 — 그러나 한 가지 분명히 존재하는 거라면 그래도 그 사랑의 감정은 엄연히 존재해서 그들에게 엄청난 환희를 맛보게 했다는 것을 깨닫게 되었다. 이런 모든 깨달음이 그들을 체념으로 이끌었으니, 이는 에인절을 남편으로 삼겠다는 현실적이며 탐욕스러운 기대를 고수했더라면 얻지 못했을 위엄이었다.

그들은 좁은 침대에서 잠을 이루지 못해 뒤척이고 있었고, 아래층의 치즈 짜는 기계에서 단조로운 소리를 내며 물이 떨어지는 소리가 들려오고 있었다.

「자니, 테스?」 반 시간쯤 지났을 때 누군가가 물었다.

이즈 휴에트의 목소리였다.

테스가 자지 않는다고 말하자 레티와 마리안이 이불을 확 걷어 내더니 한숨을 폭 내쉬었다.

「우리도 안 자!」

「그 여자는 어떤 여자일까? 그이 가족이 신붓감으로 점찍어 두었다는 그 여자!」

「궁금하다.」 이즈가 말했다.

「그에게 정해진 여자가 있다고?」 놀란 테스가 물었다. 「난 전혀 들은 바 없는데!」

「응, 있대. 소문이 그래. 비슷한 계층으로 집안에서 고른 여자인데 그이 아버지의 에민스터 교구 인근에 사는 어떤 신학 박사의 딸이래. 그인 그 여자에게 별로 관심이 없다고들 해. 하지만 그 여자와 결혼하게 될 거야.」

그들은 그 사실에 대해 별로 들은 바는 없었지만, 이 어두운 밤 지금 들은 것만으로도 비참하고 가슴 시린 생각들을 떠올리기엔 충분했다. 그들은 에인절이 설득을 당해서 결혼에 동의하고 결혼 준비를 하는 것, 신부가 행복해하는 모습과 신부의 드레스와 면사포, 그이와 함께하는 신부의 깨가 쏟아지게 행복한 가정 그리고 그들이 그이에 대해 가졌던 사랑이 망각의 늪으로 빠져들면서 사라지게 되는 것을 머릿속으로 세세하게 그려 보았다. 그렇게 그들은 잠의 마력이 그들의 슬픔을 수그러들게 할 때까지 이야기를 나누고 아파하고 그리고 울었다.

이 사실을 알고 난 후 테스는 자신을 대하는 그의 마음에 진지한 의미가 숨어 있을지도 모른다는 바보 같은 생각을 더 이상 품지 않았다. 그것은 그녀의 얼굴에 반한 덧없이 사라질 한여름의 사랑이며, 잠깐 동안의 그저 사랑을 위한 사랑일 뿐 그 이상 아무것도 아니었다. 그리고 이 슬픈 생각을 더욱 슬프게 만든 가시 면류관이 있었다. 그것은 그가 겉으로나마 다른 처녀들보다 더 좋아했던 바로 그녀가, 스스로도 인정하듯 다른 처녀들보다 더 열정적이고 똑똑하고 아름다운 그녀가 그의 관심 밖이었던 평범한 처녀들보다도 사회 규범적인 면으로 봤을 때 훨씬 자격이 떨어진다는 사실이었다.

제24장

대지가 살찌는 소리 아래로 수액이 용솟음치는 소리가 들려올 것 같은 계절, 비옥함이 넘쳐흐르고 따스하게 발효가 무르익는 프룸 계곡에 안겨 있노라면 아름다운 사랑이 열정적으로 피어나는 건 지극히 당연한 일이다. 만반의 준비가 된 그곳 사람들의 가슴은 이미 주변 환경으로 사랑을 잉태하고 있었던 것이다.

7월이 그들의 머리 위로 지나갔고 그 자리를 차지하고 들어선 테르미도르[55] 날씨는 자연이 탤벗헤이즈 낙농장 사람들과 한판 겨뤄 보려고 작정한 듯싶었다. 봄과 초여름의 그렇게 신선했던 공기가 답답하게 고여서 사람들의 기력을 마냥 소진시키고 있었다. 무거운 공기의 냄새가 그들을 짓누르고 있었고 한낮이 되면 풍경마저도 의식을 잃고 그저 누워만 있는 것 같았다. 고대 에티오피아의 타는 듯한 폭염이 목초지 윗부

---

[55] 프랑스 국민 공회는 프랑스 혁명으로 왕정이 폐지되고 공화정을 선언한 1792년 9월 22일을 한 해의 시작으로 여기는 프랑스 혁명력을 만들었다. 포도의 달, 안개의 달, 서리의 달, 눈의 달, 비의 달, 바람의 달으로 각 열두 달에 이름을 붙였다. 그중 테르미도르는 열의 달[熱月]이라는 뜻인데, 그레고리력으로는 7월 19일부터 8월 17일까지의 한여름을 말한다.

분의 구릉을 누렇게 만들고 말았으나 물줄기가 졸졸 흐르는 곳에는 여전히 눈부시게 푸르른 풀이 자라고 있었다. 에인절 클레어는 밖으로는 더위 때문에 힘든 시간을 보내고 있었고 안으로는 고운 자태를 지닌 조용한 테스를 향한 열정이 점점 커져 가면서 괴로운 나날을 맞이하고 있었다.

  장마가 물러가자 지대가 높은 곳은 바싹 말라 버렸다. 장을 보고 속도를 내며 집으로 달려오는 농장주의 짐마차 바퀴들은 한길 표면에 일어나는 분진들을 죄다 집어삼켜서, 화약을 싣고 달리는 가느다란 열차에 불이 붙은 것처럼 하얀 먼지가 꽁무니에 달린 리본처럼 따라오고 있었다. 쇠파리들의 등쌀에 화가 날대로 난 소들이 가로대가 다섯 개나 있는 안마당 문을 미친 듯이 뛰어넘었고, 농장주 크릭은 월요일에서 토요일까지 줄곧 옷소매를 걷어붙이고 살았다. 제아무리 창문을 열어 두어도 환기에 전혀 도움이 되지 않았다. 낙농장 정원에 사는 지빠귀와 개똥지빠귀는 네발 달린 짐승처럼 까치밥나무 아래를 엉금엉금 기어다녔다. 부엌에 날아드는 파리들은 게으르고 성가셨으나 친숙하기도 했는데, 마루 위를 기어다니고 서랍 속으로 날아들었으며 젖 짜는 여자들의 손등에 내려앉는 등 평소와 다른 곳을 찾아들었다. 사람들은 입만 열었다 하면 주로 일사병에 관한 이야기를 했고 버터를 저장하는 일은 물론이려니와 버터 만드는 일도 골칫거리라고 했다.

  그들은 시원한 곳에서 편안하게 작업을 하려고 소들을 안으로 몰아넣지 않고 목초지에 그대로 둔 채 젖을 짰다. 한낮이면 소들은 아무리 작은 나무라도 태양을 따라 줄기를 축으로 돌아가는 나무 그림자를 굽실굽실 쫓아다녔다. 소들은 젖 짜는 사람들이 와도 파리 등쌀에 좀처럼 가만히 서 있질 못했다.

그러던 어느 날 오후, 아직 젖을 짜지 않은 대여섯 마리의 소가 무리에서 이탈해 울타리 모퉁이 뒤에 있었는데 그 소들 중에는 다른 처녀들보다 유독 테스의 손놀림을 좋아했던 땅딸이와 언니 예쁜이가 끼어 있었다. 테스가 젖짜기를 마치고 소 아래에 놓여 있던 걸상에서 몸을 일으켰을 때, 그녀를 한참 동안 지켜보고 있던 에인절 클레어가 다음으로 땅딸이와 언니 예쁜이의 젖을 짜지 않겠느냐고 물어 왔다. 그녀는 말없이 그러마고 했고 팔을 쭉 뻗어 걸상을 들고 우유 통은 무릎을 스치게 들고선 소들이 있는 곳으로 돌아갔다. 이윽고 언니 예쁜이의 젖이 쉬익 소리를 내며 통으로 떨어지는 소리가 울타리 너머로 들려왔고 에인절 역시 그쪽에 함께 있던 다루기 힘든 소의 젖을 짜러 모퉁이를 돌아가고 싶은 생각이 들었다. 이제 그도 농장주만큼 이 일을 잘해 낼 수 있었다.

젖을 짤 때면 남자들은 모두 그리고 여자들 중에도 몇몇은 그들의 이마를 소 밑으로 들이밀고 통 안에 시선을 주었다. 그리고 주로 젊은 축에 속하는 몇몇은 머리를 옆으로 비스듬히 갖다 붙였다. 테스 더비필드의 습관도 마찬가지였는데 그녀는 관자놀이를 소의 옆구리에 대고 명상에 빠진 사람의 시선으로 목초지의 가장 먼 곳을 응시했다. 그렇게 그녀는 언니 예쁜이의 젖짜기를 마쳤는데, 마침 태양이 젖을 짜고 있는 핑크빛 옷을 입은 그녀의 형체와 빛 가리개가 달린 흰색 보닛 그리고 그녀의 옆모습 위로 정확하게 빛을 쏟아부어 회갈색 소를 배경으로 조각된 카메오처럼 그녀의 모습을 선명하게 부각시켜 주었다.

테스는 클레어가 따라와 젖을 짤 소 아래에 앉아 자신을 지켜보고 있다는 걸 모르고 있었다. 미동도 없는 그녀의 머리와 이목구비는 정말 감동적이었다. 두 눈을 뜨고 있었으나 무아지경에 빠져 있는 듯 딱히 뭔가를 보고 있는 건 아니었다. 그 그림에서 움직이고 있는 것이라곤 언니 예쁜이의 꼬리와 테스의 핑크빛 손뿐이었다. 그녀의 손놀림은 너무도 유연해서 심장이 뛰는 것처럼 반사 작용의 법칙을 따르는 율동적인 진동으로만 보였다.

그에겐 그녀의 얼굴이 한없이 아름답게만 보였다. 그렇다고 그 얼굴에 어떤 영묘한 구석이 있는 것은 아니었다. 모든 게 현실 속에 구체적으로 살아 있는 활력이며 온기이며 그리고 화신이었다. 그리고 이 모든 것은 그녀의 입에서 그 정점을 이루었다. 깊고 표정이 풍부한 눈은 전에도 본 적이 있었고, 아름다운 뺨이라든가 활처럼 휘어진 눈썹 그리고 선이 고운 턱과 목도 본 적이 있는 듯했으나 그녀의 입에 비교될 만한 얼굴은 지상 어디에서도 본 적이 없었다. 마음속에 품은 정열의 불꽃이 아무리 미약한 청년이라 하더라도, 가운데가 살짝 위로 올라간 그녀의 빨간 윗입술을 보고 있노라면 정신없이 빨려 들면서 마음이 두방망이질을 칠 것이다. 그는 일찍이 한 번도 자신의 마음속에, 이렇게 반복적으로 집요하게, 눈 덮인 장미 꽃송이라는 옛 엘리자베스 시대의 은유를 떠올리게 하는 여자의 입술과 치아를 본 적이 없었다. 애인이었다면 그냥 그 자리에서 완벽하다고 말할 수도 있었으리라. 하지만 지금은 아니었다. 그건 완벽한 게 아니었다. 그 모습을 보다 감미롭게 만드는 것은 앞으로 완벽할 수 있는, 하지만 아직은 완벽하지 못한 흔적이었으니 이런 불완전함이 인간미를 풍겼다.

클레어는 그 입술의 곡선을 하도 여러 번 유심히 살펴 왔기에 이를 마음속으로 그려 보기란 식은 죽 먹기처럼 쉬웠다. 지금 바로 그의 눈앞에 색깔과 생명의 옷을 갖춰 입고 등장한 그 입술은 그의 온 신경을 관통해 은은한 향기를 품은 산들 바람을 불어 보내 현기증을 일으키게 할 정도였다. 그런데 이 무슨 알 수 없는 생리적 현상인지 어색하게도 이 상황과 어울리지 않는 재채기가 터져 나왔다.

이제야 테스는 그가 자신을 지켜보고 있다는 걸 알았지만 자세를 바꾸거나 해서 자신이 알고 있다는 걸 드러내고 싶지는 않았다. 그러나 꿈을 꾸듯 신비하게 고정되어 있던 시선은 그녀에게서 사라졌으니, 꼼꼼하게 그녀를 지켜보는 사람이 있었다면 얼굴의 장밋빛 홍조가 짙어졌다가 다시 옅어지면서 엷게 붉은 기만 남아 있는 걸 잡아 낼 수도 있었으리라.

하늘에서 내려온 어떤 자극처럼 클레어의 가슴속으로 들어온 영묘한 힘은 꺼지지 않았다. 결의와 과묵함, 신중함과 두려움은 패잔병처럼 물러나 버렸다. 그는 앉아 있던 걸상에서 벌떡 몸을 일으켰고 우유 통이야 젖소가 차든 말든 팽개쳐 두고 그의 눈이 그토록 열망하는 곳으로 서둘러 달려갔다. 그리고 그녀의 옆에 무릎을 꿇고 그녀를 두 팔로 끌어안았다.

테스는 정말 깜짝 놀랐지만 생각이고 뭐고 아무것도 할 여유가 없는 상황이라 그냥 그의 포옹에 자신을 맡겨 버렸다. 그녀에게 다가온 사람이 다른 사람 아닌 바로 자신이 사랑하는 사람이라는 걸 알게 된 순간 그녀는 환희에 젖어 그의 품에 안겼고 벌어진 그녀의 입술 사이로 황홀한 외침 비슷한 것이 흘러나왔다.

그는 너무도 매혹적인 그 입술에 막 키스하려 했으나 예민한 양심이 그런 그를 제지시켰다.

「나를 용서하시오, 테스!」 그가 나지막한 소리로 말했다. 「미리 허락을 구했어야 했는데, 내가 무슨 행동을 하고 있는지도 몰랐소. 치기 어린 생각으로 이러는 건 아니라오. 테시, 난 온 마음을 다해 당신을 사랑하오!」

이때 언니 예쁜이가 어리둥절해서 돌아다보았고, 한 사람만 있어야 할 자기 아래에 두 사람이 웅크리고 앉아 있는 것을 보자 심통이 나서 태곳적부터의 습관에 따라 뒷다리를 들어올렸다.

「소가 화가 났어요. 앤 우리가 왜 이러는지 모르니까요. 우유를 걷어찰 거예요!」 눈으로는 네발 달린 짐승의 행동을 주시하고 있었지만 마음은 자신과 에인절에게 더 신경을 쓰면서 테스는 살며시 그에게서 몸을 빼냈다.

그녀는 앉아 있던 걸상에서 미끄러지듯 몸을 일으켰고, 그가 팔로 여전히 그녀를 감싸고 있었으므로 그들은 함께 일어섰다. 먼 곳을 바라보는 테스의 눈에 눈물이 고이기 시작했다.

「왜 우는 거요, 나의 사랑?」

「아, 모르겠어요!」 테스가 중얼거렸다.

테스는 본인이 처한 입장을 보다 분명하게 깨닫자 속이 까맣게 타들어 가듯 초조해졌고, 그래서 그에게서 몸을 빼내려 들었다.

「테스, 결국 내 감정을 당신에게 드러내고 말았군요.」 그가 자포자기처럼 들리는 모호한 한숨을 내쉬면서 말했다. 이는 그의 감성이 이성을 앞질렀다는 사실을 무의식으로 보여 주는 것이었다. 「내가 그대를 진정으로 많이 사랑하고 있다는 건 말할 필요가 없을 거요. 하지만, 난…… 지금은 이걸로 그만할게요……. 당신이 힘들어질 테니까……. 나도 당신만큼이나 놀랐다오. 당신이 무방비 상태로 있는 틈을 타서 내가 너무 성급하고 생각 없이 행동했다고 생각하진 않겠지요, 그렇죠?」

「글쎄……, 잘 모르겠어요.」

그는 그녀가 자신의 포옹에서 빠져나가게 놔두었고 잠시 후 그들은 각자 다시 젖을 짜기 시작했다. 두 사람을 하나로 만들었던 인력을 목격한 사람은 하나도 없었다. 잠시 시간이 흐르고 병풍으로 가린 듯한 그 구석진 곳으로 농장주가 왔을 때 분명하게 거리를 두고 떨어져 있는 이들에게서 단순히 서로를 알고 지내는 사이 이상이라는 것을 드러낼 만한 낌새는 전혀 없었다. 하지만 크릭이 그 전에 그들을 마지막으로 보았던 때와 그 순간 사이에 두 사람의 마음속에 존재하는 우주의 축이 바뀌는 사건이 일어났던 것이다. 실용주의적인 농장주가 이 일의 성격을 알았더라면 몹시 경멸했을 것이다. 그럼에도 불구하고 그 사건은 한 무더기의 소위 실용적이라고 하는 것들보다 더 완강하고 저항하기 힘든 성향에 뿌리를 내리고 있었다. 이제 베일이 옆으로 젖혀졌고, 지금부터 그들 각자가 바라보는 시야에 새로운 지평선이 펼쳐지게 될 것이다. 그 시간이 짧을지 길지 알 수는 없지만.

제4부
결과

제25장

저녁 어스름이 밀려들 무렵 클레어는 불안하고 초조해져서 바깥으로 나왔다. 그의 마음을 온통 빼앗은 테스가 자기 방으로 들어간 뒤였다.

후텁지근하기로 들면 밤도 낮과 마찬가지였다. 어둠이 찾아왔는데도 시원한 곳이라곤 풀밭밖에 없었다. 큰길과 뜰에 난 좁은 길, 집 앞과 담장도 화덕처럼 달아올랐고, 몽유병자처럼 밤길을 거니는 그의 얼굴로 뜨거웠던 대낮의 열기가 훅훅 불어왔다.

농장 마당의 동쪽 문 위에 앉은 그는 자신이 어떻게 된 건지 도무지 종잡을 수가 없었다. 정말이지 감정이 판단을 완전히 압도해 버린 날이었다.

그 둘은 갑작스럽게 서로를 포옹한 다음 세 시간 전부터 내내 떨어져 있었다. 테스는 그 일에 엄청 놀랐으나 차분해 보였고 반면 생각이 많은 클레어는 이 새로운 경험과 예기치 못했던 상황에 가슴이 두방망이질 치며 몹시 혼란스러웠다. 아직 그는 그들이 진정 서로에게 어떤 존재인지 알 수 없었고 사람들 앞에서 향후 어떻게 행동해야 할지 갈피를 잡을 수 없었다.

에인절은 견습생으로서 이 농장에 왔고, 잠시 이곳에 머무는 건 삶의 기억에서 금세 사라질 정말 사소한 에피소드에 불과할 거라고 생각했었다. 그는 흥미진진한 바깥세상을 고요한 마음으로 바라보려고 병풍이 쳐진 방구석 같은 이곳으로 왔던 것이며, 월트 휘트먼[56]의

> 일상의 옷을 입은 남녀의 무리들이여,
> 그대들은 얼마나 흥미로운가![57]

를 읊조리며 있다가, 바깥 세계로 다시 새롭게 뛰어들 계획을 가지고 있었다. 하지만 어찌 된 영문인지 바로 흥미진진한 그 세계가 이리로 자리를 옮겨 버렸다. 송두리째 마음을 빼앗겼던 바깥 세계는 그저 무미건조한 무언극으로 변해 버렸고 지금까지 전혀 일어난 적 없는 새로운 일이 재미도 열정도 없을 것만 같던 이곳에서 화산이 폭발하듯 분출된 것이다.

창문이란 창문은 죄다 열려 있어서 클레어는 마당 저편 집 안에 있는 사람들에게서 흘러나오는 작은 소리 하나까지도 놓치지 않고 들을 수 있었다. 너무도 초라하고 하찮아 어쩔 수 없이 묵어야 했던 이 낙농장을 이제껏 단 한 번도 풍경으로서 둘러볼 가치가 있다고 생각해 본 적이 없었다. 그러던 낙농장이 지금은 어떤가? 오랜 세월이 켜켜이 이끼로 덮여 있는 벽돌 박공들이 〈가지 마세요!〉라고 속삭이는 듯 숨결을 뿜어냈고 창문들은 미소를 짓고 있었다. 문이 유혹의 손짓을 했고 담쟁이가 공모를 하듯 얼굴을 붉혔다. 집 안에 있는 어

---

56 Walt Whitman(1819~1892). 미국의 시인이자 수필가이다.
57 「브루클린 도선장을 건너며」 3행.

떤 이의 영향이 너무도 멀리까지 미쳐서 벽돌과 모르타르 그리고 위에 걸려 있는 하늘 전체에까지 타오르는 감성으로 스며들어 이들을 전율하게 만들었다. 이 강한 개성을 가진 자는 누구인가? 그건 젖 짜는 어떤 여자였다.

이 후미진 농장에서의 삶이 그에게 엄청나게 중요한 사건으로 다가온 것은 실로 놀라운 일이었다. 새롭게 찾아든 사랑이 일부 원인을 제공하긴 했지만 단지 그 이유만은 아니었다. 삶의 의미란 외부 환경의 변화에서가 아니라 주관적인 경험에서 온다는 것은 에인절 말고도 이미 많은 이들이 터득해 온 바이다. 감수성이 풍부한 가난한 농부가 신경이 무딘 왕보다 더 깊고 풍부하고 재미있는 인생을 사는 법이다. 이렇게 삶을 돌이켜 보던 에인절은 그 무대가 어디이든 삶은 똑같은 비중으로 받아들여야 한다는 생각이 들었다.

클레어는 정통을 벗어난 종교를 가지고 있는 데다가 실수도 많고 약점도 있었지만 양식이 있는 사람이었다. 테스는 쉽게 데리고 놀다가 버려도 되는 하찮은 존재가 아니었다. 그녀는 자신만의 소중한 삶을 꾸려 가는 여자이다. 자신의 삶을 견뎌 내고 누려 온 그녀에게 그 삶은, 가장 위대한 사람이 자신의 인생에 대해 느끼는 것만큼이나 중요한 의미를 갖는다. 테스에게 모든 세상은 그녀의 감각에 따라 달라질 뿐더러 그녀가 존재함으로써 동료 인간들도 존재하게 된다. 테스에게는 우주 자체도 그녀가 세상에 나온 그 시간에 비로소 존재하기 시작한다.

그가 허락도 받지 않고 밀고 들어간 이 의식은 냉정한 제1원리[58]에 의해 테스에게 하사된 유일한 존재의 기회였고, 그러니

58 우주를 움직이는 절대적인 힘을 말한다.

까 그것은 그녀의 전부였고 그녀가 가진 모든 것이며 동시에 하나밖에 없는 기회였다. 그런데 어떻게 그가 그녀를 자신보다 덜 중요한 존재로 간주해서 끌어안고 좋아하다가 이내 싫증을 내고 말아도 무방한 그저 예쁜 노리개 정도로 생각할 수 있단 말인가? 너무나도 뜨거운 정열과 풍부한 감성을 소유했으면서도 무너지지 않으려고 힘겹게 자제하려는 그녀의 마음속에 자신이 일깨워 놓은 그 사랑의 감정을 어떻게 진심으로 대하지 않을 수 있단 말인가?

늘 그래 왔듯이 하루가 멀다 하고 그녀의 얼굴을 보게 된다면 그것은 곧 이미 시작된 관계를 발전시키는 일일 것이다. 이렇게 가까이 살면서 서로 자주 부딪친다면 사랑의 감정에 빠져들 것이다. 피와 살로 이루어진 존재는 이를 거부할 수 없는 법이다. 그는 이런 흐름이 가져올 여파에 대해 아무런 결론을 얻지 못했으므로 당분간은 일을 할 때 테스와 거리를 두어야겠다고 마음먹었다. 아직은 그로 인한 괴로움이 미미하니 말이다.

하지만 그녀에게 절대로 가까이 가지 않겠다는 결심을 실천으로 옮기기란 말처럼 쉽지 않았다. 심장이 뛸 때마다 그의 마음은 그녀를 향해 줄달음치고 있었으니 말이다.

그는 가족을 보러 가야겠다고 생각했다. 식구들이 이 문제에 대해 어떻게 생각하고 있는지 들어 볼 수도 있을지 모른다. 이곳에서의 견습 기간도 이제 5개월 남짓 남았고 다른 농장에서 또 몇 개월만 더 보내고 나면 그는 농업에 관한 충분한 지식을 터득해서 혼자 힘으로 일을 도모할 수 있을 것이다. 그렇다면 농부에게는 아내가 필요하지 않을까? 농부의 아내는 상류 사회의 밀랍 인형 같은 사람이어야 할까 아니면 농사일을 알고 있는 여자여야 할까? 기분 좋은 대답이 침묵

속에서 들려왔지만 그는 길을 떠나기로 마음을 굳혔다.

어느 날 아침 탤벗헤이즈 낙농장 식구들이 아침 식사를 하려고 식탁에 모여 앉았을 때 클레어 씨가 보이지 않는다고 한 여자가 말했다.

「그래.」 농장주 크릭이 말했다. 「가족들과 며칠 시간을 보내려고 에민스터 집에 갔거든.」

그가 말을 마치자마자 식탁에 둘러앉은 열정적인 네 명의 처녀들을 비춰 주던 아침 햇살은 딱 멈춰 버렸고 새들도 우는 소리를 죽여 갔다. 하지만 말이나 표정으로 그 상실감을 드러내는 이는 아무도 없었다.

「여기서 함께 지낼 시간도 거의 끝나 가니까 다른 데서 일을 해보려고 궁리 중인지도 모르지.」 일부러 그런 것은 아니었으나 농장주는 매정하게 들리는 냉담한 어투로 말했다.

「그 사람은 여기에 얼마나 더 있게 되나요?」 슬픈 무리들 중에서 그나마 자신의 목소리를 낼 수 있었던 이즈 휴에트가 물었다.

처녀들 모두 그들의 인생이 농장주의 말 한마디에 달려 있기라도 한 듯 그의 대답을 기다렸다. 레티는 입을 벌린 채 식탁보만 들여다보고 있었고 상기된 마리안의 얼굴은 더 빨개졌으며 테스는 두근거리는 가슴으로 멀리 목초지를 바라보았다.

「글쎄, 정확한 날짜는 수첩을 봐야 알겠는걸.」 그는 전처럼 견딜 수 없이 무관심한 태도로 대답했다. 「뭐, 그 날짜는 바뀔 수 있을 거야. 외양간에서 소가 새끼를 낳는 것을 조금 더 배워야 할 테니까. 연말까지는 여기에 있을 것 같긴 한데.」

그와 함께 하는 넉 달 남짓의 고통스러운 기쁨, 〈고통의 띠를 두른 쾌락〉[59] 그리고 그 다음에 올 형언할 수 없이 어두운 밤.

그날 아침 같은 시각, 에인절 클레어는 크릭 부인이 친절한 안부 인사와 함께 보내는 블랙 푸딩[60]과 벌꿀 술 한 병이 담긴 작은 바구니를 싣고 아버지의 목사관이 있는 에민스터를 향해 아침 식사를 하고 있던 탤벗헤이즈의 처녀들과 10여 마일 떨어진 좁은 길로 말을 타고 가고 있었다. 눈앞에 길게 뻗은 하얀 길이 있었고 그의 시선은 그 길에 고정되어 있었다. 하지만 두 눈은 그 길이 아니라 다가올 다음 해를 바라보고 있었다. 그는 테스를 사랑했다. 그렇다면 그녀와 결혼해야 하지 않을까? 용기 있게 그녀와의 결혼을 밀고 나갈 수 있을까? 부모님은 뭐라고 하실까? 결혼하고 두어 해 지나면 정작 본인은 무슨 말을 하게 될까? 그것은 지금의 이 감정 밑에 깔려 있는 것이 탄탄한 동지애의 싹인지, 아니면 영원이라는 토대가 받쳐 주지 못하는 그저 그녀의 모습에 끌린 관능적인 쾌락인지에 따라 달라질 것이다.

 이윽고 언덕이 사방을 둘러싸고 있는, 아버지가 사는 작은 마을이 보였다. 붉은 돌로 지어진 튜더 왕조 방식의 교회 탑에 이어 목사관 근처에 우거져 있는 수풀이 보였다. 그는 눈에 익은 그 대문을 향해 말을 몰았다. 집으로 들어가기 전 얼핏 교회 쪽을 바라보니 열두 살에서 열여섯 살가량으로 보이는 여자아이들이 교회 부속실 옆에 서서 누군가를 기다리고 있는 것 같았다. 곧 아이들이 기다리고 있던 사람이 나타났다. 아이들보다는 나이가 조금 더 있는 듯한 그 사람은 챙이 넓은 모자에 빳빳하게 풀을 먹인 리넨 모닝 가운을 입고 두어

---

59 영국의 시인 앨저넌 스윈번의 「캘리던의 애틀랜타」 인용.
60 블러드 소시지라고도 하며 양이나 소의 콩팥 부위에 있는 지방과 피로 만든 소시지이다.

권의 책을 들고 있었다.

클레어도 익히 알고 있는 사람이었다. 그녀가 자신을 보았는지 확실치 않았지만 그냥 보지 못했으면 싶었다. 나무랄 데 없는 여자였지만 굳이 일부러 다가가서 말을 붙이고 싶지는 않았다. 아는 척하고 싶지 않은 이런 심경이 그의 마음을 지배했고 그래서 그는 그냥 그녀가 자신을 보지 못했을 거라고 단정 지어 버렸다. 그 젊은 여자는 이웃에 사는 아버지 친구의 외동딸 머시 찬트 양이었고 에인절의 부모님이 아들의 배필로 은근히 바라는 여자였다. 그녀는 신앙 우선주의와 성경 학습반에 대단한 열의를 가지고 있었는데 지금 분명 막 그 수업을 하려는 것 같았다. 클레어의 마음은 여름에 흠뻑 빠져 있는 바 계곡의 열정적인 사람들, 멋쟁이들이 단장을 하듯 장밋빛 얼굴에 쇠똥이 얼룩진 이교도들을 향해 줄달음치고 있었고 그들 중에서도 특히 열정이 철철 넘쳐흐르는 한 사람을 향하고 있었다.

에민스터에 온 것은 즉흥적인 결정이었고 그래서 부모님에게 미리 편지로 알리지도 못했다. 다만 부모님이 교구 일을 보러 집을 나가기 전 조반을 들 무렵쯤 도착하고자 했는데 조금 늦어지는 바람에 이미 한창 식사 중이었다. 에인절이 들어가자 조반을 들던 식구들이 자리에서 벌떡 일어나 반색하며 그를 맞이했다. 아버지와 어머니, 이웃 마을에 부목사로 있으면서 집에 온 지 두어 주가 채 못 된 형 펠릭스 목사, 고전 학자이며 케임브리지 대학의 특별 연구원이자 학장인 또 다른 형 커스버트 목사도 긴 방학을 이용해 집에 내려와 있었다. 어머니는 모자와 은테 안경을 쓰고 있었고 예순다섯쯤 된 아버지는 다소 수척해진 창백한 얼굴에 사색과 결단의 주름이 깊게 파인 진지하고 독실한 모습이었다. 선교사와 결혼해서 아프리카로 떠난, 에인절보다 열여섯 살이 많은 큰누나의 사진이 그들 머리 위에 걸려 있었다.

아버지 클레어 씨는 지난 20년 사이 거의 사라져 버린 유형의 목사였다. 아버지는 위클리프, 후스, 루터 그리고 캘빈으로 이어지는 종파의 정신적인 직계 후손으로서 생각과 생활이 사도처럼 소박했다. 그는 아주 젊었을 적 딱 한 번 존재라는 심각한 문제에 부딪혔던 적이 있는데 그때 자신의 마음을 분명하게 결정했고 그 이후로 그 문제에 대해선 더 이상 생각하지 않았다. 그는 학파가 같은 동시대 사람들 사이에서도 극단적인 사람으로 통했지만 그를 정말로 반대하는 사람들까지도 자신이 세운 원칙을 아무런 회의도 없이 밀고 나가는 그의 철저한 면모와 에너지에는 탄복을 금치 못했다. 그는 타르수스의 바울을 너무도 사랑했고 성자 요한을 좋아했으며, 성자 야곱을 엄청나게 미워했고 디모데와 디도 그리고 빌레몬을 애증이 뒤섞인 감정으로 바라보았다. 그의 지성으로 파악했을 때 신약 성서는 그리스도의 글이기보다는 바울이 쓴 거였고, 강론이라기보다는 도취해서 쓴 글이었다. 그의 결정론적인 신조는 너무 지나쳐서 악(惡)에 근접할 정도였고, 부정적으로 본다면 쇼펜하우어나 레오파르디의 신조와 사촌뻘 되는 체념 철학과 상당히 흡사했다. 그는 교회 및 예배 규정을 경멸했지만 본인은 서른아홉 개의 종교 서약에 따라 선서를 했으므로 모든 면에서 일관성이 있다고 생각했으니 이는 어찌 보면 그럴 수도 있었다. 부인할 수 없는 한 가지 사실은 바로 그가 진실하다는 거였다.

클레어 목사가 최근 바 계곡에서 아들 에인절이 경험하는 자연과 더불어 사는 삶 그리고 생명력이 약동하는 한 여성에게서 비롯된 심미적이고 감각적이며 이교도적인 즐거움에 대해 관심을 갖고 상상력을 총동원해 그것을 이해했다 해도, 결국 그의 기질로 볼 때 이를 엄청 혐오했을 것이다. 오래전 화가 난 에인절이 팔레스타인이 아닌 그리스가 현대 문명의 종교적 근원이었다면 인류에게 훨씬 더 좋은 결과가 주어졌을 거라고 아버지에게 말한 적이 있었다. 그때 그는 아들의 말에 총체적 진리 혹은 절반의 진리는 고사하고 1천 분의 1의 진리도 숨어 있을 수 있는 여지를 용납할 수 없었기에 그의 슬픔은 이루 말로 표현할 수 없을 정도였다. 그는 그저 이후 에인절에게 근엄한 표정으로 긴 설교를 했을 뿐이었다. 그러나 그는 성품이 온화한 사람이라서 어떤 일에 대해서도 결코 오래 화를 내는 법이 없었고 그래서 오늘도 아이처럼 순수하고 행복한 미소로 아들을 맞이해 주었다.

자리에 앉은 에인절은 이제야 집에 돌아온 편안한 느낌이 들었지만 자신이 그곳에 모인 가족의 일원이라는 느낌은 예전만큼 없었다. 집으로 돌아올 때마다 이런 거리감이 느껴졌고 지난번 집에 왔던 이후로 이런 감정이 더 커져 평소보다 이질감이 훨씬 더 뚜렷해지는 것 같았다. 에인절은 아직도 하늘 위에는 낙원이, 땅 밑에는 지옥이 있다는 지구 중심적인 사고방식을 따르는 식구들의 무의식에 존재하는 초월적 열망이 그저 낯설게만 느껴졌고 그것이 마치 다른 세상 사람들의 꿈이야기 같았다. 그가 최근에 본 것은 삶 그 자체였다. 지혜로 충분히 통제될 수 있는 것들을 쓸데없이 교리가 끼어들어 제어하고 구속해서 뒤틀린 것이 아닌, 열정적인 존재들의 맥박을 느껴 왔던 것이다.

그들도 에인절에게서 그가 예전의 모습과 점점 멀어지고 있다는 느낌을 많이 받았다. 지금 그들이, 특히 형들의 두 눈에 비친 다른 점들이란 주로 에인절의 태도에서 발견되는 것들이었다. 에인절의 행동거지는 점점 농부를 닮아 가고 있었다. 그는 다리를 쭉 뻗고 있었고 얼굴 근육에 나타나는 감정이 더욱 풍부해졌을 뿐만 아니라 눈에는 입으로 말하는 만큼의 이야기를, 아니 그 이상의 것을 담뿍 담고 있었다. 상류 사회의 젊은이에 걸맞은 태도는 말할 것도 없고 학자적인 태도마저 거의 그에게서 자취를 감춰 버렸다. 젠체하는 사람이 봤더라면 에인절이 교양이 없어졌다고 했을 것이고 고상한 척하는 여자가 봤다면 천박해졌다고 했을 것이다. 바로 이것은 탤벗헤이즈 농장의 님프들 그리고 시골 청년들과 어울리면서 물든 것들이었다.

아침 식사를 마친 에인절은 두 형과 산책을 나갔다. 형들은 복음주의를 따르지 않고 교육을 많이 받았으며 털끝까지도 정확한 사람들로서 체계적인 교육의 틀로 해마다 찍어 내는 흠잡을 데 없이 완벽한 모범생들이었다. 그들은 둘 다 약간 근시였는데, 줄 달린 외알 안경을 쓰는 게 유행이면 그들도 줄 달린 외알 안경을 썼고 두 알 안경이 대세이면 둘 모두 두 알 안경을 착용했으며 보통 안경을 끼는 게 유행이다 싶으면 곧장 보통 안경으로 갈아탔으니 이런저런 그들 각자의 시력 문제는 전혀 염두에 두지 않았다. 워즈워스가 최고의 자리에 오르자 그 시인의 보급판 시집을 끼고 다녔고 셸리의 평가가 땅에 떨어지면 그의 시집을 책장에 방치해 먼지가 뽀얗게 쌓이게 놔두었다. 남들이 코레조[61]의 성가족(聖家族)이 좋다고 하면 그들도 코레조의 성가족을 찬양했고 그의 가치가 떨어지고 벨라스케스[62]의 주가가 올라가면 그에 반대하는 사견을 전혀 달지 않고 열심히 다른 사람들의 선례를 따를 뿐이었다.

　두 형들이 에인절에게서 사회적으로 적응하기 힘든 면을 보았다면 에인절은 형들에게서 그들의 정신적 한계가 점점 커져 가는 것을 보았다. 그가 보기에 펠릭스 형은 교회가 전부였고 커스버트 형에게는 대학이 다였다. 교구 종교 회의와 교구 방문이 펠릭스에게 세상의 중심이었다면 커스버트에게는 그 축이 케임브리지였다. 두 형은 이 문명사회에 수천만의 하찮은 국외자들, 대학을 나오지도 교회에 다니지도 않는 사람들이 존재하고 있다는 사실을 인정하기는 했으나, 두 사람에게 그런 사람들은 인정과 존중을 받을 수 없는, 그저 너그럽게 봐줘야 할 존재들에 불과했다.

　형들은 둘 다 효성이 지극하고 자상해서 정기적으로 부모님을 뵈러 왔다. 펠릭스는 신학 발전사에 있어서 아버지보다 훨씬 최근의 분파를 따르고 있었으나 자기를 희생하는 정신이나 공평한 태도에 있어서는 아버지에 미치지 못했다. 그는 반대의 견해에 대해서도, 반대 견해가 사람들에게 해가 되는 경우까지도 아버지보다 관대했지만 자신의 가르침을 하찮게 여기는 이들에 대한 너그러움은 아버지보다 부족했다. 커스버트는 전체적으로 볼 때 마음이 넓은 편이었으나 좀 더 찬찬히 들여다보면 인정머리가 없었다.

　언덕 능선을 따라 걷고 있는 에인절은 예전의 감정이 되살

---

　61 Antonio da Correggio(1489~1534). 이탈리아의 화가로 르네상스 시대 바로크 회화의 선구자이다.
　62 Diego Velázquez(1599~1660). 스페인 바로크를 대표하는 17세기 유럽 회화의 중심적인 인물이다.

아났다. 자신과 비교해 형들이 어떤 장점을 가지고 있건 그들은 있는 그대로의 삶을 알지도 설명하지도 못했다. 많은 사람들이 그러하듯 그들은 표현할 기회는 많았지만 찬찬히 살펴볼 기회는 없었다. 두 형 모두 자신과 자신의 동료들이 둥둥 떠 있는 부드럽고 잔잔한 물살의 밖에서 이루어지는 복잡한 힘에 대해선 적절한 개념조차 파악하지 못했다. 그들은 단편적 진실과 보편적 진실 사이에 존재하는 차이를 보지 못했고 그들이 내부에서 종교 및 학술적으로 듣는 말이 바깥에서 생각하는 것과 사뭇 다르다는 것도 알지 못했다.

「이제 네겐 농사가 전부인 것 같구나, 얘야.」 이런저런 이야기 끝에 펠릭스 형이 슬픔 어린 준엄한 눈길로 안경 너머 먼 들판을 바라보며 막내 동생에게 말했다. 「우린 이 상황에서 최선을 다해야 한단다. 다만 네게 당부하고 싶은 것은 가능한 도덕적인 이상들과 닿아 있으려고 노력해 달라는 거다. 농사 일도 겉보기엔 거칠고 힘든 일일 테지. 하지만 고귀한 생각은 소박한 생활과 어울리는 거란다.」

「물론 그럴 수 있지요.」 에인절이 말했다. 「형님의 영역을 조금 침범해서 말하자면 그건 이미 1천9백 년 전에 입증된 일 아닌가요? 펠릭스 형님, 제가 왜 고귀한 사고와 도덕적 이상을 포기할 거라고 생각하세요?」

「글쎄, 네 편지나 우리가 나누는 대화에서 그런 느낌을 받았단다. 느낌만 그런 건지 모르지만, 어쩐지 네가 지식을 잃어 가고 있는 것 같구나. 넌 그런 생각이 들지 않던, 커스버트?」

「펠릭스 형님.」 에인절이 냉담하게 말했다. 「아시다시피, 형님들과 전 정말 좋은 친구죠. 우리들은 각자 자신에게 주어진 세상을 걷고 있습니다. 하지만 지식으로 따지면 교조주의자로서 만족하고 계신 형님께서는 제 지식은 내버려 두시고 형님의 지식이나 잘 따져 보셔야 할 거예요.」

그들은 점심을 먹으러 언덕에서 내려왔고, 식사 시간은 아버지와 어머니의 오전 교구 일이 끝나는 시간으로 맞춰져 있었다. 헌신적인 클레어 목사 부부에게 있어서 그들 편한 대로 교구 사람들을 오후 시간에 방문한다는 것은 있을 수 없는 일이었다. 세 아들은 이 문제에 대해서 만큼은 이구동성으로 요즘의 추세를 따라 주기를 바라고 있었다.

산책을 하고 나니 모두들 시장기가 발동했고 이제 밭일꾼이 다 된 에인절이 특히 그러했다. 그는 다소 세련되지 못하다고 할 수 있지만 절대 돈으로 살 수 없는 농장주의 푸짐한 식사에 길들여져 있던 터였다. 하지만 늙은 부모님은 세 아들이 기다리다 지쳐 갈 무렵이 되어서야 돌아왔다. 헌신적인 이 부부는 자신들의 시장기도 잊은 채 몸이 아픈 몇몇 교구민들의 입맛을 챙기느라고 여념이 없었으니, 사실 이는 그 환자들더러 육체의 감옥에 갇혀 있으려고 노력하라는, 조금은 일관성이 결여된 일이긴 했다.

식탁에 자리를 잡고 앉은 식구들 앞에 소박하고 차가운 음식이 나왔다. 에인절은 크릭 부인이 보낸 블랙 푸딩을 두리번거리며 찾았다. 그는 목장에서 하던 방식으로 불에 잘 구우라고 일러두었는데, 부모님도 자기처럼 그 훌륭한 약초 향을 음미해 보길 원했던 것이다.

「아! 블랙 푸딩을 찾고 있구나, 애야.」 어머니가 말했다. 「너도 이유를 알면 푸딩 없이 식사해도 괜찮다고 할 거다. 내가 아버지께 알코올 중독으로 정신 착란이 와서 지금 전혀 돈을 벌지 못하는 남자의 아이들에게 크릭 부인의 고마운 선물을 갖다 주자고 말씀드렸단다. 아버지도 그들이 아주 기뻐할 거라고 하시며 그러마고 하셔서 그렇게 했단다.」

「전 괜찮아요.」 기분 좋게 대답하며 에인절이 눈으로 벌꿀 술을 찾았다.

「벌꿀 술은 알코올 성분이 너무 많이 섞여 있더라.」 어머니의 말이 계속되었다. 「그래서 음료수로는 적합하지 않지만 럼주나 브랜디처럼 응급 상황에는 좋을 것 같아 약상자에 넣어 두었단다.」

「원칙상 식탁에서는 절대로 술을 마시지 않는 거야.」 아버지가 보충 설명을 했다.

「하지만 부인께는 뭐라 말하죠?」 에인절이 물었다.

「물론 사실대로 말해야지.」 아버지가 말씀하셨다.

「우리가 그 벌꿀 술과 블랙 푸딩을 아주 맛있게 먹었다고 얘기하고 싶었어요. 부인은 따뜻하고 명랑한 사람이라 내가 돌아가면 즉시 물어볼 텐데요.」

「먹지도 않고 먹었다고 할 수는 없지.」 클레어 목사가 딱 부러지게 잘라 말했다.

「그럴 순 없겠지요. 그 술은 한 방울만 들어가도 완전히 가거든요.」

「뭐라고?」 펠릭스와 커스버트가 동시에 물었다.

「아, 그건 탤벗헤이즈 낙농장 사람들이 쓰는 표현이에요.」 얼굴을 붉히며 에인절이 대답했다. 부모님에게 인간 사이에 오가는 정이 부족한 것은 아쉽지만 그들의 믿음을 실천하신 것이니 괜찮다고 생각한 에인절은 더 이상 아무 말도 하지 않았다.

제26장

　에인절은 가족 예배가 끝나고 저녁이 되어서야 마음속에 담아 두었던 두어 가지 문제들에 대해 아버지께 말씀드릴 기회를 잡았다. 카펫에 무릎을 꿇고 형들 뒤에서 그들이 신은 장화 뒤축에 박힌 작은 못을 꼼꼼하게 들여다보면서 그는 잔뜩 마음의 준비를 하고 있었다. 예배가 끝난 뒤 형들은 어머니를 모시고 나갔고, 이제 아버지와 에인절만 남았다.

　아들은 먼저 영국이나 식민지에서 대대적으로 농사를 지어 보겠다는 계획을 아버지께 의논했다. 아버지는 그를 케임브리지에 보내려 했던 돈이 들어가지 않은 데다 자기만 홀대받았다는 느낌이 들지 않도록 에인절이 훗날 땅을 구입하거나 임대할 경우를 대비해 해마다 조금씩 따로 돈을 떼어 두는 걸 의무로 생각했다고 했다.

　「세속적인 부로 따지자면, 몇 년 안에 너는 네 형들보다 분명히 나을 게다.」

　아버지의 배려에 용기를 얻은 에인절은 보다 절실한 다른 문제로 대화를 진전시켰다. 그는 이제 자기도 스물여섯 살이 되었고 농장 경영을 시작하려면 그의 뒤에서 눈이 되어 모든 일을 관리해 줄, 그러니까 자기가 들에서 일하는 동안 집안 살림을 도맡아 관리해 줄 누군가가 필요할 거라고 말했다. 그러므로 그가 결혼하는 것이 좋지 않겠느냐고 물었다.

아버지가 이 생각을 당연한 것으로 받아들이는 것 같아서 에인절은 다시 질문을 했다.

「열심히 일하고 검소한 농부인 제게 어떤 아내가 가장 어울릴까요?」

「진정한 기독교 신자여야지. 네가 나가고 들어올 때 도움과 안식을 줄 그런 여자 말이다. 그 밖엔 달리 문제될 게 없어. 그런 규수가 있긴 하지. 나의 가장 성실한 친구이자 이웃인 찬트 박사가……」

「하지만 제 아내가 될 사람은 우선 소젖을 짤 수 있고 치즈나 질 좋은 버터를 잘 저어 만들고, 암탉과 칠면조가 어떻게 알을 품는지 병아리를 어떻게 기르는지 양과 송아지의 가격은 어떻게 계산하는지 다급한 상황에 일꾼들을 어떻게 다루는지 등 그 방법을 아는 사람이어야 하지 않을까요?」

「그래, 농부의 아내라면, 그래, 분명히 그래야겠지. 그게 바람직할 거야.」 클레어 씨는 이런 점들까지는 미처 생각하지 못한 것 같았다.

「내 이야기를 좀 더 하자면……」 아버지가 말했다. 「순수하고 마음이 비단결 같은 여자로서 네게 도움이 되고 네 어머니나 내 마음에도 꼭 드는 아이로는, 네 친구 머시보다 좋은 아이가 없을 것 같다. 너도 그 아이에게 관심을 보였지. 사실 요즘 주변의 젊은 성직자들이 성찬대를 부르는 것처럼 어느 날 그 아이가 그걸 제단이라고 부르는 걸 보고 무척 놀라기는 했다만, 아무튼 축제 때나 쓰는 꽃이며 이런저런 것들로 성찬대를 장식하는 풍조를 따르긴 하더구나. 그러나 그런 겉치레를 나만큼이나 반대하는 머시의 아버지도 그런 행동은 고쳐질 거라고 했지. 그런 것은 그저 한때의 소녀다운 치기일 뿐 영원히 지속되는 것은 아니니 말이다.」

「네, 그렇죠. 머시는 착하고 신앙심이 돈독하죠. 저도 알고 있어요. 하지만 아버지, 찬트 양과 똑같이 순수하고 덕성스러우면서 찬트 양이 지닌 종교적인 교양 대신 농부처럼 농장 생활에 필요한 것들을 속속들이 알고 있는 여자가 제게 훨씬 더 어울리지 않을까요?」

아버지는 농부의 아내가 갖춰야 할 본분을 알고 있다는 것이 바울이 생각하는 인간관보다 중요한 것은 아니라는 자신의 신념을 고집했고, 그래서 성급해진 에인절은 아버지의 기분도 존중하고 마음속에 담아 두었던 문제도 관철시키고자 그럴듯하게 말을 꾸며 댔다. 그는 아버지께 운명의 뜻인지 아니면 신의 섭리인지 농장 경영인의 조력자가 될 자질을 모두 갖추고 있는 데다가 타고난 성향도 신실한 한 여자를 만났노라고 말씀드렸다. 그녀가 아버지가 소속된 건전한 낮은 교회파의 신도인지 아닌지는 말씀드리지 않고, 다만 신념 문제에 대해서는 열린 사고를 가지고 있을 거라고 했다. 그녀는 꼬박꼬박 교회에 나가는 소박한 신앙을 가졌고 정직하고 이해력이 빠르며 똑똑하고 품위도 있고 베스타 여신만큼 순결할 뿐더러 외모는 어느 누구와 견주어도 비교가 되지 않을 정도로 아름답다고 말했다.

「그럼 그 아이는 네가 결혼해도 될 만한 그런 집안의 자제, 그러니까 양갓집 규수인 거냐?」 깜짝 놀란 그의 어머니가 말씀하셨다. 어머니는 그들이 대화를 나누는 도중에 슬며시 서

재로 들어와 계셨던 것이다.

「통념상 규수라고 부를 수 있는 사람은 아니에요.」에인절이 기죽지 않고 말했다.「당당하게 말씀드리지만 그녀는 가난한 농부의 딸입니다. 그러나 감정이나 성품으로 따지면 진정한 규수이고요.」

「머시 챤트의 집안은 정말 훌륭하단다.」

「어머니, 그깟 집안이 무슨 대수인가요?」 말이 떨어지기가 무섭게 에인절이 대꾸했다.

「지금도 그렇지만 앞으로도 거친 일을 해야 하는 사람의 아내에게 집안이 무슨 소용이 있겠어요?」

「머시는 많이 배웠고, 그런 교양은 매력이 있는 거란다.」 은테 안경 너머로 아들을 바라보며 어머니가 말을 받았다.

「외형적인 교양요. 그게 제가 추구하는 삶에 어떤 도움이 되겠어요? 독서에 관한 거라면 제가 그녀를 지도해 줄 수 있어요. 명민하고 총명하게 잘 배울 거예요. 그녀를 보시면 두 분 모두 그렇게 말씀하실 거예요. 그녀는 시(詩)가 넘쳐흐르는 사람인데, 더 표현하자면 시가 현실로 구현되었다고 할 수 있어요. 그녀는 시인이 종이에 써놓기만 하는 시를 삶으로 실천하죠……. 그리고 흠잡을 데가 하나 없는 기독교인이고요. 확실해요. 두 분께서 널리 전파하고 싶은 바로 그 부족이고 부류이고 유형이죠.」

「오, 에인절, 너 우릴 놀리고 있구나!」

「죄송합니다, 어머니. 그 아가씨는 주일 아침마다 거의 빠짐없이 교회에 나가는 선량한 기독교인이니까, 그런 자질을 봐서라도 약간의 사회적 결함들은 너그럽게 넘어가 주실 거라고 믿어요. 그리고 오히려 제가 그 아가씨를 고르길 잘했다고 생각하실 거예요.」에인절은 사랑하는 테스가 별 생각 없이 받아들인 정통파 신앙을 열심히 치켜세웠다. 사실 그는 테스와 다른 젖 짜는 여자들이 지닌 신앙이라는 것이 원래 자연주의적인 믿음들이며, 그 명백한 비현실성 때문에 무시해 버리기 일쑤였지만 이것이 그에게 이런 도움이 되리라고는 꿈도 꾸지 않았었다.

노부부는 아직 얼굴도 보지 못한 젊은 여자를 두고 이렇게 말하는 아들이 안타깝기도 하고 한편 의심스러운 마음이 들기도 했지만, 에인절이 절대로 정통파 신앙을 선택의 조건으로 택했을 리 만무하므로 이들의 만남이 적어도 신의 섭리에 따라 이루어졌고 아가씨가 건전한 생각을 가지고 있다는 점을 흘려버리지 않은 걸 좋게 받아들였다. 결국 목사 부부는 아가씨를 만나보기는 하겠지만 서두르지는 말았으면 좋겠다고 말했다.

이제 에인절도 더 이상 상세하게 말하지 않았다. 그는 부모님이 아무리 성실하고 희생적이라고 해도 중산층에 속한 분들이고 그래서 아직은 얼마간의 편견을 가지고 있을 터이므로 이를 극복하자면 약간의 전략이 필요할 거라고 생각했다. 에인절은 법적으로 자신이 원하는 대로 할 수도 있는 데다가 부모님과 멀리 떨어져 살 가능성이 농후하므로 며느리의 자질이 부모님의 삶에 별다른 영향을 미치지는 않겠지만, 그래도 자신의 인생에서 가장 중요한 결정을 내리는 이 시점에 사랑하는 부모님의 감정을 다치게 하고 싶지는 않았다.

그는 테스의 삶에서 일어난 일들에 중요한 의미를 부여하려는 자신에게 모순이 있다는 생각이 들었다. 그가 사랑하는 것은 테스 자신이었다. 테스의 영혼, 마음 그녀의 실체를 사랑하는 것이었다. 농장 일에 능숙하다거나 배움에 소질이 있어서도 아니고 더구나 순박하고 형식적인 신앙 고백 때문은 더더욱 아니었다. 탁 트인 공간에서 꾸밈없이 살아가는 그녀의 모습은 그 위에 인습이라는 니스로 덧칠할 필요가 없었고 그는 그런 점이 마음에 들었을 뿐이다. 아직 그는 행복을 좌우하는 정서나 감정이라는 맥박에 교육은 거의 영향을 주지 않는다고 생각했다. 세월이 흐른 뒤 도덕 및 지적 능력의 함양을 위한 개선된 제도가 나와서 거의 무의식적이라고 할 수 있는 인간의 본능을 눈에 띄게 고양시켜 줄지도 모르는 일이다. 하지만 지금까지 그가 파악한 바로는 교양이란 그저 그 영향을 받으며 성장한 사람들의 정신적 표피에 머물러 있는 정도에 불과했다. 그의 이런 믿음은 교양 있는 중류 계급에서 시골 농촌에까지 이르는 여자들을 두루 몸소 겪어 오면서 확고해졌다. 그 경험으로 같은 계급 안에서의 선량하고 현명한 여성과 나쁘고 어리석은 여성의 본질적인 차이보다 계층이 다른 두 명의 현명하고 좋은 여자 사이에 존재하는 본질적인 차이가 훨씬 적다는 것을 알게 되었다.

에인절이 떠나는 날 아침이었다. 형들은 이미 목사관을 떠나 북쪽으로 도보 여행을 나섰고, 그곳에서 한 사람은 대학으로 그리고 나머지 한 사람은 자신의 교구로 돌아가기로 되어 있었다. 그들과 함께 갈 수도 있었지만 에인절은 그보다 탤벗헤이즈 낙농장에 있는 사랑하는 사람을 만나고 싶었다. 그는 세 형제 중에서 이해심이 가장 많은 인본주의자에다가 제일 이상적인 종교 연구가이며 그리스도 연구에 가장 정통한 사람이긴 했지만 네모진 그의 성격이 본인을 위해 미리 마련되어 있던 둥그런 구멍과 맞지 않았기 때문에 그의 의식 속에는 늘 형들과 거리감이 있었다. 그래서 설령 그가 함께 갔더라도 무리에서 겉도는 일행이었을 것이다. 그는 펠릭스와 커스버트 두 형 모두에게 테스에 대한 말은 입도 벙긋하지 않았다.

어머니는 아들에게 샌드위치를 만들어 주셨고 아버지는 말을 타고 따라오며 그를 배웅해 주셨다. 자신이 염두에 뒀던 문제들이 상당 부분 진척되었으므로 에인절은 말에 몸을 싣고 아버지와 함께 터벅터벅 그림자가 드리운 길을 가면서 조용히 아버지의 말씀에 귀를 기울였다. 아버지는 교구에서 겪는 어려움과 캘빈주의에 따라 신약 성서를 엄격하게 해석한다는 이유로 사랑하는 동료 목사마저 자신에게 쌀쌀맞게 군다는 것 등을 말했다.

「해롭대!」 아버지가 경멸이 묻어 있지만 쾌활한 어조로 말했고, 계속해서 그런 생각이 어리석다는 걸 보여 주는 경험들을 들려주었다. 가난한 사람들뿐만 아니라 부유한 사람들 중에서도 사악한 길로 나아가던 이들이 당신을 도구로 삼아 개종하게 된 놀라운 사례들을 짚어 가시던 아버지는 사실 실패한 적도 많았다고 솔직하게 털어놓으셨다.

아버지는 40여 마일 떨어진 트란트리지에 살고 있는 더버빌이라는 이름의 한 젊은 졸부의 경우를 실패담의 예로 들었다.

「킹스비어와 그 밖에 여기저기 살았던 옛날 더버빌 가문 중의 하나가 아닌가요?」 아들이 물었다. 「희미한 사두마차의 전설이 내려오는, 신기하리만치 오래된 몰락한 가문 말이죠?」

「아, 아니다. 정통 더버빌 가문이 스러진 것은 60년 혹은 80년 전일 거야. 적어도 내 생각에는 그렇다. 이 집안은 이름만 도용한 새로운 가문일 게다. 그 옛날의 기사 가문의 명예를 위해서라도 난 이 집안이 가짜이길 바라고 분명히 그럴 거라고 생각한다. 그런데 네가 오래된 가문에 관심을 보인다니 이상한 일이구나. 넌 그들을 나보다 하잘것없이 본다고 생각했는데.」

「절 오해하신 거예요. 아버진 자주 그러시죠.」 다소 성급한 어조로 아들이 말했다. 「정치적인 면으로 본다면 그들 오래된 가문에 어떤 미덕이 있을지 의구심이 들어요. 그들 중 현명한 사람들은 햄릿의 말처럼 〈대물림을 반대〉[63]하고 있어요. 하지만 시적으로나 극적으로 그리고 역사적으로도 전 그들을 아주 좋아합니다.」

아들의 이야기에 딱히 차이가 있는 것은 아니었으나 아버지가 이러한 구분을 이해하기엔 좀 미묘한 구석이 있었다. 목사는 하려던 이야기를 이어 갔다. 앞을 보지 못하는 어머니가 있어서 좀 더 분별 있게 처신해야 할 텐데도, 더버빌로 불리던 노인이 죽은 후 그 아들의 습성이 정말 방탕했다는 것이다. 그 지역에 설교하러 갔을 때 목사는 젊은이의 행적을 듣게 되었고, 그래서 죄에 빠진 젊은이에게 그의 정신 상태에 대해 말해 줄 기회를 용기 있게 냈다고 했다. 목사는 다른 이의 설교단을 차지한 낯선 이였으나 이렇게 하는 것이 본인의 의무라고 생각했으므로 〈이 어리석은 자야, 바로 오늘 밤 네 영혼이 너에게서 떠나가리라〉[64]라는 성자 루가의 말을 자신의 설교에 인용했다고 했다. 젊은이는 목사가 대놓고 자신을 공격했다는 사실에 격분했고, 서로 대면해서 설전이 벌어졌을 때 클레어 목사의 희끗희끗한 머리를 보고도 전혀 예의를 갖추지 않고 사람들 앞에서 막무가내로 모욕했다는 것이다.

63 셰익스피어의 「햄릿」 제2장 제2막 인용.
64 「루가의 복음서」 12장 20절 인용.

고통스러움에 에인절의 얼굴이 벌겋게 달아올랐다.

「아버지, 이제는 그런 몹쓸 사람들 때문에 사서 고통받는 일은 없었으면 좋겠어요!」

「고통이라고?」 아버지의 주름진 얼굴이 자기희생의 열정으로 환하게 피어났다. 「그 불쌍하고 어리석은 젊은이에게서 느끼는 안타까움의 고통만이 있을 뿐이다. 젊은이의 악에 바친 말 또는 주먹질이 나를 고통스럽게 할 수 있을 거라고 생각하느냐? 〈그러면서 우리를 욕하는 사람을 축복해 주고 우리가 받는 박해를 참아 내고 비방을 받을 때는 좋은 말로 대답해 줍니다. 그래서 우리는 지금도 이 세상의 쓰레기처럼 인간의 찌꺼기처럼 살고 있습니다.〉[65] 오래전 고린토인들에게 내린 이 귀한 말씀은 지금 이 순간에도 분명한 진실이란다.」

「주먹질은 없었죠, 아버지? 젊은 친구가 주먹질까지 한 것은 아니죠?」

「아니야, 그러지 않았어. 술에 절어서 미치광이가 된 사람들에게 얻어맞은 적은 있었지만 말이다.」

「말도 안 돼요!」

「그런 일이 여러 번 있었단다, 얘야. 하지만 그게 무슨 대수냐? 그렇게 해서 나는 그들을 자신의 육체를 죽이는 죄로부터 구원했고, 지금 그 사람들이 내게 감사하고 하느님을 찬양하면서 살아가고 있으니 말이다.」

「말씀하신 그 젊은이도 그랬으면 좋겠어요!」 격앙된 감정으로 에인절이 말했다. 「하지만 아버지의 말씀을 들어 보니 그럴 것 같지가 않아요.」

「그래도 희망을 가져야 한단다.」 클레어 목사가 말했다

---

[65] 「고린토인들에게 보내는 첫째 편지」 4장 12~13절 인용.

「그리고 난 그 젊은이를 위해 기도하는 일을 멈추지 않아. 설령 이 세상에서 그와 다시 만나는 일이 없다고 해도 말이다. 어쨌거나 내가 했던 말 한 마디가 좋은 씨앗이 되어 어느 날 그의 마음에 새로운 싹으로 움틀 수도 있겠지.」

 늘 그랬던 것처럼 지금 이 순간에도 아버지는 어린아이처럼 낙천적이셨다. 아버지의 경직된 논리를 받아들일 수는 없었지만 그래도 아들은 신념을 실천으로 옮기시는 아버지를 존경했고 그의 경건함 속에서 영웅의 모습을 볼 수 있었다. 그가 지금 예전보다 아버지의 행동을 많이 존경하게 되었다면 그건 아버지가 테스를 아내로 맞아들이는 문제에 있어서도 그녀가 잘사는지 아니면 무일푼인지 단 한 차례도 물어볼 생각조차 않으셨다는 걸 알고 있기 때문이다. 이렇게 세속적인 것을 멀리하는 아버지의 성품 때문에 에인절은 농부로 살아가려는 마음을 굳히게 되었고 형들은 임기 내내 가난을 면할 수 없는 목사직에 머물게 되었지만 에인절은 아버지의 그러한 성품을 존경했다. 사실 자신이 비록 이단적인 성향을 지니긴 했지만 인간적인 면에서 보면 에인절 자신이 다른 두 형들보다 아버지에게 더 가깝다는 생각이 자주 들었다.

제27장

눈부신 한낮의 공기를 맞으며 20여 마일 정도 언덕을 오르고 골짜기로 내려간 에인절은 오후 무렵 탤벗헤이즈 낙농장에서 서쪽으로 1~2마일 떨어져 의연하게 솟아 있는 언덕에 이르렀다. 그는 거기에서 수액과 물기가 넘쳐흐르는 푸른 V 자형 골짜기, 프룸 계곡으로도 불리는 바 계곡을 내려다보았다. 그리고 곧 그 고지에서 아래의 기름진 충적토 지대로 내려갔다. 공기에서 전해지는 냄새가 점점 진해졌고 여름 과일과 옅은 안개, 건초와 꽃이 한데 어우러진 나른한 향내가 거대한 향기의 웅덩이를 이루었으며, 그 순간 그곳을 지나는 벌과 나비들에게 낮잠이 밀려들게 했다. 이제 클레어는 손바닥을 들여다보듯 그곳을 훤히 꿰고 있어서 목초지를 점점이 수놓고 있는 소들을 멀리서 봐도 그들 하나하나의 이름까지 알 수 있을 정도였다. 이곳에서의 삶을 그 내면으로부터 들여다볼 수 있는 힘이 생겼기에 그는 스스로에게 대견한 마음이 들었는데, 학창 시절에는 전혀 알 수 없었던 기분이었다. 부모님을 마음 깊이 사랑하고는 있지만 고향 집에서 얼마간의 시간을 보내고 여기로 돌아오니 마치 부목과 붕대를 던져 버린 듯 홀가분한 마음이 드는 것은 그도 어쩔 수 없었다. 탤벗헤이즈에는 상주 지주가 한 명도 없었으므로 전반적으로 영국 시골 사회의 분위기를 억압하는 현상들을 하나도 찾아볼 수 없었다.

농장 밖에 나와 있는 사람도 단 한 명도 없었다. 여름철이면 날이 밝기가 무섭게 꼭두새벽에 일어나야 하기 때문에, 지금 그들은 필수 일과가 되어 버린 한 시간여의 오후 낮잠을 즐기고 있는 참이었다. 수없이 물속에서 북북 문질러 댄 통에 빛바랜 나무 테두리를 두른 우유 통들이 마치 스탠드에 걸려 있는 모자처럼, 문가에 세워 둔 껍질이 벗겨진 오크 나뭇가지에 걸려 있었다. 이 우유 통들은 저녁 시간의 젖짜기를 위해 물기 하나 없이 만반의 채비를 갖추고 있었다. 집 안으로 들어간 에인절은 쥐 죽은 듯 조용한 통로를 거쳐 뒤쪽에 있는 숙소에 이르러 한동안 가만히 귀를 기울이고 있었다. 남자들 몇 명이 누워 있는 짐마차 칸에서 코 고는 소리가 연이어 들려왔고, 더위에 허덕이는 돼지들이 툴툴대며 외마디 비명을 질러 대는 소리는 훨씬 멀리서 들려오고 있었다. 커다란 잎사귀를 가진 대황과 양배추도 잠들어 있었는데 흐늘흐늘하니 널찍한 이파리가 반쯤 접은 우산처럼 햇빛을 받아 축 늘어져 있었다.

말안장을 풀고 말에게 먹이를 준 다음 그가 다시 안으로 들어갔을 때 3시를 알리는 시계 소리가 들렸다. 크림을 걷어 내야 하는 시간이었다. 시계 소리와 함께 위층 마룻바닥이 삐걱대는 소리가 들려왔고 이어서 계단을 딛고 내려오는 발소리가 들렸다. 바로 테스의 발소리였고 그녀는 순식간에 그의 눈앞에 내려와 있었다.

테스는 에인절이 들어오는 소리를 듣지 못했으니 그가 거기에 있다는 것은 꿈에도 생각지 못했다. 테스가 하품을 하자 그는 뱀처럼 빨간 그녀의 입속을 들여다볼 수 있었다. 말아 올린 머리채 위로 한쪽 팔을 높이 쳐들자 태양에 그을리지 않은 새틴처럼 매끄러운 속살이 드러났다. 잠을 잔 탓으로 얼굴은 발그레하니 상기되어 있었고 눈꺼풀이 눈동자 위를 무겁게 내리누르고 있었다. 가공되지 않은 그녀의 모습이 숨결을 타고 철철 흘러넘쳤다. 한 여자의 영혼이 그 어느 때보다도 생생하게 구현되어 정신적인 아름다움이 육체로 표현되며 성(性)이 바깥으로 드러나는 바로 그 순간이었다.

얼굴의 다른 부분은 아직 잠에서 완전히 깨지 않았지만 둔중하게 내리누르던 엷은 눈꺼풀 속에서 두 눈이 밝게 반짝거리기 시작했다. 기쁨과 수줍음 그리고 놀람이 묘하게 뒤섞인 표정의 그녀가 큰 소리로 외쳐 댔다.

「오, 클레어 선생님! 깜짝 놀랐어요……. 전…….」

그의 고백 이후 둘의 관계가 달라졌다는 생각을 할 겨를도 테스에겐 없었다. 그런데 계단 아래쪽으로 다가오고 있던 클레어의 다정한 모습을 보자 그녀의 얼굴에도 모든 상황을 이해한 표정이 떠올랐다.

「오, 내 사랑 테스!」그는 그녀를 팔에 안고 상기된 그녀의 뺨에 자신의 얼굴을 갖다 대면서 속삭였다.「그러지 말아요, 제발, 날 선생님이라고 부르지 말아요. 당신 때문에 이렇게 서둘러서 돌아왔어요!」

그의 가슴에 안긴 테스의 흥분한 심장이 대답이라도 하듯 빠르게 뛰고 있었다. 그렇게 그들은 입구의 빨간 벽돌 바닥 위에 서 있었다. 그가 그녀를 가슴에 꼭 품고 있는 그 순간, 창문을 통해 빗각으로 들어온 햇빛이 그의 등에, 그녀의 비스듬히 기울어진 얼굴과 파르스름하게 드러난 관자놀이께의 힘줄에, 맨살을 드러낸 그녀의 팔과 목에 그리고 그녀의 머리카락 속으로 스며들고 있었다. 옷을 입은 채로 누워 있었던 그녀의 몸은 햇볕을 담뿍 받은 고양이처럼 따뜻했다. 처음에 그녀는 그를 똑바로 올려다보려 하지 않았다. 하지만 그녀의 시선은 이윽고 위를 향했고 두 번째로 깨어난 이브[66]가 아담을 바라보듯 그를 응시할 때 에인절은 그녀의 파란빛과 검은빛 그리고 회색빛과 바이올렛빛으로 한없이 색을 바꾸며 반짝거리는 눈동자를 들여다보며 그 깊이를 가늠하고 있었다.

「크림을 걷어 내러 가야 해요.」 그녀가 애원하듯 속삭였다. 「그리고 오늘은 절 도와줄 사람이 데브 할머니 밖에 없어요. 크릭 부인은 남편과 장에 가셨고 레티는 몸이 좋지 않아요. 다른 사람들도 다 외출했고 젖 짜는 시간이 되어야 돌아올 거예요.」

그들이 우유 작업장으로 들어갔을 때 계단에 서 있는 데버러 파이안더의 모습이 보였다.

「내가 돌아왔어요, 데버러.」 위에 대고 클레어 씨가 말했다. 「테스를 도와 내가 크림을 걷어 낼 게요. 피곤할 테니 젖 짜는 시간까지 내려오지 않아도 돼요.」

아마도 그날 오후 탤벗헤이즈 낙농장의 크림은 제대로 걷히지 않았을지도 모른다. 테스는 꿈속을 헤매는 것 같았으니, 익숙했던 것들이 명암과 위치로만 보일 뿐 당최 뚜렷한 윤곽이 잡히지 않았다. 그물 국자를 식히려고 펌프 밑에 갖다 댈 때마다 손은 부들부들 떨렸고 그의 열정적인 사랑이 온몸으로 느껴져서 그녀는 마치 뜨겁게 작열하는 태양 아래에 놓인

---

[66] 밀턴의 『잃어버린 낙원』 5권 중 인용.

한 줄기 식물처럼 오그라질 것만 같았다.

그때 그가 다시 테스를 자기 쪽으로 끌어당겼다. 그리고 그녀가 가장자리에 붙은 크림을 떼어 내려고 손가락으로 통 언저리를 훑어 내자 그는 그녀의 손가락을 훑어 닦아 주었다. 그는 탤벗헤이즈 낙농장의 자유로운 이런 방식이 지금 더욱 더 편하게 느껴졌다.

「나중에 말해도 되겠지만 지금 말하는 게 좋겠소.」 그가 부드럽게 다시 말문을 열었다. 「당신에게 아주 현실적인 문제를 물어보려고 해요. 지난주 목초지에서 그 일이 있고 난 후 계속 머릿속을 맴돌던 생각이라오. 난 조만간에 결혼하길 원해요. 그리고 당신도 알다시피 난 농부이니까 농장 경영에 대해 잘 알고 있는 여자를 아내로 맞이해야 할 거요. 테스, 당신이 그 여자가 되어 주겠소?」

그는 이성을 벗어나 충동적으로 말한다고 테스가 생각하지 않도록 그렇게 말했다.

테스는 수심이 가득한 얼굴이 되었다. 그와 가까이에 있기 때문에 피할 도리가 없었던, 다시 말해서 그를 사랑할 수밖에 없었던 결과가 이렇게 갑작스럽게 올 거라곤 생각하지 못했다. 사실 클레어도 이렇게 성급하게 굴려는 의도는 없었는데 그만 불쑥 말이 나오고 말았다. 온몸이 산산이 부서지는 격렬한 아픔을 느끼며 그녀는 성실한 여자로서 꼭 해야 할, 미리 다짐해 두었던 대답을 기어들어 가는 소리로 중얼거렸다.

「오, 클레어 선생님……. 저는 선생님의 아내가 될 수 없어요……. 그렇게 될 순 없어요!」

이 결심이 소리의 비수가 되어 테스의 심장을 갈기갈기 찢어 놓는 것 같아 그녀는 그만 슬픔을 이기지 못하고 머리를 숙이고 말았다.

「하지만 테스!」 그녀의 대답에 놀란 그가 그녀를 더욱 힘주어 껴안으며 말했다. 「아니라고 말했소? 분명 날 사랑하죠?」

「아, 그럼요. 사랑하고말고요! 이 세상 어느 누구보다 당신의 아내가 되고 싶어요.」 그녀는 비탄에 젖은 젊은 여자의 감미롭고 솔직한 목소리로 대답했다. 「하지만 전 도저히 선생님과 결혼할 수 없어요!」

「테스.」 팔을 쭉 뻗어 그녀를 잡은 채 그가 말했다. 「다른 사람과 약혼이라도 한 거군요!」

「아니요, 그런 건 아니에요!」

「그렇다면 왜 날 거절하는 거요?」

「전 결혼을 원치 않아요! 결혼 생각을 해본 적도 없고요. 결혼할 수 없어요! 그저 선생님을 사랑하고 싶어요.」

「하지만 왜요?」

어떤 핑계든 대야 했기에 그녀는 더듬거리며 말했다.

「선생님 아버지는 목사이시고 그리고 어머니도 나 같은 여자랑 결혼하는 걸 좋아하지 않으실 거예요. 어머니는 선생님이 좋은 집안의 규수랑 결혼하길 원하실 거라고요.」

「쓸데없는 소리! 두 분께 이미 말씀드렸어요. 집에 갔던 이유 중 하나가 그거였소.」

「그래선 안 될 것 같아요……. 절대로, 절대로요!」 테스의 말이 메아리로 울려 퍼졌다.

「청혼이 너무 갑작스러운 거요, 테스?」

「네, 생각지도 못했어요.」

「생각하고 싶지 않으면 그렇게 해요, 테스. 시간을 주겠소. 돌아오자마자 당신에게 이런 말을 불쑥 꺼낸 게 정말 뜬금없는 행동이었소. 당분간 이 이야기는 다시 꺼내지 않으리라.」

테스는 다시 반짝거리는 그물 국자를 집어 들어 펌프 밑에 가져다 대고 일을 시작했다. 하지만 아무리 애를 써도 여느 때의 그 섬세한 솜씨로 크림의 표면 바로 아래를 국자로 정확하게 뜰 수가 없었다. 어떤 때는 국자가 우유를 뚫고 속으로 푹 들어가는가 하면 종종 허공을 가르기도 했다. 그녀는 앞을 전혀 볼 수 없었다. 가장 좋은 친구이자 든든한 이 후원자에게 절대로 설명할 수 없는 슬픔 때문에 그녀의 두 눈 가득 눈물이 고여 있었던 탓이었다.

「크림을 걷어 낼 수 없어요……. 못 하겠어요!」 그에게서 시선을 돌리며 테스가 말했다.

클레어는 사려가 깊은 사람이었고 그래서 테스의 마음을 더 이상 힘들게 하거나 일을 방해하지 않으려고 다른 이야기를 했다.

「우리 부모님을 많이 오해하고 있군요. 그분들은 이 세상을 살아가는 사람들 중에서 가장 소박한 사람들이고 야심 같은 건 아예 없는 분들이세요. 당신은 복음주의자인가요, 테스?」

「모르겠어요.」

「정기적으로 교회에 나가잖아요. 듣기론 이곳 목사는 높은 교회파가 아니라고 하던데.」

테스는 주일마다 교구 목사의 설교를 듣는 데도 그의 설교를 한 번도 들은 적이 없는 클레어보다 목사에 대해 잘 모르고 있는 듯했다.

「교회에서 듣는 이야기에 지금보다 더 많이 집중할 수 있으면 좋겠어요.」 그녀는 누구나 할 수 있는 말로 둘러댔다. 「그래서 종종 마음이 많이 슬퍼요.」

에인절은 꾸밈이라곤 전혀 없는 테스의 말에서 설사 그녀가 본인의 교파가 높은 교회파인지 혹은 낮은 교회파인지 그것도 아니면 넓은 교회파인지 모르고 있다고 하더라고 아버지께서 종교적인 이유를 들어 그녀를 반대하지는 않을 거란 확신이 들었다. 에인절은 이도 저도 아닌 그녀의 믿음은 분명 어린 시절에 받아들인 것으로서, 굳이 말하자면 옥스퍼드 운동[67] 지지자라는 용어로 설명될 수 있고 본질적으로는 범신론이라고 생각했다. 혼란스러운 것이건 다른 어떤 것이건 그는 테스의 믿음을 방해하고 싶은 마음이 추호도 없었다.

> 그대의 누이를 내버려 두어라, 그녀가 기도할 때는,
> 그녀의 어린 천국, 그녀의 행복한 생각
> 그림자 드리운 암시로 혼란을 주지 마라
> 즐거운 나날을 이어 가는 삶에게.[68]

 에인절은 이따금 운율적이긴 하나 이 시에 담긴 조언이 정직하지 않다고 생각했었다. 하지만 지금 그는 기꺼이 그 조언을 받아들였다.

 그는 집에 갔을 때 일어났던 일들, 아버지가 살아가시는 방식 그리고 원칙을 고수하시는 아버지의 열정에 대해 좀 더 많은 이야기를 했다. 테스의 마음도 점점 가라앉았고 크림을 걷

---

[67] 19세기에 영국의 옥스퍼드 대학을 중심으로 일어난 신앙 부흥과 교회 개혁 운동으로 자유주의와 세속주의 또는 국가 권력의 개입이라는 문제에 직면해 있는 영국 성공회의 권위를 회복하기 위해 가톨릭적 전통을 강조한다. J. H. 뉴먼 등이 중심으로 신학, 예배, 교회 관습 등에 영향을 주었다.
[68] 빅토리아 시대의 영국의 계관 시인 앨프리드 테니슨의 「인메모리엄」에서 인용.

어 내는 손길도 더 이상 떨리지 않았다. 그녀가 우유 통을 하나씩 차례대로 끝내면 에인절이 따라와 마개를 뽑고 우유가 흘러나가게 했다.

「들어오셨을 때 안색이 별로 좋아 보이지 않았어요.」 자신과 관련된 문제로부터 화제를 딴 데로 돌리려고 테스가 용기를 내어 말문을 열었다.

「그래요. 아버지께서 본인이 겪는 고통과 어려움에 대해 많은 말씀을 하셨는데, 그런 일은 늘 내 마음을 아프게 하는 것 같아요. 아버지는 워낙 열성적인 분이어서 생각이 다른 사람들에게 곤욕도 치르시고 조롱당하는 일도 허다해요. 그 연세에 그런 모욕을 받고 있다는 말이 듣기가 괴롭더군요. 더군다나 나 역시 열성도 지나치면 좋을 게 없다고 생각하기 때문에 더욱 그래요. 아버지께서 최근에 겪었던 너무도 불쾌한 사건을 말씀하셨어요. 어떤 선교회의 대리인 자격으로 여기서 40마일 떨어진 트란트리지로 가셨는데 그때 거기서 만난 품행이 나쁘고 냉소적인 한 젊은이에게 조언을 하려고 하셨다는군요. 그 젊은이는 그곳 어떤 지주의 아들이었는데 앞을 보지 못하는 어머니가 있다고 했어요. 아버지는 그 사람을 직접 겨냥해서 설교를 하셨고 그래서 엄청난 소동이 있었나 봐요. 생면부지의 사람에 대해 이야기를 하셨다니 정말 아버지의 생각이 짧았던 것 같아요. 소용없는 일이 너무도 분명하잖아요. 하지만 아버지는 당신의 의무라고 생각하시는 것은 물불을 가리지 않고 하고야 마는 분이시라 아주 못된 사람들 사이에서 뿐만 아니라 간섭받고 싶지 않은 느긋한 성격의 사람들 사이에서도 적이 많아요. 아버지께서는 그런 일이 일어났는데도 간접적으로나마 도움이 될 거라고 하시면서 기쁘다고 말씀하시죠. 하지만 이제 아버지 연세도 점점 많아지시니 그런 일로 힘들어 하지 마시고 그런 돼지 같은 놈들은 그렇게 살다 죽게 내버려 두셨으면 좋겠어요.」

테스의 표정이 차츰 굳어지면서 힘든 기색이 역력하게 드러났다. 빨갛고 도톰한 입술은 몹시 슬퍼 보였으나 더 이상 떨리지는 않았다. 클레어는 다시 아버지 생각에 빠져들었고 그래서 그런 그녀를 주목해서 살펴보지는 못했다. 그렇게 그들은 하얗게 늘어선 직사각형의 우유 통을 따라 가면서 크림을 걷고 우유를 비워 냈다. 곧 다른 여자들이 돌아와서 각자의 통을 챙겨 갔고 데브 할머니도 새 우유를 받을 통을 씻으러 왔다. 테스가 소가 있는 들판으로 나가려고 하자 그가 그녀에게 조용히 말을 건넸다.

「내 청혼은, 테시?」

「오, 안 돼요, 그럴 수 없어요!」 알렉 더버빌의 이야기로 자신의 괴로운 과거지사를 다시 상기하게 된 테스가 헤어날 수 없는 참담한 심경으로 대답했다. 「있을 수 없는 일이에요!」

한달음에 목초지로 간 테스는 젖 짜는 다른 여자들과 어우러졌는데 자신의 애처롭고 답답한 마음을 탁 트인 대기로 날려 보내려는 것 같았다. 여자들은 야생 동물처럼 대담하고 우아한 몸짓으로 저 멀리 초원에서 풀을 뜯고 있는 소들이 있는 곳으로 향했다. 그들의 움직임은 무한한 공간에 길들여져 뭔가에 억압되지 않은 용감한 모습이었고 파도에 뛰어드는 수영 선수처럼 스스로를 대기로 던져 버리고 있었다. 이제는 에인절에게도 인공적인 거처가 아닌 구속이 사라진 자연 속에서 친구를 찾는 테스의 모습이 자연스럽게 느껴지는 듯했다.

제28장

테스의 거절이 비록 뜻밖이긴 했지만 클레어는 오래 힘들어하지 않았다. 그는 여자들의 거절이 종종 승낙의 서막을 장식하는 것에 불과하다는 사실을 알 만큼 여자들을 겪어 보았다. 하지만 지금 테스의 거절 속에 수줍어서 밀고 당기는 것 외에 다른 게 들어 있다는 것까지 알 수 있을 만큼 그의 경험이 충분한 것은 아니었다. 그는 테스가 이미 자신에게 사랑을 허락했다고 확신하고 있었다. 이 들판과 목초지에서 연인들의 한숨은 결코 헛되지 않다는 것[69]뿐 아니라, 삶에 대한 열정이 안정된 정착을 향한 여자의 야망으로 마비되는 야심가 집안들의 사랑과 달리 이곳에서의 사랑은 달콤함 그 자체를 위해서 보다 자유롭게 존재한다는 사실을 알고 있지는 못했다.

「테스, 왜 그토록 단호하게 〈아니요〉라고 말했던 거요?」 며칠 후 그가 테스에게 물었다.

그녀는 움찔했다.

「묻지 마세요. 이유도 조금은 말씀드렸어요. 전 좋은 여자도 못 되고 그리고 그럴 만한 가치도 없는 여자예요.」

---

69 셰익스피어의 「햄릿」 제2막 제2장 인용.

「어째서요? 좋은 집안의 규수가 아니라서?」

「네, 그런 거죠.」 그녀가 낮은 소리로 말했다. 「선생님 주위 분들도 나를 하찮게 볼 거예요.」

「정말로 당신은 그분들, 내 아버지와 어머니를 오해하고 있군요. 나도 우리 형님들은 신경 쓰지 않아요.」 그는 테스의 등 뒤로 두 손을 깍지 껴서 안으며 그녀가 빠져나갈 수 없게 했다. 「자, 그건 당신의 진심이 아니었소, 그렇죠? 난 그렇게 확신하고 있소! 당신 때문에 너무 불안하고 초조해서 요즘 도통 책도 눈에 들어오지 않고 악기를 연주할 수도 없고 아무것도 할 수가 없어요. 서두르지는 않으리라. 하지만 알았으면 좋겠어요. 그리고 당신의 그 따뜻한 입술로 직접 듣고 싶소. 언젠가는, 당신이 원하는 어느 때이든, 내 아내가 되어 줄 거라는 것을 말이오.」

그녀는 고개만 가로저을 뿐 그의 시선을 피하고 있었다.

클레어는 그녀를 찬찬히 들여다보며 상형 문자를 해독하듯 그녀의 얼굴에 나타난 표정을 살폈다. 거절이 진심인 것 같았다.

「그렇다면 내가 이렇게 당신을 안고 있으면 안 되죠. 그렇지 않소? 내겐 아무 자격이 없는 거요. 당신이 어디에 있는지 찾아다닐 자격도, 당신과 함께 거닐 자격도! 솔직하게 말해 줘요, 테스! 다른 남자를 사랑하고 있소?」

「어떻게 그렇게 물어보실 수 있어요?」 스스로를 억누르며 테스가 말했다.

「나도 당신이 다른 사람을 사랑하지 않는다는 걸 알아요. 하지만 그렇다면, 왜 나를 밀어내는 거요?」

「밀어낸 게 아니에요. 당신이…… 절 사랑한다고 말해 주길 원해요. 저랑 다닐 때는 늘 그렇게 말해 주셔도 좋아요…….

절대로 기분이 상하는 일은 없어요.」

「그러나 날 남편으로 받아들이지는 않겠다는 거요?」

「아……, 그건 문제가 달라요. 그건 선생님의 행복을 위해서예요. 정말이에요, 나의 소중한 사람! 오, 믿어 주세요. 바로 당신을 위해서죠! 저만 많이 행복해지자고 당신의 아내가 되고 싶지는 않아요. 왜냐하면 그렇게 해선 안 된다는 걸 전 분명하게 알고 있기 때문이에요.」

「당신은 날 행복하게 만들어 줄 거요!」

「아, 생각은 그렇지만 그건 선생님도 모르는 일이에요!」

이때 에인절은 테스의 거절 이유가 사회 및 예의 규범적인 면에서 뒤처진다는 그녀의 겸손한 마음 때문이라고 생각했고, 그래서 그녀가 놀라우리만치 지식이 풍부하고 다재다능하다고 말해 주곤 했었다. 그의 말은 분명한 사실이었으니, 그녀는 천성이 명민한 데다가 에인절을 흠모하는 마음에서 그가 쓰는 어휘나 억양 그리고 단편적인 지식들을 놀라울 정도로 잘 습득해 갔다. 이렇게 부드러운 실랑이가 오가고 그 실랑이에서 테스가 우위를 차지하고 난 뒤 젖을 짜는 시간이 되면 그녀는 혼자서 가장 멀리 있는 소를 찾아가곤 했고, 쉬는 시간이면 숲으로 간다거나 자기 방으로 들어가서 조용히 슬픔을 삭이곤 했다. 쌀쌀맞은 태도로 분명하게 거절 의사를 보인지 채 1분도 지나지 않아서 말이다.

갈등은 너무도 끔찍했다. 테스의 마음은 온통 그에게로 기울어져 있어서 불타오르는 두 개의 마음이 하나의 가냘픈 양심과 싸우는 격이었다. 그녀는 자신의 결심을 확고하게 고수하려고 젖 먹던 힘까지 다해 안간힘을 쓰고 있었다. 탤벗헤이즈 낙농장으로 오면서 단단히 각오한 바가 있었다. 무슨 일이 있어도, 절대로, 아무것도 모르고 자신과 결혼한 남편에게 훗날 고통을 안겨 주게 될 일은 용납하지 않겠다는 거였다. 그녀는 평정심을 유지한 상태에서 결정한 이 결심을 이제 와서 번복할 수는 없다고 생각했다.

〈왜 그이에게 나에 관한 이야기를 전부 해줄 사람이 없을까? 40마일밖에 떨어져 있지 않은데……. 내 소문이 왜 여기까지 퍼지지 않았을까? 분명 알고 있는 사람이 있을 텐데!〉

그러나 알고 있는 사람은 아무도 없는 것 같았고, 물론 그에게 말을 해주는 사람도 없었다.

2~3일 동안 그들 사이에는 아무 말도 오가지 않았다. 테스는 방 친구들의 슬픈 표정에서 에인절이 자신을 가장 좋아해 점찍어 둔 것을 눈치채고 있음을 알 수 있었다. 친구들 역시 테스가 그의 마음을 받아들이지 않고 있다는 걸 알 수 있었다.

테스는 이제껏 자신의 삶이 지금처럼 기쁨과 고통이라는 두 가닥의 실로 선명하게 얽혀 있는 것을 경험한 적이 없었다. 다시 치즈를 만드는 시간이 돌아왔고 에인절과 테스는 또 둘만 남게 되었다. 이 일을 직접 거들어 왔던 크릭 씨도 그의 부인처럼 최근 들어 이 두 사람 사이에 모종의 감정이 싹튼 낌새를 알아차린 것 같았다. 그들이 워낙 신중하게 행동해서 그 낌새가 아주 미미한 정도에 불과하긴 했지만 어쨌거나 농장주는 그들끼리 남겨 두고 자리를 떠났다.

에인절과 테스는 통에 넣을 수 있도록 우유 덩어리를 잘게 부수었다. 이 일은 빵을 대량으로 으깨는 작업과 비슷했는데 테스 더비필드의 두 손이 새하얀 우유 덩어리 속에서 분홍 장밋빛으로 보였다. 한 움큼씩 우유 덩어리를 집어 통 속에 넣고 있던 에인절이 일손을 뚝 멈추고는 그녀의 손 위에 자신의 손을 포개 얹었다. 에인절이 몸을 숙여 팔꿈치 훨씬 위까지 소매를 걷어 올린 테스의 보드라운 안쪽 팔에 입을 맞추었다.

 9월 초순의 무더운 날씨였지만 그의 입술은 우유 덩어리 속에 있던 그녀의 팔이 유장(乳漿) 냄새를 솔솔 풍기는, 갓 따온 버섯처럼 차갑고 촉촉하다고 느꼈다. 감수성들의 다발처럼 감각이 예민했던 테스는 그의 입술이 팔에 닿자 맥박의 속도가 빨라졌고 온몸의 피가 손가락 끝으로 몰리는 듯했으며 차갑던 팔이 뜨겁게 달아올랐다. 그녀의 심장이 〈더 이상 수줍음이 필요할까? 남녀 사이의 진실은 인간과 인간 사이에서만큼 진실인 것을〉이라고 말하는 것 같았다. 눈을 들어 진심 어린 표정으로 그의 눈 속을 들여다보면서 그녀는 웃을 듯 말 듯 입술이 살짝 올라가는 부드러운 미소를 지었다.

「내가 왜 그랬는지 알아요, 테스?」 그가 말했다.

「절 많이 사랑하기 때문이죠!」

「그렇소, 그리고 다시 애원해 보려는 준비이기도 해요.」

「그만하세요!」

 자신의 저항이 본인 자신의 욕망 때문에 무너질지도 모른다는 두려움이 왈칵 밀려드는 표정으로 테스가 말했다.

「오, 테시!」 그가 하던 말을 계속 이어 나갔다. 「무엇 때문에 그렇게 애를 태우는지 도무지 이해할 수가 없소. 왜 날 그토록 실망시키는 거요? 당신은 마치 바람둥이 여자 같아요. 그래요, 도시에 사는 요부 말이요! 그들도 당신처럼 뜨거워졌다가 갑자기 차가워지곤 하거든. 탤벗헤이즈처럼 구석진 이런 곳에서 그런 여자를 만나리라곤 전혀 생각도 못했는데……. 하지만 내 사랑.」 자신의 말에 테스가 얼마나 상처를 받았을까 생각하며 그가 즉시 덧붙여 말했다. 「난 당신이 이 세상 어느 누구보다도 정직하고 티 없이 맑은 사람이라는 걸 알고 있소. 그런 내가 어떻게 당신을 바람둥이라고 생각하겠소? 당신을 보면 날 사랑하고 있는 것 같은데 내 아내가 되는 걸 왜 거부하는 거요?」

「전 한 번도 좋아하지 않는다고 말하지 않았어요. 그리고 저는 절대로 그렇게 말 못 해요, 왜냐하면…… 그건 사실이 아니니까요!」

그녀는 더 이상 스트레스를 견딜 수 없어서 입술을 파르르 떨었고 그래서 자리를 피해야만 했다. 너무도 고통스럽고 당황한 클레어가 그녀를 쫓아가 길을 막아섰다.

「말 좀 해줘요!」 손이 온통 우유 덩어리 범벅이라는 것도 잊은 채 그가 그녀를 격정적으로 끌어안으며 말했다. 「제발 당신이 다른 어느 누구가 아닌 내 사람이 되어 주겠다고 말해 줘요!」

「그럴게요, 말씀드릴게요!」 그녀가 큰 소리로 말했다. 「지금 절 놓아 주시면 모두 대답해 드릴게요. 제가 겪었던 경험들을, 저에 대한 모든 것을, 모든 걸 말씀드릴게요!」

「당신의 경험이라, 좋아요. 얼마든지요.」 그는 그녀의 얼굴을 들여다보며 사랑이 뚝뚝 떨어지는 장난기 어린 말투로 그러마고 했다. 「틀림없이, 내 사랑 테스는 저기 정원 울타리에 오늘 아침 갓 피어난 야생 메꽃만큼이나 많은 경험이 있을 테니까. 무엇이든 말해요. 하지만 내 아내가 될 자격이 없다는 따위의 그 터무니없는 말일랑 더 이상 하지 말아요.」

「노력하겠어요……. 그러지 않도록! 그리고 내일…… 다음 주에 이유를 모두 말씀드릴게요.」

「일요일?」

「네, 일요일에요.」

드디어 그녀는 그곳을 벗어나서 가지 친 버드나무가 빼곡히 들어서 몸을 숨길 수 있는 농장 마당 아래쪽으로 쉬지 않고 걸었다. 그곳에서 그녀는 침대에 몸을 던지듯 창처럼 뾰족한 이파리들이 바스락대는 키 작은 덤불 위로 털썩 주저앉았다. 그녀는 참담한 기분으로 그렇게 내내 웅크리고 있었다. 이따금 솟구쳐 오른 환희의 감정이 결말에 대한 두려움을 억누르며 절망의 기분 속으로 끼어들곤 했다.

사실 그녀의 마음은 승낙 쪽으로 기울고 있었다. 그녀의 모든 숨결에, 요동치는 온몸의 피에, 노래하듯 들려오는 모든 맥박에 양심을 거스르고 마음이 시키는 대로 하라는 목소리가 실려 있었다. 깊은 생각을 접고 용감하게 그를 받아들이며 어쩌다 발각된다고 하더라도 끝까지 아무것도 밝히지 말고 교회의 제단에서 그이의 뜻을 따르라. 고통이 강철같이 강한 이빨로 그녀를 물어뜯기 전에 농익은 환희를 낚아채라. 이것이 사랑이 들려주는 조언이었으니, 거의 공포와도 같은 환희를 느끼며 그녀는 사랑의 조언이 승리할 거라고 생각했다. 여러 달에 걸친 외로운 자책, 고민과 심사숙고를 통해 앞으로는 무슨 일이 있어도 혼자 살아가겠다는 각오가 되어 있었는데도 말이다.

오후 시간이 흘러가고 있었지만 테스는 꼼짝 않고 버드나무들 사이에 있었다. 팔을 쭉쭉 뻗고 서 있는 통 걸이에서 우유 통을 거두는 소리와 〈워이, 워이〉 하며 소를 모아들이는 소리가 그녀의 귀로 흘러들어 왔다. 그러나 그녀는 젖을 짜러 가지 않았다. 사람들은 분명히 그녀의 마음이 흔들리고 있다는 걸 알아차릴 것이고 농장주는 그 원인이 사랑 때문일 거라고 짐작해서 좋은 뜻으로 그러는 것이겠지만 아무튼 그녀를 놀려 댈 것이며, 그러면 그녀는 괴로움을 참아 낼 수 없을 것 같았다.

테스가 작업에 참여하지 않았는데도 영문을 물어본다거나 부르는 소리가 없는 걸 보니 에인절이 극도로 예민해진 애인의 상태를 짐작해서 뭔가 적당한 구실을 지어낸 모양이었다. 6시 30분이 되자 하늘에 걸린 거대한 용광로를 닮은 태양이 지평선 위로 내려앉았고 금세 호박을 빼다 박은 기묘하게 생긴 달이 반대편에서 두둥실 떠올랐다. 끊임없이 가지를 쳐내는 고문으로 원래의 모습을 잃어버리고 달빛 아래 서 있던 가지 잘린 버드나무들은 가시투성이의 머리를 한 괴물처럼 보였다. 집 안으로 들어간 그녀는 불도 없이 계단을 올라갔다.

이제 수요일이었다. 목요일이 되었고 에인절도 멀찍감치 떨어져서 생각에 잠긴 표정으로 바라보기만 할 뿐 더 이상 그녀를 채근하진 않았다. 방을 함께 쓰는 젖 짜는 처녀들 역시 그녀에게 말을 시키지 않는 걸 보니 뭔가 결정적인 일이 임박했다고 짐작하는 듯했다. 금요일이 지나갔고 토요일이 되었다. 내일이 바로 그날이었다.

「내 결심을 꺾어야지. 예스라고 말할 거야. 그이와 결혼할 거야. 나도 어쩔 수 없어!」 그날 밤 베개에 얼굴을 묻고 있던 테스는 옆의 처녀 하나가 잠결에 그의 이름을 부르자 질투심으로 가쁘게 숨을 몰아쉬며 말했다. 「나 아닌 다른 사람이 그이와 결혼하게 할 수 없어! 하지만 이건 그이에게 못 할 짓이야. 만약 그이가 알게 되면 그인 죽을지도 몰라! 오, 이런 심정을 어찌 해야 하나! 아……!」

제29장

「자, 오늘 아침 내가 누구 소식을 들었게?」 다음 날 아침 농장주 크릭이 식탁에 앉으며 식사를 하고 있던 사람들을 향해 수수께끼를 던지는 얼굴로 말했다. 「자, 누구라고 생각들 하는지?」

이 사람 저 사람 짐작되는 사람을 댔지만 이미 누군지 알고 있던 크릭 부인은 아무 말도 하지 않았다.

「그게 말이야.」 농장주가 말했다. 「게을러터진 호래자식 잭 돌롭 얘기야. 그놈이 얼마 전에 어떤 과부랑 결혼했다는구먼.」

「설마 잭 돌롭이? 생각만 해도! 불한당 같은 놈!」 젖 짜는 남자 하나가 말했다.

테스 더비필드도 금세 그 이름이 떠올랐다. 사귀던 여자에게 못되게 굴어서 나중에 우유 교반기 안에 들어갔다가 여자의 어머니에게 된통 혼쭐이 났던 남자의 이름이었다.

「약속한 대로 그 씩씩한 부인의 딸과 결혼한 게 아니었어요?」 크릭 부인이 신분을 고려해 따로 마련해 준 작은 식탁에서 신문을 읽고 있던 에인절 클레어가 페이지를 넘기면서 물었다.

「그놈이 그러질 않았다오, 선생. 애당초 그럴 생각도 없었고.」 농장주가 대답했다.

「방금 말한 대로 과부랑 결혼했는데 그 여자가 돈이 좀 있었다는구먼. 1년에 50파운드 정도의 수입이 있었다는데 그놈이 그걸 노린 게지. 허겁지겁 서둘러 결혼을 하긴 했는데 나중에 그 여자 말이 결혼했기 때문에 1년에 50파운드씩 받던 걸 놓치게 되었다고 했다는 거야. 그 사실을 알게 된 녀석의 마음이 어땠을지 생각만 해도! 그 이후로 서로 그렇게 아옹다옹 싸움만 하며 살고 있다는 거야! 그 녀석은 그래도 백번 싸지. 하지만 정말 그 가엾은 여자가 제일 안됐어.」

「글쎄, 여자도 참 멍청하긴. 그 사람에게 전남편의 귀신이 못살게 굴 거라고 좀 더 일찍 말해 줬어야지.」 크릭 부인이 말했다.

「하지만 상황이 어땠는지 빤하잖아. 여자는 가정을 원했던 거고 그래서 그놈을 놓치기 싫었던 거야. 그런 이유였다고 생각하지 않아요, 아가씨들?」

그는 나란히 앉아 있던 젊은 여자들에게 시선을 주었다.

「교회에 들어가기 직전에 남자에게 말을 했어야 했어요. 남자도 그땐 도망갈 수 없었을 테니까요.」 마리안이 우렁찬 목소리로 말했다.

「그래요, 그렇게 해야 했어요.」 이즈가 친구의 말에 동조했다.

「남자가 노리는 게 뭔지 여자도 틀림없이 알았을 거예요. 그러니까 남자의 청혼을 거절했어야 했어요.」 흥분한 레티가 큰 소리로 말했다.

「어떻게 생각하지, 아가씨?」 농장주가 테스에게 물었다.

「제 생각엔 여자가 상황을 제대로 말해 주었거나, 아니면 그를 받아들이지 말았어야 했어요……. 잘 모르겠어요.」 버터 바른 빵이 목에 걸린 것 같은 목소리로 테스가 말했다.

「나라면 그 어느 것도 하지 않아.」 인근 농가에서 일손을 도우러 오는 벡 닙스라는 아낙네가 말했다. 「사랑과 전쟁에선 모든 게 통하는 거여. 나도 그 여자처럼 결혼했을 거야. 그리고 일부러 하지 않은 건데 남자가 전남편 얘기를 말해 주지 않았다고 두 마디만 투덜대면 밀방망이로 흠씬 두들겨 패주고 말거야. 북어 대가리처럼 말라비틀어진 놈! 어떤 여자라도 그럴 수 있다고요.」

이 재미있는 이야기에 모두들 폭소를 터뜨렸지만 테스만 이 분위기에 밀려 마지못해 슬픈 미소를 지었다. 그들에게 재미있는 일이 테스에게는 가슴 아픈 일이었고 그래서 그녀는 그들이 즐거워하는 모습을 도저히 견딜 수가 없었다. 식탁에서 몸을 일으킨 테스는 클레어가 따라올 거라고 생각하며 꼬불꼬불한 좁은 길을 지나 밭에 물을 대는 여러 개의 도랑을 건너서 바 계곡의 강가에 이르렀다. 강 상류 쪽에서 인부들이 잘라 놓은 수초 덩어리들이 그녀를 지나쳐 흘러 내려가고 있었는데 마치 푸른 미나리아재비 풀로 뒤덮인, 그녀가 타고 가도 될 만한 움직이는 섬처럼 보였다. 머리채를 길게 늘어뜨린 수초들은 소들이 강을 건너지 못하도록 박아 놓은 말뚝에 걸려 그 자리에 멈춰 있기도 했다.

그랬다. 거기에 아픔이 있었다. 본인의 과거를 말해야 하는 여자의 문제. 테스에게 너무도 버거운 십자가가 다른 사람들에겐 고작 재밋거리에 불과했다. 마치 순교를 보고 비웃어 대는 것 같았다.

「테시!」 뒤에서 그녀를 부르는 소리가 들렸고 클레어가 도랑을 건너뛰어서 그녀 곁으로 와서 섰다. 「곧 내 아내가 될 사람!」

「안 돼요, 정말 그럴 순 없어요. 모두 당신을 위해서예요. 오, 클레어 선생님, 당신을 위해서 거절하는 거예요!」

「테스!」

「안 돼요!」 그녀는 같은 말을 반복했다.

이렇게 거절당할 거라곤 예상하지 못했던 그는 그녀의 흘러내린 머리채의 아래쪽 허리에 가볍게 팔을 두르고 있었다 (테스를 포함해서 젊은 여자들은 일요일 아침이면 머리를 늘 어뜨린 채로 아침을 먹고 이후 교회에 가기 위해 한껏 부풀려 세우는 머리 모양을 했다. 이런 스타일은 소에 머리를 대고 젖을 짤 땐 불가능했다). 테스가 만일 〈안 돼요〉가 아니라 〈네〉라고 대답했으면 에인절은 그녀에게 키스를 했을 것이고, 바로 이것이 그가 의도했던 바였다. 그러나 그녀의 단호한 거절이 그의 양심을 잠시 멈칫하게 했다. 테스가 자유롭게 그를 피할 수 있는 상황이었다면 아마 달콤한 말로 그녀를 설득하려 했을 것이다. 하지만 한집에 사는 동료로서 그들은 서로 부딪칠 수 밖에 없는 상황이고, 이런 상황이 여자인 그녀의 입장을 불리하게 몰고 갈 수 있을 것이다. 그는 잠시 껴안았던 포옹을 풀고 입맞춤도 자제했다.

포옹을 푸는 그 순간 모든 게 확실해졌다. 지금 그녀에게 그를 거절할 힘을 준 것은 순전히 농장주가 말한 그 과부의 이야기였으므로 그 거절은 금세 없던 일이 될 수도 있었다. 하지만 에인절은 더 이상 아무 말도 없이 당혹스러운 얼굴을 감추지 못하고 그렇게 자리를 떠났다.

예전보다 다소 빈도는 줄었지만 그들은 하루가 멀다 하고 서로 마주쳤고, 그렇게 2~3주의 시간이 흘러갔다. 9월 하순에 접어들 무렵 에인절이 다시 청혼해 올 거라는 걸 테스는 그의 눈에서 읽을 수 있었다.

에인절은 어리고 수줍음이 많은 테스에게 아직은 청혼이 뜻밖이라 거절했을 거라 생각하고 작전을 달리해 보기로 했다. 결혼 문제만 나오면 변덕스러울 정도로 피하려고만 드는 그녀의 태도가 이런 생각을 부추긴 것이다. 그는 포옹하는 걸 자제하고 은근히 달래는 방법을 써서 오직 말로 최선을 다해 보기로 했다.

클레어는 우유가 졸졸 흐르듯 나지막한 목소리로 일찍이 어떤 젖 짜는 여자도 들어 본 적 없는 사랑의 밀어를 소 옆구리에서, 크림을 걷어 내거나 치즈를 만들면서, 알을 품고 있는 닭 옆에서, 새끼를 낳는 돼지 옆에서 끊임없이 속삭였다.

테스는 자신이 무너지리라는 걸 알고 있었다. 예전 남자와의 관계가 도덕적으로 타당한가에 대한 종교적 의미도, 솔직해야 한다는 양심의 바람도 그를 사랑하는 마음 앞에서는 그저 무력하기만 했다. 그녀는 그를 정말 열정적으로 사랑하고 있었는데 그녀의 눈에 비친 그는 신(神)을 닮아 있었다. 비록 교육은 받지 못했으나 타고난 성품이 세련되었던 그녀는 그가 후견인으로서 자신을 이끌어 주기를 몹시 열망하고 있었다. 그리하여 속으로는 〈난 절대로 그의 아내가 될 수 없어〉라는 주문을 수도 없이 반복하고 있었지만 그건 그냥 공염불에 지나지 않았다. 평정심을 유지하고 있었더라면 굳이 발설할 필요가 없을 주문이었다. 이 주문은 바로 그녀가 약해졌다는 증거였다. 동일한 말을 수차 언급하는 그의 목소리, 그 음절 하나하나가 무서울 정도의 희열로 그녀를 마구 흔들어 댔고, 그가 그런 말들을 취소할까 봐 두려워하면서도 다른 한편으로는 그 취소를 몹시 열망했다.

어떤 남자도 그러지 않을까마는 클레어의 태도에는 어떤 일이 있어도, 어떤 변화와 비난 또는 여하한 사실이 밝혀진다고 하더라도 그녀를 아끼고 사랑하고 지켜 주겠다는 남자의 진심이 따뜻하게 배어 있었다. 그래서 그 따뜻함을 느끼고 있노라면 우중충했던 테스의 마음도 한결 산뜻하게 맑아졌다. 그러는 동안 계절은 추분을 향해 달음질치고 있었고, 아직 날씨는 청명했으나 낮의 길이가 한층 짧아졌다. 다시 아침이면 농장에서 촛불을 켜놓고 일해야 하는 시간이 길어졌는데, 그러던 어느 날 새벽 3~4시가 되었을 무렵 클레어가 또 청혼을 했다.

테스는 여느 때처럼 일어나자마자 잠옷을 입은 채로 그를 부르러 그의 방문으로 뛰어 올라갔다 다시 돌아와 옷을 갈아입고 다른 사람들을 깨웠다. 10분쯤 지난 후 한 손에 촛불을 들고 그녀가 계단 꼭대기로 가고 있을 바로 그때 셔츠 바람으로 계단을 내려오고 있던 에인절이 팔로 계단을 막았다.

「자, 변덕스러운 깍쟁이 아가씨, 내려가기 전에……」 에인절이 단호한 목소리로 말했다. 「내 마음을 말했고 그리고 2주일이 지났어요. 더 이상은 이렇게 지낼 수 없어요. 당신은 자신의 마음을 말해 줘야 해요. 아니면 내가 이 집을 떠나야 할 것 같아요. 조금 열린 방문을 통해서 당신을 보고 있었어요. 그대의 안전을 위해서라도 난 떠나야 해요. 모르겠어요? 이제 대답을 해주겠어요?」

「선생님, 전 지금 막 일어났어요. 절 그렇게 몰아붙이기엔 시간이 너무 이르다고요!」 못마땅한 듯 테스가 입을 삐쭉 내밀었다. 「변덕쟁이라고 부르지 마세요. 그건 잔인한 말이고,

전 변덕쟁이도 아니에요. 조금만, 제발 조금만 더 기다려 주세요! 지금부터 정말로 진지하게 생각해 볼게요. 저 내려가야 해요!」

 실제로 자신의 진지한 마음을 미소로 보여 주려고 애쓰며 촛불을 옆에 들고 있는 테스의 모습은 변덕스럽다는 그의 표현과 엇비슷해 보이기도 했다.

「그러면, 클레어 선생님이라고 하지 말고 날 에인절이라고 불러 봐요.」

「에인절.」

「사랑하는 에인절은 안 될까?」

「그건 제가 받아들인다는 의미이죠. 그렇지 않나요?」

「그건 그저 당신이 날 사랑하고 있다는 걸 의미하는 거요. 비록 그대가 나와 결혼할 수 없다고 하더라도 말이지. 당신은 고맙게도 오래전에 날 사랑한다는 사실을 인정했어요.」

「좋아요, 사랑하는 에인절, 꼭 그렇게 불러야 한다면.」 테스는 촛불에서 눈을 떼지 않고 중얼거렸는데, 불안한 마음에도 불구하고 입을 삐죽거리는 장난꾸러기 같은 표정이 입가에 떠올랐다.

 그녀의 약속을 받아 내기 전에는 절대로 그녀에게 입을 맞추지 않겠다고 다짐했던 클레어였다. 하지만 젖을 짤 때 입는 작업복의 소매를 예쁘게 걷어 올려 입고 젖을 다 짜고 크림을 걷어 낸 후 짬이 나면 매만질 요량으로 머리카락을 대충 틀어 올린 테스를 보자 그는 스스로의 약속을 저버리고 그녀의 뺨에 살짝 입술을 갖다 대고 말았다. 그녀는 말없이 뒤도 돌아보지 않고 쏜살같이 계단을 내려가 버렸다. 다른 처녀들은 이미 모두 내려와 있었고, 그래서 상황은 거기서 일단락되었다.

새벽을 맨 먼저 알려 주는 바깥의 쌀쌀한 기운과 대조적인 아침 촛불의 쓸쓸한 노란빛을 받으며 서 있던 처녀들은 마리안만 빼고 두 사람을 호기심 가득한 부러운 눈길로 바라보았다.

크림을 걷어 내는 작업이 끝났다. 가을로 접어들면서 젖의 양이 줄어들었고 그래서 크림을 걷어 내는 시간도 날이 갈수록 짧아졌다. 레티와 다른 처녀들이 밖으로 나갔고 그들의 뒤를 두 연인이 따라 나갔다.

「가슴 설레는 우리의 삶은 저들과 많이 다른 것 같소. 그렇게 생각하지 않아요?」 골똘한 표정의 에인절이 차가운 새벽녘의 창백한 대기 속으로 앞서 걸어가고 있는 세 명의 처녀들을 바라보며 말했다.

「그렇게 많이 다르진 않아요. 제 생각은 그래요.」 테스가 말했다.

「그렇게 생각하는 이유는 뭐죠?」

「살아가면서 마음이 설레지 않은 여자는 거의 없어요.」 설렌다는 새로운 단어에 마음이 감동했는지 잠시 멈칫하며 테스가 대답했다. 「저기 세 아이들의 마음속에는 당신이 생각하지 못하는 것들이 들어 있어요.」

「뭐가 들어 있죠?」

「쟤네들은 모두 저보다…… 어쩌면 더 좋은 아내가…… 되어 줄 거예요. 그리고 아마도 저만큼 당신을 사랑하고 있고요. 그럴 거예요.」

「오, 테시!」

용감하게 마음을 다잡고 속마음과 달리 너그럽게 말했지만 막상 테스의 얼굴엔 클레어가 안타깝게 외치는 소리를 들으니 마음이 놓인다는 표정이 역력했다. 이제 이것으로 이런 노력은 끝이다. 그녀에겐 이제 두 번 다시 스스로를 희생시킬 수 있는 힘이 남아 있지 않았다. 농가에서 온 일꾼 한 명이 그들 사이에 끼어들어 더 깊은 이야기는 나눌 수 없었다. 하지만 테스는 오늘은 결론이 나리라는 걸 알았다.

오후가 되자 여느 때처럼 농장 식솔들 몇 명과 일을 거들던 사람들은 낙농장에서 멀리 떨어진 목초지로 나갔다. 그들은 목초지의 많은 소들을 축사로 들여보내지 않고 그대로 둔 채 젖을 짰다. 해산달이 가까워지면서 소들이 젖을 내는 양이 점점 줄어들었기 때문에 초원에 녹음이 무성했던 시절 임시로 고용되었던 사람들은 모두 농장을 떠났다.

일은 느릿느릿 진행되었다. 그곳에는 끌어다 놓은 커다란 짐마차에 큼직한 금속제 용기가 실려 있었는데 우유 통이 가득 차면 그 용기에 옮겨 부었다. 그리고 젖짜기를 마친 소들은 제자리를 찾아 어슬렁거리며 돌아갔다.

유난히 하얗게 반짝거리는 작업복을 입고 다른 이들과 함께 납빛으로 어둡게 저물어가는 저녁 하늘을 배경으로 서 있던 크릭이 자신의 묵직한 시계를 들여다보았다.

「아니, 생각보다 늦어졌네. 젠장! 여차하면 역에 가져갈 우유를 제시간에 못 대겠는걸. 오늘은 집으로 가지고 가서 먼저 우유와 섞어 보낼 시간이 없겠어. 여기서 곧장 역으로 가져가야 해. 누구 갈 사람 있나?」

자신이 할 일은 아니었지만 클레어 씨가 이 일을 하겠다고 자청하고 나섰고 테스에게 같이 가자고 했다. 해는 저물었지만 계절치곤 저녁 날씨가 제법 무더워서 재킷도 없이 맨 팔을 드러낸 채 젖 짤 때 두르는 두건만 쓰고 나왔던 테스는 마차를 타고 갈 차림새가 영 아니었다. 테스는 엉성한 자신의 옷매무새를 바라보며 대답을 대신했으나 에인절이 다정하게 그녀를 재촉했다. 테스는 자신의 우유 통과 걸상을 농장주에게 주며 대신 집에 가져가 달라고 부탁하고 짐마차에 올라 클레어 곁에 앉았다.

제30장

 그들은 저물어 가는 빛을 받으며 저 멀리 회색빛으로 쭉 뻗어 있는 평평한 길을 따라 초원을 가로질러 갔다. 까마득히 먼 저 끝자락으로 거무스름한 이그던 히스의 봉우리들이 우뚝우뚝 솟아 있었고 쭉쭉 길게 이어진 전나무들로 들쑥날쑥한 톱니 모양을 이룬 정상의 끄트머리는 시커먼 마법의 성 꼭대기에 흉벽이 있는 탑을 세워 놓은 것 같았다.
 서로 가까이 있다는 사실에 온통 생각을 빼앗긴 그들은 한동안 아무 말도 꺼내지 않았으니 그런 정적을 방해하고 있는 거라곤 그들 뒤의 커다란 금속제 용기 안에서 우유가 출렁거리는 소리뿐이었다. 그들이 가고 있는 길은 사람의 발길이 거의 닿지 않는 곳이었다. 그래서 개암나무 열매는 제풀에 꺾여 껍질에서 저절로 떨어질 때까지 그대로 가지에 매달려 있었고 블랙베리도 알알이 탐스럽게 송이째 달려 있었다. 이따금 에인절이 채찍을 휘둘러 블랙베리를 휘감아 따서는 테스에게 주곤 했다.
 칙칙했던 하늘이 금세 빗방울로 신호를 보내며 그 의도를 내비치기 시작했고 잔뜩 고여 있던 한낮의 공기는 변덕스러운 산들바람이 되어 그들의 얼굴 주위에서 까불며 놀고 있었다. 강과 늪은 수은같이 변덕스럽게 바뀌며 반짝거리던 빛을 표면에서 거두어 냈고, 그렇게 햇빛을 반사하던 널찍했던 거울은 이가 거친 줄처럼 광택 없는 납으로 변하고 말았다. 하지만 그런 광경은 골똘하게 생각에 빠져 있던 테스에게 아무런 영향을 주지 못했다. 그녀의 타고난 얼굴빛은 담홍색이었으나 계절을 거치면서 연한 갈색으로 그을렸고 떨어지는 빗방울을 맞자 그 색조에 깊이가 더해졌다. 머리채는 늘 그렇듯 소의 옆구리에 눌려 풀린 채 무명 보닛의 가리개 밖으로 흘러내렸고 빗물에 젖은 머리카락이 해초처럼 축축하게 달라붙어 있었다.

「오지 말걸 그랬나 봐요.」 하늘을 올려다보며 그녀가 말했다.

「비가 와서 속상하긴 하지만…….」 그가 말했다. 「당신과 함께 있어서 얼마나 기쁜지 모르오!」

멀리서 이그던 봉우리가 얇은 비의 장막 뒤로 서서히 자취를 감추고 있었다. 어둠이 점점 짙어졌고 울타리 문이 난 좁은 산길이 여기저기에서 길을 가로지르고 있어서 걷는 속도 이상으로 마차를 모는 건 안전하지 않았다. 공기가 다소 쌀쌀했다.

「팔과 어깨에 아무것도 걸치지 않아서 감기에 걸릴까 봐 걱정이오.」 그가 말했다. 「내게로 바짝 다가와요. 그러면 내리는 비 때문에 감기가 들지는 않을 거요. 비가 날 도와줄 수도 있다는 생각이 들지 않았다면 많이 속상할 뻔했어요.」

그녀는 눈에 띄지 않게 살짝 가까이 다가앉았고 그는 햇빛이 닿지 않도록 이따금 우유 용기에 덮어 놓는 큼지막한 범포로 자신들의 몸을 감쌌다. 에인절은 두 손으로 고삐를 붙들고 있었으므로 테스가 천이 흘러내리지 않도록 잡고 있어야 했다.

「자, 이제 우리 모두 괜찮은 거지. 아, 그렇지 못하군! 빗물이 조금 내 목덜미로 스며들어요. 당신도 분명히 그럴 텐데. 이제 괜찮아졌어요. 테스, 당신 팔은 물에 젖은 대리석 같군요. 그 천으로 닦아 내요. 자, 가만히 있으면 이제 한 방울도 맞지 않을 거요. 테스, 내 청혼 말이오. 오래 끌어 온 그 문제 말이에요.」

한동안 그가 들을 수 있었던 거라곤 비에 젖은 길에 부딪는 말발굽 소리와 그들 뒤에 실은 용기에서 우유가 출렁거리는 소리뿐이었다.

「당신이 했던 말을 기억하고 있어요?」

「기억하고 있어요.」 그녀가 대답했다.

「집에 돌아가기 전에 꼭 해줘요.」

「그럴게요.」

그는 더 이상 아무 말도 하지 않았다. 마차를 타고 가던 길에 캐롤라인 시대[70]의 오래된 장원 건물의 일부 잔해가 하늘을 향해 높이 솟아 있었는데, 금세 그것이 그들을 지나쳐 뒤로 사라져 버렸다.

「저건……」 그녀를 즐겁게 해줄 요량으로 그가 말을 꺼냈다. 「유서 깊은 흥미로운 곳이죠. 예전에 이곳에서 상당한 세력을 떨쳤으며 노르만 계열 가문에 속했던 저택들 중 하나인 더버빌 가 소유였어요. 이런 저택들을 지나칠 때면 언제나 그 사람들이 생각나요. 사납고 사람들을 억압했으며 봉건적이긴 했어도 이런 명문가의 몰락에는 왠지 처연함이 느껴져요.」

70 17세기 영국의 찰스 1세와 2세 시대를 말한다.

「그래요.」 테스가 말했다.

그들은 광활하게 펼쳐진 어둠 속에서 한 줄기 희미한 빛이 자신의 존재를 드러내고 있는 지점을 향해 천천히 나아갔다. 낮이면 그곳은 짙은 녹색을 배경으로 이따금 한 줄기 하얀 증기가 발작적으로 솟구쳐 그들의 고립된 세계와 현대적 생활이 접촉하는 순간을 알려 주었다. 현대적 생활은 하루에 서너 차례 자신의 증기 촉수를 쭉 내밀어 이곳의 꾸밈없는 존재들을 살짝 건드려 보곤 영 마뜩잖은 듯 내밀었던 촉수를 재빨리 거두어들이곤 했다.

이제 그들은 자그마한 기차 정거장의 잔뜩 연기가 서린 램프에서 흘러나오는 희미한 빛에 이르렀다. 너무도 보잘것없는 지상의 별, 이 별은 천상에 떠 있는 수많은 별과 대조할 때 정말 창피했지만 어찌 보면 천상의 다른 많은 별들보다 탤벗헤이즈 낙농장과 인간에게는 더 소중할지도 모른다. 신선한 우유를 담은 통들을 빗속에서 내리는 동안 테스는 근처의 호랑가시나무 아래에서 비를 긋고 있었다.

그때 기차가 칙칙폭폭 소리를 내면서 비에 젖은 철로 위로 미끄러지듯 들어왔고, 우유를 담은 통들이 하나씩 화물칸 안으로 빠르게 굴러 들어갔다. 기관차에서 나온 불빛이 아주 잠깐 커다란 호랑가시나무 아래에서 꼼짝 않고 서 있는 테스 더비필드 위로 쏟아졌다. 얼굴과 머리는 온통 비에 젖은 채 통통한 팔이 그대로 드러났고 낡고 유행 지난 날염 옷에다가 무명 보닛을 눈썹까지 푹 눌러써 마치 순한 표범이 잠시 행동을 접고 서 있는 듯한 이 촌스러운 모습이 번쩍거리는 크랭크 바퀴와 그렇게 이질적일 수 없었다.

열정적인 사람들이 가끔 그렇듯 테스도 하라는 대로 유순히 연인 옆으로 다시 올라탔다. 그들은 범포 천으로 머리와 귀까지 완전히 덮은 다음 칠흑처럼 깜깜한 밤의 한가운데로 마차를 몰았다. 상당히 예민한 감각을 지닌 테스는 잠깐이나마 물질적 진보의 소용돌이와 조우했던 일이 계속 뇌리를 맴돌았다.

「내일 아침이면 런던 사람들이 저 우유를 마실 테죠, 그렇죠?」 그녀가 물었다. 「우리가 한 번도 본 적이 없는 낯선 사람들이 말이에요.」

「그렇겠죠, 아마도 그럴 거요. 하지만 우리가 보낸 그대로 마시지는 않을 거예요. 연하게 해서 마시겠지. 그렇지 않으면 머리가 어질어질할 테니까.」

「귀족과 귀부인, 대사들과 군 장교들, 숙녀들과 장사하는 여자들 그리고 생전 젖소를 본 적이 없는 아기들이 말이죠.」

「아마도, 그렇겠지. 특히 군 장교들이요.」

「그들은 우리에 대해선 아무것도 아는 게 없겠지요. 우유가 어디에서 왔는지도 모르는 사람들일 거예요. 오늘 밤 우리 둘이 시간에 맞추려고 비를 맞아가며 이 먼 황야를 달려왔다는 건 생각지도 못하겠죠?」

「단지 그 대단한 런던 사람들만을 위해 우리가 마차를 몰고 온 건 아니지요. 어느 정도는 우리 자신들 때문이니까. 테스, 당신이 해결해 줄 걸로 믿고 있는 그 초조한 문제가 이유이기도 하지요. 자, 내 입으로 이렇게 말할 수 있게 해줘요. 당신은 이미 내 사람이라고. 그대의 마음 말이오. 그렇지 않아요?」

「저만큼 제 마음을 잘 알고 계시잖아요. 오, 그래요, 물론이지요!」

「그렇다면, 당신의 마음이 그렇다면, 왜 청혼을 받아들이지 않는 거요?」

「제가 이러는 건 오직 당신을 생각하기 때문이에요. 문제가 하나 있어요. 드릴 말씀이…… 있어요.」

「오로지 나의 행복과 세속적인 안락함을 위해서라고 했나요?」

「아, 그럼요. 당신의 행복과 세속적인 안락함을 위한 거라면. 하지만 여기로 오기 전 제 삶이……, 드리고 싶은 말씀이…….」

「그래요. 그건 내 행복과 세속적인 안락함을 위한 것이죠. 내가 영국이나 식민지에서 큰 농장을 소유하게 된다면 당신은 진정으로 내게 소중한 아내가 되어 줄 거요. 이 지역에서 제아무리 으리으리한 저택에 살고 있는 그 어떤 여자보다도 말이오. 그러니 제발, 사랑하는 테스, 당신이 내 행복에 걸림돌이 될 거라는 생각일랑 당신의 마음에서 지워 주었으면 좋겠어요.」

「하지만 제 과거가……. 당신이 제 과거에 대해 아셨으면 해요. 제가 직접 말할 수 있게 해주세요……. 이야기를 듣고 나시면 절 그렇게 좋아하지 않으실 거예요.」

「정 원한다면 말해 봐요, 테스. 그 소중한 과거지사를 말이지. 그래요, 〈난 기원후 언제 어디에서 태어났다〉는 그런 식으로…….」

「전 말롯에서 태어났어요.」 가볍게 툭 던진 그의 말에 힘을 얻은 테스가 이야기를 풀어 나갔다. 「그리고 그곳에서 자랐어요. 6학년을 마치고 학교를 그만두었죠. 사람들은 제가 공부에 재능이 있다고 하면서 좋은 선생님이 될 거라고 했고 저도 그럴 줄 알았어요. 하지만 집안에 문제가 있었어요. 아버지가 일을 열심히 하시는 분이 아닌 데다가 술도 좀 드셨거든요.」

「아, 그랬군. 가엾게도! 뭐 늘 있는 일이오.」 그는 테스를 자기 옆으로 더욱 바싹 끌어당겼다.

「그리고 그때…… 생각지도 않았던 일이, 제게 일어났어요. 전…… 전 누구냐면…….」

테스의 호흡이 빨라졌다.

「그래요, 테스. 신경 쓰지 말고 어서 말해요.」

「저는……, 전…… 더비필드가 아니라 더버빌이에요. 아까 지나쳤던 그 옛 저택을 소유했던 사람들과 같은 가문의 후손이죠. 그런데…… 우린, 완전히 몰락해 버렸어요!」

「더버빌 가문!…… 정말이오! 그러니까 그게 걱정이었다는 거요, 테스?」

「네.」 그녀가 기어들어 가는 목소리로 조그맣게 대답했다.

「이런 사실을 알게 되었다고 내가 당신을 덜 사랑해야 하는 이유라도 있나요?」

「오래된 가문을 몹시 싫어하신다는 말을 농장주 아저씨에게 들었어요.」

그가 껄껄거리며 웃었다.

「그렇소. 어떤 의미에서는 맞는 말이오. 내가 그 어느 것보다 증오하는 건 혈연을 따지려 드는 귀족들의 원칙이라오. 난 합리적인 이성을 가진 사람이고 그래서 우리가 존경해야 할 계보는 부계 세습의 육체적인 것과는 무관한 현명하고 후덕한 정신적인 계보뿐이라고 생각해요. 그러나 난 이 새로운 사실이 무척이나 흥미롭군요. 내가 얼마나 흥미롭게 생각하는지 그대는 모를 거요! 당신은 자신이 그 명문가의 후손이라는 게 흥미롭지 않소?」

「전혀요. 이제껏 슬프다는 느낌뿐이었고 이곳에 온 이후 그런 생각이 더 깊어졌어요. 제가 보고 있는 이 많은 언덕과 들판이 한때는 우리 조상의 소유였다는 걸 알게 되면서요. 어떤 언덕과 들판은 레티네 조상들이 가지고 있었고 또 어떤 것들은 마리안의 조상이 주인이었겠죠. 그러니까 전 그런 사실에 그렇게 특별한 가치가 있다고 생각하지 않아요.」

「그래요. 지금 땅을 일구고 있는 많은 소작농들이 한때는 그 땅의 주인이었다는 사실은 놀라운 일이오. 일부 정치인들이 왜 이런 상황을 이용하지 않는지 가끔 의아한 생각이 들기도 해요. 어쩌면 그들은 모르고 있는 것 같기도 하고……. 당신 성이 더버빌과 비슷하다는 걸 왜 진작 알아차리지 못했을까. 지금처럼 변했다는 것을 내 어찌 알아채지 못했을까. 그러니까 이게 바로 그 골치 아픈 비밀이었군요!」

테스는 아무 말도 하지 않았다. 마지막 순간에 용기가 꺾인 그녀는 왜 진작 말하지 않았냐고 그가 힐난할까 봐 두려웠다. 솔직해야 한다는 각오보다 자기를 보호하려는 본능이 더 큰 힘을 발휘하는 순간이었다.

「물론……」 아무것도 모르는 클레어가 말을 이어 갔다. 「당신이 다른 사람들의 희생을 담보로 막강한 권력을 누려온 이기적인 소수 집단의 후손이 아니라, 이름도 남기지 못하고 오랜 고통을 묵묵히 견뎌 온 영국 서민 집안 출신이란 걸 알았더라면 더 좋았을 거요. 하지만 테스, 당신을 향한 나의 사랑은 그런 판단을 흐리게 했고(이렇게 말하며 그는 웃었다), 나 역시 이기적인 사람이 되었어요. 당신 때문에라도 난 그대의 혈통이 반갑군요. 사회는 절망적일 만큼 속물적이지요. 내가 생각하고 있는 대로 당신에게 책을 많이 읽게 해서 지식이 풍부한 여자로 만들면 그 혈통은 내가 당신을 아내로 맞이하는 데 상당한 도움이 될 거요. 우리 어머니도 그런 이유로 당신을 훨씬 마음에 들어 하실 거고요. 테스, 바로 오늘부터 정확하게 더버빌이라는 성을 쓰도록 해요.」

「전 더비필드가 더 좋아요.」

「하지만, 꼭 그 성을 써야 해요, 테스! 왜 수많은 졸부들이 그런 이름을 가지려고 덤벼들겠어요! 말이 나왔으니 말인데, 그 성을 썼던 졸부 하나가 있었는데…… 내가 어디서 그 사람 이야기를 들었더라? 체이스 숲 근처인 것 같은데. 왜, 우리 아버지하고 다퉜다는 바로 그 사람 말이오. 참 이상한 우연이군!」

「에인절! 그 성을 쓰지 않는 게 좋겠어요. 왠지 불길해요!」

테스의 마음이 심하게 요동치고 있었다.

「자, 테레사 더버빌 아가씨, 이제 그대는 내 사람이오. 내 성을 써요. 그러면 당신의 성에서 벗어나게 될 거요! 이제 비밀도 밝혀졌고 더 이상 날 밀어내야 할 이유가 있을까요?」

「절 당신의 아내로 맞이해서 당신이 꼭 행복해지신다면 그리고 당신이 저와 결혼하길 아주, 아주 많이 원하신다면…….」

「원해요, 테스, 물론이고말고요!」

「제 말은, 당신이 절 많이 원하시고 그리고 제게 어떤 허물이 있어도 저 없이는 살 수 없다고 하시니까 결혼하겠다고 말할 수 있는 거예요.」

「결혼하겠다고…… 그렇게 말하는 거죠? 그럴 줄 알았어요! 그대는 영원히 내 사람이 될 거요.」

그는 그녀를 꼭 끌어안고 입을 맞추었다.

「네, 그래요!」

말을 끝낸 그녀는 괴로움에 눈물도 말라 버린 울음을 왈칵 토해 내기 시작했고 그 울음이 너무 격렬하여 그녀를 갈기갈기 찢어 놓는 것 같았다. 테스는 결코 이성을 잃을 정도로 흥분하는 사람이 아니었기에 그는 적잖이 놀랐다.

「왜 우는 거요, 테스?」

「모르겠어요, 정말 모르겠어요! 당신의 아내가 되어서 당신을 행복하게 해드린다는 생각을 하니 너무 기뻐요!」

「하지만 테스, 기뻐서 그러는 것 같지가 않아요.」

「제가 우는 것은 스스로의 맹세를 어겼기 때문이에요! 전 죽을 때까지 결혼하지 않겠다고 결심했었어요!」

「하지만, 날 사랑한다면 내가 당신의 남편이 되는 걸 원하잖아요.」

「물론이죠. 그래요. 그렇고 말고요! 하지만, 아! 저라는 존재는 아예 태어나지 않았다면 좋았을 거라는 생각이 이따금 들어요!」

「사랑하는 그대여, 내가 만일 그대가 상당히 흥분한 상태인 걸 그리고 세상 경험이 많지 않다는 걸 모르고 있었다면 그 말은 그다지 유쾌하게 들리지 않을 거예요. 당신이 날 좋아한다면 어떻게 그런 걸 바랄 수 있겠소? 날 사랑하오? 어떤 방법으로든 당신의 사랑을 증명해 주었으면 좋겠어요.」

그녀가 그의 목을 끌어안았다. 클레어는 지금 테스처럼 열정적인 여자가 온 마음과 영혼을 다 바쳐 사랑하는 이에게 하는 키스가 어떤 것인지 처음으로 알게 되었다.

「자, 이제 믿으세요?」 얼굴이 발그레한 테스가 눈물을 훔치며 물었다.

「그래요. 사실 의심해 본 적은 정말 한 번도 없었어요!」

그렇게 그들은 범포 아래에서 한 몸이 되어 어둠 속을 계속 달렸다. 말은 제 마음 내키는 대로 가고 있었고 비는 그들을 향해 계속 쏟아지고 있었다. 테스는 이제 청혼을 받아들였다. 어쩌면 처음부터 승낙하는 편이 나았을지도 모른다. 자신의 목적을 위해 인간을 휘젓는 그 어마어마한 힘, 모든 피조물에 스며 있는 〈기쁨을 향한 욕구〉는 가냘픈 해초를 마구 흔들어 대는 변덕스러운 물살 같아서 사회적 규범을 지키려는 막연하고 희미한 노력으로는 막으려야 막을 수 없는 법이다.

「어머니께 편지를 써야겠어요. 그렇게 해도 괜찮을까요?」

「당연히 괜찮죠, 사랑스러운 우리 아기. 테스, 내게 그대는 그저 아기 같아요. 이럴 때 당신의 어머니에게 편지를 쓰는 게 얼마나 당연한 일인지, 내가 그걸 반대하는 게 얼마나 온당치 못한 일인지 모르는 아기 말이요. 어머니는 어디 살고 계시죠?」

「같은 곳, 말롯이요. 블랙무어 계곡의 끝자락이에요.」

「아, 예전 여름에 당신을 본 적이 있는……」

「맞아요, 목초지에서 있었던 축제에서요. 하지만 당신은 저랑 춤을 추지 않으셨어요. 아, 그 일이 지금 우리에게 나쁜 징조가 되지 않으면 좋으련만!」

제31장

 그 다음 날 즉시 테스는 어머니에게 무척이나 감동적이고 급박한 편지를 썼고, 주말이 되자 비뚤비뚤한 옛날 글씨체로 적어 내려간 조앤 더비필드의 답신이 도착했다.

  테스 보아라.
  네가 건강하길 바라며 몇 자 적는다. 난 하느님 덕분에 잘 지낸다. 사랑하는 테스야, 우리는 모두 네가 곧 결혼할 거라는 소식에 기쁘단다. 하지만 얘야, 네가 물어본 문제로 말하자면, 우리끼리 말인데, 사적이지만 굉장히 중요한 문제여서, 무슨 일이 있어도 남편 될 사람에게 네 과거사에 대해선 한마디도 꺼내지 말아야 한다. 나도 네 아버지에게 모든 걸 말하지는 않았단다. 아버지는 가문의 체면을 따지는 양반이고 너랑 결혼할 사람도 아마 같을 게다. 많은 여자들이, 엄청나게 지체가 높은 집안 여자들도 한창때에 한 번쯤은 문제를 일으킨단다. 그들도 자신의 문제를 굳이 말하지 않는데 네 문제를 떠들고 다녀야 할 이유가 뭐란 말이냐? 그렇게 멍청한 여자는 없단다. 더구나 오래전 일이고 전혀 네 잘못도 아니니 말이다. 네가 쉰 번을 물어도 내 대답을 한 가지일 게다. 마음에 품고 있는 것을 죄다 털어 놓는 너의 그 어린애 같은 성격을 알고 있는 데다가 네 행복을 위하는 마음에서 하는 말인데, 말이든 행동이든 절대로 그 일은 내색하지 않겠다고 이 엄마에게 약속해라. 이미 너는 이 문을 나서면서 엄숙하게 그러겠다고 약속하지 않았느냐. 네가 청혼을 받은 거나 곧 결혼할 거라는 이야기는 네 아버지에게 하지 않았다. 동네방네 떠들고 다닐 테니 말이다. 생각 없는 양반이지.

사랑하는 테스야, 기운을 내라. 네 결혼식을 위해 사과주 한 통을 보낼 생각이다. 그곳에는 이런 술이 드물 뿐더러 있다 한들 묽고 시어 빠진 것들이라고 하더라. 이제 그만 쓰련다. 그 젊은이에게도 안부 전해 주거라.

　　　　　　　　　　　　　　사랑하는 엄마
　　　　　　　　　　　　　　조앤 더비필드

「아, 어머니, 어머니!」 테스가 낮은 소리로 중얼거렸다.

그녀는 자신을 심하게 짓누르고 있는 사건들이 적응력이 강한 어머니에겐 그저 가볍게 닿은 정도에 불과하다는 걸 알게 되었다. 어머니가 삶을 보는 방식은 테스와 달랐다. 기억에서 떨쳐 낼 수 없는 지난날의 그 일도 어머니에게는 그저 스치고 지나가는 하나의 에피소드에 지나지 않았다. 하지만 그녀의 생각이 어찌 되었든 향후 절차에 관해선 어머니의 말이 옳을지도 모른다. 언뜻 봐도 침묵이 사랑하는 사람의 행복을 위해 최선일 것 같았다. 그러니까 응당 침묵해야 할 것이다.

그렇게 테스는 세상에서 조금이나마 그녀의 행동을 통제

할 자격을 지닌 유일한 사람의 조언으로 마음이 다소 가라앉았다. 책임감을 떨쳐 내버리자 지난 몇 주 동안에 비해 마음도 한결 가벼워졌다. 청혼을 받아들이고 10월로 접어들면서 테스는 이제껏 느껴 본 적 없는, 거의 환희에 가까운, 심리적으로 한껏 부풀어 오른 붕 뜬 기분으로 깊어 가는 가을을 맞이했다.

클레어를 향한 그녀의 사랑에는 땅을 딛고 살아가는 것같은 현실적인 부분은 거의 없었다. 온 마음을 다해 그를 신뢰하는 그녀에게 그는 선(善)의 극치였고 지도자나 철학자 그리고 친구라면 응당 알고 있어야 할 모든 것을 꿰뚫고 있는 인간이었다. 그녀는 그의 윤곽을 구성하는 주름 하나하나에 완벽한 남성미가 숨어 있다고 생각했고, 그의 영혼은 성인의 영혼이며 그의 지성은 현자의 그것과 동일하다고 생각했다. 그를 향한 그녀의 사랑은 지혜를 낳았고 그 사랑으로 말미암아 그녀는 위엄을 갖추게 되었으며, 그래서 마치 왕관을 쓰고 있는 것 같았다. 마찬가지로 그녀에 대한 그의 연민 어린 사랑은 그녀로 하여금 온 마음을 다해 그에게 헌신하게 만들었다. 에인절은 이따금 눈앞에 불멸의 존재가 있기라도 하듯 깊이를 알 수 없는 그윽한 눈길로 자신을 바라보는 그녀의 존경 어린 커다란 눈망울과 마주치곤 했다.

그녀는 과거를 추방시켜 버렸고, 아직 모락모락 연기가 나는 위험천만한 석탄불을 발로 밟아 끄듯 과거를 꼭꼭 밟아 완전히 꺼버렸다.

에인절을 보며 남자가 여자를 사랑할 때 어쩌면 이리도 사욕 없이 신사적으로 여자를 보듬을 수 있는지가 그녀에겐 사뭇 낯설었다. 에인절 클레어는 이러한 면에서 그녀가 생각해

왔던 여느 사람들하고는 거리가 멀었다. 정말 멀어도 너무 멀었다. 그는 동물적이라기보다는 정신적이었고 스스로를 자제할 줄 알았기에 아무리 눈을 씻고 찾아도 상스러운 구석이 전혀 없었다. 그는 본래 냉담한 성격은 아니었지만 열정적이기보다는 밝은 성정을 지닌 사람이었고, 바이런[71]보다는 셸리[72]에 가까웠다. 열렬하게 사랑할 수는 있었으나 그 사랑은 주로 상상적이고 영적인 것이었으며 본인 자신과 대항해서라도 사랑하는 사람을 지켜 낼 수 있을 정도로 엄격한 것이었다. 이제까지 얼마 되지 않지만 몹시 불행하기만 했던 경험을 가진 테스는 남성을 향한 분노심의 반동으로 황홀함에 도취되었고 이것이 클레어에 대한 지나친 존경으로 튕겨 나갔다.

그들은 당연히 함께 있고 싶어 했다. 테스는 마음이 이끄는 대로 솔직하게 그와 함께 있고 싶은 욕망을 감추지 않았다. 단도직입적으로 말해 그녀는 이런 문제에 있어서 일단 사랑을 맹세했으면 남성을 매료시키는 행위라고들 알고 있는, 몸을 사리고 피하려는 여성의 특성이 완벽한 남성에게는 불쾌하게 느껴질 수도 있다는 생각이 들었다. 왜냐하면 그런 것에는 본질적으로 약간의 인위적인 술책이 수반되는 법이기 때문이었다.

일단 약혼을 하면 스스럼없이 밖으로 어울려 다니는 시골 풍습에 익숙해 있던 테스인지라 그런 행동은 그녀에게 전혀 낯선 게 아니었다. 하지만 클레어는 테스가 다른 농장 식구들

---

[71] George Gordon Byron(1788~1824). 영국 낭만파 시인이다. 반속적(反俗的)인 천재 시인으로 각광받았으며 미남인 젊은 독신 귀족이라 하여 런던 사교계의 총아로 등장했다.

[72] Percy Bysshe Shelley(1792~1822). 섬세한 정감을 노래한 전형적인 서정시인으로, 영국 낭만파 중에서 가장 이상주의적인 비전을 그렸다.

처럼 그런 행동을 그저 자연스럽게 받아들인다는 사실을 알기 전까진 그녀가 지나치게 앞서 간다 생각하기도 했다. 그렇게 그들은 물이 졸졸 흐르는 개울을 따라 구불구불하게 나 있는 좁은 길을 걷거나 자그마한 나무다리를 건너 반대편으로 뛰어갔다가 다시 돌아오는 등 목초지를 누비고 다니면서 이 10월의 아름다운 오후를 보냈다. 어디를 가든 강둑을 졸졸 흘러가는 물소리가 그들의 귀로 들려왔으니 웅얼거리는 그 소리는 나지막하게 속삭이는 그 둘의 목소리에 장단을 맞추어 주었고, 초원과 거의 수평을 이루며 낮게 깔린 햇살은 풍경 위로 찬란하게 빛나는 꽃가루를 뿌려 주었다. 다른 곳은 늘 눈부신 햇빛 천지였는데 간혹 푸르스름한 작은 안개가 나무와 덤불 그림자에 걸려 있기도 했다. 태양이 지면에 바투 내려와 있었고 초원이 상당히 평평하게 펼쳐져 있었다. 클레어와 테스의 그림자는 그들 앞으로 4분의 1마일이나 길게 뻗어 있었는데 계곡의 비탈진 곳에 몸을 기대고 있는 저 멀리 녹색의 충적토를 마치 두 개의 기다란 손가락으로 가리키고 있는 것 같았다.

여기저기서 일하는 사람들이 눈에 띄었다. 지금은 초원을 손질하거나 겨울철의 원활한 물 공급을 위해 작은 물길들을 깨끗하게 정리하고 소들이 짓밟은 둑을 손보는 계절이었다. 강물이 계곡 전체를 타고 콸콸 흘러내릴 때 강가로 밀려온 흑옥(黑玉)처럼 새카만 기름진 토양은 그 옛날의 평원이 가루로 부서지고 물과 합쳐지는 정제 과정을 거치면서 형언할 수 없이 비옥해진 토양의 정수였으니, 바로 여기에서 초원의 모든 풍요로움이 비롯되고 그 초원에서 풀을 뜯는 소들도 살지게 되는 것이다.

클레어는 물일을 하고 있는 사람들이 보는 데서도 대담하게 테스의 허리에 팔을 두르곤 했다. 사람들 앞에서도 버젓이 애정 공세를 펼치는 데 이골이 난 그런 태도를 보였지만, 사실 그는 경계를 늦추지 않는 동물처럼 입술을 약간 벌린 채 곁눈질로 인부들을 흘끔거리는 테스만큼이나 속으론 멋쩍어하고 있었다.

「저 사람들 앞에서 날 당신의 여자로 인정해도 부끄러워하지 않는군요!」 기쁜 마음으로 테스가 말했다.

「오, 부끄러울 리가 있나!」

「하지만 당신이 나랑, 그러니까 어떤 젖 짜는 여자랑 이렇게 돌아다닌다는 사실이 에민스터의 가족들 귀에 들어간다면……」

「세상에서 가장 아름다운 젖 짜는 아가씨라고 하겠지.」

「그들 체면에 흠이 된다고 생각하실지도 모르죠.」

「사랑스러운 나의 아가씨, 더버빌 가문의 후손이 클레어 집안의 체면을 깎는다니! 당신이 그토록 대단한 가문 출신이라는 사실은 내겐 비장의 카드요. 결혼 후 트링엄 목사로부터 그 계보의 증거물을 손에 넣게 되었을 때의 깜짝 효과를 위해 그 카드를 간직하고 있는 중이지. 그게 아니더라도 내 미래는 우리 가족과 완전히 다를 테니 그들의 삶에 전혀 영향을 주지 않을 거요. 우린 이 지방을, 아니 어쩌면 영국 땅을 떠나게 될 거요. 그러니까 이곳 사람들이 어떻게 생각하든 그게 무슨 대수겠소? 당신은 떠나는 게 좋은 거지?」

그녀는 간신히 그렇게 하겠다는 대답밖에 할 수 없었다. 가까운 그의 동반자가 되어 함께 이 세상을 살아 나갈 생각을 하니 뜨거운 감정이 뭉클 북받쳐 올랐던 것이다. 파도의 옹알

이를 닮은 그 감정은 그녀의 귀를 한가득 채우더니 이내 그녀의 눈으로 솟구쳐 올라왔다. 그녀는 자신의 손을 그의 손에 포개 얹었고, 그렇게 그들은 다리 뒤에 숨은 태양의 빛을 받아 펄펄 끓는 쇳물처럼 반짝거려 눈을 뜰 수 없게 만드는 강을 따라 걸었다. 그들이 걸음을 멈추고 가만히 있자 작은 물새의 머리들이 잔잔한 수면 위로 불쑥 올라왔다가 방해꾼들이 걸음을 멈춘 걸 확인하고는 다시 쏘옥 사라져 버렸다. 그들은 1년 중 이맘때의 저녁치고는 상당히 이른 안개가 그들 주위로 밀려들기 시작할 때까지 강가를 떠나지 못하고 있었다. 테스의 속눈썹 위로 안개가 수정처럼 살포시 내려앉았고 에인절의 이마와 머리카락에도 이슬이 맺혀 있었다.

일요일이면 땅거미가 완전히 내려앉은 조금 늦은 시간에야 그들의 산책은 시작되었다. 그들이 결혼을 약속하고 첫 번째 맞은 일요일, 그들처럼 밖에 나와 있던 몇몇 농장 사람들은 멀리서나마 둘의 소리를 들을 수 있었다. 멀리 떨어져 있어 단어 하나하나까지는 아니더라도 그들은 열정적인 테스의 목소리를 들을 수 있었고, 클레어의 팔에 기대어 걷느라 마구 뛰는 심장 때문에 이어지지 못하고 뚝뚝 끊기는 말 속에서 흥분의 기미를 감지할 수 있었다. 행복에 겨워 이야기가 끊기기도 했고 이따금 영혼이 실린 작은 웃음소리가 들려오기도 했는데, 그것은 다른 여자들을 제치고 사랑하는 남자를 차지한 여자의 웃음이었고 자연 속의 그 어떤 것과도 닮지 않은 그런 웃음이었다. 테스의 걸음걸이에는 땅에 완전히 내려앉지 않은 새가 지면을 스치고 날아오르는 것과도 같은 가벼운 탄력이 느껴졌다.

그를 향한 테스의 사랑은 이제 그녀를 존재하게 하는 숨결이고 생명이었다. 그 사랑은 태양처럼 그녀를 빛으로 감싸 안고 지난날의 슬픔들을 망각의 세계로 밀어냈으며 그녀를 건드리려고 끊임없이 기회를 엿보는 회의, 공포, 우울, 걱정 그리고 수치심의 어두운 유령들을 접근하지 못하게 했다. 그 유령들이 빛의 바깥쪽에서 늑대처럼 호시탐탐 노리고 있다는 걸 알고 있었지만, 그녀에겐 이제 그들을 굶겨 복종하게 만들 강력한 마력이 넉넉했다.

마음이 잊어버린 것을 정신은 기억하고 있었다. 그녀는 밝음 속을 걷고 있었지만 그 이면에는 늘 어둠의 형상들이 포진하고 있다는 걸 알고 있었다. 어둠의 형상들은 매일 조금씩 물러나고 있을지도, 아니면 조금씩 다가오고 있을지도 모르는 일이다.

어느 날 저녁 다른 식구들은 모두 나가고 테스와 클레어만 남아 집을 지키고 있었다. 그들은 이야기를 나누고 있었고, 생각에 잠긴 표정으로 그를 올려다보던 테스의 눈이 자신을 바라보는 그의 두 눈과 마주쳤다.

「난 당신을 만날 자격이 없는 사람이에요……. 그래요, 제겐 그럴 가치가 없어요!」 그의 사랑과 그 사랑에 취해 들떠 있는 자신에게 섬뜩한 기분이 든다는 듯 그녀는 걸상에서 벌떡 일어나면서 큰 소리로 외쳐 댔다.

클레어는 테스가 흥분하는 보다 중요한 이유가 있을 거라고 생각했다.

「그렇게 말하면 안 돼요, 테스! 훌륭하다는 것은 일련의 혐오스러운 관습을 약삭빠르게 이용하는 데 있는 게 아니라 참되고 고상하고 옳으며 순결하고 사랑스러운,[73] 테스 당신처

---

[73] 「필립비인들에게 보낸 편지」 4장 8절 인용.

럼 훌륭한 사람들의 대열에 끼는 거라오.」

그녀는 목구멍으로 치밀어 오르는 오열을 참느라 안간힘을 썼다. 요 몇 년에 걸쳐 교회에서 들은 훌륭함에 대한 조건들은 그녀의 어린 마음을 얼마나 자주 아프게 했으며, 지금 그가 같은 말을 인용한다는 것은 또 얼마나 기이한가.

「내 나이 열여섯, 어린 동생들과 함께 살 때 그리고 당신이 목초지에서 춤을 추었던 바로 그때 왜 남아서 절 사랑해 주지 않으셨나요? 왜 그러지 않으셨어요, 왜요!」 테스가 손을 꼭 움켜쥐며 말했다.

에인절은 속으로 그녀가 감정의 기복이 정말 심한 민감한 성격을 지녔으며 그녀의 행복이 이처럼 전적으로 자신에게 달려 있으니 좀 더 세심한 주의를 기울여야 할 거라고 생각하며 그녀의 마음을 어루만져 안심시키려 했다.

「아, 왜 내가 머물지 않았을까!」 그가 말했다. 「나도 바로 그런 생각이 들어요. 그때 알았더라면! 하지만 그렇게 마음 아파하지 말아요. 왜 그래야 하지?」

갑자기 숨겨야 한다는 여자의 직감이 발동한 테스가 급히 말을 바꿨다.

「지금보다 당신의 마음을 4년이나 더 가질 수 있었잖아요. 그러면 지금처럼 시간을 낭비하지 않았을 텐데……. 더 많이 더 오래 행복했을 텐데!」

이렇게 고문을 당하고 있는 사람은 음모로 얼룩진, 길고 어두운 과거를 지닌 성숙한 여자가 아니라 아무것도 몰랐던 시절 덫에 걸린 새처럼 순박하게만 살아왔던, 채 스물한 살도 되지 않은 어린 여자였다. 그녀는 마음을 가라앉히기 위해 걸상에서 일어나 방을 나가 버렸고, 그런 그녀의 치맛자락에 걸려 걸상이 넘어졌다.

　장작 받침대 위에 올려놓은 푸른 물푸레나무 가지가 딱딱 경쾌한 소리를 내며 타고 있었고 가지 끝에선 보글보글 수액이 뿜어져 나왔다. 에인절은 불 곁에 계속 앉아 있었다. 방으로 다시 돌아온 그녀는 평소의 모습으로 돌아가 있었다.

　「아주 조금은 감정의 기복이 심하다고 생각하지 않나요, 테스?」 테스가 앉을 수 있도록 걸상에 방석을 깔아 준 다음 그녀의 옆 긴 의자에 앉으면서 그가 듣기 좋은 장난스러운 말투로 말했다.

　「당신에게 물어보고 싶은 게 있었는데, 바로 그때 당신이 뛰어나갔거든.」

　「그래요, 그럴지도 몰라요.」 작은 목소리로 중얼거리던 그녀가 갑자기 그에게로 다가가 그의 팔을 잡았다. 「아니요, 에인절, 타고난 성격이 그런 건 아니에요.」 원래 그런 성격이 아니라는 확신을 주려는 듯 긴 의자에 앉아 있는 에인절 곁으로 바싹 다가앉아 그의 어깨에 머리를 기댔다. 「무얼 물어보려고 하셨어요? 대답해 드릴게요.」

　「그래요, 당신은 날 사랑하고 있고 내 청혼도 받아들였어요. 그다음에 따라오는 세 번째 일이죠. 결혼 날짜는 언제로 할까요?」

　「전 이렇게 사는 게 좋아요.」

　「하지만 난 새해 아니면 새해 조금 지난 후에는 혼자서 일을 시작해야 할 거예요. 그래서 새로운 사업에 따른 이런저런 일로 바빠지기 전에 내 동반자를 확실하게 정해 두고 싶어요.」

　「하지만…….」 그녀가 조심스럽게 대답했다. 「현실적으로 보면 그 모든 일이 끝나고 결혼하는 게 좋지 않을까요?……

절 여기 두고 당신이 멀리 떠나신다는 생각을 하면 견디기 힘들지만!」

「물론 견딜 수 없을 거요. 그리고 이 경우엔 그건 좋은 생각이 아니오. 당신이 새롭게 출발하는 날 여러 모로 도와주었으면 싶어요. 언제로 할까요? 지금부터 2주일 후면 어떨까요?」

「안 돼요.」 심각해진 그녀가 말했다. 「먼저 생각해야 할 것들이 너무 많아요.」

「하지만……」

그가 그녀를 부드럽게 끌어당겼다.

결혼이라는 현실적인 문제가 막상 눈앞에 닥치자 그녀의 가슴이 울렁거렸다. 결혼 문제에 관한 이야기는 크릭 부부 내외와 젖 짜는 여자 두 명이 긴 의자 모퉁이를 돌아 불 곁으로 걸어오는 바람에 그 이상 진행되지는 못했다.

테스는 탁구공처럼 그의 곁에서 발딱 일어섰는데, 그런 그녀의 얼굴은 발그레하니 상기되어 있었고 두 눈이 불빛을 받아 반짝거리고 있었다.

「선생님 옆에 너무 가까이 앉아 있으면 이렇게 될 줄 알았어요!」 그녀가 속상한 듯 큰 소리로 말했다. 「사람들이 들어오면 우리를 분명히 볼 거라고 생각했는데! 그렇게 보였을지 모르지만, 전 선생님 무릎에 앉아 있던 건 아니에요.」

「뭐, 만약 그랬어도 말만 하지 않으면 이런 불빛으로는 어디에 앉아 있었는지 우린 전혀 보지도 못했을 거야.」 결혼과 관련된 감정적인 문제들을 전혀 이해하지 못하는 무신경한 태도로 대꾸하면서 농장주가 그의 아내에게 말을 계속 했다. 「크리스티아나, 다른 이들이 말해 주지 않으면 그들이 무슨 생각을 하고 있는지 알 수 없는 거잖아. 당연히 모르지. 테스가 내게 말하지 않았으면 어디에 앉아 있었는지 전혀 생각도 못했을 거야. 난 몰랐을 거라고.」

「우린 곧 결혼할 겁니다.」 얼른 침착하게 사태를 수습하며 클레어가 말했다.

「아, 그래요! 정말 기쁜 소식입니다, 선생. 오래전부터 선생이 그렇게 할 거라고 생각했어요. 젖 짜는 여자로 있기엔 아까운 아가씨죠. 테스를 처음 본 그날에도 난 그렇게 말했다오. 그녀를 얻게 되는 남자는 누구든 행운아라고요. 더구나 신사 농부의 아내로는 더할 나위 없이 훌륭하죠. 테스만 옆에 있으면 관리인의 농간에도 휘둘리지 않을 겁니다.」

어찌 된 일인지 테스는 사라지고 없었다. 크릭 씨의 노골적인 칭찬에 멋쩍었다기보다는 농장주와 함께 들어왔던 여자들의 표정에 더욱 마음이 쓰였던 것이다.

저녁 식사를 끝내고 테스가 방으로 들어갔을 때 친구들은 모두 안에 있었다. 한 자루의 촛불이 타고 있었고 복수의 유령들처럼 흰 잠옷을 입은 그들이 테스를 기다리며 각자의 침대에 나란히 한 줄로 앉아 있었다.

하지만 테스는 곧 그들의 태도에 전혀 악의가 없다는 걸 알 수 있었다. 처음부터 가질 수 있을 거라고 전혀 기대하지 않았으므로 그들은 그것을 상실로 여기지는 않았다. 그들은 침착하고 차분했다.

「그이가 테스랑 결혼할 거래!」 레티가 테스에게서 눈을 떼지 않으며 중얼거렸다. 「테스의 얼굴에 다 쓰여 있는 걸!」

「그이랑 결혼할 거니?」 마리안이 물었다.

「그래.」

「언제?」

「언젠가는.」

그들은 그녀가 대답을 피하려고 한다고 생각했다.

「그래, 그이와, 신사 계급 출신의 남자하고 결혼할 거라고.」 이즈 휴에트가 같은 말을 반복했다.

뭔가에 끌려가듯 맨발의 세 처녀는 한 명씩 침대에서 일어나 테스를 가운데에 두고 둥그렇게 섰다. 레티가 이런 기적이 일어난 친구의 실체를 느껴보려는 듯 테스의 어깨에 손을 얹자 다른 두 친구들은 테스의 허리를 팔로 안으며 그녀의 얼굴을 들여다보았다.

「어떻게 이런 일이! 상상이 안 가.」 이즈 휴에트가 말했다.

마리안이 테스에게 입을 맞추었다. 「그래.」 입술을 떼면서 그녀가 중얼거렸다.

「그 입맞춤은 테스를 사랑해서일까 아니면 또 다른 입술이 거기에 닿았기 때문일까?」 이즈가 마리안에게 차갑게 물었다.

「그런 생각은 안 했어.」 마리안이 꾸밈없이 말했다. 「난 그저 이 모든 신기한 일을 느껴보고 싶었을 뿐이야. 다른 사람이 아닌 테스가 그이의 아내가 된다는 것을 말이지. 안 된다고 말하는 게 아니야. 우리 중 그렇게 말할 사람은 아무도 없어. 왜냐하면 그와 결혼한다는 건 우린 생각도 못했으니까. 그저 우린 사랑만 한 거니까. 그이와 결혼하게 될 여자가 양갓집 규수도 아니고 비단과 새틴으로 칭칭 감은 여자도 아니고 이 세상의 어느 누구도 아닌 바로 우리처럼 살아가는 테스라는 거잖아.」

「이 일 때문에 날 미워하는 건 정말 아니지?」 테스가 작은 소리로 말했다.

하얀 잠옷을 입은 그들이 대답에 앞서 테스 옆으로 바짝 다가섰다. 마치 테스의 표정에 그들의 대답이 숨어 있기라도 한 것 같았다.

「난 모르겠어……. 이해할 수가 없어.」레티 프리들이 나직하게 중얼거렸다. 「미워하고 싶지만, 그럴 수가 없어!」

「나도 그런 느낌이야.」이즈와 마리안도 같은 말을 따라 했다. 「테스를 미워할 수가 없어. 어찌 된 일인지 그러려는 날 테스가 막아!」

「그인 너희 중 한 명하고 결혼해야 하는데.」테스가 중얼거렸다.

「왜?」

「너희들 모두 나보다 좋은 애들이야.」

「우리가 너보다 낫다고?」그들이 작고 느린 목소리로 말했다. 「아니야, 아니야, 테스!」

「맞아!」테스가 친구들의 말을 성급하게 반박하고 나섰다. 그리고 그들이 잡고 있던 팔을 홱 빼더니 서랍장 위에 얼굴을 묻고 왈칵 울음을 쏟아 내면서 중얼거리기 시작했다. 「오, 너희들이 나보다 훌륭해. 정말이야.」

한번 터진 울음보는 그녀도 도리가 없었다.

「그인 너희 중 한 사람과 결혼해야 해!」테스가 울부짖었다. 「그이가 그렇게 할 수 있도록 해줘야 해! 그이를 위해서도 너희들이 나보다 더 훌륭할 거야……. 아, 내가 무슨 말을 하고 있는 거지!」

친구들은 테스에게로 다가가서 그녀를 꼭 끌어안았지만, 그녀는 여전히 가슴이 찢어져라 흐느끼고 있었다.

「물 좀 가져와.」마리안이 말했다. 「우리 때문에 힘들어하는 거야. 가엾어라!」

그들은 조용히 테스를 침대로 데리고 갔고 그녀에게 살포시 입을 맞추었다.

「그이에겐 네가 최고야.」마리안이 말했다. 「넌 우리보다 더 조신하고 아는 것도 많잖아. 그이에게 많은 걸 배운 이후로 특히 더 그렇지. 너 자신을 자랑스럽게 생각해야 해. 자부심을 가져. 꼭!」

「응, 그럴게. 이렇게 무너지는 모습을 보여서 부끄러워.」테스가 말했다.

그들 모두 침대에 들고 불이 꺼졌을 때 마리안이 침대 너머로 테스에게 속삭였다.

「그이의 아내가 되어도 우리를 생각해 줄 거지, 테스. 그리고 우리가 그이를 사랑했다고 네게 말했던 것도, 널 미워하지 않으려고 애썼던 것도 그리고 널 미워하지 않았고 미워할 수도 없었다는 걸 말이야. 왜냐하면 넌 바로 그이가 선택한 사람이니까. 그리고 우리는 단 한 번도 그이의 선택을 받으리라고는 생각조차 안 했다는 것도. 이 모든 걸 생각해 줘.」

이 말을 듣자 가슴을 후벼 파는 짠 눈물이 다시 테스의 베개를 적시며 흘러내렸다. 친구들은 그녀가 어머니의 명령에도 불구하고 심장이 터질 것 같은 비통한 심정으로 본인의 지난 과거를 몽땅 털어놓아서 자신의 호흡이요 생명인 에인절 클레어가 자신을 미워하게 하겠다고 결심한 것을 모르고 있었다. 설사 그이가 그리고 어머니가 자신을 멍청이로 여긴다고 하더라도, 침묵을 지킴으로써 그를 기만하고 친구들에게 잘못을 저지르는 것보다는 차라리 그 편이 나을 것 같았다.

제32장

 그녀는 참회하는 이런 마음 때문에 결혼 날짜를 정할 수 없었다. 에인절이 이때다 싶을 때마다 물어보곤 했지만 11월로 접어들었는 데도 아직 날짜는 정해지지 않았다. 계속 약혼 상태에 머물러 모든 게 지금처럼 유지되는 게 테스의 바람인 것 같았다.
 목초지의 풍경은 바뀌고 있었지만 날씨가 아직 따뜻해서 젖짜기 전의 이른 오후 시간을 한가로이 목초지에서 보낼 수 있었다. 1년 중 여유를 부릴 수 있는 시기가 바로 지금이기도 했다. 햇살이 쏟아지는 축축한 풀밭을 바라보노라면 햇살을 받아 반짝거리는 망사 같은 거미줄이 바다에 난 달빛 자국처럼 물결을 이루고 있었다. 덧없이 짧은 영광의 속성을 알 리가 만무한 각다귀들은 저마다 몸속에 불을 품고 희미하게 아른거리는 이 좁다란 길에서 빛을 발하며 우왕좌왕하다가 이내 밖으로 벗어나서 완전히 사라져 버렸다. 그리고 에인절은 이런 것들 속에서 아직 날짜가 정해지지 않았다는 것을 테스에게 상기시켜 주곤 했다.
 또는 그에게 기회를 만들어 주려고 크릭 부인이 일부러 시킨 심부름을 함께 다녀오면서 테스를 재촉하곤 했다. 이런 심부름은 주로 계곡 위쪽 밀짚이 깔린 헛간으로 끌어다 놓은 새끼 밴 소들의 상태를 보러 가는 일이었다. 1년 중 지금은 소들에게 많은 변화가 생기는 시기였다. 매일 한 무리의 소를 일종의 해산소인 이곳으로 끌어다 놓았는데 그 소들은 그곳에서 새끼를 낳을 때까지 밀짚 위에서 지내다가 송아지를 낳고, 갓 태어난 송아지가 걸을 만하면 어미와 새끼를 다시 농장으로 데려오게 된다. 물론 송아지가 팔리기 전까지 한동안은 젖을 짜야 하는 일이 별로 없지만 송아지가 사라지기가 무섭게 여자들은 평소와 다름없이 젖 짜는 작업에 들어가야 했다.

캄캄한 밤길을 걸어 농장으로 돌아오던 어느 날, 그들은 거대한 자갈 절벽이 우뚝 솟아 있는 평지 끝자락에 이르러 가만히 귀를 기울이고 있었다. 지금은 시냇물의 수위가 높아져 물이 강둑을 흘러넘쳤고 그 물이 배수로 아래로 아우성을 치며 흘러내려 가고 있었다. 조그마한 도랑에도 물이 넘쳐 나서 어디를 가도 지름길을 찾을 수 없었으므로 행인들은 늘 그 자리에 있는 한길을 따라갈 수밖에 달리 도리가 없었다. 눈길이 미치지 않은 골짜기 전역에서 오만 가지 소리가 들려오고 있었으니 마치 그 아래에 거대 도시가 있고 그 도시의 주민들이 아우성치는 모습이 상상되었다.

「수만 명이나 되는 사람들이 장터에서 집회를 열어 논쟁하고 설교하며, 싸우고 흐느끼며, 신음하고 기도하며 그리고 욕설을 퍼부어 대는 것 같아요.」 테스가 말했다.

클레어는 특별히 주의를 기울이고 있지 않았다.

「크릭이 오늘 뭐라고 말하지 않았어요? 겨울철에는 일손이 많이 필요하지 않다고 말이요.」

「아니요.」

「소들의 젖이 빠른 속도로 줄어들고 있어요.」

「그래요. 어제는 예닐곱 마리가 헛간으로 갔고 그제도 세 마리를 보냈으니 벌써 거의 스무 마리나 그곳에 가 있어요. 그러니까 새끼 낳는 일에는 제가 필요 없다는 건가요? 전 이제 여기서 할 일이 없어지는군요! 정말 열심히 하려고……」

「농장주가 꼭 짚어 당신이 필요 없다고 말한 것은 아니오. 그냥, 우리 사이를 알고 있으니까 최대한 친절하게 예의를 갖춰서 내가 이곳을 떠나는 크리스마스에 테스를 데리고 갈 것으로 생각하고 있다고 했고, 그래서 내가 당신이 없어도 일에 지장이 없겠느냐고 물어보니까 사실 지금은 1년 중 여자들의 일손이 별로 필요하지 않은 시기라고만 말했을 뿐이오. 농장주가 이런 식으로 당신을 압박하는 게 난 오히려 기쁘게 느껴지니 내가 나쁜 사람인 것 같아요.」

「기뻐할 일은 아니라고 생각해요. 시기가 딱 맞아떨어졌다 해도 필요 없는 존재가 되는 건 언제나 우울한 일이죠.」

「그래요. 딱 시기가 좋아요. 당신도 그건 인정하는군요.」 에인절이 손가락으로 그녀의 뺨을 건드렸다.「아!」

「왜요?」

「얼굴이 빨갛게 달아오르는 게 보이는군요! 내가 왜 이렇게 가볍게 말을 하는 거지? 실없이 굴진 않을게요. 인생은 진지한 거니까.」

「그래요. 어쩌면 그건 제가 당신보다 먼저 알았을 거예요.」

그녀는 이 순간 인생이 진지하다는 것을 느끼고 있었다. 어젯밤 생각했던 대로 그의 청혼을 거절하고 낙농장을 떠난다는 것은 다른 낙농장이 아닌 아주 낯선 곳으로 가야 한다는 걸 의미했다. 소들이 새끼를 낳는 시기가 다가오고 있어서 어떤 낙농장에서든 젖 짜는 여자들이 필요하지 않았기 때문이다. 더구나 에인절 클레어처럼 좋은 사람이 없는 경작 농장으로 가야 한다는 걸 의미하기도 했다. 그녀는 그게 싫었고 집으로 돌아가는 건 더더욱 싫었다.

「테스, 그러니까 진지하게 생각해 봐요.」 그가 말을 이어나갔다. 「크리스마스에는 당신도 이곳을 떠나야 할 테니 그때 당신을 내 아내로 데리고 가는 것이 여러 모로 바람직한 일이오. 게다가, 전혀 생각이 없는 사람이라면 모를까 당신도 우리가 언제까지나 이렇게 지낼 수 없다는 걸 알잖아요.」

「그럴 수 있으면 얼마나 좋을까요. 늘 여름과 가을이 지속되고 지난여름 내내 그러신 것처럼 항상 절 아껴 주고 제 생각만 해주면서 말이에요!」

「늘 그럴 거요.」

「그럼요, 저도 알아요!」 갑자기 밀려드는 그에 대한 강렬한 신뢰감으로 그녀가 외쳤다. 「에인절, 영원히 당신의 아내가 되는 날을 잡도록 하겠어요!」

그렇게 하여 농장으로 돌아오는 그 어두운 밤길에서 좌우 사방에서 외쳐 대는 수만 가지 물의 목소리들을 들으면서 그들은 마침내 결혼하기로 결정했다.

농장에 도착한 그들은 크릭 씨 부부에게 즉시 이 사실을 알렸고, 비밀로 해달라는 부탁도 함께 했다. 두 연인 모두 가능하면 조용하게 결혼식이 이루어지길 바랐던 것이다. 조만간 테스를 떠나보내야 한다고 진작부터 생각하고 있던 농장주였지만 막상 그녀가 없을 거라고 생각하니 걱정이 앞섰다. 크림을 걷어 내는 작업은 어떻게 해야 할까? 앵글베리와 샌드

본 부인에게 보낼 장식용 버터는 누가 만들 것인가? 어렵게 망설임을 끝낸 테스를 축하하며 크릭 부인은 처음 봤을 때부터 이미 그녀가 범상치 않은 훌륭한 남자의 눈에 들어 선택을 받으리라는 걸 짐작했다고 했고, 이곳에 도착하던 날 오후 안마당을 가로질러 걸어오던 그녀에게 얼마나 귀티가 흐르던지 좋은 집안의 아가씨임을 단박에 장담할 수 있었다고 했다. 정확히 말하면 처음 이곳에 왔을 때의 테스의 모습을 우아하고 잘생겼던 것으로 기억하는 부인의 기억은 맞지만 좋은 집안 운운하는 이야기는 이후에 알게 된 사실의 도움을 받아 상상의 나래를 펼친 것이었다.

이제 테스는 본인의 의지와 무관하게 시간의 날개를 타고 날아가고 있었다. 결혼하겠다는 말도 했고 날짜도 결정되었다. 천성적으로 총명했던 테스는 밭일을 하는 사람들 그리고 자연 현상을 보다 가까이 느끼는 사람들의 운명론적 신념을 받아들이기 시작했고, 그래서 그녀의 연인이 제안하는 모든 것에 순순히 따르려는 마음을 다졌다.

그녀는 어머니에게 또 한 통의 편지를 썼다. 결혼 날짜를 알리려는 것처럼 보이지만 실은 다시 한 번 어머니의 조언을 구하려는 심사였다. 어머니가 깊이 생각하지 않았는지 모르지만 그녀를 선택한 사람은 다름 아닌 신사 계급의 남자라는 것, 그래서 결혼한 후에 고백을 했을 때 평범한 남자였다면 가볍게 받아들일 수도 있을 일을 묵인해 줄 것 같지 않다고 편지에 썼다. 그러나 더비필드 부인으로부터 답신은 오지 않았다.

사실 에인절도 결혼이 시급한 실질적인 이유를 그럴듯하게 둘러대긴 했지만, 나중에 드러나는 것처럼 다소 서두른 감이 없지 않았다. 그는 테스를 진심으로 사랑했지만, 그를 사랑하는 그녀의 정열적이고 온전한 마음보다는 다소 이상적이고 환상적인 감정으로 그녀를 사랑했다. 지적인 것과 거리가 먼 시골 생활이 자신의 운명이라고 생각했을 때만 해도 지금 이 시골 처녀가 보여 주는 이런 매력을 알게 되리라곤 전혀 예상하지 못했다. 세련되지 못한 순박함이란 그저 화젯거리에 불과했지 그것이 정말로 지금처럼 자신의 마음을 움직일 수 있다는 건 이곳에 와서야 비로소 알게 되었던 것이다. 그는 아직 자신이 앞으로 나아갈 방향을 분명하게 정하지 못했으므로 삶의 출발이 꽤 순조롭게 진행되고 있다는 생각이 들려면 향후 한두 해는 더 있어야 할 것 같았다. 가족의 편견으로 자신의 진정한 운명을 놓치게 되었다는 생각이 그의 직업과 성격에 앞뒤를 헤아리지 않는 무모한 영향을 주었던 것이다.

「당신이 중부 지방의 농장에 뿌리를 내릴 때까지 기다리는 게 낫지 않을까요?」 한번은 테스가 머뭇머뭇하며 물어보았다. (그때는 중부 지방에서 농장을 할 생각이었다.)

「솔직히 말하면 테스, 내 보호와 사랑을 받을 수 없는 먼 곳에 당신을 떼어 놓고 싶지 않아요.」

이 문제에 관한 한 지극히 타당한 이유였다. 테스에게 끼친 그의 영향은 실로 지대해서 그녀는 그의 태도 및 습관, 말투와 표현 그리고 그가 좋아하는 것과 혐오하는 것까지 몽땅 꿰고 있었다. 그런 그녀를 농장에 떼어 놓고 떠난다면 그녀는 다시 예전으로 돌아가 그와의 조화를 잃어버리게 될지도 모른다. 그녀를 옆에 두고 싶어 하는 데는 한 가지 이유가 더 있었다. 그가 영국이든 식민지이든 먼 정착지로 그녀를 데리고 떠나기 전에 그의 부모님께서 적어도 한 번은 그녀를 보고 싶어 하실 텐데 행여 그분들의 생각으로 자신의 결심이 흔들리는 일이야 없겠지만 그래도 마땅한 곳을 물색하는 동안 집을 얻어 두어 달 자기와 함께 지내면, 목사관으로 어머니를 뵈러 가야 하는, 그녀가 힘들어 할 수도 있을 일이 수월해질 수 있을 거라고 판단했던 것이다.

다른 이유로는 밀 재배와 방앗간 운영을 겸할 생각을 가지고 있던 터라 밀 방앗간의 작업 과정을 조금은 익혀 두고 싶었다. 한때는 대수도원의 방앗간이었던 웰브리지의 규모도 크고 오래된 물방앗간 주인이 에인절이 오겠다면 옛날부터 내려오는 자신의 작업 방식을 살펴볼 수 있게 해주고 기계 작동법을 알려 주겠다고 제안한 적이 있었다. 그래서 클레어는 요전 날 이런저런 자세한 일들도 물어볼 겸 몇 마일 떨어진 그곳에 갔다가 저녁 무렵에야 탤벗헤이즈로 돌아왔던 적이 있었다. 테스는 그가 웰브리지의 밀 방앗간에서 잠시 시간을 보내겠다는 생각을 굳힌 걸 알 수 있었다. 그러면 그는 무엇 때문에 그런 결정을 한 걸까? 그 이유는 밀을 빻고 체로 걸러 내는 과정에 대한 식견을 넓힐 수 있는 기회이기보다는 실은 우연찮은 사실 때문이었으니, 그 사실이란 다름 아닌 바로 파손되기 전의 어떤 더버빌 가문의 저택이었다는 숙소를 바로 거기에서 얻을 수 있다는 거였다. 클레어는 늘 이렇게 현실의 여러 문제들을 처리함에 있어서 당면 문제들과 무관한 감정으로 해결하려 들곤 했다. 그들은 결혼식을 끝내고 곧 그곳으로 내려가서 여러 마을과 여관으로 돌아다니는 대신 2주일 동안 그곳에 머물기로 했다.

「일전에 런던 외곽에 있다고 들은 몇몇 농장을 살펴본 뒤 3월이나 4월쯤 부모님을 찾아뵙도록 하죠.」

이런 절차상의 문제들이 거론되고 해결되기를 거듭한 끝에 드디어 테스가 그의 아내가 되는 꿈만 같은 그날이 코앞으로 다가왔다. 새해 전날인 12월 31일이 바로 그날이었다. 그이의 아내, 테스는 속으로 이 단어를 되뇌어 보았다. 정말 그렇게 될 수 있는 걸까? 그들 두 개의 자아가 합쳐져서 그 어떤 것도 그들을 갈라놓을 수 없으며 모든 일을 함께 나누게 되는 것이다. 그러지 못할 이유라도 있는 걸까? 하지만 그래야 하는 이유는?

어느 일요일 아침 교회에서 돌아온 이즈 휴에트가 테스에게만 넌지시 귀띔했다.

「오늘 아침 결혼 예고에서 널 부르지 않았어.」

「뭐?」

「오늘이 첫 번째 예고일이 되어야 하잖아.」 이즈는 테스를 조용히 바라보았다. 「올해 마지막 날 결혼할 거지?」

테스는 얼른 그렇다고 대답했다.

「결혼 예고를 세 번 해야 하거든. 그런데 결혼식까지 주일이 두 번밖에 남지 않았어.」

테스는 자신의 뺨에서 핏기가 사라지는 걸 느꼈다. 이즈의 말이 맞다. 세 번의 결혼 예고가 있어야 한다. 클레어가 이를 잊어버렸는지 모른다! 만일 그렇다면 결혼식이 일주일 늦춰져야 하는데 왠지 불길한 느낌을 지울 수 없었다. 그녀의 연인에게 이를 어떻게 알려 주어야 할까? 이제껏 그토록 망설이며 뒤로 물러나려고 했건만 막상 지금은 사랑하는 사람을 잃을지도 모른다는 초조함과 공포가 왈칵 밀려들었다.

테스의 근심은 자연스럽게 해결되었다. 결혼 예고가 빠진 것을 이즈가 크릭 부인에게 말했고, 크릭 부인은 아줌마의 용기를 발휘해서 에인절에게 이 문제를 말했던 것이다.

「클레어 씨, 잊으셨나 봐요? 결혼 예고 말이에요.」

「아니요, 잊은 게 아닙니다.」 클레어가 대답했다.

테스가 혼자 있는 걸 본 그가 즉시 그녀의 걱정을 덜어 주었다.

「결혼 예고를 들먹이는 사람들 말은 듣지 말아요. 주교의 결혼 허가서가 결혼을 조용히 치를 수 있게 할 뿐 아니라 덜 번거로울 거요. 그래서 당신과 의논하지 않고 허가서를 받는 쪽으로 결정했거든. 그러니 주일 아침 교회에 가면 이름을 듣고 싶어도 그럴 수 없을 거예요.」

「저도 듣고 싶지 않았어요.」 그녀가 당당하게 말했다.

일이 순조롭게 풀리고 있다는 사실에 테스는 한결 마음이 놓였다. 혹여 그녀의 과거사를 들먹여 결혼 예고를 못 하게 하는 사람이라도 있을까 봐 테스는 공포에 질려 있었다. 그런데 이렇게 만사가 순풍에 돛을 단 듯 풀려 가고 있는 게 아닌가!

「아직 마음이 편치 않아.」 테스가 혼자 중얼거렸다. 「후일 엄청난 악운의 채찍을 맞아 이 모든 행운이 내게서 멀어질지도 몰라. 하늘이 하시는 일은 늘 그러니까. 그냥 평범하게 결혼 예고를 할 수 있었으면 좋으련만!」

하지만 모든 일이 술술 풀려 나갔다. 테스는 결혼식 때 입을 옷으로 에인절이 자신이 가진 옷 중에 가장 좋은 흰색 옷을 좋아할지 아니면 새 옷을 한 벌 장만해야 할지 고민스러웠다. 이런 고민은 그녀 앞으로 배달된 그의 섬세한 배려가 담긴 커다란 소포가 개봉되면서 일거에 해결되었다. 소포 안에는 보닛에서 신발까지, 게다가 그들이 원하는 소박한 결혼식에 어울릴 완벽한 아침 의상까지 골고루 구색을 갖춘 옷가지가 들어 있었던 것이다. 소포가 도착한 직후 집 안으로 들어온 에인절은 위층에서 테스가 소포를 풀고 있는 소리를 들었다.

잠시 후 빨갛게 상기된 얼굴에 눈물이 그렁그렁 맺힌 테스가 내려왔다.

「어쩜 그렇게 생각이 깊으세요!」 그의 어깨에 얼굴을 기대며 그녀가 나지막하게 속삭였다. 「장갑과 손수건까지 챙기시다니! 내 사랑, 당신은 정말 친절하고 좋은 분이세요!」

「아니요. 그렇지 않아요. 런던에서 이런 일을 하고 있는 여자에게 주문을 넣은 게 전부인 걸. 그 밖엔 한 일이 없다오.」

테스가 자신을 지나치게 우러러본다고 생각한 에인절은 그녀에게 위층으로 올라가서 옷이 잘 맞는지 천천히 입어 보고 만일 맞지 않으면 마을의 재봉사에게 수선을 맡기자면서 그녀의 관심을 돌리려고 했다.

다시 위층으로 올라간 테스는 가운을 입어 보았다. 그리고 한참이나 거울에 비친 자신의 모습을 바라보았다. 그때 문득 어머니가 부르시던 신비한 옷에 관한 노래가 뇌리를 스치고 지나갔다.

　　한번 엇나간 아내에게
　　그것은 절대로 어울리지 않으니,

장단에 맞춰 발로 요람을 흔들며 더비필드 부인은 너무도 즐겁고 천진난만한 목소리로 어린 테스에게 이 노래를 불러 주곤 했다. 만일 귀네비어 여왕[74]의 옷이 여왕의 정체를 드러냈던 것처럼 이 옷의 색깔이 변하면서 테스의 실체가 폭로된다면⋯⋯. 농장에 온 이후로 테스는 이제껏 이 노래가 생각난 적이 없었다.

[74] 아서 왕의 부인으로 기사 랜슬롯을 사랑했다.

제33장

에인절은 결혼식을 올리기 전에 낙농장에서 떨어진 다른 곳에서 그녀와 단둘이 시간을 보내고 싶었다. 거사를 앞둔 상황에서 이제 다시는 돌아올 수 없을 연애 시절의 마지막 소풍으로 낭만적인 하루를 보내고 싶었던 것이다. 그래서 결혼식이 일주일 앞으로 다가온 어느 날 그는 가까운 읍내로 나가서 몇 가지 물건을 사자고 테스에게 제안했었고 그래서 그들은 함께 길을 나섰다.

클레어가 속한 세계에서 볼 때 낙농장에서의 그의 삶은 은둔자의 그것이었다. 몇 달째 그는 읍내 근처에도 나간 적이 없었고 마차가 필요하지 않았기 때문에 마차도 없었다. 그럴 일이 생기면 농장주의 이륜 짐마차를 빌려 탔다. 그날도 그들은 이륜 짐마차를 타고 농장을 나섰다.

그들은 세상에 태어나서 처음으로 같은 목적을 공유한 동반자로서 함께 장을 보았다. 크리스마스이브인지라 읍내는 호랑가시나무와 겨우살이나무가 지천으로 쌓여 있었고 크리스마스이브 때문에 각지에서 몰려든 낯선 사람들로 북새통을 이루고 있었다. 테스는 에인절의 팔짱을 끼고 행복한 얼굴로 사람들 사이를 누비고 다녔는데 얼굴까지 아름다웠던 탓에 자신을 빤히 쳐다보는 사람들의 시선을 그 대가로 치러야만 했다.

저녁이 되어 그들은 그들이 들었던 주막으로 돌아갔고, 에인절이 이륜마차를 문가로 끌고 나오는 걸 살피러 간 동안 테스는 주막 입구에 서서 기다렸다. 주막의 대기실은 끊임없이 들고 나는 손님들로 발 디딜 틈이 없었다. 사람들이 들고 날 때마다 대기실 안의 불빛이 테스의 얼굴 위로 환하게 쏟아졌다. 주막에서 나온 두 남자가 다른 사람들 사이에 섞여 테스의 곁을 지나쳤다. 그중 한 명이 놀란 표정으로 테스를 위아래로 훑어보았는데, 그녀는 그가 트란트리지에서 온 사람일지 모른다는 생각이 들었다. 트란트리지는 이곳과 상당히 멀리 떨어져 있기 때문에 사실 여기에서 그곳 사람들을 만나기란 극히 드문 일이긴 했다.

「예쁜 여자군.」 한 남자가 말했다.

「맞아, 상당히 예쁜데. 하지만 내가 잘못 본 게 아니라면……」 그는 부정적으로 말끝을 얼버무렸다.

마침 그때 클레어가 마구간에서 돌아오다가 문지방에 서 있던 남자와 딱 마주치면서 그가 하는 말을 듣게 되었고 움찔하며 몸을 사리는 테스의 모습도 보았다. 클레어는 남자가 테스를 모욕했다는 생각에 불같이 화가 나서 전후좌우 상황을 살필 겨를도 없이 남자의 턱을 있는 힘을 다해 주먹으로 세게 쳤다. 남자는 통로 뒤쪽으로 비틀거리면서 물러섰다.

정신을 수습한 남자가 덤벼들 기미를 보였고 클레어도 문밖으로 발걸음을 떼면서 방어 자세를 취했다. 그런데 상대 남자가 생각을 고쳐먹은 듯했다. 남자는 테스를 지나치면서 다시 그녀를 보더니 클레어에게 말했다.

「용서하세요, 선생. 제가 큰 결례를 했군요. 여기에서 40마일이나 떨어진 곳에 사는 다른 여자로 착각했어요.」

그러자 클레어도 자신이 지나치게 성급하게 굴었고 테스를 주막 입구에 혼자 세워 두는 게 아니었다는 자책감이 들었다. 그리고 그는 이런 경우에 늘 하던 대로 남자에게 5실링을 쥐어 주면서 상처에 약을 바르라고 했고, 그렇게 그들은 기분 좋게 인사를 나누며 헤어졌다. 마부에게서 말고삐를 넘겨받은 젊은 연인은 마차를 타고 곧 그 자리를 떠났고 두 남자도 마차를 타고는 그들과 반대 방향으로 갔다.

「실수였나?」 두 번째 남자가 물었다.

「천만에. 다만 그 신사 양반의 기분을 잡치게 하고 싶지 않았을 뿐이야.」

한편 연인들은 마차에 몸을 싣고 가고 있었다.

「결혼을 조금 뒤로 미룰 수 있을까요?」 감정이 죄다 빠져나간 듯 기운 없는 목소리로 테스가 물었다. 「괜찮다면 말이에요.」

「안 돼요, 내 사랑. 마음을 진정시켜요. 그 작자가 폭행죄로 날 고소라도 할까 봐 그렇소?」 그가 농담을 하듯 장난스럽게 물었다.

「그런 게 아니라, 그저 결혼을 연기해야 하는 게 아닌가 싶어서요.」

그녀 자신도 무슨 말을 하려고 했는지 분명하지 않았고, 그도 그런 생각일랑 아예 머릿속에서 지워 버리라고 일렀다. 그녀는 안간힘을 다해 그의 말을 따르려고 애썼다. 하지만 테스는 집으로 오는 내내 도저히 우울한 기분을 떨쳐 낼 수 없었고, 그래서 결국 이렇게 생각을 정리해 버렸다. 〈우린 아주 멀리, 여기에서 수백 마일 떨어진 곳으로 떠날 거야. 그러니까 이런 일은 절대로 다시는 일어날 수 없어. 그리고 과거의 망령이 거기까지 따라오지는 않을 거야.〉

그날 밤 그들은 층계참에서 다정하게 작별 인사를 나누었다. 그리고 클레어는 자신의 다락방으로 올라갔고 이제 시간이 얼마 남지 않았다고 생각한 테스는 이런저런 필요한 것들을 챙기느라고 늦게까지 깨어 있었다. 그렇게 앉아 있던 그녀에게 위층 에인절의 방에서 마치 누군가가 싸우고 있는 것처럼 쿵쿵거리는 소리가 들려왔다. 집안사람들은 모두 잠들어 있었고, 혹시 클레어가 아픈 거라도 아닐까 염려가 된 테스는 그의 방으로 뛰어 올라가 문을 두드리며 무슨 일이 있느냐고 물어보았다.

「아, 아무 일도 없어요, 테스.」 안에서 그의 대답이 들려왔다. 「놀라게 해서 정말 미안해요! 그런데 이유가 재미있어요. 얼핏 잠이 들었는데 꿈속에서 당신을 모욕했던 그 작자와 다시 한판 붙었지 뭐요. 당신이 들은 건 오늘 짐을 싸려고 꺼내 놓았던 여행 가방을 내가 주먹으로 계속 쳐대는 소리였어요. 난 가끔 자다가 이런 이상한 짓을 하곤 해요. 아무 생각 말고 가서 자요.」

이 사건으로 말미암아 갈피를 잡지 못하고 갈팡질팡하던 그녀의 마음속 저울추가 최종적으로 기울었다. 지난 일을 그에게 말로 고백할 수는 없다. 하지만 다른 방법이 있다. 그녀는 자리에 앉아서 3~4년 전에 벌어진 그 사건들을 넉 장의 종이에 간략하게 쓰고 그것을 봉투에 넣은 다음 수신자로 클레어의 이름을 적어 넣었다. 그러고는 다시 마음이 약해질 것을 우려해서 신발도 신지 않은 채 조용히 위층으로 올라가 그 편지를 그의 방문 안으로 밀어 넣었다.

결국 그녀는 밤새 한숨도 잠을 이루지 못하고 위에서 들리는 희미한 소리 하나라도 놓치지 않으려고 귀를 기울였다. 이윽고 여느 때와 다름없는 소리가 들려왔고 평소와 마찬가지로 그가 내려왔다. 그녀도 방에서 내려왔다. 계단 아래에서 그는 그녀에게 입을 맞추었다. 분명히, 예전과 다름없는 따뜻한 키스였다!

테스는 그가 조금은 뒤숭숭해 보이고 지쳐 보인다고 생각했다. 하지만 그들 둘만 있을 때에도 그는 그녀의 고백에 대해선 일언반구도 언급하지 않았다. 자신의 고백을 받아들인 걸까? 그가 먼저 그 문제를 제기하지 않는 한 그녀는 아무 말도 할 수 없었다. 그날은 그렇게 흘러갔다. 그가 무슨 생각을 하고 있든 혼자만 알고 있을 작정인 게 틀림없었다. 그럼에도 그는 예전처럼 구김살 없이 다정하기만 했다. 그녀의 의심이 너무 치졸했던 걸까? 그는 그녀를 용서하고 과거가 있는 지금 그대로의 그녀를 사랑하고 있는 것일까? 그래서 그는 터무니없는 악몽을 생각하며 웃음 짓듯 좌불안석인 그녀를 보면서 미소를 짓고 있는 걸까? 그는 정말로 그녀의 편지를 받은 걸까? 테스는 그의 방 안을 살펴보았으나 편지의 흔적은 아무 데도 없었다. 아마도 그는 그녀를 용서한 것 같았다. 하지만 이제 그녀에겐 설사 그가 편지를 받지 못했다고 하더라도 분명히 자신을 용서해 줄 거라는 강한 믿음이 생겼다.

아침이 지나고 밤이 가도 매일 같이 그는 한결같았고 그렇게 섣달그믐, 결혼식 날이 밝아 왔다.

두 연인은 젖 짜는 시간에 일어나지 않았다. 그들은 낙농장에서 지낼 마지막 남은 한 주를 손님처럼 대접받고 있었고, 테스는 독방을 쓰는 융숭한 대우까지 받았다. 아침 식사를 하려고 아래층으로 내려온 그들은 자신들을 축하해 주려고 커다란 부엌을 예전과 완전히 다르게 꾸며 놓은 것을 보곤 깜짝 놀랐다. 꼭두새벽에 일어난 농장주가 입을 크게 벌리고 있던 굴뚝 모서리는 흰색으로, 벽돌 난로는 빨간색으로 칠했고, 맡은 바 소임을 다한 검정 잔가지 무늬가 들어간 낡고 칙칙한 파란색 목면 커튼을 떼어 내버리고 샛노란 비단 커튼을 걸어 놓았던 것이다. 침침한 겨울 아침, 부엌의 특징을 이루고 있었던 것들을 이렇게 바꿔 놓고 보니 방 안 구석구석으로 미소가 번져 흐르는 것 같았다.

「두 사람을 축하하기 위해 뭔가 하고 싶었어요.」 농장주가 말했다. 「옛날처럼 바이올린과 비올라를 동원해서 떠들썩하게 축하하자고 하면 선생이 듣지 않을 테니까 조용하게 할 수 있는 것으로 내가 생각해 낼 수 있는 게 이것뿐이었어요.」

테스의 친구들은 사는 곳이 너무 멀어서 설령 결혼식에 초청한다 해도 참석할 수 있는 친구는 없었을 것이다. 하지만 사실 그녀는 말롯에 사는 사람들을 아무도 부르지 않았다. 에인절은 그의 가족에게 편지로 결혼 날짜를 알리면서 가능하다면 한 사람만이라도 결혼식에 참석해 주면 좋겠다는 의사를 전달했다. 형들에게선 아무런 답장도 오지 않았는데, 에인절에게 화가 나 있는 것 같았다. 한편 그의 부모님은 경솔하게 결혼을 서두르는 아들의 행동을 못내 안타까워하시면서, 젖 짜는 아가씨를 막내며느리로 들일 거라곤 꿈에도 생각 못 했지만 이제 아들도 옳은 판단을 내릴 수 있는 나이가 되었으니 어떻게든 잘 살라는 내용의 아쉬움이 배인 편지를 보내왔다.

만일 에인절에게 조만간 가족들을 놀라게 할 비장의 카드가 없었다면 그는 식구들이 보여 준 이런 냉랭함에 마음이 더 아팠을 것이다. 그는 테스를 농장에서 곧장 집으로 데리고 가서 지체 있는 더버빌 가문의 규수로 소개하는 것은 무모하고 분별없는 행동이라고 생각했다. 그는 자신과 몇 달 여행도 함께하고 책도 읽게 해 그녀를 세상 물정에 밝게 만든 다음 부모님에게 데려갈 것이며, 유서 깊은 명문가의 후손으로 손색이 없을 때 그녀를 의기양양하게 보이기 전까지는 테스의 족보를 밝히지 않을 계획이었다. 테스의 족보는 세상 어느 누구보다도 에인절 자신에게 더 많은 가치가 있는 것 같았다.

자신의 고백에도 불구하고 에인절의 태도가 조금도 변하지 않았다는 사실에 테스는 그가 정말로 편지를 받은 건지 불안한 생각이 밀려들기 시작했다. 그녀는 에인절이 식사를 마치기 전에 식탁에서 일어나 서둘러 위층으로 올라갔다. 오랫동안 클레어의 사실(私室), 아니 둥지의 역할을 해온 그 신기하면서도 쓸쓸함이 감도는 방을 다시 한 번 살펴봐야겠다는 생각이 퍼뜩 들었던 것이다. 계단을 올라간 그녀는 열려 있는 문 앞에서 방 안을 들여다보며 생각에 잠긴 채 서 있었다. 그리고 2~3일 전 조마조마한 마음으로 편지를 밀어 넣었던 문지방 쪽으로 몸을 숙였다. 카펫이 문지방 가까이까지 깔려 있었는데 바로 그 카펫 끄트머리에 그에게 보낸 편지를 넣은 봉투의 희끄무레한 귀퉁이가 나와 있는 것이 눈에 띄었다. 그러니까 급히 서두른 나머지 편지 봉투를 문 안으로 집어넣는다는 것이 카펫 속으로 밀어 넣었던 것이고, 결국 그 편지를 보지 못했던 것이다.

그녀는 금방이라도 쓰러질 것 같은 현기증을 느끼며 편지를 꺼냈다. 편지는 그녀의 손을 떠났을 당시 그대로 봉해진 상태였다. 아직 테스의 난관은 제거된 것이 아니었다. 이제 와서 온 집안이 결혼 준비로 부산한 이때에 그에게 편지를 읽게 할 수는 없는 노릇이었다. 자기 방으로 돌아온 테스는 편지를 없애 버리고 말았다.

두 사람이 다시 만났을 때 얼굴이 핼쑥해진 테스를 보고 에인절은 적잖이 걱정스러워 했다. 편지가 잘못 들어간 사건이 고백을 방해하고 있는 것 같긴 했지만 그녀는 속으로 아직 시간이 있으니 걱정할 필요는 없다고 생각했다. 하지만 모든 게 어수선하게 돌아가고 있었다. 사람들은 계속 들락거렸고 모두들 옷을 갖춰 입어야 했다. 그리고 크릭 씨 내외는 결혼식 증인으로 그들과 함께 가기로 되어 있었다. 신중하게 생각을 정리한다거나 이야기를 나눈다는 건 거의 불가능했다. 테스가 클레어와 단둘만의 시간을 가질 수 있었던 것도 그들이 계단참에서 마주쳤을 때였다.

「당신에게 꼭 하고 싶은 말이 있어요. 나의 모든 잘못과 실수를 고백하고 싶어요!」 짐짓 가벼운 표정을 지으며 그녀가 말했다.

「오, 안 돼요. 지금 잘못을 이야기해서는 안 돼요. 내 사랑, 오늘만큼은 그대는 완벽해야 하오! 앞으로도 시간은 얼마든지 있을 테니 그때 서로의 잘못을 말합시다. 내 잘못도 함께 고백하겠소.」

「하지만 전 지금 말하는 게 좋을 것 같아요. 그러면 나중에 당신이…….」

「자, 나의 엉뚱한 아가씨, 얼마든지 하고 싶은 말을 해요.

단 숙소에 도착해서 자리 잡은 직후에 말이지. 지금은 안 돼요. 나도 그때 내 잘못을 말하리라. 하지만 그런 이야기로 이 중요한 날을 망치지는 맙시다. 그런 얘기는 따분할 때 해야 제격이거든.」

「그럼 내가 말하지 않았으면 좋겠어요?」

「그래요, 테스. 진심이요.」

서둘러 옷을 차려입고 길을 나서느라고 더 이상 길게 이야기를 나눌 시간도 없었다. 그가 한 말을 곱씹어 보니 안심이 되는 것 같기도 했다. 이후 이어진 중요한 두어 시간은 그를 향한 헌신적인 마음이 물살을 이루어 그녀를 밀어내면서 모든 걸 뒤덮어 버렸기 때문에 더 이상 심각한 생각은 할 수 없었다. 너무도 오랫동안 억눌러 왔던 그녀의 유일한 바람, 그 사람의 아내가 되어서 그를 자신의 주인이라 부르고 필요하다면 그를 위해 죽을 수도 있는 그런 욕망이 사색의 좁은 길을 터벅터벅 힘겹게 걸어가는 그녀를 끌어내 드디어 해방시켜 버린 것이다. 옷을 입고 있던 그녀의 마음은 다채로운 색깔로 이루어진 상상의 구름 속을 누비고 다녔고 거기에서 나온 밝은 빛이 온갖 사악한 조짐들을 잠재워 버렸다.

교회가 멀리 떨어져 있는 데다가 더욱이 겨울철이어서 그들은 마차를 타야 했다. 길가의 한 여관에서 빌린 지붕이 달린 마차는 사륜마차로서 역마차 여행이 있던 그 옛날부터 그곳을 지키고 있었다. 마차에는 땅딸막한 바퀴살과 묵직한 바퀴 테, 휘어진 커다란 바닥, 큼지막한 손잡이와 용수철 그리고 그 옛날 성벽 부수는 데 쓰였던 망치를 연상시키는 채가 있었다. 마부는 예순 살의 근엄한 〈보이〉로서 젊었을 적 하도 바깥바람에 노출되는 통에 이를 독한 술로 달래 보려다가 류

머티즘성 통풍에 걸린 사람이었다. 자신을 불러 주는 사람들이 없어진 이후로도 그는 지난날이 다시 돌아와 본격적으로 마차 여행을 할 수 있기를 기다리고 있는 것처럼 25년 동안을 아무 일도 하지 않은 채 여관 문간을 떠나지 못했다. 그는 오른쪽 다리 바깥쪽에 마차를 몰면서 생긴 영원히 남을 흉터를 갖고 있었는데, 이것은 캐스터브리지의 킹스암스 여관에 정식으로 고용되어 있던 그 긴 세월 동안 귀족들의 마차 채에 부딪혀 생긴 상처였다.

신랑 신부와 크릭 씨 내외 두 쌍이 다루기도 성가시고 마냥 삐걱거리기만 하는 마차 안 늙은 마부 뒤에 앉았다. 형들 중 한 명은 신랑 들러리로 참석해 주었으면 하여 편지에 넌지시 그런 의사를 비쳤는데도 가타부타 연락이 없는 것은 곧 형들이 결혼식에 오고 싶어 하지 않는다는 거였다. 형들은 이 결혼에 찬성하지 않았으므로 그들에게 너그러운 마음을 기대하는 건 사실 무리였다. 어쩌면 그들이 참석하지 않는 편이 오히려 잘된 일인지도 몰랐다. 이 결혼에 대한 형들의 생각은 접어 두더라도 그들은 속세에 발을 딛고 있지 않은 젊은이들이었고 그래서 낙농장 사람들과 어울린다는 것은 편협하고 깐깐한 그들에게 불쾌한 일이었을 테니 말이다.

테스는 시간의 탄력을 받아 공중에 붕 떠 있었고 그래서 이런 사실을 전혀 모르고 있었다. 그녀는 아무것도 눈에 들어오지 않았고 교회로 향하고 있는 길이 어딘지도 알 수 없었다. 오직 알고 있는 것이라곤 에인절이 자기 곁에 가까이 있다는 것뿐이었고 그 밖의 나머지는 뿌연 안개에 지나지 않았다. 그녀는 시(詩) 속에 존재하는 천상의 인물이었고 클레어가 함께 산책을 하면서 말하곤 했던 그 전형적인 여신들 중 하나였다.

결혼 허가서로 진행되는 결혼식이어서 교회에는 사람들이 열두어 명밖에 없었다. 설사 1천 명의 하객이 있었다고 하더라도 그들이 테스에게 그 이상의 영향을 주지는 못했을 것이다. 하객들은 지금 그녀가 있는 세상과 몇 광년의 거리만큼 떨어져 있었다. 테스가 클레어에게 정절을 맹세하는 그 무아경의 엄숙함 속에서 성(性)이라는 평범한 감정은 경박한 생각에 지나지 않은 듯했다. 잠깐 의식이 멈춘 사이에 그와 함께 무릎을 꿇고 있던 그녀의 몸이 자신도 모르게 그를 향해 기울어지면서 어깨가 그의 팔에 닿았다. 그녀의 머리를 스쳐 지나가는 어떤 생각에 덜컥 두려움이 밀려들었고, 그래서 그가 정말로 거기에 있으며 그의 믿음이 어떤 일이 있어도 자신을 지켜줄 거라는 소망을 다지고 싶은 생각에 저절로 일어난 움직임이었다.

클레어는 그녀가 자신을 사랑하고 있다는 걸 알고 있었다. 그녀의 몸을 이루고 있는 곡선 하나하나가 이를 말해 주고 있었지만, 그는 그 당시 그녀가 보여 준 헌신의 온전한 깊이와 일편단심 그리고 온유함까지는 미처 모르고 있었다. 그 헌신이 얼마나 오랜 고통과 정직함과 인내심 그리고 신념을 말하고 있는지 몰랐던 것이다.

그들이 교회 밖으로 나오자 종지기들이 종각에 있는 종을 크게 흔들어 쳤다. 종소리가 세 가지 음색으로 은은하게 퍼져 나갔다. 처음 이 교회를 지은 사람들은 이렇게 자그마한 교구의 사람들을 기쁘게 할 용도라면 이 정도의 음량만으로도 충분하다고 생각했던 것이다. 대문을 향해 나 있는 좁은 길을 남편과 걸어가며 탑을 지나치던 테스는 창살 무늬의 종탑에서 흘러나온 공기의 전율이 소리의 원을 그리며 그들을 감싸 안고 있다고 느꼈는데, 그 소리는 지금 그녀의 한껏 고양된 심경과 딱 맞아떨어졌다.

이런 마음의 상태, 즉 사도 요한이 태양 속에서 본 천사[75]처럼 자신의 것이 아닌 다른 빛으로 축복받고 있다는 이 느낌은 교회 종소리가 잦아들고 결혼식의 들뜬 분위기가 가라앉을 때가지 지속되었다. 그제야 비로소 자잘한 것들이 보다 선명하게 그녀의 눈으로 들어오기 시작했다. 크릭 씨 내외는 사륜마차를 신혼부부에게 내주고 그들의 이륜마차를 불러 타고 가겠다고 했다. 그리고 이때 처음으로 테스는 그 마차의 몸체와 특징을 찬찬히 들여다보았다. 그녀는 말없이 앉아 마차를 오랫동안 응시하고 있었다.

「힘들어 보이는군, 테스」

「네.」 이마를 손으로 짚으며 그녀가 대답했다. 「많은 것들이 제 마음을 떨리게 해요. 모든 게 너무 진지하고요, 에인절. 그중에서도, 왠지 이 마차를 전에 본 적이 있는 것 같아요. 아주 눈에 익거든요. 참 이상해요. 꿈속에서라도 틀림없이 보았을 거예요.」

「아, 마차에 얽힌 더버빌 가문의 미신을 들어 봤을 거요. 당신 가문이 이곳에서 한창 세력을 떨치고 있을 때 널리 퍼졌던 이야기이지. 둔탁하게 움직이는 이 낡은 마차를 보니 그 미신이 생각난 모양이구려.」

「저는 그런 이야기를 들어 본 적이 없어요. 어떤 건지 이야기해 주세요.」

「글쎄, 지금은 상세하게 이야기하지 않는 게 좋을 것 같아요. 16세기 혹은 17세기 경 더버빌 가문의 어떤 사람이 자기

---

[75] 「요한의 묵시록」 19장 17절 인용.

집안의 마차 안에서 끔찍한 죄를 저질렀다는구려. 그런 일이 있은 후 집안사람들은 무슨 안 좋은 일이 있을 때마다 낡은 마차를 보거나 그 소리를 듣는다는군. 다음에 말해 주리라. 조금 우울한 이야기거든. 이 고색창연한 마차를 보면서 그 미신에 대한 희미한 기억이 당신 마음에 살아났던 게 분명해요.」

「그런 이야기는 들어 본 기억이 없는데.」 그녀가 중얼거렸다. 「우리 가문이 마차를 보면 우리가 죽나요? 에인절? 아니면 죄를 저질렀다는 건가요?」

「그만, 테스!」

그는 키스로 그녀의 말을 막았다.

그들이 농장에 도착할 무렵 테스는 뭔가를 깊이 뉘우치고 있는 듯 기운이 하나도 없는 모습이었다. 정말 클레어 부인이 되긴 했지만 그녀에게 이 이름을 가질 만한 도덕적인 자격이 있는 것일까? 알렉산더 더버빌 부인이 더 맞는 게 아닐까? 고결한 사람들은 죄를 짓고도 커다란 사랑이라는 명분으로 그 죄에 대한 침묵을 정당화할 수 있는 걸까? 그런 상황에 놓인 여자들은 어떻게 행동해야 하는 건지 도무지 알 수 없었고 더구나 조언해 줄 만한 사람도 없었다.

오늘로 마지막이 될 자기 방에 잠시 혼자 있게 되었을 때 테스는 무릎을 꿇고 기도를 드렸다. 하느님께 기도를 올리려고 했으나 막상 그녀가 간절히 호소하고 있는 대상은 자신의 남편이었다. 이 남자를 우상으로 우러러보는 그녀의 태도는 본인이 생각해도 불운의 징조로 느껴질 만큼 엄청난 것이어서 두려운 생각마저 들었다. 그녀는 로런스 신부가 한 말을 알고 있었다. 〈이 불길처럼 격렬한 환희는 불길처럼 사라지는 것이니.〉[76] 인간에게 그것은 너무도 절망적이고, 너무도 거칠며, 너무도 무모하고, 너무도 치명적일 것이다.

「오, 나의 사랑, 사랑하는 에인절, 전 왜 이토록 당신을 사랑하고 있을까요!」 방에 홀로 남은 그녀가 절규했다. 「당신이 사랑하는 여자는 진짜 제가 아니라 이런 제 모습을 하고 있는 여자, 이런 모습이 될 수도 있던 여자랍니다!」

시간은 흘러 오후가 되었고 이제 떠날 시간이 되었다. 그들은 웰브리지 물방앗간 근처의 오래된 농가에 숙소를 정해 며칠 묵기로 한 계획을 실행에 옮기기로 했다. 에인절은 거기에 머무는 동안 제분 과정을 살펴볼 생각을 가지고 있었다. 2시 무렵 모든 일이 마무리되었고 이제 정말 떠나는 일만 남았다. 그들이 가는 것을 배웅하기 위해 낙농장의 모든 식구들이 붉은 벽돌로 지은 건물 입구에 서 있었고 농장주와 그의 부인은 문까지 따라 나왔다. 테스는 그녀와 한방을 썼던 세 친구들이 뭔가 생각에 잠긴 듯 고개를 숙이고 담벼락에 일렬로 나란히 등을 기대고 서 있는 걸 보았다. 작별하는 순간 친구들이 나와 줄까 자못 궁금했는데 그들은 끝까지 냉정을 잃지 않고 꿋꿋하게 거기에 있었던 것이다. 마음이 여린 레티가 왜 그렇게 핼쑥해 보이는지, 이즈는 또 왜 그토록 슬퍼 보이는지 그리고 마리안이 왜 그리 정신이 나간 듯 멍해 보이는지 테스는 너무도 잘 알고 있었다. 테스는 친구들 마음속에 드리운 그림자를 생각하느라 자신을 집요하게 따라다니는 본인의 그림자는 잠시 내려놓을 수 있었다.

그녀가 불쑥 그에게 나지막한 목소리로 말했다.

「친구들에게 한 번만, 처음이자 마지막으로 키스를 해주실래요?」

76 셰익스피어의 「로미오와 줄리엣」 제2막 제6장 9행.

클레어는 형식적인 작별 인사에 불과한 이 제안에 전혀 반대할 의사가 없었으므로 그들이 서 있는 곳으로 가서 한 명씩 차례대로 〈잘 있어요〉라는 인사말과 함께 키스를 했다. 문가에 이르렀을 때 호의적인 키스의 반응을 살피려고 살짝 뒤돌아본 테스의 시선에 승리감 같은 것은 전혀 없었다. 설령 그런 게 있었다고 해도 너무도 감동한 친구들의 모습을 보면서 그런 감정은 사라졌을 것이다. 그 키스로 말미암아 친구들이 그렇게 애써 잠재우려고 했던 감정이 되살아나 좋지 않은 결과를 낳은 게 분명해 보였던 것이다.

　클레어는 이 모든 상황을 전혀 모르고 있었다. 쪽문을 향해 가면서 그는 농장주와 그의 아내에게 악수를 청했고 그간의 호의에 대해 마지막으로 감사의 마음을 표현했다. 그리고 막 집을 나서려던 순간 잠깐 동안의 침묵이 흘렀는데, 그 침묵을 깬 것은 다름 아닌 수탉의 울음소리였다. 장밋빛 볏을 지닌 흰 수탉이 그들과 몇 야드 떨어진 집 앞 울타리로 와서 그 위에 냉큼 올라앉아 있었던 것이다. 쩌렁쩌렁 울리는 울음소리가 그들의 고막을 뚫고 지나가 바위 계곡으로 잦아드는 메아리처럼 사라져 버렸다.

「아니, 한낮에 닭이 울어 대네!」

　두 남자가 마당 문이 닫히지 않도록 손으로 잡고 서 있었다.

「상서롭지 못한 징조야.」 그중 한 남자가 쪽문 주위에 있던 사람들에게 들릴 수 있다는 걸 미처 생각하지 못하고 옆 사람에게 중얼거리듯 말했다.

　수탉은 이번에는 클레어를 똑바로 향해 다시 한 번 울어 댔다.

「거참!」 농장주는 말을 잇지 못했다.

「저 소리가 듣기 싫어요!」 테스가 남편에게 말했다. 「마부에게 마차를 몰라고 하세요. 안녕히 계세요. 모두들 안녕히 계세요!」

수탉이 다시 울었다.

「쉿! 저리 가지 못해. 안 가면 목을 비틀어 버린다!」 닭을 쫓아 버리며 농장주가 짜증스럽게 소리를 질렀다. 그는 집 안으로 들어가면서 아내에게 말했다. 「하필이면 오늘 같은 날에! 1년 내내 저놈의 닭이 오후에 우는 건 처음이군.」

「그냥 날씨가 바뀌려고 그런 거예요. 당신이 생각하는 그런 게 아니라고요. 그럴 리가요!」

제34장

그들은 계곡을 따라 난 평평한 길을 마차로 달려 몇 마일 떨어진 웰브리지에 도착했다. 그리고 마을에서 왼편으로 돌아 웰브리지라는 이름의 절반이 유래된 커다란 엘리자베스 브리지를 건너갔다. 다리 바로 뒤에 그들이 방을 예약해 두었던 농가가 있었다. 그 농가는 옛날 어떤 영주의 으리으리했던 저택의 일부로서 더버빌 집안이 소유했던 곳인데, 일부가 허물어진 이후로 농가로 사용되어 왔고 특이한 겉모습 때문에 프룸 계곡을 지나가는 여행자들에겐 널리 알려진 곳이었다.

「당신 조상이 살던 곳에 온 걸 환영하오!」 마차에서 내리는 그녀의 손을 잡아 주며 클레어가 말했다. 하지만 왠지 비꼬는 것처럼 들렸겠다 싶어서 이렇게 말한 걸 이내 후회했다.

안으로 들어간 그들은 집주인이 그들이 묵는 동안 새해 방문차 이미 친지들에게 떠난 뒤였으며 두 사람의 뒤치다꺼리를 해줄 옆집 여자까지 알선해 놓았다는 사실을 알게 되었다. 방을 두 개만 예약했는데 집을 온전히 독차지한다고 생각하니 정말 행복했다. 생각해 보니 한 지붕 아래 두 사람만 있어 본 적이 지금까지 한 번도 없었다.

하지만 에인절은 곰팡내를 풍기는 이 낡은 집이 자신의 신부를 조금 우울하게 만들고 있다는 걸 알게 되었다. 마차는 떠났고 그들은 일을 봐주는 여자의 안내를 받으며 손을 씻으려고 계단을 올라갔다. 그때 계단을 올라가던 테스가 흠칫 놀라면서 걸음을 딱 멈추었다.

「무슨 일이오?」 그가 물었다.

「저기 저 무섭게 생긴 여자들이요!」 그녀가 미소를 띠며 말했다. 「얼마나 놀랐던지!」

올려다본 클레어의 눈에 돌벽에 박혀 있는 실물 크기의 초상화 두 점이 들어왔다. 이 집을 방문한 사람들은 모두 알고 있는 것처럼 2백 년 정도 된 이들 그림은 중년 여인들의 초상화였는데 그 얼굴들은 한 번만 봐도 절대로 머리에서 지워 낼 수 없을 그런 생김새를 하고 있었다. 한 여인은 길고 뾰족한 얼굴에 가느다란 눈매를 하고 있었고 입가에는 억지웃음이 배어 있어서 피도 눈물도 없이 쉽게 배신할 것 같았고, 매부리코에 커다란 치아 그리고 부리부리한 눈을 지닌 또 다른 여인은 무서울 정도로 거만하다는 인상을 주어서 이들을 본 사람이면 자주 그들이 꿈속에 어른거릴 정도였다.

「누구의 초상입니까?」 클레어가 여자에게 물었다.

「노인들이 그러는데 옛날 이 장원의 영주였던 더버빌 가문의 부인들이래요.」 여자가 말했다. 「아예 벽 속에 넣은 채로 지어졌기 때문에 뜯어낼 수도 없다는군요.」

테스가 이 그림들 때문에 놀란 것 말고도 불쾌한 건 이들의 과장된 모습 속에서 예쁜 테스의 얼굴을 엿볼 수 있다는 사실이었다. 클레어는 이에 대해 일언반구도 하지 않았지만 허니문 장소로 이 집을 택한 것을 후회하면서 옆에 붙어 있는 방으로 들어갔다. 그들이 사용할 수 있도록 서둘러 준비를 한 탓인지 두 사람은 하나의 대야에서 함께 손을 씻어야 했다. 클레어가 물속에서 그녀의 손을 잡았다.

「어느 게 내 손가락이고 어느 게 당신 거지?」 얼굴을 들어 테스를 바라보며 그가 물었다. 「온통 섞여 있어서.」

「모두 당신 거예요.」 애써 기쁜 표정을 지으며 사랑이 담긴 목소리로 테스가 말했다. 생각 있는 여자라면 그런 경우에 으레 그럴 거라고 이해하고 있던 터라 에인절은 깊이 생각에 빠져 있는 테스가 싫지 않았다. 하지만 테스는 이제껏 자신이 지나치리만치 사색적이었다는 걸 알고 있었기 때문에 그러지 않으려고 무진 애를 썼다.

태양이 나지막하게 드리워진 한 해의 마지막 날, 짧은 오후 햇살이 작은 틈새를 비집고 스며들더니 이내 황금 막대기가 되어 테스의 치맛자락을 쿡쿡 찔러 댔고, 마치 페인트를 떨어뜨린 것 같은 자국을 남겼다. 그들은 차를 마시러 옛날 분위기가 물씬 나는 방으로 들어가 처음으로 둘만의 오붓한 식사를 즐겼다. 그들, 아니 그는 너무도 어린애 같아서 버터 바른 빵을 한 접시에 담아 먹으면서 테스 입술에 묻은 빵 부스러기를 자신의 입술로 닦아 주는 걸 재미있어 했다. 그러면서 그는 이처럼 가벼운 장난에 그녀가 자기만큼 즐거워하지 않는 걸 조금은 의아하게 여겼다.

말없이 한참 동안이나 테스를 바라보던 그는 잘 조합된 어려운 글귀를 찾아낸 사람처럼 〈이 여자가 사랑스러운 나의 테스구나〉라고 속으로 중얼거렸다. 〈나는 이 가녀린 여자가 좋든 나쁘든, 절대로 돌이킬 수 없는 나의 믿음과 운명의 사람임을 진정 엄숙하게 깨닫고 있는 걸까? 내가 직접 여자가 되어 보지 않는 한 알지 못하고 알 수도 없겠지. 세속적인 신분의 내가 바로 그녀이고, 내가 될 수 있는 것은 그녀도 될 수 있고 내가 될 수 없는 것은 그녀도 될 수 없다. 그런데 내가 그녀를 소홀히 대하고 상처를 주고 그리고 그녀를 향한 마음을 잊을 것인가? 하느님께서 그러한 죄를 막아 주시길!〉

그들은 식사를 하면서 해가 저물기 전에 농장주가 보내주기로 약속한 짐을 기다리고 있었다. 지금 입고 있는 옷 말고 그들이 가지고 온 것은 하나도 없었다. 그러나 저녁 어스름이 몰려오기 시작했는데도 짐은 아직 도착하지 않았다. 해는 제 갈 길을 재촉했고 곧 고즈넉한 겨울이 분위기를 바꿀 채비를 하고 있었다. 밖에서 비단을 심하게 비벼 대는 것 같은 소리를 내던 바람은 조용히 휴식을 취하고 있던 지난가을의 낙엽들을 들쑤셔 놓았고 이에 되살아난 짜증난 이파리들이 영 마뜩잖은 표정으로 빙빙 돌다가 덧창을 두드려 대고 있었다. 그리고 곧 비가 내리기 시작했다.

「날씨가 변할 걸 수탉이 알고 있었군.」 클레어가 말했다.

밤이 되자 그들의 시중을 들어 주던 여자는 식탁 위에 초를 준비해 놓고 자기 집으로 돌아갔다. 몇 자루의 초에 불을 붙이자 촛불이 모두 벽난로를 향해 너울거렸다.

「오래된 이런 집들은 바람이 많이 들어오지.」 촛불과 그 가장자리로 흘러내리는 촛농을 바라보며 에인절이 하던 말을 이어 갔다. 「짐은 어디쯤 오고 있을까. 솔도 빗도 아무것도 없는데 말이요.」

「글쎄요.」 테스가 멍하니 말했다.

「테스, 오늘 밤 그리 행복해 보이지 않는군. 다른 때처럼 말이오. 위층의 심술궂게 생긴 그 노파들이 당신의 심기를 어지럽힌 것 같군. 이런 곳으로 데리고 와서 미안하오. 그래도 당신, 날 정말로 사랑하고 있는 거죠?」

클레어는 테스가 자신을 사랑하고 있다는 걸 알고 있었고, 그래서 사실 별다른 의미는 아니었는데도 불구하고 그녀는 감정에 복받쳐 상처 입은 동물처럼 몸을 움츠렸다. 아무리 눈물을 삼키려고 애썼지만 그녀의 눈에는 그렁그렁 눈물이 맺혀 있었다.

「그런 뜻이 아닌데!」 미안한 마음으로 그가 말했다. 「당신 물건이 오지 않아 걱정하고 있는 걸 알아요. 조너선 영감이 왜 짐을 가지고 오지 않는지 이상하군. 왜 그럴까, 7시나 되었는데. 아, 이제 오는군!」

문을 두드리는 소리가 들려왔다. 달리 문을 열어 줄 사람이 없었으므로 클레어가 나갔고 그는 작은 꾸러미를 들고 방으로 돌아왔다.

「조너선 영감이 아니었어요.」 그가 말했다.

「정말 걱정이군요!」 테스가 말했다.

이 꾸러미는 신혼부부가 탤벗헤이즈를 출발한 직후 에민스터에서 보낸 사람이 그곳으로 가지고 갔던 것인데, 반드시 그들에게 직접 전달해야 한다는 지시에 따라 여기까지 그들을 쫓아왔던 것이다. 클레어가 꾸러미를 불빛이 빛나고 있는 쪽으로 가지고 왔다. 1피트가 채 되지 않는 꾸러미는 두꺼운 천으로 싸서 실로 꿰맨 후 아버지의 인장이 들어간 붉은 왁스로 봉한 상태였고, 아버지의 친필로 〈에인절 클레어 부인 앞〉이라고 적혀 있었다.

「테스, 당신에게 온 작은 결혼 선물이오.」 꾸러미를 건네며 그가 말했다. 「정말 사려가 깊으신 분들이오!」

받아드는 테스의 손길이 약간 떨리는 듯했다.
「당신이 열어 주셨으면 좋겠어요, 여보.」 꾸러미를 이리저리 살펴보며 테스가 말했다.
「이렇게 좋은 봉인을 망가뜨리고 싶지 않아요. 정말 중요해 보여서요. 저 대신 당신이 열어 주세요!」
에인절이 꾸러미를 열었다. 안에는 모로코산 가죽으로 만든 주머니가 들어 있었고, 그 안에 편지 한 통과 열쇠가 들어 있었다.
클레어 앞으로 온 그 편지에는 다음과 같은 내용이 적혀 있었다.

사랑하는 아들에게
네가 어렸을 적, 허영기는 좀 있었으나 마음이 고우셨던 너의 대모 피트니 부인을 기억하고 있는지 모르겠구나. 부인이 돌아가시면서 사랑의 증표로 네가 결혼하게 되면 아내에게 주라고 부인의 보석함에 있는 보석 일부를 내게 맡겨 놓으셨단다. 위탁받은 다이아몬드는 이후 내가 거래하는 은행에 맡겨 놓았었지. 이 상황에선 왠지 어울리지 않는다는 느낌도 들지만 평생 동안 이 보석을 사용해야 할 사람에게 이것을 넘겨야 한다고 생각했고 그래서 즉시 이렇게 보내는 바이다. 이 보석들은 네 대모님의 유언에 따라 반드시 대대로 물려주는 가보가 되어야 할 거다. 이 문제와 관련된 자세한 내용을 함께 동봉하마.

「이제 분명히 기억이 나는군. 그런데 까맣게 잊고 있었네.」 그가 말했다.

보석함을 열어 보니 그 안에 펜던트가 달린 목걸이, 팔찌 그리고 귀걸이가 있었고 그 밖에 작은 장식물들도 들어 있었다.

처음에 테스는 보석에 손을 대는 것조차 두려워하는 듯 보였으나 클레어가 이를 펼쳐 놓자 그녀의 눈이 잠시 이 보석들처럼 반짝거렸다.

「이게 제 건가요?」 믿을 수 없다는 표정으로 그녀가 물었다.

「그럼, 물론이오.」 그가 대답했다.

그는 불 속을 가만히 들여다보고 있었다. 열다섯 살 소년 시절 그가 알고 있던 사람 중 유일하게 부유했던 사람으로서 대지주의 부인이었던 그의 대모가 에인절 자신의 성공을 장담하면서 훌륭한 직업을 갖게 될 거라고 예언했던 일이 떠올랐다. 근사한 직업을 예상하면서 그 대모가 그의 아내와 아내가 낳은 후손들의 아내들을 위해 이처럼 화려한 장신구를 마련해 두었을 수 있는 일이었다. 그런데 지금 그 장신구들이 왠지 약간 빈정대는 듯 반짝거렸다. 〈왜 그럴까?〉 그는 스스로에게 물어보았다. 그건 모두 허영심 문제였다. 만일 그것이 균등한 관계에 있어서 어느 한쪽에 받아들여지는 거라면 다른 한쪽도 마찬가지여야 할 것이다. 그의 아내는 더버빌 가문의 여자이다. 그렇다면 그녀만큼 이 보석이 어울릴 자가 어디 있단 말인가?

그가 불쑥 신이 나서 말을 꺼냈다.

「테스, 한번 그 장신구를 걸쳐 봐요, 어서요.」 그러고서 그는 테스가 장신구를 거는 걸 도와주려고 불 곁에서 몸을 일으켰다.

그런데 마치 무슨 마술이라도 부린 듯 그녀는 이미 목걸이, 귀걸이, 팔찌를 모두 하고 있었다.

「그런데 가운이 맞지 않는군, 테스.」 클레어가 말했다. 「그런 브릴리언트컷 다이아몬드 목걸이는 가슴이 깊게 파인 옷이어야 제격이라오.」

「그래요?」

「그렇다니까.」

그는 앞이 깊게 파인 야회복과 엇비슷해 보이도록 윗옷의 목 부분을 안으로 집어넣어 보라고 했다. 그렇게 하고 나자 목걸이에 달린 펜던트는 그것의 원래 의도대로 백옥처럼 흰 그녀의 목 한가운데에 자리 잡게 되었고, 그런 그녀의 모습을 감상하기 위해 그는 한 걸음 뒤로 물러섰다.

「와우!」 클레어는 감탄을 금치 못했다. 「당신, 이렇게 아름다울 수가!」

옷이 날개라는 말은 누구나 아는 법이다. 얼핏 스쳐가며 보았을 때 적당히 매력적인 수수한 농촌 아가씨도 인위적으로 꾸미고 최신 유행의 옷을 차려 입히면 눈부신 미인으로 피어나게 된다. 반면 한밤에 벌어진 연회석상에서 제아무리 아름다운 자태를 뽐냈던 여인이라도 어느 흐린 날 농가 여인네들이나 입는 옷을 걸치고 황량한 무밭에 서 있다면 딱한 처지의 가엾은 여자로밖에 보이지 않을 것이다. 그는 지금껏 예술적인 관점에서 테스의 몸매와 자태가 이토록 아름다우리라고는 단 한 차례도 생각해 본 적이 없었다.

「당신이 무도회에 나가기만 한다면!」 그가 말했다. 「하지만, 아니오, 테스. 내가 보기엔 가리개 달린 보닛과 무명 작업복을 입고 있는 당신이 더 사랑스러운 것 같아요. 그래요, 지금보다 그때가 더 아름다워요. 당신 덕분에 이 장신구들의 품격이 제대로 살아나긴 하지만 말이오.」

테스 역시 스스로의 아름다운 모습에 마음이 설레어 얼굴이 붉게 물들었는데 그렇다고 행복한 건 아니었다.

「조녀선 노인이 볼까 봐 풀어야겠어요. 제겐 어울리지 않아요, 그렇죠? 팔아야 하지 않을까요?」

「잠깐만 더 그대로 있어 봐요. 그 보석들을 판다고? 그럴 순 없소. 그건 신뢰를 짓밟는 행위라오.」

테스도 생각을 고쳐먹은 듯 순순히 그의 말을 따랐다. 그녀에겐 해야 할 말이 있었고 이런 차림새로 있는 것이 도움이 될지도 모를 일이다. 그녀는 장신구를 걸친 채로 의자에 앉았고 다시 조녀선 노인이 짐을 가지고 어디쯤 오고 있을까 생각에 잠겼다. 노인이 오면 주려고 따라 놓았던 맥주는 그 상태로 오래 있었던 탓에 이미 김이 다 빠져나가고 말았다.

그리고 그들은 곧 작은 탁자에 마련되어 있던 저녁 식사를 하기 시작했다. 식사가 거의 끝나갈 무렵 마치 어떤 거인이 굴뚝 꼭대기를 손으로 틀어막기라도 한 듯 벽난로의 연기가 확 뿜어져 나오며 부풀어 오른 연기 뭉치가 방 안으로 밀고 들어왔는데 이는 바깥문이 열린 탓이었다. 복도를 걸어오는 둔탁한 발자국 소리를 듣고 에인절이 밖으로 나갔다.

「문을 두드렸는데 아무도 듣지 못한 것 같구먼요.」 조녀선 카일이 양해를 구하는 어조로 이야기했다. 드디어 노인이 도착했던 것이다. 「밖에 비가 오고 있어서 제가 그냥 문을 열었구먼요. 짐을 가져왔어요, 선생님.」

「짐을 보니 마음이 놓이는군요. 그런데 시간이 상당히 걸렸네요.」

「그렇구먼요, 선생님.」

오늘 낮 조녀선 카일을 봤을 땐 발견할 수 없었던, 무언가를 억누르고 있는 기색이 그의 말투에서 분명하게 묻어났다. 그의 이마에는 세월이 낳은 주름살 말고도 걱정으로 아로새겨진 깊은 골이 파여 있었다. 그의 말이 계속되었다.

「오늘 낮 선생님과 부인이 — 이제 아가씨를 이렇게 불러야겠구먼요 — 떠난 뒤 정말로 끔찍한 일이 일어나서 농장 식구들 걱정이 이만저만이 아니었구먼요. 오후에 수탉이 울었던 건 기억하시나요?」

「맙소사, 무슨 일이……」

「이러쿵저러쿵 말들이 많았구먼요. 그런데 결국 가엾은 어린 레티가 물에 빠져 죽으려고 했구먼요.」

「세상에, 그럴 리가! 왜, 다른 사람들과 함께 우리와 작별 인사까지 나누었는데……」

「그러게 말입니다요. 선생님하고 부인이 — 법적으로 이렇게 불러야 하겠지요 — 두 분이 마차를 타고 떠나자, 레티와 마리안이 보닛을 쓰고 외출했구먼요. 섣달그믐이라 할 일도 없고 해서 농장 식구들은 곤드레만드레 술에 취해 있었고, 그래서 아무도 신경 쓰지 않았구먼요. 처녀 애들은 류에버라드 술집으로 가서 술을 조금 마셨고 다시 드리암드 크로스 술집으로 갔다가 아마 거기에서 헤어졌던 모양입니다. 농장으로 오려고 했던지 레티는 물이 질척한 목초지를 가로질러 갔고 마리안은 또 다른 술집이 있는 이웃 마을로 갔다고 하더군요. 아무도 이후 레티의 행적을 몰랐다가 물일을 하는 인부 하나가 집으로 돌아가던 길에 커다란 웅덩이 옆에서 뭔가를 발견했는데, 그게 바로 레티의 보닛과 숄이 뭉쳐 있던 거라지 뭡니까. 그리고 그 아이가 물속에 빠져 있는 걸 발견했고요. 이미 죽었다고 생각한 인부는 다른 사람의 손을 빌려 함께 레티를 농장으로 데리고 왔는데 조금씩 숨이 돌아왔구먼요.」

테스에게 이 우울한 이야기가 들릴 수도 있겠다는 생각이 퍼뜩 그의 뇌리를 스치고 지나갔다. 곧 그는 테스가 있는 내실로 이어진 외실과 복도 사이의 문을 닫으러 갔는데, 이미 어깨에 숄을 걸치고 외실로 나와 있던 그의 아내는 짐 가방과 가방 위로 번들거리며 흘러내리는 빗방울을 멍하니 바라보고 있었다.

「게다가, 마리안이 문제였구먼요. 엉망으로 취해서 버드나무 숲 근처에 쓰러져 있는 걸 발견했다는 것 아닙니까. 예전엔 1실링짜리 맥주 이외에는 손도 대지 않았다고 알고 있는데. 사실 얼굴을 보면 딱 알 수 있듯이 그 아이는 술을 잘 마시게 생기긴 했구먼요. 처녀 애들이 모두 혼이 빠져 버린 것 같구먼요!」

「그럼 이즈는요?」 테스가 물었다.

「이즈는 평소처럼 집에 있었구먼요. 그런데 자기는 그런 일이 왜 생겼는지 알 수 있을 것 같다고 하는구먼요. 가엾게도 기분이 아주 울적한 것 같았어요. 그럴 만도 하지요. 이 모든 일이 선생님 가방과 부인 옷가지를 싼 가방을 마차에 실으려고 할 때 일어나는 바람에 이렇게 늦어졌구먼요.」

「알겠어요, 조너선. 가방들을 위층으로 올려다 놓고 맥주 한 잔 마신 다음 빨리 가봐야죠? 찾을지도 모르니 말입니다.」

테스는 다시 내실로 들어갔고 난롯가에 주저앉아서 물끄러미 불 속을 들여다보고 있었다. 가방을 옮기느라고 계단을 오르내리는 조너선 노인의 둔탁한 발소리가 들려왔고, 남편이 따라 준 맥주와 수고비를 받으며 고맙다고 인사하는 그의 소리도 들려왔다. 이제 노인의 발자국 소리는 문에서 사라졌고 그의 삐걱거리는 짐마차 소리도 멀어져 갔다.

큼지막한 참나무 빗장을 잡아당겨 문을 잠그고 방으로 들어온 에인절이 난롯가에 앉아 있는 테스의 뺨을 뒤에서 손으로 감싸 안았다. 테스가 기쁜 마음으로 발딱 일어나서 애타게 기다렸던 화장 용품을 풀어 보리라고 생각했는데 그녀에게 전혀 그럴 기미가 보이지 않자, 그는 난롯가에 그녀와 나란히 앉았다. 저녁 식탁 위에 놓여 있던 촛불들은 너무도 가늘고 희미해서 난로에서 나오는 빛을 방해하기에는 역부족이었다.

「친구들의 우울한 이야기를 듣게 해서 미안하오. 하지만 너무 상심하지는 말아요. 당신도 알다시피 레티는 원래 병이 있었잖아요.」

「그럴 이유가 조금도 없었는데. 정작 이유가 있는 사람들은 그걸 숨기고 그러지 않은 척하는데 말이죠.」 테스가 말했다.

이 사건은 테스가 마음을 결정하는 중요한 계기가 되었다. 친구들은 짝사랑이라는 불행에 빠진 순박하고 순수한 처녀들로서 운명의 여신에게서 더 나은 대접을 받아야 마땅했다. 그런데 오히려 더 못한 대접을 받아야 할 테스가 선택을 받은 것이다. 그녀가 아무런 대가도 치르지 않고 이 모든 걸 차지한다는 것은 그야말로 뻔뻔한 일이다. 그녀는 마지막 한 푼까지 값을 치러야 할 것이다. 그러니까 털어놓아야 한다. 그것도 지금 여기서. 이러한 최종적인 결심에 이르렀을 때 그녀의 손은 그에게, 그녀의 시선은 불 속을 향하고 있었다.

불꽃이 잦아든 깜부기불에서 줄기차게 흘러나오는 빛이 난로의 옆면과 뒷면을 붉게 물들였고, 반들반들하게 닦인 장작 받침대와 집게 부분이 잘 맞지 않는 놋쇠 부젓가락도 같은 빛으로 물들이고 있었다. 벽난로 선반의 아랫면과 난로와 가장 가까이 있는 식탁 다리도 붉은 빛깔로 선명하게 물들어 생동감이 넘쳤다. 테스의 얼굴과 목도 똑같이 따뜻한 기운을 뿜어내고 있었고 그녀가 몸에 걸친 보석들은 맥박이 뛸 때마다 제각각 색깔을 달리하면서 흰색, 붉은색, 녹색으로 빛나는 황소자리와 천랑성의 별이 되었다.

「오늘 아침 서로의 잘못에 대해 말하기로 했던 것 기억하오?」 여전히 미동도 없이 앉아 있는 테스를 보며 그가 불쑥 말을 꺼냈다. 「아마도 우린 대수롭지 않게 그런 말을 했던 것 같아요. 당신은 그랬을 거요. 하지만 내겐 쉽지만은 않은 약속이었다오. 테스, 당신에게 고백하고 싶은 게 있소.」

전혀 예상치 못 했지만 때맞춰 나온 그의 발언은 마치 신의 섭리가 그녀에게 개입한 것 같았다.

「고백할 게 있다고요?」 말이 떨어지기가 무섭게 기쁨과 안도의 빛을 띠며 테스가 물었다.

「당신은 생각도 못 했겠지? 아, 당신은 날 너무 좋게만 봐요. 자, 들어 봐요. 머리를 거기에 기대고서요. 당신이 날 용서해 주길. 그리고 미리 말하지 않았다고 화를 내지 않았으면 좋겠어요. 진작 말했어야 했는데.」

얼마나 신기한 일인가? 그도 그녀와 같은 처지인 것 같았다. 그녀는 입을 다물었고 클레어는 자신의 말을 이어 갔다.

「내가 말을 하지 않은 이유는 당신을 잃을지도 모른다는 두려움 때문이었다오. 펠로십[77]이라고 부르고 싶을 만큼 당신은 내 인생에 주어진 커다란 상이오. 우리 형은 대학에서 펠로십을 받았지만 난 탤벗헤이즈 낙농장에서 그걸 받은 거지. 사실은 한 달 전 당신이 내 청혼을 받아들였을 때 이야기

---

77 특별 연구비 또는 특별 연구원의 지위 및 장학금이며 동반자라는 의미도 있다.

를 하려고 했었소. 하지만 그럴 수 없었소. 그래요. 난 그런 위험을 감수할 수는 없었어요. 당신이 놀라서 날 떠날지도 모른다고 생각했던 거요. 그래서 고백을 뒤로 미루었고, 그러다가 어제 당신에게 고백을 해서 내 곁을 떠날 수 있는 선택의 기회 정도는 주어야 한다고 생각했었소. 하지만 난 얘기하지 않았소. 그리고 오늘 아침 층계참에서 서로의 잘못을 고백하자고 당신이 제안했을 때도 난 그러지 못했소. 나 같은 죄인이 있을까! 하지만, 지금 당신이 거기에 그렇게 엄숙하게 앉아 있는 걸 보니 이젠 고백을 해야 할 것 같소. 당신이 날 용서해 줄까?」

「네, 물론이죠! 전 분명히……」

「그래요, 그래 주었으면 좋겠소. 하지만 내 말을 먼저 들어요. 당신은 아무것도 모르고 있으니까. 아버지는 내가 나의 믿음 때문에 영원히 길을 잃고 헤맬 거라고 걱정하시지만 나는 테스 그대만큼이나 올바른 도덕을 믿고 있는 사람이라오. 예전에 난 사람들을 인도하는 스승이 되고 싶었고, 그래서 성직자가 될 수 없다는 걸 알았을 때 엄청난 실망을 했었소. 나 자신은 그렇다고 말할 수 없어도 난 티 하나 없이 순결한 상태를 숭배하고 불순함을 증오해요. 지금도 그러길 바라고 있고요. 완전 영감설[78]을 사람들이 어떻게 생각하든, 우리는 진심으로 〈말에나 행실에나 사랑에나 믿음에나 순결에 있어서 신도들의 모범이 되시오〉[79]라는 바울의 말을 받아들여야 한다고 생각해요. 가엾은 우리 인간들에게 유일한 보호 장치가 되

---

[78] 성서의 모든 글은 하느님 말씀에 따라 영감을 받은 저자에 의해 쓰인 것이므로 믿어야 한다는 설이다.
[79] 「디모테오에게 보낸 첫째 편지」 4장 12절 인용.

어 주는 것이 바로 이거지요. 사도 바울과는 잘 맞지 않을지 모르지만 로마의 한 시인은[80] 〈올곧은 삶〉이라고 말했지요.

> 올곧은 삶을 사는 사람, 나약함에서 자유롭고,
> 무어인의 창과 활을 필요로 하지 않으니.

글쎄, 어떤 곳은 선의로 잘 닦여 있고 그리고 그 모든 걸 너무도 확실하게 느끼고 있는데, 다른 사람들을 위해 좋은 일을 하려던 목적을 펼쳐 나가다가 바로 나 자신이 넘어졌다면 그때 밀려드는 후회가 얼마나 끔찍할지 당신은 짐작이 갈 거요.」

그리고 그는 앞서 은연중에 언급했던 한때의 자신의 삶, 마치 파도에 휩쓸리는 코르크 마개처럼 회의와 곤경으로 엎치락뒤치락 하면서 런던에서 한 낯선 여자와 48시간 동안 방탕한 생활에 빠졌던 이야기를 했다.

「다행히도 난 즉시 내 어리석음을 깨달았다오.」 그의 말은 계속되었다. 「그 여자에게 해야 할 말도 없었고, 그래서 집으로 돌아왔소. 이후 단 한 번도 그런 잘못을 되풀이하지는 않았어요. 난 정말 당신을 솔직하고 깨끗한 마음으로 대해야 한다고 생각했고, 그렇게 하려면 먼저 이 고백을 해야 했어요. 날 용서해 주겠소?」

테스는 그의 손을 꼭 잡는 것으로 대답을 대신했다.

「그러면 이것으로 영원히 이 이야기는 털어 버리는 거요! 지금처럼 특별한 순간에 이런 이야기를 한다는 건 너무 고통스럽구려. 보다 밝은 이야기를 합시다.」

「아, 에인절! 전 오히려 기뻐요. 이제 당신도 날 용서할 수

---

[80] 호라티우스를 가리킨다.

있을 테니 말이죠. 전 아직 고백하지 않았어요. 저도 고백할 게 있어요. 기억하시죠, 제가 그렇게 말씀드렸던 걸.」

「아, 저런! 이번엔 당신 차례군요, 심술쟁이 꼬마 아가씨.」

「웃고 계시지만 어쩌면 당신 이야기만큼, 아니 그보다 더 심각한 이야기예요.」

「더 심각할 수는 없을 거요, 테스.」

「그렇지는 않을 거예요……. 네, 그래요, 더 심각하지는 않아요.」 테스는 기대감에 부풀어 자리에서 발딱 일어났다. 「그래요, 분명히 더 심각하지는 않아요.」 그녀가 큰 소리로 말했다. 「왜냐하면 똑같은 이야기거든요! 이제 말씀드릴게요.」

그녀는 다시 자리에 앉았다.

두 사람의 손은 여전히 마주 잡은 상태였다. 벽난로 장작 받침대 밑의 재가 수직으로 내려온 불빛을 받아 이글거리며 불타는 황무지처럼 보였다. 새빨간 석탄 불빛은 에인절의 얼굴과 손 위로 쏟아졌고, 느슨하게 빗은 테스의 머리카락을 비집고 그녀의 이마와 그 밑의 여린 피부까지 밀고 들어와 활활 타오르고 있었다. 상상의 나래를 펼쳐 보노라면 그것은 마치 심판일의 이글거리는 불빛과도 같았다. 테스의 몸으로 인해 드리워진 커다란 그림자가 벽과 천장에 걸려 있었다. 그녀가 몸을 앞으로 숙이자 목에 걸려 있던 다이아몬드 알들이 두꺼비가 눈을 껌벅이듯 저마다 무시무시한 윙크를 보내고 있었다. 테스는 에인절의 관자놀이에 이마를 대고 줄곧 시선을 아래로 향한 채 결코 움츠러드는 일 없이 나직한 목소리로 알렉 더버빌을 알게 된 경위와 그에 따른 결과를 이야기해 나갔다.

〈하권에 계속〉

열린책들 세계문학 184 테스 상

옮긴이 김문숙 한국외국어대학교 영어과를 졸업하고 동 대학원에서 「조이스 소설에 나타난 식민주의 비판」으로 박사 학위를 받았다. 한국외국어대학교, 한국산업기술대학교 등에 출강했으며, 현재 명지대학교에서 객원 교수로 재직 중이다. 조이스에 관한 연구 논문 「페넬로피: 여성 섹슈얼리티의 탈식민주의적 재현」, 「죽은 사람들: 죽음, 재생, 그리고 여성」, 「스티븐과 어머니: 사랑의 쓰라린 신비」 등을 발표했고, 옮긴 책으로는 『과학이 아직까지 풀지 못한 10가지 질문』이 있다.

지은이 토머스 하디 **옮긴이** 김문숙 **발행인** 홍지웅··홍예빈
발행처 주식회사 열린책들 **주소** 경기도 파주시 문발로 253 파주출판도시
전화 031-955-4000 **팩스** 031-955-4004 **홈페이지** www.openbooks.co.kr
Copyright (C) 주식회사 열린책들, 2011, *Printed in Korea.*
ISBN 978-89-329-1184-7 03840 **ISBN** 978-89-329-1499-2 (세트)
발행일 2011년 9월 25일 세계문학판 1쇄 2019년 11월 20일 세계문학판 3쇄

이 도서의 국립중앙도서관 출판예정도서목록(CIP)은 서지정보유통지원시스템 홈페이지(http://seoji.nl.go.kr)와 국가자료공동목록시스템(http://www.nl.go.kr/kolisnet)에서 이용하실 수 있습니다. (CIP제어번호:CIP2011003792)